Lee Nichols

ELEANOR S'EN MÊLE !

RED
DRESS
I N K®

Cet ouvrage a été publié en langue anglaise
sous le titre :
TRUE LIES OF A DRAMA QUEEN

Traduction française de
F. M. J. WRIGHT

HARLEQUIN®
et Red Dress Ink® sont des marques déposées du Groupe Harlequin

Illustration de couverture
© VIRGINIE JACQUIOT

83-85, boulevard Vincent-Auriol, 75013 PARIS — Tél. : 01 42 16 63 63
Service Lectrices — Tél. : 01 45 82 47 47
ISBN 978-2-2808-3376-9 — ISSN 1761-4007

1

Cette fois, le marié est parfait. Un costume Hugo Boss superchic, des yeux gris mi-sérieux mi-enjoués qui ne regardent que moi. Les palmiers se balancent sous la brise marine de Santa Barbara, comme un chœur céleste d'anges à la silhouette élancée et aux cheveux verts. Les tentes dressées pour l'occasion sont en parfaite harmonie avec les serviettes de table en lin, l'argenterie est d'époque et les orchidées d'un vert pâle exquis. Tout est d'un raffinement discret, d'un goût sûr. Tout est absolument parfait.

J'allais oublier… Je porte à mon doigt un énorme diamant, gros comme un bouton de porte. C'est tout juste si je peux lever la main ! Mais en faisant un petit effort je crois que j'y arriverai.

En cadeaux, j'ai eu des couverts de chez Pottery Barn, des verres à vin en cristal et un abonnement d'un an pour les plantes à fleurs de chez Smith & Hawken. J'ai même reçu un mixer jaune canari pour m'aider dans mes tâches culinaires. A en faire pâlir Maya de jalousie, même si, personnellement, je n'utilise jamais ce genre de machine (lorsque je serai mariée et une mère de famille accomplie, je serai moins mesquine…, mais il me reste encore dix-sept secondes de célibat !).

J'entends l'homme de loi parler d'amour éternel, et, lorsqu'on en arrive au moment fatidique du *oui*, Merrick acquiesce poliment. Quant à moi, je suis bien trop occupée à observer Maya — ma meilleure amie et ma première demoiselle d'honneur — qui est tout sourires. C'en est presque énervant : j'ai beau avoir le mariage et l'homme le plus parfait de l'univers, mon amie ne ressent pas une once d'envie ou de jalousie. Eh oui, Maya est la plus gentille et la plus géniale des amies, mais elle a un grave défaut (sans doute le seul, d'ailleurs) : elle est vraiment *mieux* que moi ! Jamais mesquine, jamais envieuse, pas même aujourd'hui… C'est à se demander si elle est humaine !

Non seulement elle est totalement dénuée d'émotions (je parle de ces sentiments mesquins dont la plupart des filles se rendent coupables), mais en plus la voilà qui papote au moment solennel où je vais m'engager pour la vie.

— Finalement, on s'est décidés pour avril, me dit Maya.

— Pardon… tu disais ?

— Nous avons choisi le mois d'avril.

— Avril ?

Maya insiste :

— Tu as une idée pour la chanson d'ouverture du bal ?

Je redescends brutalement sur terre. Fini mon beau rêve éveillé. Les palmiers courbés sous le vent sont toujours là, et Maya aussi, mais il n'y a pas de mariage au programme… En tout cas, pas le mien.

En cette magnifique journée de janvier, le soleil est au rendez-vous à Santa Barbara, et je déjeune avec Maya à Leadbetter Beach. Nous sommes en terrasse et nous dessinons des figures dans le sable avec nos pieds nus. J'ai l'impression de passer des vacances au Mexique. Après le déjeuner, je prendrai peut-être un nouveau margarita avant de faire une petite sieste.

Ne rêve pas, ma fille ! Après le déjeuner, tu te retrouveras avec une nouvelle cliente et un mal de crâne en prime. Car ma meilleure amie, la perfection personnifiée, vient de m'annoncer qu'elle allait épouser son petit ami Brad (un être tout aussi parfait). Ce sont *eux* qui vont vivre un mariage de rêve, et, moi, je me réjouirai pour eux parce que j'adore Maya. D'autant qu'il n'y a ni gagnante ni perdante dans cette affaire… Aucune compétition à la clé, c'est évident.

— Ah oui, au fait, la chanson…

— J'ai choisi Sting. Tout le monde aime Sting.

— C'est un extrait de son premier album ?

— Non.

— Du deuxième, alors… ?

— Non.

— Alors, je ne la connais pas.

Maya fait la grimace.

— Tu pourrais quand même être un peu plus enthousiaste. Tu n'es pas heureuse pour nous ?

— Bien sûr que si ! Et tu le sais très bien. Je suis excitée comme une puce et… tu ne peux pas savoir à quel point je suis heureuse ! Donc, vous vous mariez en avril. Ça se passera où ?

— A Santa Barbara. Les parents de Brad aimeraient bien que ce soit à Las Vegas.

Les parents de Brad ont pris leur retraite à Las Vegas l'an dernier et, depuis, ils n'arrêtent pas de chanter les louanges des logements à loyer modéré, des remises spéciales pour les seniors à l'hôtel Caesars, et des merveilles du Hoover Dam. Ils étaient convaincus qu'en insistant sur les faibles prix des traiteurs ils réussiraient à persuader Maya et Brad de les rejoindre.

— Las Vegas ? Il y a de jolies chapelles… Je ne parle pas de celles avec cette armada d'angelots qu'on voit partout. Le paradis des mariages express…

Vous savez quoi ? Si elle se mariait à Las Vegas, je serais moins jalouse. Mais bon, je ne suis quand même pas mauvaise copine à ce point !

— Elle ! Ne me dis pas que, *toi*, tu accepterais de te marier là-bas !

— A vrai dire… non. Que dirais-tu du San Ysidro Ranch ? C'est là que Gwyneth Paltrow s'est mariée.

— Gwyneth Paltrow gagne quinze millions de dollars par film !

— Je sais, ce n'est pas donné, mais on ne se marie

qu'une fois. Je veux dire que Brad et toi, vous n'êtes pas du genre à divorcer.

— Elle…

— Tu as choisi le traiteur ?

Maya hausse les épaules.

— Il y a des tas d'adresses dans l'annuaire.

Je n'en crois pas mes oreilles ! Elle n'a pas la moindre idée du temps qu'il m'a fallu pour choisir un traiteur quand j'ai organisé mon ex-futur mariage avec Louis.

— L'annuaire ? Heureusement que tu as plus d'un an pour tout organiser.

— Comment ça, un an ? C'est en avril.

— C'est bien ce que je dis. En avril.

— De cette année.

Un soudain coup de froid s'abat sur la plage baignée de soleil.

— Maya, tu plaisantes ? Cela ne te laisse que trois mois !

— C'est pour ça que je m'y mets dès maintenant.

Et en plus, elle a l'air contente d'elle.

— Mais enfin… on ne peut pas organiser un mariage en trois mois !

— Pourquoi pas ?

— Parce que depuis l'aube de l'humanité, personne ne l'a jamais fait. Il faut un minimum de quatre mois pour choisir les fournisseurs, acheter tout le nécessaire, envoyer les cartons d'invitation. Sans compter que tous les traiteurs et les salles de réception sont retenus depuis le mois d'avril de l'année *dernière*.

Ça n'a pas l'air de la traumatiser.

— On trouvera bien quelque chose…

— Dans les salons d'un motel de *Goleta*, peut-être ?

— Elle, oublie un peu ta phobie de Goleta ! C'était vrai au début des années 1990. Aujourd'hui, Goleta est très tendance, je dirais même que c'est le top de la branchitude. Brad et moi avons d'ailleurs l'intention d'y acheter une maison… si c'est dans nos budgets, bien sûr.

— Ne comptez pas sur moi pour aller vous voir.

— Tu sais, il y a des tas d'*autres* bonnes raisons d'aller à Goleta…

Je fais la grimace, mais je dois bien me résoudre à l'inévitable.

— Bon, d'accord. Je ferai avec.

— Tu viendras nous voir, alors ?

— Pour ça, on verra. Je parlais de l'organisation du mariage.

— Super. Ce serait… super.

Je détecte un zeste d'inquiétude chez Maya. Mais je garde le moral !

— Trois mois ! Ça ne va pas être de la tarte.

— Si ça te dit… tu pourrais nous aider à, euh…

— Vous aider ? Tu veux rire ! C'est moi qui me charge de tout. Sinon, à quoi servent les bonnes copines, je te le demande ?

Je bois du petit-lait, excitée comme une puce à l'idée de rendre à mon tour service à Maya. En général, elle me bat dans tous les domaines, alors pour une fois que je peux inverser la tendance…

— Elle, je ne voudrais pas… je sais que tu es très prise par ta… euh, carrière ?

Comme je suis sa meilleure amie, je fais semblant de ne pas entendre le point d'interrogation après le mot « carrière ».

— Je veux organiser quelque chose de classique et de sobre, mais qui ait de la gueule…

Et comme elle n'a pas l'air convaincue, je m'empresse d'ajouter :

— On pourrait choisir un thème… Pourquoi pas le style western ? La rencontre entre *Jackie O* et le rodéo… A moins que tu ne préfères une fête hawaïenne ?

Je suis toujours dans mon trip : l'organisation du mariage, les fleurs, l'orchestre, la robe de la première demoiselle d'honneur. Lorsque ma cliente m'appelle, pile à l'heure, je passe en pilotage automatique pour lui répondre… jusqu'à ce qu'elle me fasse part de ses doutes. Son petit ami l'aurait empoisonnée.

— Pour ce qui est de l'envoi gratuit de ma newsletter, tout ce que vous avez à faire c'est de… *Quoi ? Qu'est-ce que vous dites ?*

— Je… j'ai l'impression que mon petit ami m'a empoisonnée.

Je me rue dans la cuisine, j'ouvre grands les tiroirs et je farfouille à la recherche d'un annuaire téléphonique. Il me faut absolument le numéro d'un centre anti-poison. Y a-t-il un numéro national ? Quelle idée aussi d'appeler une voyante, je vous demande un peu… Elle a peut-être envie de savoir si elle s'en sortira ? J'ai sous les yeux toute une liste de numéros utiles, notamment pour les cas de violence conjugale, mais comment prévoir que j'aurais un cas d'empoisonnement à résoudre ?

Bon, restons calme. J'ouvre un classeur d'une main ferme.

— Comment avez-vous ingéré ce poison ? Etes-vous certaine qu'il vous a empoisonnée ? Il vous a préparé quelque chose à manger ?

— Il ne sait pas cuisiner.

— Alors quelque chose à boire ? Vous a-t-il apporté un verre d'eau ?

Reste calme, Elle. Bon sang, où est passé ce fichu annuaire ?

— Je ne me rappelle pas. Pourquoi ? Il devrait m'apporter des verres d'eau, normalement ?

— Tout dépend des gens. Vous devez… mais c'est bizarre, vous ne semblez pas inquiète. Vous vous sentez bien ?

— Très bien. Jamais je ne me suis sentie aussi bien.

— Mais alors…

— Sauf quand je vomis, bien sûr.

— Pardon ?

— Oui, comme tous les matins depuis trois semaines. Et mon petit ami se comporte bizarrement. Il me demande comment je me sens, si tout va bien, si j'ai besoin de quelque chose… Tiens, finalement, vous m'avez donné une idée : je vais lui demander des verres d'eau.

— Vous êtes malade tous les matins ? Ce qu'on appelle… les nausées du matin ?

— Exactement ! Oh ! mon Dieu, il y a même *un nom* pour ça.

— Vous savez, ce qui vous arrive est assez fréquent. De nombreuses femmes…

— … se font empoisonner par leur petit copain ? Dites, il ne serait pas du genre Scott Peterson, des fois ?

— Attendez, que je comprenne bien la situation. Quel moyen de contraception utilisez-vous ?

— Vous voulez dire, dans le genre capotes ?

— Oui, c'est ça. Dans le genre capotes…

— Nous en utilisons toujours… sauf des fois, dans le feu de l'action, si vous voyez ce que je veux dire. Entre nous, vous croyez qu'il m'a empoisonnée avec une capote ?

— Non. Je crois qu'il vous a empoisonnée *sans*. Avez-vous eu des rapports sexuels avant d'avoir ces nausées ?

— Oh, mon Dieu…

Ça y est. Elle a compris !

— … il m'a empoisonnée avec une capote !

— Euh, non. Je vais vous le dire autrement : vous êtes enceinte.

Un ange passe. Puis elle me dit tout bas :

— Vous savez que vous êtes une sacrée voyante, vous ?

— Merci. Mais c'est de vous qu'il s'agit : comment vous sentez-vous ?

— Quand je pense qu'il a empoisonné sa petite amie enceinte ! C'est lamentable, non ? On se croirait dans *Les Feux de l'amour*…

Je suis sûre que ma mère trouverait une anecdote appropriée à raconter, car elle est fan des émissions d'Oprah Winfrey, mais j'opte pour une explication de A à Z : les rapports sexuels non protégés, les spermatozoïdes et l'ovule, la fécondation, les hormones… tout y passe. Quand elle commence à entrevoir la vérité, elle est tout excitée.

— Je comprends mieux pourquoi il n'arrête pas de rapporter des peluches à la maison.

Nous passons le reste de la séance à parler sages-femmes, médicaments contre la douleur et *Desperate Housewives*. Elle est sidérée quand je lui explique que l'enfant sera *à coup sûr* du même sexe que l'un des enfants des grands-parents !

Avant même de reposer le téléphone sur son support, je fonce dans la salle de bains pour m'assurer que mon ordonnance pour la prescription de pilules est toujours valable. Ce brusque regain d'activité fait sortir ma chienne Miu de sa léthargie, qui pourtant avait passé son temps à dormir dans la cuisine pendant que je faisais du bruit.

Miu est un boxer que j'ai adopté dans un refuge du coin. Quand je l'ai recueillie, ce n'était qu'une pauvre chose sans poils, un vrai squelette sur pattes (tout le contraire de moi qui ai de beaux cheveux et qui n'arriverai *jamais* à perdre mes cinq kilos en trop !). Miu est devenue mon bébé à moi.

Elle lève la tête et bâille en me voyant. J'aperçois l'annuaire du téléphone à moitié dévoré sous ses bajoues ectoplasmiques. Il lui arrive encore d'être angoissée à l'idée d'être abandonnée, mais je sais ce qu'elle peut ressentir et je ne lui en veux pas. Je lui ai même pardonné le jour où elle a mangé le sac Marc Jacobs que j'avais acheté sur un coup de tête avec ma carte de crédit, ce qui m'a valu un entretien houleux avec Carlos, mon conseiller financier. D'après lui, j'aurais besoin d'une bonne thérapie.

Merrick, mon petit ami, habite en haut de la falaise dans une maison qui surplombe l'océan, un vrai petit bijou qu'il a conçu lui-même. Il est architecte, un des meilleurs boulots qui soient pour un petit ami. Le seul problème, c'est qu'il est ultraperfectionniste, et il affirme que son meilleur médicament, c'est moi.

A 18 heures, je gare ma voiture — une BMW orange de 1974, qui d'après Maya ressemble à un char de Halloween — près du break Volvo de Merrick, et je descends le chemin pavé bordé de lavande qui mène à l'entrée de la maison. Lorsque Merrick m'ouvre la porte, je suis un peu surprise qu'il ne soit pas habillé en *Hugo Boss*, mais plutôt négligé (jean et T-shirt), ce qui ne m'empêche pas de l'embrasser.

Il recule dès que Miu entre en galopant et me lorgne d'un œil approbateur.

— Tu es vraiment supermignonne.

Je suis exactement comme d'habitude, mais des mensonges comme ça, j'en veux bien tous les jours ! Si mes cheveux sont beaux et mes sourcils graciles, j'ai un peu trop de rondeurs et une grosse tête. Disons que, sur une échelle de 1 à 10, je me situe entre 7 et 8. Si je gagnais assez d'argent pour utiliser des produits de beauté Kiehl tous les jours, j'arriverais peut-être à 8. Et si ma Visa et ma Mastercard n'y regardaient pas d'aussi près, et que je puisse m'offrir une tenue Theory, je crois que je dépasserais le 8.

— Sur une échelle de 1 à 10, quelle note tu me donnes ?

— 10.

— C'est n'importe quoi, tu dis ça juste pour me faire plaisir. 10, ce n'est pas crédible ! Alors qu'avec un 9 je pourrais presque te croire sincère.

— Bon, alors va pour 9. La journée a été bonne ?

— Un 7 pointé…

— Pas mal du tout. C'est l'idéal, un bon 7, c'est confortable… Au-dessus de 7, tu peux être tentée de te laisser vivre et, au-dessous de 7, tu as l'impression d'avoir raté quelque chose.

Voilà pourquoi je l'aime.

Je lui montre mes sacs Lazy Acres, l'épicerie fine où je viens de faire un peu de shopping.

— Tu verras, le dîner sera un 6 pointé. J'ai pris de la salade.

— Tu sais parler aux hommes, toi. De la salade pour le dîner…

Je l'emmène dans la cuisine et je lui tends son bol.

— Désolée, mais, par moments, j'oublie…

— … que je suis un homme ?

— Ecoute, ta salade est plus grosse que la mienne. En plus, je l'ai prise avec de la viande.

Il ouvre la boîte.

— Des morceaux de bacon ?

Je confirme.

Je le vois froncer les sourcils.

— Et ça… c'est de l'ananas ?

— Evidemment ! C'est une salade hawaïenne…

Il louche sur mon bol.

— Et toi, tu as pris quoi ?

— Une salade grecque.

J'enfourne une énorme bouchée de tomate, de concombre, de *feta*, d'olives noires *kalamata* et de pois chiche.

— Tu veux qu'on échange ?

Côté salades, Merrick est très conservateur. Dans son monde à lui, il existe à tout casser cinq types de salades acceptables, peut-être un peu plus si on ajoute du poulet. Jamais vous ne le verrez vider un bol entier de morceaux de bacon et ajouter de l'ananas dessus, mais il fait quand même l'effort de goûter.

Il a l'air surpris.

— Ce n'est pas si mauvais…

— Tu vois… Il faudra l'ajouter à ta liste.

Il avale une nouvelle bouchée qui confirme son impression première. Du coup, je me sens fière comme Artaban. Attention, Elle, tu risques d'attraper la grosse tête !

Il ouvre deux bouteilles de bière et m'en tend une. Je lui parle du mariage de Maya, en brodant un peu pour faire durer le plaisir. Une demi-heure plus tard, j'y suis encore ! Je lance en guise de conclusion :

— Elle est persuadée qu'on peut trouver un traiteur dans l'annuaire… !

— A propos, pourquoi as-tu mis mon annuaire téléphonique dans ton sac ?

— Tu plaisantes ?

— J'étais là… je t'ai bien vue.

— Je cherche peut-être un architecte…

— Pourquoi ? Je ne suis pas assez architecte à ton goût ?

— Je cherche peut-être un architecte qui assure…

Merrick pose sa bière pour m'attirer à lui. Ce soir-là, nous nous couchons tôt… Repue, je sombre dans un sommeil profond jusqu'à 2 heures du matin.

Dès que je me réveille, je donne un coup de coude dans les côtes de Merrick.

— Qu'est-ce que… quoi ?

— Sting, tu te rends compte ! Mais où a-t-elle la tête ?

Il bredouille :

— Sting est le nouvel Elton John.

Puis il roule à l'autre bout du lit.

Voilà une pensée profonde… ou une ineptie totale, je n'arrive pas à me décider. C'est vrai que tous les deux ont composé leurs plus belles chansons au début de leur carrière. Elton n'attire aujourd'hui que les gens de cinquante-cinq ans et plus, et Sting a la cote auprès des trentenaires qui ont des goûts de vieux. Et puis il y a le cinéma : Elton a composé de nombreuses musiques de film, et Sting commence à faire partie des meubles à la cérémonie des Oscars.

La vraie question est : qui voudrait d'eux le jour de son mariage ? Maya n'a jamais rêvé de mariage quand elle était petite, ni organisé de mariage foireux (je pense à celui qui n'a finalement pas eu lieu parce que le marié en a épousé une autre !). Dans son monde à elle, le mariage n'est qu'un grand dîner auquel on invite des gens qu'on connaît bien, avec l'échange des vœux, bien entendu. Elle ne sait pas que c'est tout un business qui fait irruption dans la vie privée des gens. Elle est incapable de gérer ça toute seule. Elle a besoin de moi, et je vais lui organiser le mariage qu'elle mérite, que ça lui plaise ou non !

Forte de ces bonnes intentions, je me pelotonne contre mon oreiller, le cœur léger et l'œil brillant. Puis je me rassieds et j'enfonce mon index dans les côtes de Merrick.

Il ouvre un œil hébété. Profitons-en.

— Comment se fait-il que tu ne te sois jamais marié ?

— Quelle heure est-il ?

— Trop tard pour te marier. Tu as plus de trente ans, tu es un mec sérieux, séduisant, et tu gagnes bien ta vie. Tu devrais être marié.

Il me lance un œil en coin.

— Tu veux m'épouser ?

— Serait-ce une proposition ?

— Non.

— Alors c'est non.

Il se presse contre moi et promène sa main le long de ma hanche.

— Tu veux qu'on remette le couvert ?

— Serait-ce une proposition ?

— Oui.

— Alors c'est oui.

En règle générale, après avoir fait l'amour, je sombre doucement dans un sommeil réparateur. J'ai lu quelque part que c'était la meilleure façon de faire les bébés, car cela permet aux aspirants spermatos de sonder les eaux calmes dans lesquelles ils peuvent trouver leur chemin jusqu'au rivage. Mais, cette fois, je suis encore plus réveillée qu'avant. Je ne sais pas comment prendre la réponse de Merrick : d'un côté, je devrais me sentir offensée qu'il blague sur un tel sujet, mais, d'un autre, je devrais être soulagée. Après avoir pesé le pour et le contre pendant une demi-heure, je finis par laisser tomber et je me glisse hors du lit.

Je descends sans faire de bruit jusqu'au salon où Miu dort paisiblement sur le canapé vert olive de Merrick. Elle sait qu'elle n'a pas le droit de grimper sur le mobilier, mais je suis persuadée qu'elle dort là chaque fois que Merrick et moi passons la nuit ensemble.

Elle est étendue sur le dos, les quatre fers en l'air, la gueule ouverte et la bajoue pendante, laissant voir la peau rose et lustrée de son ventre. Elle ouvre un œil à mon approche, inquiète d'avoir été prise en flagrant délit. Je vérifie qu'aucun filet de bave n'a coulé de ses babines, et je la laisse dormir en paix.

J'ouvre les portes-fenêtres et je me glisse dans le patio dallé de pierre de Jérusalem. Je reste là un moment, à respirer l'air iodé et à écouter la houle jusqu'à ce que j'aie la chair de poule sous la robe de chambre de Merrick. J'entre à pas feutrés dans son bureau pour chercher un truc à lire. Sur les étagères ancrées dans le mur, les livres sont soigneusement alignés. Un jour, je l'ai mis en boîte en lui disant que son menuisier — à savoir Neil, son meilleur ami — avait posé les étagères de travers. Il savait très bien que je le taquinais, mais je l'ai quand même retrouvé un peu plus tard dans son bureau, un mètre à ruban à la main.

Je fais courir mes doigts sur le dos des livres. J'adore cette maison, son confort, son architecture… C'est du pur Merrick. Il préfère vivre simplement, et pouvoir profiter de la vue sur l'océan. Et ses livres sont le reflet de ce qu'il est. Il y a là de gros ouvrages sur l'architecture, une collection éclectique de livres sur l'histoire de l'Angleterre, l'art contemporain et la nature, des biographies… Mais aussi tout un stock de polars et quelques ouvrages de science-fiction.

J'attrape un roman au hasard et je vais fouiner dans la cuisine. Je ne trouve pas de glace, mais je réussis à mettre la main sur des *tortillas* dans le frigo. Je décide de confectionner des *buñuelos*, ma nouvelle lubie, en suivant la recette d'un livre de cuisine que Carlos m'a offert. Un jour, je lui ai posé des questions sur les recettes préférées de sa mère, et il m'a envoyé ce bouquin : *Cuisine mexicaine pour gringos*. Je beurre les deux côtés des *tortillas*, je les plonge dans un mélange de sucre et de cannelle et je les dispose sur une plaque à cookies. Ce n'est peut-être pas de la cuisine authentiquement mexicaine, mais c'est délicieux.

Je glisse le tout au four.

Merrick apparaît en haut de l'escalier et commence à descendre d'un pas hésitant, les cheveux en bataille. Il a enfilé un vieux pantalon de survêt' de la University of Southern California. Il me pose une question d'une voix pâteuse.

— J'avais faim. Et soif, si tu veux savoir.

Je m'empare de son livre. Il a l'air surpris par mon choix et je comprends vite pourquoi : on voit en couverture une femme à la poitrine plantureuse dans une robe ultramoulante, qui porte un soutien-gorge en métal avec des feux de détresse en guise de mamelons.

Je ne peux m'empêcher d'interroger Merrick.

— C'est quoi, ces lumières ? Elles s'allument quand la fille tombe en panne ?

— J'ai ce bouquin depuis des lustres. Un fantasme de collégien…

Il passe les doigts dans ses cheveux rebelles, ce qui laisse présager l'imminence d'une conversation sérieuse.

— Tu sais, quand tu m'as demandé…

J'ai toujours peur de Merrick quand il parle sérieusement. En général, c'est pour me convaincre de trouver un boulot digne de ce nom.

Je l'interromps :

— On dirait qu'elle est chargée du contrôle aérien de gros, très gros porteurs.

— Elle, quand tu m'as demandé s'il s'agissait d'une proposition…

Le minuteur du four sonne. Ouf ! Sauvée par le gong.

— Les *buñuelos* sont prêts !

J'ouvre la porte du four et je sors les *tortillas* encore brûlantes.

— Viens habiter chez moi, Elle.

Je sursaute. Les *buñuelos* jaillissent de la plaque, font un vol plané et atterrissent sur le torse nu de Merrick. Nous hurlons en chœur.

Dans les remèdes de bonnes femmes, on recommande aux gens d'étaler du beurre sur les brûlures. Mais quoi faire lorsqu'on se brûle avec du beurre ?

Je me penche sur Merrick, une plaquette de margarine à la main, en bredouillant de plates excuses.

— Oh mon chéri, je suis désolée ! Aïe… c'est tout rouge. Excuse-moi, vraiment, je suis désolée…

Il recule.

— Mais qu'est-ce que tu fais ? Enlève-moi ce truc !

Je remballe ma margarine et je me concentre sur une des brûlures d'un rouge inquiétant.

— Tiens, mets ça ! C'est froid et ça fera office de compresse.

— Autant prendre de la glace.

Il ouvre le freezer et en sort les bacs à glaçons. Chez moi, quand on veut des glaçons, il faut avoir la patience de les fabriquer soi-même et d'attendre quarante minutes ! Mais, chez Merrick, il y en a toujours d'avance.

Il en attrape une poignée qu'il applique contre sa poitrine. Il a pris son air bougon, et je n'aime pas ça du tout.

Alors j'essaie de changer de sujet.

— Chez moi, il n'y a jamais de glaçons.

— Je sais.

— Toi, tu en as toujours sous la main. C'est pratique.

— Apporte-moi une serviette.

Je remplis le linge de glaçons et je le lui tends.

— Ça te fait si mal que ça ?

— Seigneur ! Elle, je croyais que ça te ferait plaisir…

J'en ai les larmes aux yeux.

— … que je te brûle ? Mais c'est terrible, ce que tu me dis là ! Je suis…

— Tu sais très bien de quoi je parle.

— Ah oui… ?

— Je ne sais pas si c'est ta dernière lubie de voyante, faire la sourde oreille à tout ce que tu ne veux pas entendre, faire comme si personne n'avait rien dit…

— C'est injuste ! Tu as toujours détesté mon boulot.

— Tu es une fausse voyante, Elle. C'est de l'arnaque.

Je refoule mes larmes et je lui réponds d'une toute petite voix.

— Je fais de la psychologie intuitive. Mais pourquoi nous disputer ? C'était un accident.

— Je t'ai demandé de venir habiter chez moi, et tu m'as lancé des *tortillas* brûlantes à la poitrine !

— C'est la surprise, je ne m'y attendais pas. Je… je ne sais pas quoi répondre… D'un côté, j'ai vraiment envie de venir m'installer chez toi, mais je… je ne voudrais pas tout gâcher.

Je parle en faisant de grands gestes, mais en réussissant cette fois à ne pas aggraver la situation de Merrick. Il est planté là devant moi, avec son sac à glace, et l'eau commence à dégouliner le long de sa poitrine.

— Tu ne gâcheras rien du tout.

— Imagine que je te casse quelque chose…

— Je prends le risque !

Il me passe la main tendrement autour du cou et m'attire à lui.

— Alors… tu viens habiter chez moi ?

C'est plus fort que moi, je ne peux pas.

J'ai emménagé chez mon ex-fiancé, Louis, au bout de trois mois, et nous avons vécu six ans ensemble. Je fréquente Merrick depuis quatre mois environ, et ce n'est pas Louis. Enfin, façon de parler… car Merrick *s'appelle* bien Louis, c'est son prénom. Mais alors que Louis était un perfectionniste chatouilleux, limite maniaque, Merrick est… je veux dire, *n'est pas* comme ça. Lui, c'est un adorable perfectionniste, gentil, prévenant. Le genre de mec dont on se dit, quand on le voit avec une autre femme : *Mais pourquoi je ne peux pas trouver quelqu'un comme ça ?*

Le problème, c'est qu'il est trop bien pour moi. Il a une maison, un métier, et il sait qui il est. Quand Louis m'a quittée juste avant le mariage, dans la dernière ligne droite, je me suis juré de ne plus jamais perdre la raison pour un homme. Et puis Merrick est arrivé… C'est un homme tellement adorable que je pourrais lui vendre mon âme pour l'éternité et… justement, c'est ça le problème : difficile de résister à la tentation. J'ai une trouille monstre de me raccrocher à lui, de devenir dépendante, de l'étouffer… Et, s'il arrive à se libérer à temps de mon étreinte, il partira en courant.

Pauvre Merrick. Il a dû croire que je sauterais de joie… comme n'importe quelle femme normalement constituée. Pourquoi ne suis-je pas *plus* normale ? Il faut que je me fixe cet objectif : me comporter comme mes semblables. Je suis un peu comme la sœur virtuelle de Pinocchio. Je refuse de devenir une vraie fille.

Je suis toujours plantée devant Merrick, la bouche ouverte. Le silence s'éternise… Puis Merrick jette les cubes de glace fondante dans l'évier.

— Je vais me coucher.

Il me laisse seule avec ce qui reste de mon petit en-cas de minuit.

2

Le lendemain matin, lorsque je m'extrais du canapé où je me suis lovée près de Miu pour finir ma nuit, Merrick est déjà parti. Il m'a préparé du café, ce qui tendrait à prouver qu'il ne me déteste pas. Je paresse un peu dans la maison, puis je nettoie la cuisine (il y a du sucre partout) en me reprochant mon attitude à la Pinocchio. Encore heureux que mon nez ne s'allonge pas quand je mens… il ferait au moins soixante-dix mètres de long ! Ce serait le paradis des points noirs et je me ruinerais en fond de teint !

Au moment où je vais m'attaquer au roman de science-fiction, je me rappelle tout à coup que j'ai rendez-vous dans six minutes. Je me prépare en coup de vent et je pars comme une fusée. Quand j'arrive chez Randy, je n'ai jamais que vingt minutes de retard.

Randy est un guérisseur qui reçoit ses clients dans sa maison délabrée mais néanmoins confortable en bord de mer. Il me pardonne mon retard et me fait entrer dans son salon, puis m'offre un grand verre de thé glacé.

Après un petit speech d'introduction qui me donne une furieuse envie de fuir en courant, il me parle de son credo.

— Beaucoup de gens trouvent cette pratique étrange, mais c'est un traitement ayurvédique vieux de plusieurs siècles, voire de plusieurs millénaires. Les Aztèques et les peuples de la Chine ancienne pratiquaient tous l'urinothérapie. On en parle même dans la Bible.

Prise d'un doute, je refuse son thé glacé…

— Dans la Bible ?

— Oui, dans les Psaumes. Il est écrit « Bois à ta propre fontaine, là où coule l'eau qui vient de toi ».

— Je… suppose que ça signifie « le ruisseau de votre jardin » ?

Il lève un doigt pour m'intimer le silence. C'est qu'il n'a pas l'air content !

Puis il lâche d'un ton sentencieux :

— L'esprit est comme un parachute…

— Ne sautez pas d'un avion *sans*, c'est ça ?

— … il ne fonctionne que s'il est ouvert.

Je lui réponds que tout, à mon sens, est une question de chance. Même avec un parachute ouvert, vous pouvez faire une mauvaise chute. Pour ma part, j'ai toujours eu une bonne étoile. En particulier quand je jouais les voyantes-détectives. C'était il y a quatre mois. A la suite d'une série de mésaventures et d'heureuses coïncidences, j'ai résolu le « cas du chiot kidnappé ». Ce n'était pas le titre de mon autobiographie, comme le clamait Maya, mais l'histoire d'une femelle golden retriever qui avait été volée dans un refuge de la SPA. J'ai aidé les autorités compétentes à retrouver ce scélérat, et grâce à ce haut fait de la lutte contre le crime, les médias ont rendu hommage à mes pouvoirs psychiques, aussi bien dans le journal que sur la chaîne de télé régionale.

Une quinzaine de jours après avoir été encensée, et alors que je retombais très vite dans l'anonymat le plus complet, j'ai reçu un coup de fil de Teri Clifton, la rédactrice en chef du *Santa Barbara Permanent Press*. Elle m'a dit des choses que jamais je n'avais entendues auparavant.

— Vous êtes exactement celle que je cherchais. Accepteriez-vous de tenir une rubrique dans mon journal ?

Vous vous rendez compte ? Ma propre rubrique. *Sex and the City à Santa Barbara*. Je me voyais déjà en splendide créature branchée arborant des tenues de designer à deux mille dollars, adulée par ses amis et la repartie facile... Je me voyais déjà donner les meilleures adresses de *chocolate martini*, parler de la sempiternelle chasse aux sandales de rêve et aux mecs fréquentables. Je me souviens même que j'ai respiré un bon coup pour éviter de hurler ma joie !

— Je verrais bien une approche à la *Sex and the City*, mais adaptée à une petite ville, avec à l'occasion quelques incursions à Los Angeles, dans le Glamour Hollywoodien. Plus quelques brèves interventions de people dans chaque numéro, et les confidences exclusives de quelques *fashionistas* en vogue...

Mais elle m'a arrêtée tout de suite.

— Non. Je veux une rubrique New Age. Vous êtes voyante, pas spécialiste des soirées mondaines.

— Je *pourrais*, vous savez...

— Vous me ferez chaque semaine un topo sur une nouvelle technique de médecine douce. Par exemple une semaine sur l'acupuncture, la suivante sur l'interprétation des auras... Huit cents mots maxi. Ça vous va ?

L'interprétation des auras. Je me suis dit que ça pouvait être cool, je ne serais plus obligée d'écouter les gens parler.

— Vous dites huit cents mots... ?

Je crevais d'envie de lui demander quelle longueur ça représentait, mais elle m'aurait sûrement répondu que c'était un texte long de huit cents mots...

— C'est payé combien ?

— Soixante-quinze dollars l'article.

Avec une rubrique hebdomadaire, ça représentait dans les trois cents dollars par mois. Pour un boulot facile, ce n'était pas mal du tout ! Je croyais que l'écriture était à la portée de tous, y compris de crétins notoires.

— Mettrez-vous une petite photo de moi à côté du texte ?

— Non.

— Bon.

— Alors, c'est oui ou c'est non ?

Etre une fausse voyante, passait encore. Mais se

prétendre spécialiste des auras et de l'acupuncture, c'était une autre paire de manches… D'un autre côté, ma mère vendait des boules de cristal et des runes dans son magasin de Sedona, et je supportais parfaitement l'odeur de l'encens et le tintement des carillons à vent. Alors…

D'autant que… un extra de trois cents dollars par mois, ça ne se refusait pas !

— C'est d'accord.

Pour mon premier article, j'ai parlé d'un acupuncteur qui m'a demandé si mes seins étaient douloureux et qui voulait voir ma langue. Ça, je n'en ai pas parlé dans ma rubrique parce qu'il m'a collé des aiguilles dans le lobe de l'oreille et que ça m'a complètement débarrassée de ma migraine. Puis j'ai traité le cas d'un type spécialisé dans l'interprétation des auras. Je m'attendais à ce que mon aura personnelle soit dans les tons violet ou vert cendré, mais j'ai eu un choc en apprenant qu'elle était orange foncé, la couleur des gens psychiquement perturbés ! J'ai aussi interviewé un herboriste, et un mec qui fabrique des bougies d'oreille (ne me demandez pas en quoi c'est fait, tout ce que je sais, c'est que ce n'est pas du cérumen…).

J'ai continué ainsi pendant trois mois, et puis je me suis retrouvée à court d'idées.

C'est à cette époque que j'ai rencontré Darwin et Adele au Natural Café. Nous avions sympathisé lorsque je travaillais chez Connexion extralucide, une agence de voyance par téléphone où j'ai développé mes pouvoirs cachés avant d'être virée. Adele m'a suggéré de rencontrer un voyant qu'elle trouvait génial, mais Darwin et moi n'étions pas très chauds. Pourquoi risquer de révéler au grand jour que ces histoires de voyance sont de la foutaise ? Naturellement, nous avons trouvé un autre prétexte pour expliquer notre refus à Adele, car *elle* est persuadée que j'ai « le don ».

Adele m'a alors suggéré le nom de Randy, ardent défenseur de la théorie selon laquelle « chaque molécule de notre corps est pour ainsi dire faite sur mesure, pour assurer une tonicité maximale. Quatre-vingt-quinze pour cent d'eau, cinq pour cent de vitamines, de minéraux, d'enzymes, d'hormones, d'anticorps… »

Mais revenons à notre cher guérisseur…

— Si je comprends bien… euh, vous *en* buvez ?

— Tous les matins.

Je note « pipi » sur mon calepin. Comme si je pouvais oublier que ce type boit sa propre urine ! Voyant que je prends des notes, mon guérisseur s'enhardit.

— L'urine n'est pas un déchet toxique. C'est un produit obtenu après filtrage du sang et qui a le pouvoir de guérir de nombreuses affections. Si je vous disais que dans votre urine, il y a de la mélatonine… ce que votre médecin vous prescrit pour les vols long-courriers. Franchement, pourquoi acheter des comprimés alors que vous fabriquez vous-même cette substance ?

Euh, à votre avis ?

— Les laboratoires pharmaceutiques perdraient des milliards si les gens se mettaient à déguster leur propre nectar au lieu d'ingérer des comprimés. Voilà pourquoi ils se gardent bien d'étudier la chose. L'urinothérapie aide à combattre de nombreuses maladies, du cancer au SIDA, en passant par les gangrènes, les pathologies du cœur, le zona et la goutte. Je pourrais vous en citer bien d'autres encore.

— Surtout pas… Je veux dire, je pense en savoir assez.

C'est vrai, ça suffit comme ça ! D'autant qu'il ne me reste que six heures avant de remettre mon texte.

Sur le chemin du retour, je me dis qu'il y a du positif dans l'entretien que je viens d'avoir. Primo, c'est le sujet idéal pour rompre la glace avec Merrick. Et, deuxio, j'ai très bien fait de ne pas goûter à ce thé…

Merrick travaille au premier étage de l'immeuble où j'habite, un grand bâtiment jaune pâle de style victorien, à quelques pâtés de maisons à l'ouest de State Street. Je le trouve assis à son bureau, craquant comme tout avec sa chemise gris foncé, son pantalon sombre et ses cheveux un peu décoiffés. Le seul fait de le regarder m'arrache un sourire.

Je ne lui laisse pas le temps de me dire qu'il est toujours en colère contre moi.

— Ecoute-moi ça, c'est la meilleure de l'année ! Je viens d'apprendre que le fait de boire sa propre urine tous les matins donne le teint clair et les cheveux brillants. Tu te vois en train de boire ton urine, toi ?

Merrick se tourne vers les deux sexagénaires assis devant la table basse, sur des sièges chinois d'époque.

La femme a un rang de perles autour du cou, un sac Fendi et sans nul doute beaucoup de savoir-vivre… L'homme est vêtu de tweed de la tête aux pieds et respire l'opulence et la respectabilité.

Quelque part au loin, un grillon chante.

— Ce n'est pas ça du tout. Ha, ha ha ! Quel lapsus, c'est insensé. Je voulais dire : « Tu te vois en train de boire ta propre… »

Zut de zut ! Impossible de trouver un mot qui rime avec « urine » !

L'homme intervient :

— J'ai essayé une fois. J'étais dans la Peace Corps, en Inde.

Les lèvres pincées, la femme tente une diversion.

— Avery, s'il vous plaît… !

— Oui, j'ai goûté mon urine.

Voilà qui m'intéresse…

— Je peux vous citer dans mon article ?

Merrick décide qu'il est temps de se manifester.

— Si tu veux bien nous laisser…

Je me répands en excuses et je sors dans le couloir en fermant la porte derrière moi. Et je m'affale contre le mur comme un sac vide.

J'entends la femme demander :

— Qui était-ce ?

— Une personne qui habite à l'étage au-dessus. Elle est un peu…

Il ne termine pas sa phrase, mais ils éclatent de rire en chœur. J'imagine le geste que Merrick a pu faire…

J'en déduis qu'il est toujours furieux contre moi.

Une heure plus tard, de retour à mon appartement, j'ai l'œil rivé sur mon bloc-notes en attendant que l'inspiration vienne lorsqu'on frappe à la porte. Discrètement, mais fermement. Je reconnais la patte de Merrick. Je lui ouvre, et il me fait tout un cinéma pour vérifier que je suis bien seule dans la pièce avant de parler. C'est plutôt bon signe, ça veut dire qu'il ne me déteste pas.

— Si on allait boire un café ?

— C'est-à-dire… je suis en train de rédiger mon article.

Nos deux paires d'yeux convergent vers ma page blanche.

— Tu veux aller où ?

— Que dirais-tu de Bread and Water ?

Le lieu de notre premier rendez-vous… et de la catastrophe des capotes en déroute ! Ce jour-là, j'ai fait très fort : une imitation convaincante d'un distributeur de préservatifs en dysfonctionnement ! Et tout ça avec la participation du planning familial, d'un délinquant juvénile et d'un grand sac fourre-tout à trois sous. Mais c'est une longue histoire…

— Je préfère éviter.

— Je suis certain qu'ils ont oublié. Ça fait presque cinq mois.

— Ce n'est pas le genre de chose qu'on oublie, Merrick. Ils ne l'oublieront jamais.

— Tu te souviens… ? Un des préservatifs a atterri dans le café crème que la serveuse avait sur son plateau !

— Que dirais-tu du Coffee Bean ?

Miu vient d'entrer à pas feutrés pour renifler les chaussures de Merrick, et je lui dis d'aller chercher sa laisse. Comme elle me lance un regard bovin, je répète ma phrase. Elle en bave de plaisir… alors c'est moi qui vais chercher la laisse, et nous voilà partis tous les trois en direction de State Street. Miu est en tête, et tire sur sa laisse.

Au feu rouge de Chapala Street, je me lance :

— Je suis désolée.

— De quoi ?

Attend-il de moi que je fasse amende honorable pour ce qui s'est passé la veille au soir ?

— D'avoir déboulé dans ton bureau avec mon histoire d'urinothérapie alors que tu recevais des clients. J'espère qu'ils ne t'en ont pas voulu.

— Ils n'ont même pas relevé.

Je suis sûre qu'il ment pour me protéger.

— Je suis quand même désolée !

J'attache Miu à une chaise, devant le Coffee Bean, et nous entrons.

— Au fait, qui t'a branchée là-dessus ?

Je lui parle de Randy et de son histoire de Premier ministre indien, un buveur d'urine convaincu qui a vécu jusqu'à cent sept ans.

— Cela dit, attention ! L'idéal est de boire sa *première* urine du matin.

Puis je me tourne vers le mec derrière le comptoir.

— Un café crème vanille, s'il vous plaît !

Le type me regarde d'un air horrifié.

— Décidément, tu as vraiment intérêt à retourner à la fac !

— Pourquoi ? Pour fuir les buveurs de pipi et les obsédés qui s'informent de l'état de mes seins ? Excusez-moi, un *grand* café crème vanille, s'il vous plaît !

Le barman accuse le coup.

— Et aussi pour que tu cesses de t'inquiéter sous prétexte que tu as une âme rouge.

— Pas une âme, une *aura*. Et elle n'est pas rouge, mais orange foncé.

— Il y a quinze jours, tu t'inquiétais de la couleur de ton âme… S'il vous plaît, *deux* grands cafés crème vanille !

Le barman retombe sur terre et se précipite pour nous servir, sans doute pour se débarrasser de nous plus vite.

Nous allons en terrasse rejoindre Miu. Aujourd'hui, le temps est à la grisaille, le café bien chaud, mais trop sucré, Merrick solennel et trop zélé. Il essaie bien d'être gentil et prévenant, mais le problème, c'est qu'il n'arrête pas de me parler « diplômes »… D'après lui, je devrais tenter la maîtrise de conseillère en psychologie, mais ce genre de conversation a le don de me taper sur les nerfs.

Vous croyez que ça l'empêche de continuer ? Pas du tout.

— … le problème, c'est de savoir *où* tout ça va te mener à long terme. Qu'en penses-tu ? Tu sais à quel point je suis fier de ton travail, mais il arrivera un moment où il faudra bien trouver un vrai… je veux dire un boulot différent et plein d'avenir. Et le plus tôt sera le mieux. Etre une fausse voyante, pardon… une conseillère intuitive, c'est très bien à condition d'avoir un diplôme. C'est tout ce que je dis. D'ailleurs, pourquoi ne pas te servir de ton expérience pour bla bla bla… ?

Il sirote son café crème.

— … bla bla bla… et je ne parle même pas des éventuelles conséquences sur un plan juridique !

— Il paraît que manger son caca augmente le taux de vitamines B.

— Qu'est-ce que tu racontes ? C'est écœurant.

— Attends la suite ! Il m'a aussi parlé de…

Il passe la main sous la table pour me pincer la cuisse. Puis il m'embrasse avant que j'aie le temps de donner l'alerte. Sa bouche a un goût de vanille et de Merrick.

Collée à ses lèvres, je lui murmure : « Je suis désolée. » Désolée de l'avoir mis mal à l'aise en présence de ses clients et d'avoir fait celle qui ne comprenait pas quand il m'a demandé de venir habiter chez lui.

Il m'embrasse sur l'oreille.

— Suffisamment désolée pour t'inscrire à ce cours… ?

Je m'écarte de lui en pestant… mais je me dis qu'il a peut-être raison. Toutes ces histoires de carrière me passent encore largement par-dessus la tête, je dirais même qu'à en juger par mon expérience de ce matin je ne maîtrise pas encore très bien le concept. Est-ce que ces cours pourraient m'aider ? Je l'ignore, mais Merrick et Maya sont tous les deux persuadés que oui.

— Bon, d'accord. Je vais me renseigner.

Merrick m'embrasse de nouveau.

— Moi aussi, je suis désolé pour cette nuit. Je t'ai posé la question brutalement, de but en blanc. Je croyais… je ne sais pas. Je t'aime, tu comprends…

S'il réagit comme ça juste parce que je lui ai promis de me renseigner, quelque chose me dit que je pourrais me retrouver vite fait avec un doctorat !

La bonne nouvelle, c'est que Merrick ne m'en veut pas à mort. La mauvaise, c'est qu'il ne me reste que quelques heures pour remettre mon article à *Permanent Press*. En plus, il faut que je fasse des recherches sur les cours de psychologie. En général, quand j'ai besoin d'un ordi, j'emprunte celui de Merrick (Teri exige que mon article soit dactylographié). Mais il en a justement besoin cet après-midi. Je lui confie donc la laisse de Miu — qui se fera un plaisir de se coucher en rond dans un coin du bureau — et je me dirige vers le journal.

Les locaux abritaient naguère une banque. Le patron et la rédactrice en chef sont installés dans l'ancien fief des gestionnaires de crédit. La fabrication se trouve derrière les guichets. Quant aux commerciaux et aux journalistes, ils sont assis derrière d'imposants bureaux métalliques au centre de la salle. La compta, elle, est hébergée dans l'ancienne salle des coffres.

Je me tourne vers Patricia, l'hôtesse d'accueil.

— Ça sent toujours le pop-corn, ici.

— C'est vrai, on se croirait dans une ancienne salle de cinéma.

Patricia me rappelle le personnage de Loni Anderson dans la sitcom *WKRP in Cincinnati*. C'est une black aux cheveux blonds, et rien ne lui échappe.

— Vous avez rendez-vous avec Teri ?

— Je dois rendre un article, et je voudrais emprunter un ordi. Le mien est HS.

Ici, au journal, je n'ai jamais avoué à personne que je n'avais pas d'ordi. Ça ne fait pas très pro, et comme j'ai l'intention de m'en acheter un… J'ai repéré un PowerBook dix-sept pouces, mais il me manque encore deux mille sept cents dollars. Ça n'est jamais que l'équivalent de neuf articles ! Non, plutôt trente-six… ? Enfin, dans ces eaux-là.

— Rick est en vacances, vous pouvez prendre le sien. Mais évitez que Teri ne vous voie. Elle est sur le sentier de la guerre. O'Malley s'est fait débaucher par *L.A. Times*.

O'Malley était le journaliste star de *Permanent Press*, avec ses chroniques politiques très agressives qui faisaient chaque semaine du journal un must incontournable pour la plupart des habitants de Santa Barbara. Ça et la rubrique « films de la semaine ». Ses articles étaient toujours un cran au-dessus des autres, et la démarche du *L.A. Times* ne me surprend pas.

Si je vous disais que depuis que j'ai commencé à rédiger mes articles, j'ai pris O'Malley pour modèle, avec son mépris affiché pour les politicards, et sa façon géniale de traiter les nouvelles locales. Et, surtout, cet esprit mordant qui était sa patte. J'ai tenté d'avoir la même approche, mais il y a un gouffre entre le journalisme d'investigation et la promotion des runes et des lavements du côlon !

Cela étant, le fait qu'il soit parti est peut-être une chance pour moi… Le journal a besoin d'une nouvelle recrue qui frappe fort, d'un jeune loup pour reprendre le flambeau… encore que les jeunes loups, ça ne doit pas manquer au journal ! Il faut que j'étudie ça. En fait, la seule et unique raison qui peut m'empêcher de devenir une grande journaliste, c'est le type de sujet que j'aborde.

Sans compter que si on me confie la rubrique de O'Malley, j'aurai une bonne excuse pour ne pas m'inscrire aux cours de psycho.

En me dirigeant vers le bureau de Rick, je passe devant un groupe de mecs agglutinés autour d'un ordi. Ils doivent travailler sur une info de dernière heure. Le plus âgé d'entre eux capte mon regard, et le type assis devant son ordi — un blond, sûrement un commercial — clique sur la souris en disant :

— Vous allez voir. Ça décoiffe !

Je pose mon bloc-notes sur le bureau de Rick, façon grand reporter. Moi aussi je travaille sur un sujet choc, j'ai juste besoin d'un bon titre. Peut-être « *Votre santé avant tout* » ?

Le commercial lit à haute voix :

— Bronzage intégral à Santa Barbara, sous les caresses du soleil.

Le type plus âgé s'éclaircit la gorge. Un autre reste bouche bée, comme hypnotisé par l'écran.

— *Ça,* c'est de l'info locale ! Est-ce qu'elles sont toutes du coin ?

Le vieux répond :

— Y en a marre de tous vos trucs porno !

Les autres mecs finissent par s'apercevoir de ma présence, et, *pfttt*, les voilà partis. Beurk. Ces hommes, je vous jure ! Ils ne pensent qu'à ça… Je devrais appeler Teri pour lui en toucher deux mots, mais elle s'étonnerait que je n'aie pas encore livré mon texte, alors je préfère les ignorer.

Il faut absolument que je trouve ce titre. Pourquoi pas « Les bienfaits de l'urine » ou « La vie en jaune » ?

Le problème, c'est que les médecines alternatives et l'ésotérisme, je n'en ai rien à cirer ! Pondre des articles sur le pouvoir des cristaux ou des aimants et sur la pensée positive ne m'intéresse pas. Je veux quelque chose de plus percutant, et le départ d'O'Malley, c'est exactement l'occasion que j'attendais.

Ce qui est embêtant, c'est que je ne connais rien à la politique locale. Et si je visais plus haut, si j'abordais des sujets nationaux ? Il m'arrive, par exemple, de me demander si nous aurons jamais une femme président. Certains pensent que c'est Hillary Clinton qui a les meilleures chances, mais moi je dis qu'ils ont tort. Notre première présidente sera républicaine, comme

Thatcher en Angleterre. En fait, Thatcher n'était pas républicaine, et pour cause… Elle faisait partie des Whigs. Ou des Tories, je ne sais plus. Je ne sais même pas si les Whigs existent encore ! Mais tout ça n'a aucune importance. Personne ne va me demander si je m'y connais en politiquc étrangère. Mieux vaut m'en tenir à mon point fort : la politique intérieure.

Je lance le logiciel de traitement de texte, prête à m'embarquer dans une nouvelle carrière. J'écris la première phrase : *Vous êtes-vous déjà demandé qui sera nitre première présidente ?*

Un peu plus tard, Patricia passe me voir.

— Vous êtes encore là ?

Je m'arrache à la lecture de mon article.

— Pourquoi ? Quelle heure est-il ?

Elle jette un coup d'œil vers l'immense horloge de la porte d'entrée, visible par tous.

— 13 h 45.

Zut ! Je suis assise ici depuis deux heures et mon article se résume à cette seule phrase : *Vous êtes-vous déjà demandé qui sera nitre première présidente ?*

Patricia regarde par-dessus mon épaule.

— Ce sera Oprah Winfrey. Et vous avez fait une faute de frappe : c'est *notre*, pas *nitre*…

— Oprah… ?

— Vous ne voteriez pas pour elle, vous ?

— Bien sûr que si.

— C.Q.F.D. !

Je positionne le curseur derrière le point d'interrogation, et je commence à effacer ma phrase.

— Apparemment, vous n'avez pas beaucoup avancé.

— L'ordi a planté, et j'ai tout perdu. J'ai été obligée de recommencer. Ce n'était pas une bonne idée.

Je finis d'effacer la phrase.

— Vous savez, Rick n'arrête pas de dire que son ordi est un dinosaure. Lui aussi a eu des problèmes.

Vous êtes témoins ? Pas d'erreur, je *suis* bien une voyante. On n'échappe pas à son destin.

Je fais un geste vers mon front.

— Tout est là-dedans, heureusement !

Je change ma phrase : *Vous êtes-vous déjà demandé quel effet ça fait de boire votre urine ?* et je boucle l'article avec une heure de retard sur le délai de livraison. Je glisse en douce le texte dans la corbeille de Teri et je m'éclipse discrètement.

3

Maya tient un bar avec son père, à deux pas de State Street. Mais, là-bas, on se croirait au bout du monde. Shika — c'est le nom du bar — ressemble à une ville morte. On passe sans transition d'une rue animée à un lieu où la vie semble s'être arrêtée.

Je m'y rends un jeudi vers 17 heures, après avoir passé plusieurs jours cloîtrée chez moi, à parcourir des revues spécialisées dans le mariage.

J'aperçois Monty, mon proprio, perché sur son tabouret habituel. C'est dans ce bar que je l'ai rencontré. A part lui et le barman — l'unique employé de Maya, un jeune homme de vingt-deux ans avec un piercing dans le sourcil et prénommé Kid —, il n'y a personne !

Je me hisse sur le tabouret près de Monty et je me mets à le détailler d'un œil critique. Personnellement, je trouve que c'est l'homme le mieux habillé de Santa Barbara. J'ai même fait des pieds et des mains pour que *Permanent Press* ajoute une nouvelle catégorie à son sondage annuel sur les Favoris des Lecteurs, juste pour pouvoir voter pour lui. Mais aujourd'hui il porte un pantalon *chino* noir qui lui va comme une barboteuse à une vache, et un polo rayé noir et blanc.

Je lui fais une bise sur la joue.

— Monty... ça ne va pas ?

— Je suis en deuil.

— Oh, je suis vraiment désolée ! Mais... pourquoi cette tenue ? Le défunt ne méritait pas un bon vieux costume ?

— Les taux d'intérêt ont grimpé *d'un point* au cours du dernier mois. Mes marges s'effondrent.

Il avale une gorgée de gin tonic, histoire de se consoler.

— Ce n'est pas drôle, Elle. C'est dramatique.

Monty possède la moitié de Santa Barbara, alors je ne m'inquiète pas beaucoup pour lui. En revanche, je commence à me faire du mouron pour moi.

— Vous n'allez pas augmenter mon loyer, j'espère ?

Je lui décoche mon plus beau sourire (le plus intéressé aussi), et il détourne les yeux. Peut-être est-il gêné vis-à-vis de moi ?

— Non, mais j'ai fini par louer d'autres locaux dans votre immeuble. Une nouvelle société va s'installer juste en face du bureau de Merrick, et un particulier au deuxième étage, avec un bail mi-locatif, mi-commercial.

J'ai du mal à cacher ma déception. J'aimais bien que Merrick et moi gardions l'immeuble pour nous tout seuls, c'était marrant. Bien sûr, je savais que Neil, le meilleur ami de Merrick, le menuisier, venait de finir les travaux. Ce n'est donc pas une énorme surprise. J'espère au moins que mon loyer restera à un niveau acceptable (actuellement, Monty me fait presque la charité !).

— Qui sont ces gens ? C'est une société de quoi ? Et le locataire du second, il est comment ?

— Ne me dites pas que vous vous inquiétez de leur capacité d'endettement…

Il faut dire qu'un jour Monty a fait une enquête sur mes finances, et il en rigole encore chaque fois qu'il y repense.

Avant que je puisse concocter une réplique cinglante, Maya émerge de l'arrière-salle.

— Salut, Elle. Tu ne bois rien ?

— Si je ne m'abuse, nous allons parler de l'organisation du mariage pendant le dîner, non ? Alors je préfère avoir les idées claires.

Et, en plus, Kid ne m'a rien proposé.

— Je crois que c'est moi qui vais avoir besoin d'un bon verre…

Je présente mes condoléances à Monty et je suis Maya dehors. Le soleil ne va pas tarder à se coucher. Le sommet des immeubles brille dans les derniers rayons de lumière, sur un fond de ciel bleu pâle. Le reste est déjà dans l'ombre.

Maya rompt le silence la première.

— Quelle journée magnifique… Il était temps !

Ça ne fait jamais qu'une semaine que nous n'avons pas

eu un ciel sans nuages, mais les gens d'ici deviennent nerveux dès qu'ils sont privés de soleil deux jours de suite.

— Merrick va travailler tard, ce soir. On pourrait aller chez lui admirer le coucher du soleil et commander des pizzas.

— Ça me va.

— Tu devrais passer la commande au bar, comme ça, elles arriveront chez Merrick en même temps que nous.

— Quel sens de l'organisation !

Je peux me tromper, mais j'ai l'impression qu'il y avait une pointe d'ironie dans sa voix.

— Attends de voir ce que je t'ai concocté pour ton mariage…

— Je suis… vraiment impatiente d'en savoir plus. C'est sûrement génial. Je te commande une pizza à quoi ?

J'ignore son manque de confiance évident envers moi.

— Décide toi-même. Ah, j'oubliais ! Pense à prendre une bouteille de vin. Moi, je me charge du dessert. On se retrouve là-bas.

— Tu crois peut-être qu'il y a des cavistes à tous les coins de rue ?

— N'exagérons pas. Mais je compte sur toi pour choisir une bonne bouteille, pas comme cette piquette que tu fais passer pour du vin de pays !

— De la piquette ? Je t'interdis de dire ça.

Elle retourne derrière le bar.

Et voilà ! Ça lui apprendra à faire la fine bouche dès que je lui parle de l'organisation de son mariage ! Mais je suis sûre qu'elle va tomber des nues en découvrant ce que je lui ai concocté.

Je prends la direction de la maison de Merrick. Je m'arrête en chemin pour acheter des Snickers que je range dans le freezer avant d'installer l'album de mariage sur la table basse. Le livreur de pizzas précède Maya de peu. Je règle la note et je soulève le couvercle en carton.

— Des champignons, c'est ça ?

— Tu ne voulais pas que je commande des *pepperoni* ?

— Oh, ça suffit ! Comme si tu avais des problèmes de poids… !

Maya est un petit bout de femme adorable… une Vénus de poche.

— Qui te parle de calories ? C'est à cause de la *kashrout*.

— La quoi ? Je crois avoir pondu quelque chose sur un mec qui en fume…

— En fait, je mange casher.

Je l'emmène dans la cuisine et je commence à mettre le couvert.

— Depuis quand manges-tu casher ?

— J'ai des principes.

Je regarde d'un sale œil le cubitainer de cabernet qu'elle a apporté.

— Moi aussi.

Maya ouvre les tiroirs à la recherche d'un tire-bouchon et me lance :

— Oh, ça va ! Comme si je ne t'avais pas vue écluser un cubitainer de Gallo *plus* un mélange de schnaps, de rhum, de Coca et de menthe en une seule nuit !

— Le Coca à la menthe me donne encore des cauchemars, si tu veux savoir.

Nous dînons dans le patio. Le soleil jette ses derniers feux avant de sombrer dans l'océan là-bas, derrière les îles. Une bande de pélicans passe au ras des vagues, et des chiens courent sur la plage en jappant. Leurs aboiements sont aussitôt repris en écho par Miu, allongée à mes pieds. La pizza est bonne, le cabernet meilleur encore.

Maya mord dans sa part de pizza.

— Nous voilà donc dans la maison de Merrick. Il t'a donné une clé ?

J'avale une gorgée de vin. C'est à tomber à genoux.

— Il veut que je m'installe chez lui.

Maya s'étrangle avec le fromage.

— Quoi ? *Ici* ?

— Mais non, dans son bureau. Il a transformé la pièce du fond en boudoir, exprès pour moi.

— Je ne vois vraiment pas l'intérêt. Ton appart' est quand même mieux…

— Ce que tu peux être bête ! Tu ne vois pas que je te fais marcher ? Ici, bien sûr.

Un jour, je l'avais fait marcher à propos de mon ex, Louis. Elle avait même couru !

— Et d'abord, qu'est-ce que tu entends par « ton appart' est quand même mieux » ?

— Merrick t'aime vraiment, n'est-ce pas ?

Je ne peux m'empêcher de hocher timidement la tête, mais avec cette sensation désagréable de tenter les démons de la rupture.

— Je crois que oui.

Maya regarde à travers les portes-fenêtres du salon.

— Alors, qu'est-ce que tu attends pour vivre avec lui ? Mais attention ! Je ne suis pas certaine qu'il soit d'accord pour que tu débarques ici avec tes meubles Ikea.

— En fait, je ne sais pas si je vais accepter…

— D'emménager chez lui ?

— Oui.

— Mais, Elle… pourquoi ? Je croyais que tout se passait superbien entre vous. Et Merrick aussi en est persuadé, c'est évident.

— C'est la vérité, ça se passe superbien. C'est justement ça, le problème. Pourquoi changer ?

— Il t'aime, Elle. Il ne te laissera jamais tout ficher en l'air.

— Et si j'avais peur que ce soit *lui* qui gâche tout ?

— Je vois… Dis-moi, depuis combien de temps nous connaissons-nous, toutes les deux ?

— Ça va, je sais ce que tu vas me dire… Que je fais un transfert entre Louis Premier et Merrick, et que je gâche ma vie en m'accrochant comme une sangsue à la sienne…

— Si tu retournes à la fac, ça n'arrivera pas.

— Est-ce que vous vous rencontrez en secret dès que j'ai le dos tourné pour organiser ma vie, tous les deux ?

— Pas la peine, c'est une simple question de bon sens. Tu peux devenir une grande psychologue, mais Merrick a raison : il faut arrêter de jouer les voyantes intuitives ou je ne sais quoi…

Elle fait de grands gestes avec son morceau de pizza, comme si elle dessinait une boule de cristal… ou simplement pour insister sur la vacuité de cette activité.

— Pas voyante, *conseillère* intuitive. En d'autres termes, une « amie à l'écoute ». Je ne vois pas pourquoi j'aurais besoin de suivre des cours pour ça.

— Parce que tu les fais *payer*…

Je n'avais pas pensé à ça.

— Alors, tu vas t'inscrire ?

— Je lui ai promis de le faire.

— Tu ne m'as pas répondu. Tu vas t'inscrire… ?

Je lui tire la langue tandis qu'elle reprend une quatrième part de pizza. Mais où réussit-elle à fourrer tout ça dans son corps d'ado prépubère ?

Nous terminons la pizza, et je fais du thé pour accompagner les Snickers qui doivent être congelés à l'heure qu'il est.

Le ciel s'est obscurci, et nous rejoignons les sièges confortables du salon. Je remets mon « album de mariage » à Maya : c'est une sorte de classeur lavande à trois anneaux de cinq centimètres d'épaisseur, un condensé de mes projets pour un mariage parfait. Le passage du témoin a un petit côté biblique — on croirait la Main de Dieu remettant à Moïse les Tables de la Loi avec les Dix Commandements ! Il me semble entendre un chœur céleste célébrer nos louanges… mais ce n'est que le sifflement de la bouilloire.

Je verse le thé.

— Tu sais, ce ne sont que des idées couchées sur papier, pas gravées dans la pierre. On peut faire des modifs.

Maya feuillette l'album. Tout y est : le menu, la cérémonie, les suggestions pour le choix du gâteau. Le tout collé avec soin sur un papier crème orné de fleurs séchées. J'ai même dressé une liste des traiteurs et des artistes joailliers qui se sont vu décerner un prix.

Maya marque un temps d'arrêt à la section *Brunch léger*.

— Du homard ?

— Pas facile d'en trouver en avril, mais j'ai appelé une homarderie dans le Maine. Le mec m'a promis qu'il pouvait m'en faire acheminer au moins cinquante par avion.

— Tu as appelé une homarderie… ?

— Un type absolument charmant. Je l'ai trouvé sur Internet. Tu savais qu'ils avaient leur propre calendrier ?

— Quoi ?

— Tu as bien entendu. Comme les calendriers de rugbymen…

— C'est possible, mais le homard n'est pas casher, Elle.

— Ah… d'accord. Bon, je pourrai peut-être trouver un éleveur de saumons…

Maya ne dit rien, mais n'en pense pas moins. Elle continue de feuilleter le classeur. Il y a des croquis de robes de mariée, de nappes et de décorations de table, avec une abondance de détails sur les textures et les coloris.

— Regarde ! J'ai même pensé à assortir les échantillons de tissu aux robes !

Elle promène un ongle sur le taffetas moiré.

— Je vois, oui.

— Tu sais que ça m'a pris pas mal de temps…

Elle aborde un nouveau chapitre.

— Tu crois que je devrais mettre un voile ?

— C'est la mariée classique. Et puis tu veux avoir l'air d'une vraie princesse, oui ou non ? Le voile camoufle bien les cheveux.

Je lorgne ses pauvres boucles, courtes et maigrichonnes, et je pointe fièrement le doigt sur mes anglaises de trente centimètres. Maya est sans nul doute plus futée que moi, mais elle est la première à reconnaître que mes cheveux sont mieux que les siens.

Elle ne bronche d'ailleurs pas et parcourt rapidement ce qu'il y a de meilleur dans l'album : les petits cadeaux pour les invités, les formulaires à remplir pour les organisateurs de mariages, les endroits branchés où enterrer sa vie de jeune fille (les coins chauds… et d'autres plus classiques).

Puis elle arrive à l'avant-dernière page.

— Et ça, c'est quoi ?

— Le gâteau.

— La statue de la Liberté ?

— Oui. C'est pour un mariage à thème… patriotique. Je veux dire, au cas où il y aurait une seconde attaque…

— Ce n'est peut-être pas du meilleur goût.

— Sauf si on met de la crème au beurre. Et regarde-moi ça ! Le flambeau s'allume.

Maya referme l'album.

— Tu veux que je te dise ? Ça, c'est *ton* album. Tu l'as fait en pensant à *ton* mariage, ton fracassant mariage avorté avec Louis. Où es-tu allée chercher que j'avais envie de ronds de serviette avec une livre sterling brodée dessus, du champagne Veuve Clicquot et un chœur de gospel ?

— C'est génial, comme idées, non ?

— Géniales, peut-être… mais *recyclées*.

— Et alors ? Ce n'est pas interdit, que je sache. C'est même une bonne chose. Et je ne partagerais ces idées avec personne d'autre que toi, car j'ai choisi les meilleures.

Ça me fait penser… si jamais je me marie un jour, il faudra que je me concocte un nouveau plan d'attaque !

— Mais ça ne me ressemble pas, Elle. Et ça ne ressemble pas non plus à Brad. As-tu vraiment pensé à *nous*, en le faisant ? Nous ne voulons pas d'orchestre, juste un mec qui joue de la guitare.

Je tombe du ciel.

— Je t'assure que tu te trompes, Maya. J'ai *vraiment* pensé à toi. Il m'est arrivé d'assister à des mariages avec « juste un mec qui joue de la guitare », comme tu dis. Et, crois-moi, ce n'est pas ce que tu veux.

— Mais si !

— Tu vois le gars en train de jouer du Sting ? Ça ne colle pas, Maya.

— Alors tu devras peut-être renoncer à venir à mon mariage, parce que j'y tiens !

Là, les choses commencent à se gâter. Nous passons vingt minutes à nous prendre la tête : la musique, les menus, tout y passe. Et ça dégénère… Oui, Dominique Pergosi l'aimait plus que moi en onzième, parce qu'elle s'était mise à jouer les allumeuses. C'était d'autant plus injuste qu'elle était plus mignonne que moi, et que j'avais besoin d'un cavalier pour la fête des anciens élèves !

Je finis par hurler :

— Très bien ! Puisque c'est comme ça, marie-toi à *Goleta* !

Et je claque la porte d'entrée.

Je reste un bon moment derrière, à essayer de reprendre mes esprits. C'est ce qu'on appelle faire une sortie en beauté, mais, sur un plan purement stratégique, c'est plutôt raté.

Maya ouvre la porte.

— C'est moi qui étais censée sortir en claquant la porte.

— Tu n'as jamais été douée pour ça, tu es bien trop petite. Alors à part brailler…

— Espèce d'idiote, va ! Bon, je t'appelle…

Merrick rentre une heure plus tard, tout ébouriffé, plus craquant que jamais. Il sourit d'un air mystérieux.

— J'ai une surprise pour toi.

— C'est vrai ?

Je déloge Miu du canapé. Elle s'étire, puis trotte vers Merrick pour l'accueillir. Je m'extrais à mon tour du canapé pour la suivre.

— C'est une glace ?

Il faut dire que, côté dessert, mes Snickers n'ont pas tenu longtemps !

Merrick gratouille la tête de Miu d'une main et, de l'autre, il cache quelque chose derrière son dos.

— Mieux que ça !

Ça me laisse rêveuse. Mieux qu'une glace ? Deux glaces, peut-être… Je tente de regarder derrière son dos, mais il fait un pas de côté pour que je ne voie rien et m'embrasse.

— Alors des chaussures ?

Il éclate de rire.

— Allez… cherche !

Je l'embrasse lentement du cou jusqu'à la poitrine et je déboutonne sa chemise. Puis je glisse le doigt dans sa ceinture.

— Du miel ?

Il passe sa main libre dans mes cheveux. Cette fois, sa réponse se fait attendre un peu.

— N-non… Ce n'est pas du miel.

Je demande, en déboutonnant son pantalon.

— De la réglisse ?

— Tu chauffes…

C'est bizarre, mais j'ai dans l'idée qu'il ne parle plus de la surprise…

J'en profite pour attraper ce qu'il cache derrière son dos et prendre la fuite. C'est une enveloppe en papier kraft et adressée à Merrick. Quelle déception !

— Une lettre ? C'est ça, ma surprise ?

Il sourit, l'air sûr de lui.

— Tu devrais l'ouvrir…

Ce sont peut-être des billets d'avion pour Paris. Je ne suis jamais allée à Paris. Paris en janvier, ça doit être d'un romantique…

Je déchire l'enveloppe. A l'intérieur, il y a un dépliant bleu marine de l'université Laverna, service des inscriptions. J'ai beau tourner et retourner le dépliant dans tous les sens, ça n'a rien à voir avec une agence de voyages.

Vous parlez d'une surprise ! Une vraie mascarade, oui ! Ça frôle même la tragédie.

Merrick, lui, a toujours l'air aussi enthousiaste.

— Ils ont un cursus de préparation à la maîtrise de psychologie. Ça ne dure que dix-huit mois si on suit les cours à plein temps, et c'est au centre-ville. Tu peux y aller à pied de chez toi.

Il ajoute même avec un sourire en coin.

— Enfin, tant que tu restes dans ton appart'.

— Mais oui, bien sûr ! Merci. Dix-huit mois…

Je lance le dépliant sur le buffet.

— Si je comprends bien, pas de glace !

Merrick sort du dépliant un feuillet rose.

— Ils organisent une réunion d'info demain soir. Je pense que tu devrais y aller.

— Peut-être, si j'ai le temps. Je vais y réfléchir.

— Elle, tu m'as donné ta parole…

— Je suis désolée. C'est juste que… je suis ta petite amie, pas une môme de douze ans.

— Par moments, tu te conduis comme une gamine de douze ans.

— Il n'est pas question de conduite, en l'occurrence.

Merrick soupire.

— Décidément, tu ne prends pas ça au sérieux.

— J'ai dit que j'allais y penser. Mais je n'ai pas envie d'en *parler* !

— Tu ne prends jamais rien au sérieux.

C'est faux ! J'ai passé six ans de ma vie à la recherche de la paire de bottines parfaite, couleur cognac et à moins de trois cents dollars. L'ennui, c'est que les seules choses que je prends au sérieux n'ont pas vraiment d'importance. Je suis bien plus douée pour le shopping que pour faire carrière ou me faire des relations. Exception faite du billard, peut-être. Je ne suis vraiment pas douée pour le billard.

J'attrape le cabernet et je bois directement au goulot.

— Bon, d'accord. J'irai.

— Tu feras au moins un essai ?

— Va pour un essai…

— C'est tout ce que je te demande.

Il me tend les bras, et je m'y réfugie. Je me sens tellement bien quand nous sommes dans les bras l'un de l'autre ! Si seulement je pouvais faire taire cette petite voix lancinante qui n'arrête pas de me susurrer : *Merrick veut que tu changes.*

Pourquoi ne peut-il m'accepter telle que je suis ?

Je passe la journée suivante passablement déprimée. Maya déteste la façon dont j'ai organisé son mariage, et Merrick tient à ce que je m'améliore ! De toute façon, je passe mon temps à décevoir les gens.

En fin d'après-midi, je fais un saut au journal pour soumettre à Teri, ma rédactrice en chef, mon idée de rubrique politique.

— Je verrais bien une chronique façon O'Malley, mais d'un point de vue féminin.

— Vous êtes une femme, non ?

Que veut-elle dire par là ?

— Euh… oui. L'approche serait plus nationale que régionale. Une sorte de balayage des grands événements.

— Vous pouvez me donner un exemple ?

J'ai beaucoup de mal à me concentrer car je suis debout dans son bureau, le dos à la fenêtre, et je parie que les gens ont une vue imprenable sur mes fesses. A travers la vitre, elles doivent faire bien plus grosses qu'en vrai !

Tout ce que je réussis à répondre, c'est :

— Eh bien, la première femme présidente, par exemple. Si jamais c'était une black ?

Teri me tend une carte de visite.

— Tenez, ce sont les coordonnées d'une voyante pour animaux de compagnie. Je ne veux plus entendre parler de vos histoires de café du commerce ! Emmenez votre chien en consultation chez elle, et rendez-moi vos huit cents mots mardi au plus tard.

— C'est une très bonne idée.

Une consultation à l'œil ! Peut-être que j'en saurai davantage sur le passé de Miu.

— Je sais, j'y ai réfléchi. A partir de maintenant, je vous demande de me soumettre vos idées d'article avant de rédiger les textes.

— Pour approbation ?

— Entre autres…

Je rentre chez moi. Il y a au moins un point positif : Teri ne m'a pas virée. Seulement voilà… maintenant, c'est officiel : je dois lui soumettre mes idées. Tant que ça restait de façon informelle, ça ne me posait aucun problème, au contraire. J'ai toujours eu besoin de l'approbation des gens.

L'immeuble où j'habite est de style victorien, avec les

traditionnelles tourelles et les enjolivures de l'époque. J'ignore pourquoi, mais ça me fait toujours penser aux *Chroniques de San Francisco*.

Au fait, et les nouveaux locataires ? Je me demande à quoi ils ressemblent. Peut-être que nous deviendrons tous amis, et, comme Monty n'habite pas ici, je peux jouer le rôle de remplaçante, comme Anna Madrigal dans le livre.

Cette seule pensée me remonte le moral. Je pénètre dans le hall d'entrée et j'aperçois Merrick et Neil assis sur les marches d'escalier, en train de boire une bière. Dès que je m'approche, la conversation s'arrête. Ça arrive tellement souvent que j'en ai presque surmonté mes réactions paranoïaques.

— Qu'est-ce que vous fabriquez ici ?

C'est une habitude qui date de l'époque où Neil travaillait ici. Merrick lui tenait compagnie. Mais tout ça, c'est de l'histoire ancienne, et Merrick a un bureau tout à fait accueillant où il serait certainement mieux assis !

Ils me regardent comme s'ils n'avaient pas compris ma question. Merrick me suggère de prendre une bière avec eux, mais Neil suit son idée.

— Tout ce que je dis, c'est que ce Dr Noe avait cinquante millions à investir, et que douze millions ont disparu…

— Un nouveau « Watergate » de l'Ohio !

— En plus, ce Noe est un pro-Bush de la première heure, et le FBI enquête sur lui pour violation de la loi de financement des campagnes dans l'Ohio… *en 2003*.

Je m'assieds près de Merrick et j'avale une gorgée de bière.

— Dites, si nous organisions une pendaison de crémaillère pour les nouveaux locataires ?

— Une pendaison de crémaillère ?

Neil suit toujours son idée. Difficile de l'arrêter quand il est lancé.

— C'est ce qui a fait pencher la balance à l'élection de 2004. Les douze millions ont sans doute servi à rayer quelques électeurs des listes…

Je décide de poursuivre mon petit dialogue avec Merrick.

— Ce serait sympa, non ? Mais il nous faudrait des pétards !

— Des pétards pour une pendaison de crémaillère ? Ce n'est pas une fête nationale, quand même !

— Mais non, Tu n'y es pas ! Je parle de hasch, de shit, de joints, si tu préfères. On distribuera des joints en guise de cadeaux.

Neil embraye aussitôt.

— Vous savez pourquoi on a décidé de pénaliser le commerce de la marijuana ? Pour protéger l'industrie pétrochimique. Il faut savoir qu'en 1937 *Popular Science* a prédit que le hasch représenterait un marché d'un milliard de dollars.

Merrick me répond, tout en s'efforçant de garder sa bière hors de ma portée.

— Est-ce que ça a quelque chose à voir avec tes fantasmes sur *Les Chroniques de San Francisco* ?

— Ne sois pas ridicule !

Merrick échange un regard avec Neil.

— Elle se prend pour Anna Madrigal.

— Vous aimeriez être transsexuelle ?

— Pas du tout. Ce qui serait marrant, c'est de se procurer un peu d'herbe. On doit bien pouvoir en trouver, dans cette ville, n'est-ce pas ?

Merrick jette un nouveau regard, plus appuyé, en direction de Neil. Du coup, j'interviens.

— Neil, vous ne me cacheriez pas quelque chose, des fois ?

— Le problème avec la marijuana, c'est que c'est illégal. On s'acharne à nier les bienfaits de ce produit. Vous avez vu les chiffres sur le traitement des glaucomes ?

Neil se lance dans un long couplet sur la conspiration anti-marijuana, tout en regardant furtivement autour de lui. Merrick lève les yeux au ciel.

— Ne t'inquiète pas, lui dit-il. Nous sommes seuls.

Du coup, je m'enhardis.

— Vous pouvez m'en procurer ?

Il me fait oui de la tête en me répondant « Désolé ».

— Je ne suis pas sûre d'avoir compris. C'est oui ?

— Je n'ai pas dit ça.

Mais il continue de hocher la tête. Puis il demande si nous avons envie de manger un morceau et de nous payer une toile. Car ce soir, il est célibataire. Kara, sa femme, est à son cours de tricot.

Je n'ai jamais vu Kara, et je soupçonne Neil de faire en sorte que nous ne nous rencontrions jamais. Du coup, je la trouve fascinante.

— Vous dites qu'elle tricote… ?

— Disons qu'elle apprend. En général, elle rentre à la maison en pleurant sous prétexte qu'on s'est moqué de sa laine, ou de ses mailles à l'envers, enfin bref… Ces accros du tricot, c'est fou ce qu'ils peuvent être cruels entre eux ! De vrais fauves.

Merrick me tend le reste de sa bière et se relève.

— Il faut que je retourne bosser avant que tu ne m'annonces que les tricoteurs sont de mèche avec la Commission trilatérale…

Les affaires de Merrick ont pris un nouvel essor, ces deux derniers mois, et, depuis quelques semaines, il travaille tard le soir. Malheureusement, en dépit de mon sens intuitif du design, je ne peux rien faire pour l'aider. Je demande donc à Neil de quel film il s'agit.

— Celui avec Matt Damon.

— La comédie romantique ? Neil, je suis sûre que ça ne vous plaira pas.

— Pourquoi pas ? J'ai beaucoup aimé *Quatre mariages et un enterrement*, et aussi *La Mémoire dans la peau*.

— Rien ne trouve grâce à vos yeux.

— Je viens de vous dire que j'aimais…

— *Quatre mariages…* et *La Mémoire dans la peau*, je sais. Bon, ça me va.

Merrick toussote discrètement. Pleine d'espoir, je lui suggère que nous pouvons l'attendre.

— Tu as vraiment beaucoup de travail ?

— Je croyais que tu étais déjà prise, ce soir ?

Je tente de le séduire en prenant mon plus bel accent du Sud.

— Que me chantez-vous là, monsieur Merrick ? Serait-ce une proposition ?

— L'université Laverna, ça te dit quelque chose ?

Du coup, j'en perds mon accent du Sud.

— Ah d'accord… je… c'est ce soir ?

Merrick confirme. Je me tourne vers Neil comme une préado à qui sa mère vient de rappeler qu'elle a une leçon de piano et qu'elle doit renoncer au nouveau film *Princesse malgré elle*.

— Je ne peux pas venir.

— Vous retournez à l'école, Elle ?

— En quelque sorte. Ce n'est qu'une réunion d'information. On verra bien.

— Si je devais reprendre des cours, moi, je crois que je choisirais l'entomologie.

Merrick intervient :

— Ah oui, pour étudier les abeilles…

Il faut dire que Neil a une douzaine de ruches disséminées dans la ville, dont quelques-unes chez Merrick. Et qu'il récolte lui-même son miel.

— Non, les scarabées.

Neil se lève et se dirige vers la porte. Je lui crie de loin :

— N'oubliez pas mes joints !

Il se crispe un peu, mais confirme d'un signe de tête avant de refermer la porte.

Je me tourne vers Merrick.

— Il est vraiment bizarre, ce mec. Comment a-t-il fait pour devenir ton meilleur ami ?

— Il me pose la même question à ton sujet.

— Décidément, c'est une conspiration !

4

Je déteste l'université Laverna. Dans la classe où a lieu la réunion, on a disposé les chaises en U — il est donc impossible de se planquer dans la rangée du fond, ma spécialité depuis toujours. Je me contente de la troisième rangée à partir du fond, la plus anonyme à mon goût.

J'ai cinq minutes d'avance, car Merrick m'a proposé de me déposer en voiture (entendez par là : il a *exigé* que je monte dans la voiture). Il m'a aussi proposé de revenir me chercher, mais je lui ai dit que je préférais rentrer à pied après avoir fait un saut à la bibliothèque pour effectuer des recherches. Il ma traitée de menteuse avant de m'embrasser et de démarrer, ce qui m'a comblée de joie. Il est possible qu'il ne soit pas entièrement satisfait de moi, mais au moins il me connaît bien.

Ces derniers temps, chaque fois que j'ai eu un moment à moi, j'ai commencé à rédiger dans ma tête ce fameux article sur la première femme présidente. Malheureusement, je n'ai toujours pas dépassé le stade de l'accroche (« *Vous êtes-vous jamais demandé qui sera la première femme présidente des Etats-Unis ?* »). Après, je dirai que ce sera vraisemblablement un membre du parti républicain.

Mais ça s'arrête là. En lisant les chroniques de O'Malley, on avait le sentiment que c'était un exercice facile... Il faudrait peut-être que je mette quelques mots en caractères italiques, lui le faisait souvent. Voyons voir ce que ça donne : « Vous êtes-vous jamais *demandé* qui sera la *première* femme présidente des Etats-Unis ? »

Non, c'est ridicule. Et si je branchais Oprah sur le sujet ? Je pourrais même la rencontrer... Je me prends à rêver de devenir la meilleure amie d'Oprah, et de boycotter Hermès (soit dit en passant, je n'ai jamais eu les moyens d'en porter.)

C'est alors qu'une jeune femme charmante nous fait passer des brochures en nous demandant toute notre attention.

— Bienvenue à Laverna. Je suis votre conseillère pédagogique en matière d'aide financière. Nous allons faire un bref tour d'horizon sur les différentes formules dont vous pouvez bénéficier, et sur la marche à suivre pour poser votre candidature. Car la première question qui intéresse les gens, c'est l'argent !

Toute la classe, une douzaine de personnes à tout casser, se croit obligée de rire.

— Ensuite, je laisserai la parole à Bob Klein, président du département Psychologie, qui vous en dira plus sur le programme.

Elle commence à parler chiffres, et mon cerveau s'embrume… Mais un chiffre finit par l'atteindre.

Dix-huit mille cinq cents dollars.

Par an.

C'est l'aide financière à laquelle je peux prétendre si je suis les cours. Voyons voir : je dois payer deux mille sept cent cinquante dollars par trimestre, à temps partiel, je multiplie donc par quatre, ce qui m'amène grosso modo à onze mille dollars. Si j'arrondis au chiffre inférieur, j'arrive à dix mille cinq cents dollars par an, ce qui me laisse au moins huit mille dollars en frais divers. Autrement dit, quelques centaines de dollars par mois, juste pour suivre des cours à temps partiel. Et, en plus, je vais apprendre des choses.

Le reste de la soirée se passe comme dans un brouillard. Je me souviens d'un mec collet monté debout devant le tableau noir, en train d'expliquer en quoi consistent les cours et de philosopher sur l'éducation. Pendant ce temps, je m'échine à diviser huit mille dollars par douze (mois). S'il n'y avait que dix mois, les mathématiques appliquées seraient bien plus simples. Avec dix mois, ça ferait huit cents dollars par mois, plus deux mois sans rien.

Bon, d'accord, l'aide financière consiste en grande partie en prêts. Il s'agit même uniquement de prêts. Mais il y a des tas de bénefs en plus…

Je me vois comme dans un rêve en train de descendre le *Paseo Nuevo*, la galerie marchande du centre-ville, et je me retrouve dans ma boutique préférée. Franchement, huit cents dollars par mois pour suivre des cours à temps partiel, c'est l'arnaque du siècle ! Je me demande combien de temps je peux suivre ces cours avant d'exercer le métier de psychiatre. Ou de psychologue, enfin un truc de ce genre.

Quand je pense qu'il y a quelques mois à peine j'étais à deux doigts de poser ma candidature pour un job de strip-teaseuse… Enfin, jusqu'à ce que le videur me dise que j'étais trop vieille et que j'avais les seins pas assez fermes. Et voilà qu'aujourd'hui je suis quasiment devenue thérapeute. Il se pourrait que je développe des qualités que je ne soupçonnais même pas : la sagesse, bien sûr, mais aussi le sérieux et la perspicacité. Devenir quelqu'un de sérieux, ce serait vraiment chouette, même si je ne suis pas particulièrement enthousiaste à l'idée d'avoir un vrai boulot. En fait, tout ce qu'on vous demande, c'est un peu de pratique. Je décide donc de pratiquer la seule vraie thérapie que je connaisse bien : le shopping.

Le magasin s'appelle *Element*. Je fais courir mes doigts le long des présentoirs qui regorgent de cachemire et de soie. En fait, je n'ai encore jamais rien acheté ici. Si c'est ma boutique préférée, c'est uniquement parce qu'ils vendent du Paper Denim & Cloth, du Theory et du Trina Turk, toutes ces griffes que je n'ai plus les moyens d'acheter depuis que je suis toute seule à m'entretenir ! Mon regard tombe sur un ensemble pantalon noir en lainage absolument fabuleux. La veste est cintrée et un brin coquine, le pantalon taille basse tombe impeccablement. La vendeuse, que l'on croirait tout droit sortie de chez Patricia Field, comme dans *Sex and the City*, finit par me convaincre d'essayer ce modèle avec un *teddy* aubergine très victorien. Elle me confie, l'air entendu et la voix rauque : « Quand on attire les regards, on se sent plus sexy. »

Ici, tout est ravissant, même les cabines d'essayage avec les murs blanc parchemin, le sol en parquet couleur de miel et les miroirs avec des dorures partout. Quant à l'ensemble pantalon, il est tout simplement fan-tas-tique ! Je vous présente Elle dans sa nouvelle peau de thérapeute professionnelle…

Je me regarde dans la glace. Un petit côté strict très psy dans l'apparence (qu'on vienne me dire que Freud n'aurait pas aimé un ensemble pantalon noir à taille basse !), mais qui respire la féminité… Je pivote légèrement : c'est fou ce que je me sens sexy ! J'aurais peut-être dû devenir strip-teaseuse… En jouant les effeuilleuses dans cette tenue, j'aurais fait un malheur ! Mesdames et messieurs, venez admirer le déhanchement lascif du Dr Elle…

Le seul problème, c'est que j'aurais eu beaucoup de mal à maîtriser la perche.

Tout à coup, j'ai l'estomac qui se serre. Je commence à entrevoir pourquoi cet ensemble me va *si* bien… C'est vrai, je n'ai plus des hanches de walkyrie, et j'ai beau me baisser et me contorsionner dans tous les sens, on ne voit plus mes rondeurs, elles sont pour ainsi dire gommées… Je vérifie le prix sur l'étiquette. Hou là !

Ou, comme l'aurait écrit l'éminent O'Malley, *Hou là*… ! Ça représente plusieurs mois d'aide financière et d'avantages divers, moi, je vous le dis ! Pas étonnant que cet ensemble soit flatteur, c'est la coupe qui est super… attendez voir, à moins que… Et si c'était la cabine d'essayage qui me trahissait en me flattant honteusement ? Vous voyez ce que je veux dire : un éclairage tamisé, des murs parchemin, une glace amincissante, et le tour est joué !

Il n'y a qu'une façon d'en avoir le cœur net. Je retire mon ensemble et je prends la pose en *teddy* — un ensemble de lingerie presque transparent composé d'un bustier de style victorien et d'une minuscule culotte. C'est très sexy, on me croirait tout droit sortie d'un lupanar viennois du dix-huitième siècle… Je fais la moue devant la glace et je joue avec mon reflet en prenant des poses suggestives. *Eh bien, comte Arabiatta, vous êtes un fieffé coquin ! Des émeraudes ? Mais que va dire la comtesse ?*

C'est alors que je me vois telle que je suis. Et je peux vous dire que la glace n'a rien d'amincissant… Conclusion : si ce n'est pas la glace, c'est l'ensemble pantalon. C.Q.F.D. !

Je rentre chez moi une heure plus tard, croulant sous les sacs. Merrick m'entend et émerge de son bureau, les cheveux hirsutes, les yeux fatigués.

Il lorgne sur mes emplettes.

— Tu as fait les soldes à la bibliothèque ?

— Il y avait un ensemble génial, mais je ne l'ai pas acheté.

C'est vrai qu'après avoir réfléchi neuf bonnes heures dans la cabine je ne me suis pas senti la force de dépenser deux mois d'aide financière pour un ensemble pantalon. Ce qui est un sacré progrès… même si j'ai craqué pour des T-shirts style Abercrombie & Fitch, un jean salopette Lucky Brand, et des sandales à semelle compensée Cole Haan chez Nordstrom.

Merrick m'assure qu'il est fier de moi, ignorant les sacs entassés dans l'entrée.

— Alors… ?

— Je suis donc allée à cette réunion d'information.

— Ça, je sais. C'est moi qui t'ai déposée devant la porte.

— Je veux dire, je suis *entrée*. J'ai failli prendre mes jambes à mon cou après ton départ, mais j'ai tenu bon. C'est bien, non ? Quant aux cours, eh bien, ils…

Ils rapportent dix-huit mille cinq cents dollars par an ! Je ne peux quand même pas lui dire ça. Sachant que Merrick attend autre chose que des histoires de prêt, je me creuse désespérément la cervelle pour me rappeler deux ou trois détails de cette fichue réunion. Mais tout ce dont je me souviens, c'est de ce mec ringard qui blablatait sur les fondements de la thérapie et les processus d'initiation.

— Ils ont des fondements super. Sans parler des processus d'initiation !

— Pardon ?

— Désolée… c'est le jargon du métier.

Je me souviens subitement d'une info de poids qui pourrait m'être utile.

— Il paraît qu'une agence de notation de l'Etat considère ce programme comme idéal pour ceux qui veulent devenir conseillers familiaux…

Ce qui n'est pas vraiment mon cas.

— … en résumé, c'est parfait.

— Alors… tu vas t'inscrire ?

— Absolument. Ça mérite bien une récompense, non ?

Il dresse l'oreille.

— Combien coûte l'ensemble pantalon dont tu m'as parlé ?

— Deux mois d'aide financ… je veux dire, de salaire.

Je me colle à lui.

— Mais ce n'est pas à cette récompense-là que je pensais. S'il te plaît, reste avec moi cette nuit !

— Je ne peux pas. Il faut que je passe à la maison pour préparer mes affaires.

— Tes affaires ? Mais pourquoi ?

— Je pars pour New York. Mes associés n'ont pas approuvé mes plans. Il faut que je règle le problème.

Ce sont les plans d'un appart' qu'il a conçu pour des clients de Montecito établis sur les deux côtes.

— Et tu seras absent combien de temps ?

Son visage se crispe.

— Deux semaines.

— Deux semaines ! Pourquoi aussi longtemps ? Pour mémoire : mon ex-fiancé est parti deux semaines et s'est marié avec une autre !

— J'en profite pour rencontrer d'autres gens. Je voudrais relancer le projet *Lower*.

Je n'ai aucune idée de ce que c'est. La seule chose que je voudrais voir baisser, c'est son ambition, car elle est en train d'entamer sérieusement le temps que Merrick me consacre !

— Et merde !

— Désolé, Elle. Ils viennent d'appeler, et je ne peux pas me défiler. Ils connaissent tout le monde, et si jamais on me fait une mauvaise pub maintenant…

J'aurais bien envie de bouder, mais, s'il part ce soir, le temps m'est compté. Je préfère l'embrasser.

— Je pourrais passer la nuit chez toi et t'aider à préparer tes affaires ?

— Je dois me lever à 5 heures du mat'. Comme je n'ai pas trouvé de billet au départ de Santa Barbara, je dois prendre la navette pour L.A.

— Je peux t'y conduire en voiture.

Il éclate de rire.

— Elle, voyons ! Tu sais aussi bien que moi que tu n'es bonne à rien si on a le malheur de te réveiller en pleine nuit. A part manger ou faire l'amour, naturellement.

Quand j'étais gamine, mon père m'a emmenée au zoo de San Diego. Le clou du spectacle, c'était les grands singes. Tous les spectateurs massés devant eux s'émerveillaient de voir le grand patriarche se marteler la poitrine en poussant des cris menaçants. Jusqu'au moment où le singe a lancé ses excréments sur la foule. Ça vous donne une idée de ce qui arrive quand on me réveille en pleine nuit.

— Alors… tu pars maintenant ?

Merrick m'embrasse de nouveau.

— Je t'appellerai de New York.

En d'autres termes, il va partir pour New York et je n'entendrai plus jamais parler de lui.

Le lendemain matin, je me réveille tard, et d'humeur chagrine. Louis l'Ancien s'est déniché une fille mieux que moi dans l'*Iowa*. Alors vous imaginez le nombre de filles superbes, intelligentes, sérieuses, ambitieuses, distinguées, cool, drôles, intrigantes, enjouées et charmeuses que Louis le Jeune va rencontrer à *New York* ! Je décide de combattre la dépression qui me guette et je me tire du lit en disant à Miu de se tenir prête pour une longue promenade. Je fouille partout pour trouver sa laisse. Je mets dix minutes à passer l'appart' au peigne fin avant de penser à regarder dans le lave-vaisselle (j'avais complètement oublié à quel point elle était sale après la promenade sur la plage).

Et voilà que je tombe sur une courte liste qui date de l'automne dernier.

Appartement
Voiture

Emploi
Mec

Le morceau de papier est déchiré et gondolé, mais je sais parfaitement de quoi il s'agit. A l'époque, si je n'avais aucun problème avec les choses matérielles, c'est-à-dire l'appart' et la voiture (que j'ai d'ailleurs barrés plusieurs fois sur la liste), côté boulot et mec, c'était beaucoup moins glorieux. D'ailleurs, le jour où j'ai rayé le mot « Mec », je ne suis même pas sûre qu'il s'agissait de Merrick. Il faut dire que j'avais craqué temporairement pour un escroc prénommé Joshua. La dernière chose qu'il m'a dite, c'est « Je t'appelle ».

En descendant l'escalier derrière Miu qui tire sur sa laisse, je me dis qu'il est temps de dresser une nouvelle liste. Ma promenade sera salutaire. Elle me permettra d'être suffisamment zen pour réfléchir à mes nouveaux objectifs et mes aspirations personnelles. Pendant que Miu s'ébattra joyeusement dans les vagues, je resterai sur le sable, à méditer. Du coup, je me demande si je ne devrais pas regrimper au premier pour troquer mon jean contre un pantalon de yoga.

A cet instant, je m'aperçois que la porte en face de celle de Merrick est ouverte. Puis j'entends deux voix d'hommes.

— Tu peux m'expliquer où tu étais mardi et jeudi soir ? Et ne me raconte pas de bobards !

— Je te répète que j'étais à la gym !

— Ça fait six mois, Johnny. Tu devrais être plus musclé.

— Je ne soulève pas des haltères, je fais de l'aérobic et du *step*. Si je ne m'abuse, tu ne t'es jamais plaint de mes fesses !

— Non. Mais de tes pattes de poulet déplumé, si !

Méfiante, Miu se fige, le poil hérissé, puis passe la tête dans l'entrebâillement de la porte, les bajoues frémissantes d'indignation. Tout aussi surprise, mais la bajoue plus discrète, je risque un œil à mon tour. Deux hommes ont soulevé une énorme table qu'ils promènent d'un bout à l'autre de la pièce. Le plus petit fait des efforts surhumains, et, d'où je suis, force m'est de constater qu'il a un très joli postérieur moulé dans un denim bleu foncé.

Ça y est, mes nouveaux voisins commencent à arriver… Au moment où je m'apprête à faire les présentations, l'autre mec lance :

— Moi, je n'ai que des compliments à te faire sur ton joli petit cul.

Oh, mon Dieu ! Je commence à comprendre. J'attrape Miu par son collier et je file vers la sortie sur la pointe des pieds. Tandis que nous prenons la route qui mène à State Street — pas la plus directe, l'autre, celle que préfèrent les chiens — mon cerveau fonctionne à toute allure. Pendant ce temps, Miu gambade à droite à gauche pour satisfaire à ses besoins naturels et chercher d'autres plaisirs moins innocents…

Ce que je viens d'apprendre est vraiment… *incroyable* ! Un couple gay. Un couple d'homos. Johnny et son mari.

Je prends des croissants et des cappuccinos pour trois, et je réintègre mon immeuble, impatiente de rencontrer mes nouveaux locataires. C'est exactement ce qu'il me fallait : de nouveaux amis gay. Quand je dis nouveaux, c'est une façon de parler, car je n'en ai jamais eus ! Mais bon, c'est mon problème... Ce n'est pas parce qu'on est une jeune femme insouciante et qu'on habite une petite ville très cosmopolite qu'on a besoin d'amis gay ! Regardez *Will et Grace*... Ou Mary Ann et Mouse dans *Les Chroniques de San Francisco* (je sais, je devrais changer un peu de disque !). Ou dans n'importe quel autre livre écrit ces cinq dernières années dont l'héroïne est une jeune femme célibataire. Un homo, c'est l'accessoire indispensable pour une fille comme moi. Et voilà qu'il m'en tombe deux du ciel !

Je reprends le chemin de l'immeuble avec mon plus beau sourire plaqué sur le visage — style « comité d'accueil » — et mes offrandes viennoises à la main, prête à forger ce qui sera sans nul doute la relation d'amitié la plus *fabuleuse* de toute mon existence. Je passe de nouveau la tête dans l'entrebâillement de la porte, et je constate qu'en une demi-heure les choses n'ont pas beaucoup avancé. Il y a des cartons un peu partout, et les deux hommes continuent de déplacer leur table. Un vrai monstre, cette table !

Cette fois, je vois mieux mes deux nouveaux locataires : le plus grand a le teint olivâtre et il est presque chauve. Le peu de cheveux qui lui reste est coupé au ras du crâne. Il est plutôt grassouillet et porte un T-shirt pourpre ample avec un pantalon de treillis. Il a un visage souriant, ouvert. Si j'en juge les rides d'expression de part et d'autre de sa bouche et les pattes-d'oie au coin de ses yeux, il doit avoir dans les quarante ans. Le plus petit est aussi le plus jeune. C'est un métis d'une vingtaine d'années, d'origine asiatique semble-t-il. Il est très mince et moulé dans un T-shirt bleu marine, avec une décalcomanie sur la poitrine, le chiffre 2. Signe particulier : il a de très jolies fesses.

J'annonce ma présence.

— Toc, toc !

Mais ils ne m'entendent pas, bien trop occupés à se chamailler. Ils ne sont pas d'accord sur l'endroit où poser la table.

— Enfin, Waldon… Si on la met là-bas, les gens vont buter dedans.

C'est le plus petit qui vient de parler… et j'en déduis qu'il s'agit de Johnny. Il pose son côté de la table par terre et se masse les doigts pour réactiver la circulation du sang.

Waldon rétorque :

— Reconnais au moins qu'il y a davantage de lumière ! Ma grand-mère est devenue aveugle à force de coudre dans le noir.

— Ta grand-mère devenait folle à la seule idée de mettre une ampoule de vingt-cinq watts ! Pour un peu, elle aurait travaillé à la bougie…

— Les bougies étaient trop chères.

— Là, je suis d'accord. Celles que j'ai achetées chez

Target m'ont coûté cinq dollars, et je ne suis même pas sûr que ce soit de la vraie cire.

Waldon fronce les sourcils.

— Tu parles des rouges ? Elles puent, c'est une horreur !

— Pas du tout. Elles ont une odeur… de fruits rouges. De fraise, ou un truc de ce genre.

— Disons que ça pue la fraise.

— Bon, si ça ne te plaît pas…

Je décide d'intervenir.

— Excusez-moi… Bonjour !

Waldon sourit comme pour s'excuser.

— C'est fermé !

Et, sur ce, il me claque la porte au nez.

Je reste bêtement à fixer ladite porte, et j'entends un vague bruit de voix. Puis ils recommencent à promener la table dans la pièce. Quel cirque ! J'ai une pensée émue pour Neil… C'est lui qui a installé la porte. Il serait content de voir qu'elle se ferme sans problème. Cela dit, qu'est-ce que je vais bien pouvoir faire de toute cette viennoiserie, et des cafés ? Pourquoi faut-il que je me retrouve toujours dans ce genre de situation ?

Je frappe de nouveau en me raidissant… Lorsque Waldon se décide à ouvrir, je lui débite à toute allure :

— Ne-fermez-pas-la-porte-je-ne-suis-pas-une-cliente-je-ne-sais-même-pas-ce-que-vous-faites !

Il se retourne et appelle son copain.

— Johnny, c'est pour toi. Une nana qui parle une langue bizarre.

Je ricane (discrètement) et je reprends mon discours, mais en ralentissant un peu.

— Ha ha ! Vous savez que j'aime beaucoup votre humour ? Je suis votre nouvelle voisine, ou, plus exactement, *vous* êtes mon nouveau voisin. J'habite l'appartement du dessus, et je vous ai apporté du café et des croissants.

Je lui montre la boîte à œufs qui me sert de soucoupe et le sac de croissants pour lui prouver que je ne raconte pas de bobards.

— C'est le « room service » qui m'envoie. Je suis chargée de l'accueil des nouveaux venus… sauf que je n'ai pas de chariot.

Debout derrière Waldon, Johnny m'examine sous toutes les coutures. Zut, et mon nez qui se met à couler ! Ça m'arrive de temps en temps, quand je me promène le matin. L'air frais me donne la goutte au nez. Je renifle discrètement en espérant rester discrète.

J'entends Johnny demander :

— C'est quoi, ce *truc* ?

Le truc, c'est Miu. Debout près de moi, elle les regarde d'un air tout triste. Quand je vous ai dit que son poil recommençait à pousser…, j'aurais dû préciser qu'elle avait fait à peu près la moitié du chemin ! On dirait un animal de laboratoire qui aurait servi de cobaye pour une fabrique d'implants.

Je leur dis, pleine d'espoir.

— Elle s'appelle Miu Miu. C'est un boxer.

Mes deux gays devraient adorer… C'est un nom connu dans le monde de la mode, non ?

J'attends les compliments, mais j'ai droit à un regard culpabilisant.

— La pauvre ! On croirait un vieux tapis.

Waldon rectifie.

— Tu veux dire une descente de lit.

Je suis bonne poire, mais quand même…

— Attendez, ce n'est pas ma faute. Je l'ai sauvée… Enfin pas moi, cette foldingue du refuge de la SPA. Moi, je l'ai adoptée. Ils… ils ne m'ont pas laissé le choix. Je ne suis pas en train de vous dire que je n'en voulais pas — je l'adore, cette chienne —, mais…

Ça y est, je suis lancée. Et quand je suis lancée… Tout ça parce que rien ne s'est passé comme prévu. Je m'étais imaginée débarquant avec du café ou des joints, et eux m'accueillant comme un frère prodigue (ne me demandez pas pourquoi je n'ai pas dit « sœur », moi je me vois comme un frère), une scène comme dans *Friends* : des gens superbeaux et superminces buvant leur cappuccino en riant dans un superbe loft new-yorkais avec une immense porte-fenêtre en guise de mur…

— … mais, euh, je suis supercontente que la foldingue du refuge ait sauvé cette chienne parce qu'elle est super. D'ailleurs ses poils sont en train de repousser. Mais la foldingue a dit que…

— J'ai l'impression qu'elle parle de ta mère, Johnny.

— Ma mère aime les chiens, *O.K.* ?

Oh mon Dieu ! Non…

— Vous savez, quand j'ai dit foldingue… c'était un raccourci. Je voulais dire… qu'elle était folle des animaux et… et dingue des chiens. Enfin, vous voyez ce que je veux dire.

Waldon part d'un grand éclat de rire.

— On blaguait.

Et Johnny ajoute :

— Ce n'est pas ma mère. C'est ma sœur.

Nous éclatons de rire en chœur. Voilà exactement ce que j'attendais, des petites taquineries entre frères et sœur.

Je fais un pas dans la pièce et je bute aussitôt sur la gigatable posée à soixante centimètres de la porte. Le plateau de cappuccinos (écrémés) m'échappe des mains et atterrit sur la table. Une des tasses tombe de la boîte à œufs, le couvercle en plastique saute et un flot de café se répand sur le meuble.

— Et zut… désolée. Je veux dire, je suis désolée.

Comme je ne vois rien d'autre à faire pour arrêter le déluge, j'éponge le café avec mon sweat-shirt avant qu'il ne s'écoule par terre façon chutes du Niagara ! Comme je n'ai rien dessous à part mon soutien-gorge, je suis obligée de me pencher et d'utiliser le pan de tissu qui flotte à la hauteur de mon estomac. C'est inouï la quantité de liquide qu'un cappuccino de taille moyenne peut représenter. Mon sweat-shirt est imbibé de café, mais il en reste encore sur la table ! Je regarde les deux hommes d'un air désespéré.

— Vous n'auriez pas un chiffon ou du papier toilette, enfin, *quelque chose* ?

— Tout est encore dans les cartons.

J'aperçois un énorme rouleau de tissu appuyé contre le mur.

— Et ça, c'est quoi ?

Ils protestent avec force.

— Surtout pas ! Ne touchez pas à ça !

Alors je fais la seule chose qui me vient à l'esprit. Je saute sur la table et je me mets à jouer du postérieur pour éponger le reste du cappuccino avec le fond de mon jean Lucky. Les mecs changent de tête. Ils passent du simple dégoût à la répulsion, ce qui, à ma grande surprise, donne à leur visage une expression totalement différente.

Dès que j'ai fini de me tortiller sur la table pour absorber tout le liquide, Waldon me demande :

— Vous êtes qui, déjà ?

— Je m'appelle Elle. Salut ! J'habite à l'étage au-dessus. Vous devez être Waldon et vous, Johnny. Je suis, euh… ravie de vous rencontrer. Vous êtes nouveaux, à Santa Barbara ? Il y a un autre locataire qui emménage plus haut, vous savez. C'est Monty qui me l'a dit. Un type super, ce Monty, non ? J'adore sa façon de s'habiller, le genre requin comme dans *Blanches colombes et vilains messieurs*. Vous aimez les comédies musicales ? J'en suis *folle* !

Ma jovialité forcée commence à me taper sur les

nerfs. Alors, vous imaginez l'effet qu'elle peut avoir sur eux…

— Bref… j'ai pensé que nous pourrions faire une pendaison de crémaillère. Et je vous promets de ne rien renverser.

Waldon reste poli.

— Il faut vraiment que nous finissions d'emménager.

Johnny fait un geste en direction de la porte.

— Exact. Alors si vous pouviez…

— Oh, bien sûr.

Je suis à deux doigts de leur dire : « Soyez tranquilles, mes tourtereaux, je vous laisse roucouler. »

— De toute façon, je dois aller me changer. Je… euh, au moins, il vous reste deux cappuccinos. Et aussi les croissants.

Johnny me remercie, mais Waldon croit bon d'ajouter :

— Nous faisons un régime. Pas de caféine et pas de glucides.

— Ah bon, très bien. Moi aussi, d'ailleurs.

Je reprends mon sac de croissants et mes cafés. Je fais un pas dans le couloir et je me retourne pour leur présenter une nouvelle fois mes excuses, mais ils me referment la porte au nez.

J'entends Johnny lâcher :

— Et votre petit chien aussi, j'imagine…

Waldon grogne.

— Que va-t-on faire de cette table, maintenant ?

— Laisse-la où elle est. Ça empêchera peut-être la fille de revenir.

Voici ma nouvelle liste :

1. Convaincre Merrick de m'aimer pour ce que je suis. Ou pour autre chose.

117. ~~2~~. Assister aux cours.

3. Chronique politique. Hillary contre Oprah ?
4. Accroître mon revenu. Ventes d'organes ?
5. Planifier le mariage de Maya.
6. Trouver le moyen de convaincre Maya de me confier l'organisation de son mariage. Prévoir gâteau représentant Esther à la place de la statue de la Liberté ? Vérifier qui est Esther, mais Madonna l'aime bien.
7. Se renseigner sur la Kabbale.
8. Commander le fameux bracelet rouge et voir ce quc ça donne.

2. ~~9~~. Me lier d'amitié avec les deux homos du dessous. Première étape : me comporter comme une femme normale.

3. ~~10~~. Utiliser mes dons de voyance pour convaincre Merrick de ne pas épouser la liane new-yorkaise qui le réveille tous les matins avec une petite gâterie.

11. Prévoir un relooking de Miu. Un collier rose, peut-être ?

12. Réécrire ma *Newsletter.* Faire en sorte que ça plaise aux gens. Ou, du moins, qu'ils la lisent.

1. ~~13~~. Planifier voyage à Paris.

97. ~~14~~. Appeler maman.

15. Commander la vidéo de danse hip-hop vue dans la série *The Ellen Show*. Ça a l'air super pour rester en forme. Si seulement j'étais Alicia Keys.

~~16. Coiffure afro ?~~

5

Je passe ma première semaine sans Merrick à faire des tas de choses : je promène Miu, je prends les appels des clients, j'essaie de faire sourire Johnny et Waldon quand je les croise dans le couloir, je fais du lèche-vitrines, je m'en tiens à ma décision de ne pas me mêler du mariage de Maya et… je me languis de Merrick. Mais, surtout, je reste ferme dans ma résolution de me comporter comme le commun des mortels.

La dernière fois que Merrick est parti en déplacement, il m'a retrouvée à son retour au beau milieu d'une véritable tornade, entourée de strip-teaseuses, d'escrocs, de videurs, de détectives privés, d'ex-fiancés… Mais, cette fois, je me suis promis qu'il retrouverait tout, absolument tout, en l'état.

Aujourd'hui, j'ai rendez-vous avec la voyante spécialisée dans les animaux de compagnie, celle que Teri m'a recommandée. Pour être franche, cela semble assez intéressant, et il n'y a a priori aucun danger que je provoque un désastre. Depuis que j'ai adopté Miu au refuge, j'ai des envies de vengeance à l'encontre de ses anciens maîtres. Surtout quand je repense au jour où j'ai roulé un magazine dans ma main pour tuer une mouche : Miu s'est tapie dans un coin, toute tremblante, persuadée que j'allais la battre. Non seulement elle a été exploitée et abandonnée dans un chenil, mais en plus on lui a fait subir des mauvais traitements. Je suis plutôt une fille pacifique, mais je n'hésiterais pas à traquer et anéantir les anciens maîtres de Miu.

Inutile de vous dire à quel point je suis impatiente de rencontrer cette Crystal Smith ! Lorsqu'elle frappe à ma porte, je réussis même à ravaler toutes mes blagues à la *Ace Ventura*. Ce n'est pas seulement parce que je suis impatiente de savoir ce que Miu pense de ce que je lui donne à manger, du tapis sur lequel elle dort et de ses trois promenades quotidiennes… J'aimerais avoir aussi une réponse à la question principale : est-ce qu'elle m'aime, moi ?

En plus, j'attends d'elle qu'elle me refile l'adresse des gens qui ont maltraité ma chienne. C'est peut-être beaucoup demander, car Miu n'a pas une très bonne mémoire des chiffres…

Crystal est une quinquagénaire pleine d'allant, une blonde aux cheveux décolorés qui lui arrivent à l'épaule. Elle a le teint clair, mis en valeur par un rouge à lèvres corail, et la silhouette élancée de celles qui entretiennent leur physique. Elle porte un chemisier turquoise, un jean et des tas de bracelets en argent sur les deux bras, sans parler de ses boucles d'oreilles. Quant à ses doigts, ils sont couverts de bagues.

Majestueusement assise dans une chaise ancienne de style Windsor que j'ai achetée en solde, elle me lâche :

— Je sais qui vous êtes.

Dans la mesure où c'est moi qui l'ai contactée pour ce rendez-vous et qui l'ai invitée à passer chez moi, ça n'a rien d'un scoop !

— Bien. Parfait.

— Je sais tout sur cette histoire de « chiot kidnappé ».

Lorsque j'ai commencé à écrire pour *Permanent Press*, j'ai dévoilé qui j'étais dans la signature de presse figurant en début d'article. Celle qui avait retrouvé le chiot volé…

— Vraiment ? J'ai quelques quest…

— Quand je dis que je sais tout, c'est *tout*.

Donc, elle sait que je suis une fausse voyante. Si j'ai retrouvé ce pauvre chiot golden retriever, c'est grâce à un coup de chance, et poussée par le désespoir. Rien à voir avec mon côté visionnaire. Tous les matins, je me réveille avec un nœud à l'estomac, craignant que quelqu'un ne finisse par révéler la supercherie. Puis je me dis que ça n'est pas la fin du monde. L'important n'est pas que je n'aie aucun pouvoir, c'est que j'aide les gens. Voilà ce qui me débarrasse de ce nœud à l'estomac chaque matin.

Mais si cette Crystal Smith se met à me balancer que

c'est cuit pour moi, je sens que je vais entrer dans une zone de fortes turbulences, comme un verre à vin dans une machine à laver. Encore qu'il ne soit pas dans mes habitudes de mettre des verres à vin dans la machine à laver de Merrick.

Au moment où je m'apprête à bredouiller de vagues excuses et à lui expliquer que ce que je fais n'est pas véritablement illégal, la voilà qui me sort :

— J'ai suivi cette affaire bien avant vous.

— Ah oui ? Et… de quelle affaire parlez-vous ?

— Sheila Ameson, la propriétaire du chiot, a d'abord fait appel à mes services. Si vous n'étiez pas entrée en scène, j'aurais découvert *Holly-Go-Lightly* — c'est le nom du chiot — bien plus vite. Mais il y a eu des interférences entre votre énergie psychique et la mienne.

— Ça alors !

Voilà un curieux retournement de situation, non ? Elle ne me prend pas pour une arnaqueuse, mais pour une concurrente ! Du coup, je me sens toute requinquée.

— C'était *mon* affaire.

— L'important, c'est que nous ayons retrouvé ce chiot.

— Oui, bien sûr.

Compte tenu de sa spécialisation, je m'attendais à une réaction plus enthousiaste !

— J'ignore si vous connaissez ma rubrique, mais j'aimerais vous poser des questions sur…

— Comment avez-vous obtenu qu'on vous confie cette rubrique ?

Rien qu'au ton de sa voix, j'ai l'impression de m'être tourné les pouces avant de gagner mes soixante-quinze dollars l'article !

— La rédactrice en chef m'a vue au JT et m'a appelée.

— Teri ?

— Vous la connaissez ?

— Ça fait des années que je lui conseille de créer une rubrique New Age.

— Je constate qu'elle a fini par vous écouter.

— Mais c'est *moi* qui aurais dû l'écrire. C'était *ma* rubrique. Et c'est moi qu'elle aurait dû voir à la télé. C'était *mon* affaire.

— Euh, bon... si nous nous mettions au travail ? Pour commencer, j'aimerais que vous preniez contact avec Miu, que vous communiquiez avec elle. Ensuite, nous étudierons les autres aspects de votre thérapie.

— Miu ? Qui est Miu ?

— C'est ma chienne.

Elle regarde autour d'elle comme si elle avait oublié qu'il y avait un animal dans cette pièce, faisant tinter ses multiples bracelets. Miu, qui est couchée sur son tapis, dans un coin, dresse la tête, comme si le bruit venait d'un collier de chien.

— Oh, vous parlez de lui... ? Sachez que nous sommes entrés en communication dès l'instant où j'ai mis le pied dans cette maison.

— Pas *lui*. Elle.

— Il trouve que vous lui donnez bien trop de cochonneries à manger, que vous le négligez et que vous ne l'aimez pas. Vous savez, les marques qu'on trouve en magasin ne valent rien. C'est pourquoi j'ai créé ma propre ligne de produits.

Elle sort de son sac un dépliant fait maison.

— Leur refuser le meilleur, c'est faire leur malheur !

— Mais je ne lui donne que des produits natur…

— Je vends aussi des laisses.

Je m'empare de la brochure.

— Et si vous me parliez du passé de Miu ?

Crystal hausse les épaules.

— Une famille très normale. Une mère, un père, deux enfants. Il était très choyé. Tout le monde s'assurait qu'il était bien nourri…

— Ils lui donnaient vos produits ?

— C'est possible.

Elle ferme les yeux.

— Voyons voir ce que je peux vous dire d'autre…

Sa voix vire au baryton.

— Je vois des gens… un pique-nique, à la montagne. L'air sent bon l'eau fraîche et la nature. Je suis la trace du cerf dans les bois. Je m'approche, je suis tout près… Tous devient confus ! Où sont-ils passés ? Je n'entends que le souffle du vent entre les arbres.

Non mais, franchement, c'est n'importe quoi ! Moi, j'*essaie* au moins d'aider mes clients.

— Comment est-elle arrivée dans ce refuge ?

— Je vois une route… un groupe d'adolescents. S'il

vous plaît, ramenez-moi vers eux… ce sont les seuls qui me traitaient bien.

Crystal ouvre discrètement un œil pour voir si j'ai bien compris le message.

— Je suis à côté d'un petit homme, mais il s'en va lundi.

Là, je suis impressionnée.

— Lundi ? Elle connaît les jours de la semaine ?

Crystal ignore ma remarque.

— La voiture… c'est la mère du petit homme… j'arrive dans ce refuge, j'ai peur.

— Parlez-moi des mauvais traitements qu'elle a subis.

Du coup, Crystal sort de sa transe.

— Quels mauvais traitements ? Il n'a jamais été maltraité.

— Regardez-la… elle avait attrapé la gale. Elle avait perdu tous ses poils.

— Non, je ne vois aucune maltraitance…

J'essaie de lui ouvrir une porte de sortie, un petit geste entre collègues.

— Peut-être que quelqu'un d'autre l'a prise au refuge avant moi, l'a maltraitée, puis l'a ramenée là-bas ? Parce qu'il n'y a aucun doute, elle a subi des mauvais traitements.

— Comme je vous l'ai déjà dit, il est *manifestement* déçu par vous.

— Je ne lui ai jamais infligé de mauvais trait…

— Et il ne s'appelle pas Miu, mais Poilu.

Pas de doute, cette femme se fait passer pour ce qu'elle n'est pas. Dire que je craignais de me retrouver en fâcheuse posture, *moi* ! Je sens que je vais avoir du mal à écrire mon article. Car il n'est pas question de laisser de côté mon éthique professionnelle. Si je suis convaincue qu'un praticien ne présente aucun intérêt, je laisse les faits parler d'eux-mêmes. Mais cette Crystal est vraiment une arnaqueuse de première ! Je veux dire, elle est bien *pire* que moi. Elle n'a même pas cherché à connaître la vérité, elle n'a posé aucune question sur Miu pour étayer sa théorie... Elle a commencé tout de suite à broder, à faire semblant d'avoir des flashes.

J'ai encore le temps de trouver quelqu'un d'autre à interviewer, mais c'est assez délicat. N'oublions pas que c'est Teri qui m'a conseillé de rencontrer cette femme. En plus, Crystal m'en voulait déjà... et, maintenant, elle sait où j'habite. Mais pas question de faire publier ce monceau d'ânneries ! Quand je pense que Miu a été rebaptisée Poilu !

Je passe la demi-heure qui suit à coucher sur papier les histoires à dormir debout de Crystal, puis je la raccompagne jusqu'à ma porte.

— Vous ne voulez pas dire au revoir ?

— Au revoir !

— Pas à moi. A ma chienne.

Elle ne daigne même pas jeter un regard sur Miu.

— Poilu et moi nous sommes déjà dit au revoir.

Je la regarde descendre les marches. J'ai peur qu'aussitôt ma porte fermée elle ne fasse des trucs bizarres dans le couloir. C'est alors que j'entends la voix de Neil en bas de l'escalier. Je ne l'ai pas revu depuis le départ de Merrick. En fait, je n'ai vu personne depuis qu'il est parti. Maya et moi sommes toujours un peu en froid depuis le clash à propos de son mariage, et j'en ai marre de ne voir que ma tête à longueur de journée !

J'attends une minute, le temps que la porte d'entrée se referme derrière cette horrible bonne femme, puis je descends en espérant que Neil me reparlera de la fameuse comédie romantique avec Matt Damon. Tout sauf un nouveau tête-à-tête avec moi-même !

A mi-chemin, je tombe sur Neil, Johnny et Waldon en train de déjeuner, avec au menu d'énormes sandwichs et des sodas taille XXL. Dans l'escalier ! Qu'est-ce qu'ils ont tous, ces hommes, à faire du *sitting* dans les étages ? Les femmes, elles, ne traînent jamais dans les couloirs…

J'entends la voix de Johnny.

— Je vous avoue que je me suis posé la question. Il a un air… de chien battu.

Waldon est d'accord.

— Oui, il est d'un triste…

Ils ne parlent pas de Miu, quand même ? Est-ce que cette nana aurait eu le culot de dire des horreurs sur ma chienne, et, en plus, dans mon propre escalier !

Neil prend sa défense.

— C'est un boxer, et tous les boxers ont l'air triste, c'est connu. Mais elle est très heureuse. Regardez cette façon qu'elle a de dresser son moignon de queue !

— Je ne sais pas… Ses yeux bruns ont l'air tellement tristes.

Il est temps que je me manifeste.

— Bonjour ! Ils sont à qui, ces yeux bruns si tristes ?

Neil avale un morceau de sandwich.

— Salut, Elle. Je ne t'avais pas vue.

Johnny et Waldon jettent tous les deux un œil sur leur montre, et sautent sur leurs pieds.

— Tu as vu l'heure ?

— Le boulot nous appelle. Merci pour le déjeuner, Neil.

— C'est quand vous voulez !

Je regarde les restes de boulettes de viande et les Coca.

— Je vous croyais au régime.

— Oui, bien sûr. Mais c'était…

— … la semaine dernière !

Ils s'empressent de regagner leur appartement et ferment leur porte derrière eux.

Neil glousse en terminant son sandwich.

— Quoi ?

— Vous êtes sacrément douée pour vider une pièce, vous !

— Ce n'est pas une pièce, c'est un escalier. Et que faites-vous là, d'abord ?

— Je suis venu m'assurer que tout se passait bien chez nos *boys*.

— Nos *boys* ?

— Nous avons fait connaissance, et je leur ai proposé de faire un saut chez Tio pour acheter quelques sandwichs.

— Et ils ont accepté ?

— Ce sont des types charmants. Pas de doute, Monty sait choisir ses locataires !

— Charmants ? C'est comme si Attila le Hun et Gengis Khan avaient décidé de se pacser ! Ils se prennent pour qui, ces deux-là ? Et qu'est-ce qu'ils font, dans la vie ?

— Ils sont tailleurs.

— Vous voulez dire, des créateurs de mode ? Des stylistes ?

Je m'accroche à la rampe de peur de m'évanouir.

— Pas vraiment. Ils seraient plutôt du genre ourlets et retouches. Des tailleurs, quoi.

Quand je pense que Johnny Dolce & Waldon Gabbana habitent l'étage au-dessous, et que nous n'allons pas tarder à devenir les meilleurs amis du monde ! Si seulement je pouvais les décider à m'adresser la parole… Bon, restons digne.

— Dites-moi… ça vous dirait de voir un film, ce soir ?

Neil joue avec le papier d'emballage de son sandwich.

— Euh, je… j'ai un rendez-vous.

— Vous emmenez Kara faire un tour en ville, c'est ça ?

C'est tout juste si je ne lui demande pas de venir avec eux, pour pouvoir enfin faire sa connaissance.

— Non… C'est Waldon et Johnny qui m'ont demandé si je voulais faire un bowling avec eux. Ils sont membres d'un club.

Un club de bowling pour gays ? Ils prennent peut-être Neil pour un des leurs… Ce qui expliquerait pourquoi il leur plaît et pas moi. Cette seule pensée m'arrache un sourire.

— Tout le monde ne fait pas partie de leur club, Neil.

J'ai l'impression d'avoir sorti le bon mot du siècle, mais ça ne le fait pas rire. Je m'empresse donc d'ajouter :

— Ça m'a l'air plutôt sympa…

— Oui. D'autant que Kara est impatiente de les rencontrer.

— Parce que *Kara* y va aussi… ?

— Bien sûr. C'est un concours de couples. Ils m'ont demandé de l'amener.

Je suis sur le point de hurler en tapant des pieds façon flamenco lorsque j'entends mon téléphone sonner. Mon cri de désespoir (intérieur) se mue aussitôt en cri de triomphe. Merrick est parti depuis presque une semaine, je dois lui manquer autant qu'il me manque… Je plante là Neil et je monte les marches au grand galop.

Mais ce n'est pas Merrick. C'est un nouveau client, un type qui appelle de L.A. Il a vu ma pub dans les petites annonces. Toutes les pubs que j'ai passées donnent le numéro de téléphone d'une société de télétraitement, je n'ai donc pas à me charger de la facturation. Il faut juste que je ne me fasse pas avoir par la société de télétraitement ! Je tiens donc une comptabilité méticuleuse des appels téléphoniques que je reçois en les notant au dos de la carte des pizzas qui est posée à côté du téléphone.

Je gribouille à la hâte la date et l'heure de l'appel.

— Que puis-je pour vous ?

Il dit s'appeler Fred, mais je sais qu'il ment car il hésite avant de me donner son prénom. Je sors mon jeu de tarots du tiroir de la petite table où est posé le téléphone, je m'assieds par terre et j'étale les cartes devant moi. Je ne sais toujours pas les utiliser correctement, en dépit de tous les efforts déployés par Adele pour m'initier à cette pratique. Mais, lorsque je travaillais chez Connexion extralucide, j'ai pris l'habitude de regarder les cartes, et elles m'ont donné des idées. Sans parler des tas de revues féminines disséminées un peu partout.

« Fred » a le numéro trente-neuf. Il a perdu son boulot au moment de la crise de l'Internet et n'a pas retrouvé de travail depuis. Son histoire n'est pas banale, car bien que son licenciement ait coïncidé avec la crise, il n'était pas salarié d'une société d'informatique. Il était chef de pub à San Francisco. Après la perte de nombreux clients, il a subi une baisse de salaire, mais il a tenu bon. Jusqu'au 11 septembre… Il faut dire que sa société ne survivait que grâce à ses budgets du secteur aérien !

Quand il s'est retrouvé sans ressources, et après avoir mûrement réfléchi, Fred est retourné vivre chez sa mère à Los Angeles. La décision n'a pas été facile, car au lieu de claquer son fric en s'offrant des Land Rover, il avait fait des économies pour s'acheter une baraque dans la baie de San Francisco et des meubles chez Z Gallerie.

J'admire sa prévoyance. J'ai toujours été plus cigale que fourmi, mais j'ai toujours trouvé injuste que ce soit la cigale qui se fasse avoir au bout du compte.

Je commence mon petit laïus.

— Parlons du crédit immobilier…

— S'il vous plaît, pas ça !

Les prix de l'immobilier ont quadruplé depuis, de sorte que même les surendettements se sont révélés être des mines d'or.

— D'ailleurs, une Land Rover aussi aurait pu m'être très utile. Je suis obligé d'emprunter la voiture de ma mère chaque fois que j'ai envie de sortir.

— Parce que vous sortez souvent… ?

J'ai quand même des raisons d'être surprise : a) il n'a pas d'argent et b) on dirait quelqu'un qui vient de découvrir que son iguane est mort dans sa cage. C'est typiquement le genre de mec à avoir un iguane chez lui.

— Je sors pour acheter des cigarettes, ou un Coca, éventuellement un *burrito*.

— Ah, d'accord.

Je bouge les cartes avec virtuosité, en faisant suffisamment de bruit pour que ça s'entende au téléphone. Il m'a fallu des heures d'entraînement pour maîtriser les effets sonores, et c'est Merrick qui servait de cobaye. Je l'entendais soupirer au bout du fil…

— Voilà ce que me disent les cartes. Primo, vous devez arrêter de fumer.

— Impossible !

— Et pourquoi ?

— Il ne me restera rien à faire pour passer le temps.

— Nous allons y travailler, Fred.

— Fred n'est pas mon vrai nom.

— Je sais. Vous voulez bien me donner le vrai ?

— C'est Jim. Non, Jack. C'est ça… Jack !

— Vous voulez dire Jim Sajack ? Comme Pat Sajack, celui qui présente la Roue de la Fortune ?

Je le sens subitement moins tendu.

— Oui. Cool !

— Puisque nous parlons de la Roue de la Fortune, faisons-la tourner, Jim Sajack ! Vous avez donc cherché du travail à San Francisco, c'est ça ? Puis à Los Angeles, mais vous n'avez encore rien trouvé…

— C'est exact.

— Je vois d'autres choses dans les cartes…

La plupart de ceux qui m'appellent sont des femmes, mais j'ai quand même pas mal d'hommes, souvent des chômeurs. Peut-être à cause du boom post-Internet en Californie, mais, pour moi, ce n'est pas nouveau. Les femmes au chômage qui appellent ont en général une vision différente des choses : elles sont réalistes (à part moi, bien sûr), savent que la « nouvelle économie » est morte, et elles acceptent des boulots moins bien payés pour mieux rebondir.

Les hommes, eux, attendent toujours que le « miracle » se reproduise. C'est exactement le contraire des rendez-vous amoureux : là, ce sont les femmes qui s'accrochent aux rares bons moments dans un monde où les rapports avec les hommes sont de plus en plus minables. Dans le domaine du boulot, ce sont les hommes qui sont incapables de décrocher. Ils restent chez eux, assis devant le téléphone, attendant que Google les appelle, et ils se racontent des histoires un peu folles comme ce mec qui m'a dit un jour que s'il y avait eu un crash Internet, c'était de la faute de Hollywood qui avait refusé de laisser passer des films gratuitement sur le Net.

Je me souviens que je l'ai un peu titillé.

— Des films gratuits ?

— Exactement.

— Mais... comment vouliez-vous qu'ils gagnent de l'argent ?

— Ce n'est pas le problème. Ce n'est pas comme ça que fonctionnait la nouvelle économie. Il fallait voir les choses avec une nouvelle perspective.

Je lui ai alors répondu la même chose qu'aujourd'hui à Jim Sajack.

— Vous cherchez un travail qui rapporte à peu près autant que votre dernier boulot, je me trompe ?

— C'est logique, je n'ai pas envie de revenir en arrière.

— Vous exigez donc un minimum de deux mille dollars, comme à l'époque où Enron était au top ?

— C'est à peu près ça.

— Mais tout ça est terminé, Sajack ! Vous ne trouverez jamais un nouveau boulot comme celui de San Francisco. C'était une période bénie, mais vous pouvez faire une croix dessus. Aujourd'hui, si on vous propose un boulot payé quatre-vingt dix pour cent de votre ancien salaire, vous avez une centaine de gens qui font la queue devant vous.

— Mais alors, qu'est-ce que je dois faire ?

— Il faut vous calmer un peu.

— Me calmer ?

— Oui, vous calmer. C'est la clé du bonheur. Et aussi chercher de nouvelles pistes pour trouver du travail. Quelles sont vos compétences ?

J'ai toujours du mal à leur poser la question, parce que je déteste qu'on me la pose ! Comme Merrick l'a fait à notre premier vrai rendez-vous. Mais, dans mon cas, c'était parce que je n'avais aucune compétence, alors que la plupart des humains en ont.

— Eh bien… je m'y connais pas mal en publicité.

— C'est votre métier. Alors posez votre candidature à tous les postes qui vous sont proposés dans la rubrique *commercial/publicité* de votre journal. Procurez-vous un bouquin où l'on donne des conseils pour chercher du travail, et suivez-les. Avez-vous au moins *quelques* pistes, actuellement ?

— J'ai vu dans le journal qu'un centre universitaire

cherchait quelqu'un pour donner des cours d'initiation à la publicité.

— Et ils vous ont dit quoi, quand vous avez postulé ?

— Je ne les ai pas appelés. Ils ne proposent que cinq cents dollars par mois.

— Et alors ?

— Mais enfin vous vous rendez compte ? Je n'ai pas envie de me brader… Ce n'est pas assez payé.

— Pour quoi faire ? Pour le Coca et les cigarettes ? Ça représente quand même pas mal de *burritos*. A propos, comment faites-vous pour vous les payer, en ce moment ? C'est grâce à l'argent de poche de maman ?

Silence radio. Je m'attends à ce qu'il raccroche, mais pas du tout. Il est toujours au bout du fil.

— Essayez de donner ces cours. Ça vous permettra de vous offrir vous-même vos Coca et vos cigarettes, quelques bières, plus des fleurs pour votre mère… Il vous restera encore largement le temps de chercher un vrai boulot, et vous serez mieux placé que les quatre-vingt-dix-neuf autres types parce que vous aurez déjà du boulot. Vos employeurs potentiels se diront que vous n'êtes pas désespéré, pas prêt à prendre n'importe quoi puisque vous avez déjà un boulot. Vous serez un prof, un expert dans votre domaine.

— Ce n'est pas bête…

— Je suis assez douée pour traiter les problèmes des autres. Et ce sont les cartes qui me montrent la marche à suivre. Mais j'ai une autre question à vous poser. Si vous étiez gay, est-ce que vous…

— Je ne suis pas gay.

— Ce n'est pas grave, quelques-uns de mes meilleurs amis ne le sont pas non plus. Mais, *si* vous étiez gay, de qui préféreriez-vous être l'ami : d'une jeune femme enjouée qui vous apporte votre cappuccino, ou d'un menuisier terne et sans le moindre intérêt qui vous soûle avec ses théories sur les complots ?

— Euh… c'est une question piège ? Peut-être que le menuisier est une femme, lui aussi. Ou alors c'est la fille qui est lesbienne. A moins que ce ne soit le cappuccino qui soit un peu spécial… C'est un jeu de logique, c'est ça ?

— Oui. Un genre de puzzle…

6

Je passe mon mardi matin assise devant un ordi, chez *Permanent Press.* Je suis en train de rédiger un article particulièrement cinglant sur cette fichue voyante pour animaux, et je dois dire qu'honnêtement c'est ce que j'ai fait de mieux jusqu'ici. Puis je me mets à tout raturer et à écrire un texte que Teri soit à même d'accepter. Au lieu de m'en prendre à Crystal Smith moi-même, je la laisse se saborder elle-même. Je m'explique : je me répands en compliments sur Miu Miu (« la plus jolie, la plus craquante des chiennes boxer qui ait jamais mordillé de pantoufle en ce bas monde ») et j'embraye aussitôt sur les paroles de Crystal, qui est allée jusqu'à la traiter de « poilue ». Je suis sûre que O'Malley aurait adopté la même tactique… sauf que lui aurait abusé des italiques.

Je consacre ensuite une bonne heure à passer les pages jaunes de l'annuaire au crible pour trouver une personne à interviewer la semaine prochaine. Teri m'a demandé de lui soumettre une idée vendredi au plus tard. Mais lorsque je fais un saut à son bureau pour déposer l'article de la semaine, on ne peut pas dire qu'elle m'aide beaucoup ! Alors, je me lance :

— Peut-être un autre acupuncteur ? Celui qui vient d'inaugurer son nouveau bureau à Chapala ?

— Il est trop tôt pour traiter ce sujet une nouvelle fois, Elle. Trouvez autre chose.

Puis elle lâche sans lever le nez de mon texte :

— Quant à ceci, ça ne va pas du tout. Restez positive, enjouée. Vous croyez peut-être pouvoir remplacer O'Malley ?

— Peut-être… si je mets quelques mots en italique.

Elle me lance un regard en coin qui suffit à me clouer le bec.

Super. Après les deux derniers fiascos, je commence à en avoir marre, et je suis tentée de tout laisser tomber. Je n'ai jamais voulu écrire… sur ces farfelus au teint terreux, ces antisociaux. Au moment où je m'apprête à suggérer à Teri d'embaucher quelqu'un d'autre — enfin, à part Crystal — il me revient subitement à la mémoire qu'elle me paie trois cents dollars par mois. Et que j'ai besoin de cet argent.

J'accepte donc d'édulcorer mon article. Après que Teri m'a donné son accord du bout des lèvres, je décide d'aller à la bibliothèque. Laverna propose dix-huit mille cinq cents dollars de prêt par an, ce qui est déjà sacrément tentant. Mais, comme je suis une fervente adepte de la mise en concurrence, je me dis que d'autres écoles proposent peut-être vingt-deux mille dollars par an… Qui sait quelle somme on pourrait m'offrir rien que pour avoir le privilège de me former ?

La bibliothèque municipale de Santa Barbara est l'un de ces immeubles contemporains d'une tristesse affligeante qui ont poussé un peu partout depuis les années 1950 jusqu'au début des années 80. Merrick me dit que j'ai tout faux, et il se met dans des états pas possibles dès que j'émets la moindre critique, mais qu'est-ce qu'il en sait ? Je maintiens que ce bâtiment est une véritable horreur. Mais je dois reconnaître qu'il est bien pratique… D'abord parce qu'il est situé au centre-ville et surtout parce qu'il possède une imposante collection de livres, ce qui — me direz-vous — est le plus important pour une bibliothèque…

Je pousse la porte à tourniquet et j'entre dans la salle principale. Je ne suis pas mécontente de pouvoir effectuer ma recherche sans être obligée de faire un tour au sous-sol. Ça pue tellement, là en bas, qu'on a l'impression que quelqu'un y a caché un corps. Heureusement, l'odeur s'estompe dans la grande salle (ou alors c'est que je m'y habitue, mais je préfère la première hypothèse).

Je fais donc allègrement la queue dans la salle de consultation. J'adore les bibliothécaires. Ils vous donnent des tuyaux sur n'importe quel sujet et se fichent rarement de vous. Ce sont des sortes de saints anonymes.

L'un d'eux m'indique la bonne direction, et je me retrouve bien calée dans un fauteuil, à parcourir différents guides de l'étudiant. A Santa Barbara, il y a trois voies possibles pour passer une maîtrise de psychologie. J'en élimine une d'office, un peu trop « pro Jung » à mon goût (je n'approuve pas ses théories). En plus, son système d'aide financière n'est pas terrible. En revanche, je suis très impressionnée par le programme de l'université de Californie de Santa Barbara, bien qu'elle soit située à Goleta, surtout quand j'apprends que j'ai dépassé la date limite d'inscription à la session d'automne. Autrement dit, je pourrais *au mieux* commencer en septembre de l'année prochaine, ce qui me laisse un an et huit mois pour dénicher autre chose, la perle rare. « Ce n'est pas ma faute, Merrick. Le règlement est le règlement... »

J'étudie donc les conditions d'admission. Il faut s'inscrire (ça, c'est facile), avoir une licence (pas de problème non plus), des lettres de recommandation (ça devrait pouvoir se faire si je le demande gentiment) et passer un examen pour tester mon niveau. Là, il y a un os !

Le guide de l'étudiant de Laverna me nargue du haut de l'étagère. Je m'aperçois que, si l'on exige des lettres de recommandation et une licence, il n'est question nulle part de passer un examen d'entrée. Et, en ce qui concerne la date limite d'inscription, voici ce qui est écrit : « Nous considérons qu'il n'est jamais trop tard pour s'inscrire. De nouveaux cours commencent tous les trois mois, et une réponse positive de notre part peut vous être donnée jusqu'à la veille du premier cours. »

Peut-être Laverna est-elle une usine à diplômes, mais elle est bien commode.

Je rentre chez moi et je passe vingt minutes par terre à faire du catch avec Miu. C'est bien mieux que la méditation. Quand on est dans la maison, Miu adore me courir après, mais généralement ça tourne au désastre, alors je préfère m'en tenir au catch et à la boxe. Lorsque je l'ai adoptée, elle était trop faible et trop déprimée pour jouer les « boxers boxeurs »... mais, maintenant, elle ferait presque concurrence à Hilary Swank : une patte en l'air, la tête rentrée dans les épaules, elle vous décoche des directs comme pas deux.

D'accord. J'ai donné ma parole, pas question de chercher à finasser. Je remplis le formulaire d'inscription à Laverna en utilisant le stylo rouge que m'a remis l'un de mes interviewés qui pratique la chromothérapie. Bon, ce n'est peut-être pas réglo, mais s'ils m'opposent un refus à cause de la couleur de l'encre, c'est qu'ils sont vraiment mesquins ! En plus, je n'ai jamais dit à Merrick que j'utiliserais de l'encre bleue ou noire. Et puis zut ! On verra bien.

Je lèche l'enveloppe avec un mauvais pressentiment tandis que le ciel se couvre de nuages noirs et qu'un éclair s'abat sur le clocher infesté de chauves-souris. Puis je poste la lettre et je mange une boîte entière de biscuits.

J'appelle Merrick pour lui annoncer la bonne nouvelle. Il est 19 heures à New York, et Merrick n'est pas à son hôtel. Il devrait être en train de manger un plat indien à emporter en regardant une énième rediffusion de *Seinfeld*. En tout cas, c'est ce qu'un petit ami en déplacement à New York devrait faire, tout le monde est d'accord là-dessus. Alors pourquoi n'est-il pas dans sa chambre à 19 heures ?

Parce qu'il est à Nobu, en train de demander la main d'une cocotte new-yorkaise.

Et pourquoi je ne pourrais pas être une cocotte, moi ? Au lycée, j'étais plutôt du genre boutonneux. Si j'allais à la gym, je serais juste… une fille en superforme. Quand ma rubrique marchera, je serai peut-être une plume célèbre, et, si jamais je retrouve les anciens propriétaires de Miu, je pourrais même devenir championne de tir. Mais une cocotte, jamais.

Je regarde Miu.

— Assise !

Elle s'exécute.

Je l'adore, cette chienne. Je l'embrasse sur les bajoues — c'est dégoûtant et délicieux à la fois — puis je l'emmène faire une longue balade sur la plage. Le coucher de soleil est magnifique, Miu adorable. Mais, côté moral, c'est le statu quo.

Sur le chemin du retour, je m'arrête chez Tio pour acheter un sandwich à la viande. Je consulte la liste de films de la semaine dans *Permanent Press* tout en dégustant mon sandwich au lit. Le film romantique avec Matt Damon est commencé depuis dix minutes… Alors j'allume la télé en espérant tomber sur *Seinfeld*, mais je tombe sur une rediff' de *Will & Grace*. Pourquoi

Will aime-t-il Grace ? Est-ce que Jack m'aimerait ? J'ai beau regarder l'épisode avec la plus grande attention, je n'apprends rien de nouveau qui puisse m'aider à me faire adopter par les tailleurs gay. J'ai pourtant de beaux cheveux, de la personnalité, et, même si mon côté hyperactif me pousse parfois à la faute, je ne comprends pas pourquoi ils se montrent si distants avec moi. Peut-être que si je perdais dix kilos…

Je mords dans mon sandwich.

Maya m'appelle le jeudi après-midi, se décidant à rompre le silence radio. Nous sommes toutes les deux très heureuses de nous reparler, mais étrangement mal à l'aise. Du coup, la conversation est un peu empruntée.

— Comment vas-tu ?

— Bien. Et toi ?

— Bien.

Un silence s'installe, un silence à couper au couteau… C'est que je fais un effort surhumain pour ne pas aborder le chapitre « organisation du mariage ».

Je finis par lâcher :

— Alors, euh… du nouveau ?

— Brad voudrait que tu assistes à sa conversion.

— Sa conversion ?

— Il se convertit au judaïsme, *Elle*.

— Il se convertit au judaïsme… ?

Alors là, je suis sciée. Comment se fait-il que personne ne m'en ait parlé ?

— Mais… il est déjà parfait comme ça.

— Il sera plus parfait encore.

— « Plus parfait » est une notion qui n'existe pas.

— Je ne comprends pas ton problème. Merrick est parfait, lui aussi.

— Lui ? Il est tout sauf parfait.

Les hommes parfaits restent sagement dans leur chambre d'hôtel et ne se délectent pas de sushis et de cocottes.

— Mais cette conversion me paraît bien soudaine, non ? Je croyais qu'il fallait étudier pendant des années avant de…

— Je suppose que tu parles de la Torah… Mais la réponse est non, pas pour une conversion au judaïsme réformé. Nous suivons des cours depuis six mois, une fois par semaine.

— Tu veux dire que tu as décidé de te marier il y a six mois ?

— Euh, oui, en gros. Nous en avons parlé, c'est tout. Nous voulions voir venir. J'ai préféré ne pas t'annoncer la nouvelle parce que ton mariage venait de tomber à l'eau et que tu avais le moral à zéro.

— C'est vrai que si tu t'étais fiancée juste après que Louis m'a quittée, ça m'aurait fichu un sacré coup. Merci d'avoir gardé le secret.

— De rien.

— Mais tu aurais pu au moins me dire qu'il allait se convertir !

— Nous ne savions pas s'il en aurait toujours envie

après avoir suivi les cours. Nous avons même attendu la semaine dernière pour en parler à mon père.

— Et quelle a été sa réaction ?

— Il a dit *Mazel Tov !* et il a pleuré. Il a dit que ma mère aurait été tellement heureuse…

Sa mère est morte d'un cancer du sein il y a deux ans.

— Il a raison, Maya, elle aurait été très heureuse. Brad est merveilleux, tu le mérites et il te mérite.

— Alors, tu viendras à la cérémonie de conversion ?

— Bien sûr que oui ! Je viendrais même s'il y avait une vente dégriffée de Stella McCartney au même moment !

— Vraiment ?

— Je t'assure que oui. Tu sais très bien que je ne rentre jamais dans les modèles dégriffés.

Maya éclate de rire. Elle a l'air aussi soulagée que moi que nous nous soyons retrouvées.

— Dis-moi, qu'est-ce que j'apporte ? Il y aura des choses à manger ?

— Oui, mais n'apporte rien. Ta présence nous suffit.

Du coup, j'ai des soupçons.

— C'est sûr ?

— Oui, je t'assure. Autre chose, Elle…

— Mmm ?

— Excuse-moi pour ce que j'ai dit à propos de

l'organisation du mariage. Les futures mariées sont toujours un peu nerveuses, c'est connu…

— Super, parce que je viens justement de trouver un éleveur de saumons ! Mais il a besoin…

— La cérémonie est à 17 heures.

Et elle m'explique comment me rendre à la synagogue.

Sept secondes après que j'ai raccroché, Merrick m'appelle.

— Où se trouve Nobu ?

Ce qui tend à prouver qu'il a eu mon message.

— Tu trouves Scarlett Johansson jolie ?

— Pourquoi, elle est à Nobu ?

— Tu ne l'aurais pas vue là-bas, par hasard ?

— Ecoute… avoir une conversation normale, est-ce trop te demander ? Tu pourrais me demander comment je vais, me poser des questions sur mon boulot…

— Je vais bien. Et ton boulot ?

— Je suis *encore* en train de bosser, si tu veux savoir. C'est fou ce que ces gens prennent les copropriétaires au sérieux ! Ce syndic, on dirait le Comité d'enquête sur les activités antiaméricaines de 1938 !

— Tu ne pourrais pas te lever et dire : « Mais enfin, messieurs, n'avez-vous pas honte ? »

— Tu te mets à citer des passages des audiences de McCarthy, maintenant ? Je suis… très impressionné.

— Que veux-tu, j'ai fait des études. Il se peut même

que je passe au grade supérieur. J'ai posé ma candidature pour Laverna.

— C'est vrai ?

— Absolument.

Il pousse un cri de joie. Quant à moi, je suis aux anges… jusqu'à ce que j'entende un bruit étouffé au bout de la ligne. Merrick articule « Quoi ? ». Nouveau bruit étouffé. « D'accord. » Quelqu'un re-chuchote, puis Merrick me dit :

— Désolé, Elle, je dois te laisser. Joe McCarthy a des questions à me poser. Je t'appelle ce soir.

Et il raccroche. Mais j'ai le temps d'entendre une petite voix implorante, une voix de femme.

— Louis, revenez…

Où ça ? En *salle de conférences* ? A *table* ? Voir *le patron* ? Mon Dieu, faites que ce ne soit pas *au lit*. Tout, mais pas ça !

Je finis par chasser la petite voix dans l'obscurité de la nuit. Merrick est la personne la plus franche qui soit au monde. S'il me quittait, je serais la première à le savoir.

C'est vraiment vrai ?

Mais bien sûr !

Je me mordille les ongles.

Sûr sûr ?

Absolument.

Bon, ça va, arrête un peu de stresser, Elle ! O.K., j'arrête de stresser.

Je ferais mieux de repenser à sa réaction enthousiaste

lorsque je lui ai parlé de mon inscription. J'essaie de me concentrer... J'entends encore son cri de joie, ça devrait me faciliter la tâche... Mais non, j'ai comme une boule au creux de l'estomac. Et ce n'est même pas à cause de la voix de femme que j'ai entendue tout à l'heure, c'est à cause de Laverna.

Et si jamais ils acceptaient ma candidature ? Je n'ai *aucune envie* de retourner à l'école. Ni de devenir une vraie psy. J'adore mon rôle de conseillère intuitive, dispenser mes bons conseils d'une voix aimable, même s'ils relèvent davantage de la pure logique que de la psychologie. Si je deviens une vraie psy, je ne pourrai plus dire aux clients qui ont de réels problèmes d'appeler... un vrai psy ! Actuellement, c'est comme ça que je procède, et je devrais recevoir des dessous-de-table pour tous les clients que je leur ai envoyés en consultation.

Mais franchement, pour avoir envie de s'attaquer aux vrais problèmes, il faut être un peu dérangé, non ? Moi, j'ai l'esprit bien trop d'aplomb pour ça.

Pourtant Maya et Merrick sont tous les deux d'accord pour me pousser à décrocher ce diplôme, et comme ce sont des gens adultes, avec toutes les cases du cerveau rangées bien comme il faut, je me dis qu'ils ont peut-être raison. J'ouvre mes placards d'un air pensif, pour m'apercevoir que je suis en rupture de stock de soupe aux nouilles et de riz... Ce sont pourtant les denrées de base indispensables à toute femme d'affaires qui vient de s'installer à son compte. J'ouvre alors mon frigo pour une minute de méditation culinaire. J'ai sous les yeux en tout et pour tout la moitié d'un cœur de laitue, une boîte de thon et un pot d'olives noires. Tiens, si je me préparais une petite salade niçoise vite fait ? Le problème, c'est que je n'ai aucune idée du type de sauce qui va avec, et je sais déjà qu'au final ça aura un goût de laitue avec du thon et des olives… Alors je mange les olives. Si j'avais de la mayo, je me ferais une bonne salade de thon. Je mange la laitue. Et, juste au moment où j'ai les yeux rivés sur la boîte de thon en me disant que Merrick devrait m'appeler d'une seconde à l'autre, le téléphone sonne.

Sauf que ce n'est pas Merrick, mais Valentine, une de mes fidèles clientes qui refuse systématiquement de prendre rendez-vous. Elle préfère m'appeler chaque fois qu'elle en ressent le besoin. Notez bien, je ne m'en plains pas, c'est grâce à elle que je peux payer une bonne partie de mon loyer annuel. C'est une matrone de Montecito, d'un âge indéfinissable, avec une prédilection pour les fringues jaune canari, et le cheveu couleur Coca.

— Elle, j'ai besoin que vous me tiriez les cartes.

— C'est que… j'attends un coup de fil, Valentine.

— Mais c'est une urgence. Vous n'allez pas me laisser tomber…

— Qu'est-ce qui ne va pas ?

— C'est Rowdy.

Son loulou de Poméranie. Remarquez, j'ai l'habitude. Elle m'appelle toujours pour me parler de Rowdy. J'espère que Crystal Smith n'en saura jamais rien, sinon elle risque de poser une bombe incendiaire dans mon immeuble.

— Figurez-vous qu'il tousse.

— Il tousse ? Est-ce que vous…

Je m'interromps car j'entends Valentine poser son téléphone au niveau du chien. Silence radio côté loulou, je n'entends que les roucoulements de Valentine en bruit de fond.

— Naturellement il vient de s'arrêter, au moment même où je plaçais le micro devant sa gueule ! Mais je vous assure qu'il n'arrête pas de tousser. Vous croyez qu'il a une leucémie ?

— Vous êtes certaine qu'il n'est pas en train de s'étouffer ?

Voilà une chose qui me sidère, le nombre de gens qui appellent des voyantes en cas d'urgence. Je ne vous dis pas le nombre de fois où j'ai expliqué à quoi servait le 911.

— De s'étouffer ? Mais… avec quoi voulez-vous qu'il s'étouffe ?

J'ai l'impression que Valentine vient de s'installer sur son canapé. Je ne suis pas sortie de l'auberge !

Nous voilà parties à discuter de tout ce qui, d'expérience, est susceptible d'étouffer un chien : les emballages de tasses, les écureuils en peluche, les ballerines. Ou ce que ces braves toutous sont capables de régurgiter : une saucisse viennoise entière en parfait état, par exemple.

— On aurait pu rajouter une noix de moutarde et la servir pour le dîner !

Deux heures s'écoulent… C'est alors que mon jeu de tarots somme Valentine d'emmener Rowdy chez le véto.

Et vous savez ce qu'elle me répond ?

— Pas la peine, ça fait une heure qu'il ne tousse plus. A bientôt !

Dieu les bénisse, Rowdy et elle, de me permettre d'être à flot sur le plan financier. Seulement voilà, j'ai raté le coup de fil de Merrick. Je consulte mon répondeur : pas de message. Bizarre, bizarre…

Trois heures de rediff' télé plus tard, le moment est venu d'aller au lit.

J'ai fini par admettre que Merrick n'appellerait pas, je ne suis pas plus avancée pour mon idée d'article, j'ai la trouille de suivre les cours de Laverna et, pour couronner le tout, je crève de faim.

Le lendemain matin, on frappe à ma porte. C'est UPS qui me livre un colis. Vous voulez connaître une de mes définitions de la réussite ? C'est quand UPS et FedEx n'arrêtent pas de vous livrer des paquets : des chaussures, des bijoux, des babioles en tout genre et des documents ultraconfidentiels. Sans oublier les gourmandises, genre gâteau au fromage pour le petit déj.

Mais ce paquet est bien trop petit pour contenir un gâteau au fromage. Il est absolument minuscule, et l'adresse de l'expéditeur ne figure nulle part. Pendant une fraction de seconde, je me demande si Crystal

Smith ne m'aurait pas envoyé une crotte de chien par la poste, mais ça me paraît un peu trop puéril, même venant d'elle. Alors j'arrache le papier et je tombe sur un écrin en velours bleu roi.

Une bague.

Depuis que j'ai lancé mon solitaire (ma bague de fiançailles) à la figure de mon ex-fiancé, je suis comme qui dirait à court de bagues. Mon Dieu… et si l'expéditeur était Merrick ? Serait-ce une demande en mariage ? Peut-être qu'il a trouvé ça romantique, me faire une surprise en m'envoyant une bague de façon anonyme. Il a peut-être la trouille de me poser la question en face, de peur que je me contente de le regarder sans rien dire, les yeux ronds, comme le jour où il m'a parlé d'emménager chez lui.

J'ouvre l'écrin le cœur battant, en faisant semblant de ne pas remarquer qu'il ne vient pas de chez Tiffany. Ni de chez Cartier, d'ailleurs. Est-ce si difficile de trouver la Cinquième Avenue à New York ? Bon, ça suffit, Elle, reprends-toi. Profite du moment présent au lieu de te comporter comme une mégère ingrate.

Niché dans un coussinet, je découvre un morceau de turquoise gros comme un noyau de pêche, serti dans un anneau d'argent orné dans le style indien. Très Georgia O'Keeffe. Comment dire à Merrick que…

Une silhouette apparaît dans l'encadrement de la porte. C'est un homme de vingt à quarante ans, de cent vingt-cinq à cent cinquante kilos, aux yeux bleus de bébé et au visage poupin.

— Vous l'avez ouvert…

— Ou… ui.

— Pourquoi ?

— J'étais censée attendre Noël ?

Je n'ai même pas eu le temps d'essayer la bague, ni de l'imaginer à mon doigt pour le restant de mes jours, ni de trouver la raison qui a pu pousser Merrick à choisir *ça*. Et encore moins de me demander ce que je vais pouvoir lui répondre.

— Noël ? Mais nous sommes en février.

— C'est pour ça que je n'ai pas attendu. Vous savez, je ne suis pas du genre patient.

Il a l'air perplexe, ce que je peux comprendre. Puis le voilà qui me demande de but en blanc :

— Vous voulez l'acheter ? Je peux vous faire un bon prix.

— L'acheter… ?

Attendez, à quoi on joue ? Serait-ce une de ces nouvelles techniques de vente sophistiquées qui aurait fait le bonheur de Joshua, un ex-petit ami (enfin presque) doublé d'un escroc plutôt doué.

— Oui, l'acheter. Je m'appelle Ray Flood.

Je lui sers deux ou trois onomatopées, attendant poliment qu'il me déballe la suite de son boniment. Essayer de décrocher une commande, je sais ce que c'est !

Mais il a l'air de plus en plus embêté et me montre le paquet du doigt.

— Regardez… Ray Flood.

Et, là, je commence à comprendre. Sur le papier

d'emballage froissé, je vois son nom… et son adresse, qui naturellement est la même que la mienne, mis à part le numéro de l'appartement.

J'ai ouvert le courrier de quelqu'un d'autre !

— C'est vous, Ray Flood ?

Il me répète, avec l'obstination d'un prof d'anglais devant une classe de rattrapage :

— Oui, je m'appelle Ray Flood.

— Le livreur UPS a dû penser que c'était pour moi. Il m'arrive de commander des choses de temps à autre. Si je comprends bien, c'est vous qui emménagez à l'étage du dessous ?

Il hoche la tête, mais je le sens un brin réticent.

Récapitulons : Merrick et les tailleurs gay sont au premier étage, moi au troisième, et Ray emménage au deuxième. J'espérais plutôt une femme, pour des raisons évidentes.

— Que pensez-vous des gens qui traînent dans les escaliers ?

Mais Ray ne pense qu'à la bague.

— Alors, vous la prenez ou pas ?

Je glisse la turquoise à mon doigt. C'est joli… enfin, dans le genre mastoc et clinquant…

— C'est combien ?

— Cent dollars.

Je me sens peut-être en fonds depuis le coup de fil de Valentine, mais je mets toujours de l'argent de côté pour cet ensemble pantalon en lainage que j'ai essayé chez *Element*.

— Non, merci. Vous vendez beaucoup de bijoux ? Vous devez avoir un bail mixte… ?

Et je lui rends la bague.

Il vire au rouge tomate et parle entre ses dents. Je n'ai rien compris, mais je fais comme si.

— D'accord. Tout ça m'a l'air très bien.

Il me regarde comme si j'avais dit un gros mot.

Alors j'enchaîne :

— Quoi qu'il en soit… j'envisage d'organiser une pendaison de crémaillère pour les nouveaux locataires. Je glisserai l'invitation sous votre porte.

Il recommence à grommeler dans sa barbe, puis se retourne — assez gracieusement, je dois dire, pour un homme de cette corpulence — et il s'engouffre dans l'escalier.

Bon, résumons : pas de bague de Merrick, pas de coup de fil non plus, et tous mes voisins me détestent. Il faut vraiment que j'organise cette petite fête avec un maximum de boissons alcoolisées, comme ça, les gens auront au moins le plaisir de me voir au summum de mon art de divination.

Je décide de faire un peu de shopping. Je viens d'apprendre que je dois cent quatre-vingt-trois dollars à ma banque, mais, depuis, j'ai eu ce long coup de fil de Valentine. En plus, j'ai quelques chèques à droite à gauche, des clients qui préfèrent me payer par courrier, sans parler d'un chèque de remboursement de trois dollars d'une société de téléphone, ce qui est la chose la plus excitante que j'aie reçue par courrier depuis un mois.

J'ai au moins une bonne raison de dépenser mon argent : acheter un cadeau pour célébrer la conversion de Brad. Je me demande si le cadeau doit être typiquement juif. Je manque de repères dans ce domaine. A ma connaissance, il n'existe pas de guide du shopping pour les cérémonies de conversion… Maya possède une collection de chandeliers à sept branches qui lui vient de sa mère, j'en déduis donc que Brad devrait recevoir le même cadeau. Mais à part ça que peut-on acheter, comme cadeau juif ? Un livre de Philip Roth ? Maya a hérité de sa mère la liste des bons Juifs et des autres, et j'ai peur de me planter. Je crois que Roth faisait partie « des autres », mais qu'il s'est racheté depuis. Elle a aussi une liste d'antisémites qui n'ont aucune raison de l'être : Joseph Campbell, Roald Dahl, Franklin Roosevelt. Surprenant.

Je finis par fureter dans mes boutiques préférées, spécialisées dans la décoration de la maison. Mais je ne trouve qu'un chandelier en céramique soldé à moitié prix et d'une tristesse à pleurer. Berk ! Et pourquoi pas une reproduction de Chagall ? Ça doit bien se trouver, ça, à la boutique du musée d'Art de Santa Barbara, par exemple. Mais je me heurte toujours au même problème : comment être sûre de ne pas commettre d'impair ? Franchement, si la conversion est aussi difficile que le choix du cadeau, je me demande comment un homme aussi parfait que Brad (je l'ai surnommé

M. Perfection) peut la réussir… Je parie que, pour l'examen, ils vont lui poser des tas de questions pièges sur Steven Spielberg !

Je laisse tomber la boutique du musée pour faire le tour du pâté de maisons jusqu'au magasin New Age. Il y a des articles religieux, et j'arriverai peut-être à trouver mon bonheur, un chandelier en cristal. En fait, je ne suis jamais entrée dans ce magasin, ça me rappelle trop ma mère qui tient le même genre de boutique à Sedona. Mais il m'est arrivé de traîner près de l'entrée pour lire des dépliants vantant les bienfaits des massages thérapeutiques et des guérisseurs, un jour où je cherchais l'inspiration pour ma rubrique. J'ai même pensé leur envoyer mon propre dépliant, mais encore faudrait-il en avoir un…

L'intérieur est très bien conçu, avec des murs bleu ciel qui ont un effet apaisant sur les clients, et des étagères pleines d'ouvrages inspirés, de cartes de vœux et de bouddhas miniatures. Des capteurs de rêves — censés repousser les mauvais rêves — et des carillons à vent pendent du plafond, et l'on entend en bruit de fond un air de sitar. Je me sens mal à l'aise, en partie à cause de ma mère, mais pas seulement. C'est aussi parce que je suis une fausse voyante, et que toute cette quête d'absolu me donne l'impression d'être futile. Et puis, ce côté kitch et ringard me déplaît souverainement.

Je me renseigne auprès de la vendeuse sur les chandeliers à sept branches, et elle me dit que j'ai de la chance. Ils ont trois modèles : l'un en métal poli, style années 1970 comme devaient en avoir les Juifs de *Star Trek* — ce qui est très tentant, car Brad est un allumé des ordis et devrait donc en toute logique être fan de science-fiction. Le seul problème, c'est que je risque de me faire tuer par Maya. Le deuxième chandelier est en céramique, comme celui que j'ai déjà vu, c'est-à-dire triste comme la pluie. Quant au troisième, c'est un splendide chandelier en argent. Celui-là, ils devraient l'adorer ! Quoique... Brad préférerait sûrement la nouvelle version du jeu *Halo*, mais je ne vais tout de même pas être la seule à débarquer à cette cérémonie avec un jeu vidéo violent. Cela dit, je n'ai pas cent vingt dollars à dépenser. J'envisage un instant d'appeler Merrick à New York et de lui demander s'il est d'accord pour apporter sa contribution au cadeau à hauteur de vingt pour cent du prix, mais si jamais c'est la greluche qui me répond ? Je n'ai pas envie de jouer le rôle de la fille enquiquineuse et grippe-sou, la petite amie qui a l'audace — et l'inconscience — de vouloir faire équipe avec son mec pour offrir un cadeau alors qu'elle est sur le point de se faire larguer !

Je bredouille donc quelques mots d'excuse, j'échange quelques banalités sur le temps, et je m'éclipse discrètement. En sortant du magasin, je repasse à côté des dépliants publicitaires et l'un d'eux attire mon attention. Je l'attrape et je le fourre dans ma poche. Tiens, ça me donne une idée ! Je devrais offrir à Brad un bon gratuit pour mes services de voyance. Pas mal, non ? Ou lui acheter cet ensemble pantalon noir que j'ai repéré chez *Element*. Je suis sûre qu'il adorerait.

Deux jours plus tard, je n'ai toujours pas acheté de cadeau, ni rédigé d'article. Et je n'ai toujours pas copiné avec mes tailleurs gay. Alors que je m'apprête à rejoindre Adele et Darwin pour prendre un café — enfin, une tisane dans le cas d'Adele —, impossible de mettre la main sur Miu ! Je la laisse souvent traîner dans l'escalier comme d'autres dont je tairai le nom, mais j'ai beau me pencher par-dessus la rampe en l'appelant, je n'entends pas le tintement familier de sa plaque d'identité. Miu est peut-être en train de broyer du noir du côté du bureau de Merrick, car elle adore dormir sur son paillasson quand il laisse sa porte ouverte.

J'ai beau siffler, pas de réponse. Alors je dégringole les marches pour me mettre à sa recherche. Miu n'est pas du tout du genre à ignorer mes sifflets. J'espère que les tailleurs gay ne l'ont pas rendue à la SPA après que Crystal Smith leur a fait subir un lavage de cerveau !

Bon sang, impossible de mettre la main sur ma chienne ! Alors je respire un bon coup et je frappe à la porte de Johnny et Waldon.

Pas de réponse.

Et si elle était enfermée là-dedans ? Elle s'est peut-être faufilée à l'intérieur à leur insu… Je l'appelle à travers la porte. Pas un bruit. Mais cette chienne est tellement névrosée qu'elle est peut-être plantée là-derrière, les yeux braqués sur la porte en attendant que je lui ouvre ! Il ne lui viendrait même pas à l'idée d'aboyer… ce serait déplacé. Il faut dire qu'en matière de savoir-vivre canin elle a des idées très arrêtées.

Alors c'est moi qui l'appelle.

— Miu ? Miu Miu… ?

Je tends l'oreille pour voir si elle me répond à sa façon, en secouant son collier, mais je n'entends rien. Je remonte à l'étage en gravissant les marches quatre à quatre, au bord de la panique. Je ne l'ai quand même pas oubliée quelque part ? On ne sait jamais, j'ai pu l'emmener en promenade et être tellement prise par mes propres névroses que j'ai oublié qu'elle était avec moi… Alors que je tente de me convaincre que je ne suis pas nombriliste à ce point, j'entends un léger bruit derrière la porte de Ray Flood… et ce fameux tintement qui trahit la présence de ma chienne.

Je l'appelle d'une voix hésitante.

— Miu… ?

Pourquoi le nouveau locataire aurait-il pris ma chienne dans son appartement ? J'ai sûrement rêvé.

Ray entrouvre alors la porte, et Miu se glisse dehors en se léchant les babines. La porte se referme, et Miu s'appuie contre mes jambes.

— Qu'est-ce que tu fabriquais ici ? Et qu'est-ce que tu as mangé ?

Pour toute réponse, elle se met à baver.

Je devrais frapper à la porte et exiger de savoir ce que ce type a donné à ma chienne, mais je préfère m'abstenir. Jusqu'à présent, le nouveau locataire n'a manifesté qu'un désintérêt très discret à mon égard, et je n'ai pas envie qu'il passe à la guerre ouverte, comme les tailleurs gay. Quand Merrick va me plaquer et qu'ils se ligueront tous contre moi, je sens que ça va être ma fête !

J'emmène Miu avec moi, histoire de vérifier si elle n'a pas été empoisonnée. Adele et Darwin sont assis en terrasse. Je passe ma serviette sur les bajoues de Miu.

— Vous n'avez pas l'impression qu'elle a de la mousse sur la gueule ? Moi si.

Darwin m'assure qu'il n'y a rien d'anormal à ça, vu qu'elle passe son temps à baver. Cet homme a beau être originaire de Santa Barbara, il a le chic pour être fagoté comme un touriste. Aujourd'hui, c'est chemise hawaïenne et short beige.

— Vous croyez que c'est sa bave habituelle ?

Cette fois, c'est Adele qui répond. Elle est resplendissante dans sa robe de paysanne attachée dans le dos, et son collier d'améthyste avec lequel elle joue comme les Grecs avec leur *komboloï*…

— Une mère sent ces choses-là. Fais confiance à ton instinct.

Moi, mon instinct me dicte d'acheter des produits de maquillage Chanel, de vivre à coups de carte de crédit et de me forger coûte que coûte une amitié avec un couple d'homos qui n'en a rien à cirer.

Darwin lorgne sur son café crème.

— Personnellement, je ne verrais aucun inconvénient à avoir un peu plus de mousse sur mon café…

Je fais un geste vers Miu.

— Je t'en prie… sers-toi !

Adele aborde un sujet plus sérieux.

— Et si tu prenais des vidéos de Woody Allen, pour la conversion de ton copain ?

J'ai mis la question sur le tapis avec le secret espoir que l'un d'eux soit juif et ait une idée de génie.

— Pourquoi pas ?

Si j'ai dit pourquoi pas, c'est juste histoire de répondre quelque chose ! Maya déteste Woody Allen, qui figurait déjà sur sa liste des « mauvais Juifs » bien avant qu'il y ait ce scandale avec sa belle-fille. J'ignore pourquoi, mais la mère de Maya devait avoir ses raisons.

Darwin s'exclame :

— Moi, j'aime *Crimes and Misdemeanors.*

Adele rétorque :

— Et moi *Annie Hall.*

Crimes and Misdemeanors parle de l'infidélité, ce qui me semble peu indiqué pour un jeune couple de fiancés qui nage dans le bonheur… même si la maîtresse est tuée à la fin du film. Quant à *Annie Hall*, c'est Woody Allen qui fait du Woody Allen…

Je mords dans un biscuit et, soudain, c'est l'illumination !

— Et pourquoi pas quelque chose à manger ?

Adele s'écrie aussitôt (façon candidate de jeu télé qui vient d'appuyer sur son buzzer).

— *Le Festin de Babette* !

Mais Darwin ne se tient pas pour battu.

— *Eat Drink Man Woman* !

Je soupire. Si seulement j'avais des amis un peu plus « normaux »...

— Vous n'y êtes pas. Ce que je voulais dire, c'est que je pourrais préparer quelque chose à manger, un bon petit plat dans la tradition juive, par exemple.

— Parce que tu sais cuisiner, toi ?

— Je suis très douée pour les trucs cuits à l'eau !

Darwin en frissonne.

— Des petits plats traditionnels cuits à l'eau ! Oh... attention ! Miu est en train de vomir. Finalement, elle a peut-être été empoisonnée.

Mais Miu ne vomit que de la bile, ce qu'elle fait régulièrement une fois par mois.

— Ce n'est pas grave. Et c'est une mère qui vous parle.

Pour une fois qu'elle ne vomit pas à l'endroit habituel, sur le tapis du salon !

Une heure plus tard, je suis de retour chez moi avec une Miu en grande forme après sa promenade de santé. Quel punch ! Décidément, rien de tel qu'un bon empoisonnement pour vous requinquer. Nous passons discrètement devant la boutique de Waldon et Johnny : la porte est ouverte et ils sont en train de faire un numéro de charme à une femme blonde entre deux âges. De toute évidence, Miu a envie de leur dire bonjour, mais elle n'est pas sûre d'être bien accueillie. Il n'y a rien de plus triste que de voir son enfant être boudé par les autres...

Johnny capte mon regard et je lui souris en faisant

un petit signe de la main. Mais il fait semblant de ne pas me voir. Même Miu a l'air gênée pour moi !

Nous prenons l'escalier en traînant respectivement des pattes et des pieds. En passant devant chez Ray Flood, je ralentis. J'ai beau avoir pris la résolution de ne pas jouer les intruses, la curiosité est la plus forte. Que peut-il bien fabriquer là-dedans ? En plus, je n'ai pas l'impression qu'il me déteste, enfin, pas encore. Si je pouvais l'attirer dans mon camp avant que Merrick ne me plaque, nous serions à égalité dans l'immeuble. Deux pour et deux contre, car un couple ne compte que pour un. Et, de toute façon, Miu ne compte pas pour du beurre…

Je frappe à la porte, et Ray m'ouvre.

— Bonjour !

— Bonjour… ?

— C'est moi, Elle. J'habite l'étage au-dessus.

Je pointe le doigt vers le haut au cas où il ne situerait pas très bien.

— Nous nous sommes rencontrés il y a deux jours…

Il baisse aussitôt la tête et ne répond pas.

— Euh… vous vous rappelez ? Le coursier UPS m'a livré par erreur votre bague. Là-haut.

Il amorce un hochement de tête.

— Enfin bref ! Je tenais à vous accueillir officiellement dans notre immeuble…

Et accessoirement vous demander ce que vous avez donné à manger à mon chien…

— … et aussi, euh, vous demander ce que vous vendez d'autre. Je veux dire, vous vendez autre chose que des bijoux ?

— Un peu de tout.

Je me tords le cou pour jeter un coup d'œil dans son appartement.

— Vous vendez aussi des voitures d'occasion ?

Au lieu de sourire, il referme encore la porte un peu plus sur lui pour que je ne puisse rien voir. Pour un homme de sa corpulence, je suis impressionnée qu'il tienne encore dans l'entrebâillement de la porte.

— Non. Je… je vends des trucs sur e-Bay.

Et il détourne timidement le regard.

Ah, c'était donc ça… Ce type ne me déteste pas, il est juste timide ! Et, s'il y en a une qui sait s'y prendre avec les timides, c'est bien Elle Medina.

— Vous dites e-Bay ? J'*adore* e-Bay ! Peut-être pouvez-vous m'aider : je cherche un cadeau pour un ami. C'est pour une cérémonie de conversion. Il est juif réformé.

— Vous voulez dire un objet de culture judaïque ?

Il recule d'un pas et ferme doucement la porte.

Est-ce que je suis censée attendre ? Est-il en train de chercher un truc pour moi, ou est-il planté derrière sa porte pour s'assurer que je n'ai pas l'intention d'entrer par effraction ? J'attends cinq minutes en roucoulant des mots doux à Miu, puis je remonte me terrer dans ma tanière.

Mon Dieu ! Si seulement Merrick savait à quel point il me manque !

Je remplis mon nouveau bulletin d'inscription, pour le fameux cursus qui ne figurait pas dans le guide de l'étudiant de la bibliothèque, mais dans le dépliant du magasin New Age. Avec celui-là, au moins, on n'est pas obligé d'enjoliver la réalité, voire de l'inventer.

Je ne suis pas certaine que Merrick approuve mon choix, mais après tout c'est une école ! J'aurai une formation, avec un diplôme à la clé, et tout ça en bonne et due forme. De toute façon, il s'apprête à me larguer, alors je me fiche de ce qu'il peut bien penser.

Bon, d'accord ! Je sais qu'il n'a pas l'intention de me larguer… du moins pas comme ça, à distance, après deux semaines de batifolage avec des cocottes new-yorkaises… Mais j'ai besoin d'un prétexte pour balancer ma candidature au panier, et le premier qui m'est venu à l'esprit, c'est la voix que j'ai entendue au téléphone.

Je ferme l'enveloppe et j'affranchis la lettre.

J'attends l'avenir de pied ferme.

7

Que prépare-t-on comme plat pour une cérémonie de conversion au judaïsme ? Dans les livres de cuisine de Merrick, je n'ai trouvé que quelques rares recettes : le chou farci et différentes sortes de *kugel*. Alors j'ai pris une recette de *jalapeño* farci. Brad adore la nourriture épicée, et ça ressemble un peu au chou farci. En plus, j'ai disposé artistiquement mes *jalapeños* sur une assiette blanche, et je les ai parsemés de bleuets pour rester fidèle aux couleurs des Juifs — bleu et blanc. Mais… avec le vert poivron en plus ! Disons que j'ai décliné les couleurs juives traditionnelles avec en prime une petite note écolo.

La synagogue est nichée dans les basses collines de ce que je considère comme les quartiers anciens de Goleta. Mais comme c'est à deux pas de la frontière avec Santa Barbara, on se sent vraiment en sécurité.

Nous sommes vendredi, c'est la fin de l'après-midi, et le temps est toujours à la grisaille. J'ai l'impression d'être dans l'Oregon. Espérons qu'il ne pleuve pas, car

Maya m'a parlé de piscine… J'ai failli dire « Mais oui, bien sûr, pour le baptême ! », mais je me suis mordu la langue à temps.

Je jette un coup d'œil sur le plat de *jalapeños* posé sur le siège passager. Pour ceux d'entre vous qui sont des cuisiniers avertis, savez-vous combien de temps il faut pour farcir quatre douzaines de *jalapeños* ? J'ai mis trois jours entiers à préparer ce plat, y compris le temps perdu à tester plusieurs recettes de *kugel* (pour m'apercevoir au final que le *kugel* n'est pas de la nourriture, au sens strict du terme). En résumé, j'ai passé une quinzaine d'heures minimum à faire les courses, à découper, mélanger, cuire au four, arroser, à pleurer aussi et, pour finir, à triompher ! Mais Maya est ma meilleure amie, et Brad a toujours été… disons-le tout net, parfait avec moi. Ils méritaient bien que je me donne de la peine pour eux, et je suis contente de ne pas avoir jeté mon dévolu sur ce vulgaire chandelier en céramique. Mes *jalapeños*, je les ai préparés avec tout mon amour.

Le seul ennui, c'est que j'étais tellement absorbée dans ma tâche aujourd'hui que j'en ai oublié de prendre mon petit déjeuner et mon repas de midi. Je meurs littéralement de faim, et je lorgne sur l'assiette d'un œil concupiscent. Et si j'en prenais un, juste un ? Impossible, ça ficherait en l'air toute ma présentation. Il faut dire que j'ai observé une certaine symétrie, et, si j'en prends un, je serai obligée d'en prendre un deuxième, puis un troisième, puis six, etc. Et en fin compte, je n'aurai plus d'autre solution que d'offrir à Brad un « bon pour une séance gratuite de voyance » que je griffonnerai à la hâte au dos d'un ticket de parking.

L'architecture de la synagogue n'a rien à envier à celle de la bibliothèque. Elle a été construite dans les années 1970, en stuc beige avec des moulures brunes. Je doute que Merrick lui-même puisse en dire du bien. A propos, je l'ai appelé hier soir pour lui demander s'il voulait que je souhaite à Brad un joyeux *Mazel Tov*, mais je n'ai toujours pas réussi à l'avoir au téléphone. Il devait dîner avec Scarlett Johansson…

Je fais le tour du parking pour chercher la porte qui mène aux cuisines. Il faut que je joue les modestes, cette fois-ci. Au lieu de faire une entrée triomphale, j'ai décidé de déposer en vitesse mes *jalapeños* à côté des autres plats. Je sais bien que ce n'est pas un cadeau royal — rien à voir avec deux billets d'avion pour Paris, par exemple —, mais, au moins, il vient du cœur, et ils comprendront tous l'importance qu'il a pour moi, la Martha Stewart en herbe (celle d'avant la prison) !

Je finis par trouver l'entrée. J'ai rarement mis les pieds dans une synagogue, mais je trouve ça aussi impressionnant qu'une église. On a l'impression que quelqu'un va surgir au détour d'un couloir et parler des langues bizarroïdes, ou bien hébreu ou que sais-je encore… Et Dieu seul sait le genre de rites qui se pratiquent ici. C'est un peu comme rencontrer un psy à un dîner : on hésite avant de parler, de peur d'être catalogué sur-le-champ et de finir dans un établissement spécialisé ! Et si jamais je tombais sur le rabbin… ? Il risque de me sermonner, voire de me reprocher d'être une fausse voyante… Il paraît que les Juifs sont doués pour culpabiliser les gens, à commencer par eux-mêmes. Et ça pourrait tourner au vinaigre.

Mais je repère la cuisine sans être obligée de faire repentance. Les plans de travail sont en inox, les murs d'un blanc cassé terne. Quant aux plats, ce sont essentiellement de la viande froide préemballée, une sorte de ragoût, et quelques assiettes de fruits. Ça me fait un peu penser à de la nourriture de l'hôpital… Mes plats à moi sont quand même nettement plus appétissants, les gens vont adorer. Tout a l'air si fade que mes *jalapeños* vont ajouter un peu de piment à cette fête de conversion.

Bien que la présentation de mes *jalapeños* soit impeccable, je décide de les utiliser pour décorer les autres plats et les mettre en valeur. Il faut dire que tout ça n'est pas très coloré. Ça va du beige au brun, mais toujours dans les mêmes tons. Je dispose donc quelques *jalapeños* au milieu de la viande froide, des légumes et même d'un *kugel* (heureusement que je n'en ai pas fait). Tous les plats sont maintenant rehaussés de poivrons, et je dois dire que je ne me sens pas peu fière, même si la solennité de l'événement me dicte de rester humble. Je suis impatiente de montrer ça à Maya.

Mon objectif, c'est de traîner près du buffet pour m'imprégner des cris d'admiration des invités, après quoi je leur donnerai la recette d'un air détaché. Je l'ai notée sur des fiches que je garde dans mon sac à main. Je suis sûre de faire mon petit effet, car tout est délicieux.

Je fais demi-tour pour quitter la pièce lorsqu'une femme minuscule aux cheveux flamboyants se plante à un mètre de moi. Puis elle s'approche à petits pas.

— Qu'est-ce que ça… ?

— Oh, je suis une amie de Brad, et je…

Elle jette un œil sur les poivrons qui ornent les plats, et son visage devient aussi rouge que ses cheveux. Elle se met à hurler :

— Mais non… mais non !

— Ce sont des *jalapeños* farcis au…

— C'est mauvaise, très mauvaise nourriture ! Très mauvaise personne !

— Je suis désolée, voulez-vous que…

— Vous sortir ! Vous gâché cuisine… vous gâché tout.

Et elle me chasse de la cuisine en claquant la porte derrière moi.

Le couloir est pratiquement vide, il y a juste Maya qui regarde une photo au mur. Je lui fais la bise.

— Regarde, Elle ! C'est moi avec ma classe de confirmation.

Maya est au milieu d'un groupe de huit jeunes de seize ans qui sourient de toutes leurs dents.

— Je m'en souviens. Tu as tenté de convaincre ta mère de te laisser te faire faire un piercing au nombril pour célébrer l'événement.

— Je n'aurais jamais dû lui demander la permission…

— Il n'est pas trop tard. Si nous le faisions toutes les deux avant ton mariage ?

Ses yeux se mettent à briller.

— Tu crois ?

— Pourquoi pas ?

— Je croyais que les piercings au nombril étaient passés de mode ? On pourrait plutôt tenter les sourcils ?

— Tu peux aussi faire d'une pierre deux coups : tu te fais un piercing au point G, et Brad sera ravi.

— Elle ! Nous sommes dans une synagogue…

— Désolée. Tu sais que je ne suis pas très habituée à ce genre d'endroit… Dis-moi, comment se fait-il que les gens ne soient pas encore arrivés ?

— C'est vrai que le frère de Brad devrait déjà être là.

— Il a un frère ? Je l'ignorais.

— C'est un peu la brebis galeuse de la famille. Il devrait te plaire.

Avec M. Perfection comme frère, comment voulez-vous être autre chose qu'une brebis galeuse !

— Vous n'attendez que lui ? Il n'y a pas de service religieux ?

— Ça, c'est pour plus tard, et il y aura pas mal de monde. Mais on commence par le *mikva* de Brad.

— Bien sûr… son *mikva*…

— C'est un bain rituel de purification, mais comme

il n'y a pas de piscine ici, nous utiliserons celle d'un invité, au coin de la rue.

— Quand tu parles de piscine… c'est, comment dire, une piscine *normale* ?

— Bien sûr.

— Ça fait très Californie du Sud ! Je vois d'ici la tête des Juifs new-yorkais !

Elle éclate de rire. Je continue ma petite enquête.

— Pourquoi m'as-tu fait venir avant les autres, si le service religieux a lieu plus tard ?

— Le rabbin a dit que pour son *mikva*, Brad devait inviter les gens qui lui sont le plus proches. Brad a décidé que ce serait toi et son frère.

— Moi ?

Si ça continue, je vais y aller de ma petite larme !

Maya sourit.

— Oui, toi. Apparemment, tu as fait une forte impression sur lui.

— Mais… et ses parents, ils ne viennent pas ?

— Pas moyen de leur faire quitter Las Vegas !

Une porte s'ouvre au bout d'un couloir. Je fais les cents pas, craignant de voir réapparaître la femme aux cheveux rouges. Je m'arrête devant la photo que Maya regardait.

— Dis donc, c'est bien Danny Blum, le mec du lycée ?

— Tu as vu comme il est mignon ? Pourquoi avions-nous une dent contre lui, déjà ?

— Parce qu'il m'appelait *Elle la Donzelle* !

— Ah oui, ça me revient.

— Je me demande ce qu'il fait aujourd'hui.

— Il est orthodontiste.

— Pourquoi faut-il que tout le monde devienne toujours quelqu'un ? Véto, psy, paléontologue…

— Qui est paléontologue ?

— C'est une image… Tu vois très bien ce que je veux dire. Tous ces gens sont devenus quelqu'un… sauf moi.

— Et moi !

— Non. Toi, tu es propriétaire de bar. Ce n'est d'ailleurs pas un job de tout repos. Que répondrais-tu si on te demandait ce que je fais dans la vie ?

— Je dirais que tu es consultante.

Voyant mon visage s'éclairer, elle ajoute :

— Tu sais, Elle, mes meilleurs mensonges, c'est à toi que je les dois ! Tu m'as servi d'exemple.

Elle a raison. Chaque fois qu'on se retrouvait dans des embrouilles pas possibles — généralement par ma faute — c'est toujours moi qui nous tirais d'affaire en mentant effrontément.

— Où est Brad ?

— Il discute avec le rabbin. Merrick est toujours à New York ?

— Oui. En fait, il ne reviendra pas. Il s'est fait harponner par le sosie de Mischa Barton. Elle s'appelle Sasha Burton.

— Tu es sûre que ce n'est pas un sosie de Scarlett Johansson qui s'appellerait Starlette O'Hanson ?

— Voilà un nom super pour une actrice débutante ! Si jamais je me lance dans le cinéma, je prendrai ça comme pseudo. Tu crois que je suis trop vieille pour démarrer une carrière ?

— Ça t'ennuierait de changer de sujet ? Nous sommes dans une synagogue…

— Ah bon ! Alors plus question de sexe ni de cinéma ? Si j'étais Starlette, je me ferais faire un piercing au nombril, c'est sûr. Et aussi aux tétons, parce que…

Derrière moi, le rabbin s'éclaircit la gorge.

Enfin, je suppose qu'il s'agit du rabbin parce qu'il est accompagné de Brad, que tous les deux portent un pantalon noir, une chemise de soirée, une cravate et une kippa. Le rabbin a la trentaine, ce qui est beaucoup trop jeune pour un rabbin, si vous voulez mon avis. Je reconnais ses chaussures à lacets en daim marron, je les ai vues dans le catalogue Cole Haan. Sa chemise chocolat fait ressortir ses yeux noirs, et, comme il fallait s'y attendre, ses cheveux aussi sont bruns. Et bouclés. Tandis que Brad fait les présentations, il se passe une chose très étrange : le rabbin sourit et me prend la main en m'observant du coin de l'œil.

Alors je continue de parler, l'air de rien, en en rajoutant des tonnes. Il me dit qu'il est ravi d'avoir fait ma connaissance et qu'il a quelques coups de fil à passer avant que nous prenions le chemin de la piscine. Puis il bat en retraite dans le couloir.

Maya me souffle :

— Arrête de le regarder, Elle !

Je me tourne vers Brad.

— Tu as vu ? Ton rabbin n'arrêtait pas de me mater ! Manifestement, j'ai une touche.

Maya s'interpose.

— Du calme, miss !

— Ça alors, j'y crois pas ! Un rabbin. Depuis quand les rabbins matent-ils les filles ?

Brad prend sa défense.

— Pourquoi pas ? Il est célibataire.

— C'est quand même un rabbin !

— Exact. Mais un rabbin n'est pas un curé.

— Peut-être, mais… franchement, vous me voyez en femme de rabbin ?

Après tout, pourquoi pas ? Il est beau garçon, et il fait un boulot sérieux.

Mais Maya et Brad sont pliés de rire. Je ne vois vraiment pas pourquoi. Maya se croit même obligée d'ajouter :

— Sa mère ne le laisserait jamais t'approcher !

— Sa mère… ?

— C'est une petite bonne femme aux cheveux rouges. Elle est impayable ! Elle parle Ladino, une sorte de yiddish espagnol. Elle s'occupe de…

— La cuisine.

— C'est ça. Mais comment le sais-tu ?

— Euh… Je suis voyante, ne l'oublie pas.

Pourquoi la mère du rabbin m'a-t-elle hurlé dessus ? Je n'ai pas farci mes *jalapeños* au bacon, que je sache !

Je me retrouve seule avec Brad.

— Alors, heureux… ? Je parle de ta conversion, bien sûr.

— Je suis surpris de me sentir aussi bien. Ça m'a paru bizarre au début, mais… c'était important pour Maya. Alors nous avons suivi des cours, et disons que ça a fait tilt. Je ne dis pas que je ferai un Juif exemplaire, mais j'ai l'impression d'avoir comblé un vide que je ne soupçonnais même pas.

— Ça alors ! C'est vraiment super. *Mikva Tov* !

— Pas *Mikva*, *Mazel* ! Mais bon, c'est l'intention qui compte. Merci, Elle. J'ai appris qu'il t'est arrivé pas mal de choses à toi aussi. Félicitations.

— De… de quoi parles-tu ?

De ma rubrique ou de la pendaison de crémaillère ? Mon pauvre ami… tout en est au point mort !

— Maya m'a dit que tu avais posé ta candidature pour une maîtrise de psychologie.

— Ah oui, c'est vrai. Ecoute, Brad, puisqu'on est entre nous, que dirais-tu si je m'inscrivais à…

— Salut, mon vieux ! Désolé d'être en retard.

Un jeune homme nous fait signe depuis l'autre bout de la pièce.

Brad me souffle : « C'est mon frère. » C'est tout juste s'il ne s'excuse pas.

Le frère cadet est une version plus jeune et plus sexy de M. Perfection. Il est grand, élancé, brun… un peu le type Jake Gyllenhaal.

— Je travaille sur le JST.

— Le JST ?

— Oui, le *Jewish Standard Time*. Tu sais, Brad, je viens de passer ces deux dernières semaines à surfer sur le web pour chercher des blagues juives. Ça m'a fait découvrir de nouveau horizons, c'est une nouvelle façon de rire des choses.

On ne peut pas dire que Brad ait l'air enthousiaste.

— Je vois. Et comment va la bécane ?

— Je ne l'ai cassée qu'une fois.

Il me sourit puis se retourne vers Brad.

— Tu pourrais peut-être nous présenter ?

Brad s'exécute. Son frère s'exclame alors :

— C'est donc *vous* la fameuse Elle… Waouh ! Vous savez, je suis un vrai fan.

Et il me prend la main.

— Tu l'as cassée ? Je croyais que maman et papa t'avaient donné de l'argent pour la réparer.

— C'est vrai… ils m'ont donné de l'argent…

— Et… ?

Je vois une petite étincelle briller dans les yeux du « frangin ». Je m'attends à ce qu'il réponde : « Tu sais ce que c'est… les femmes, les soirées », mais il se contente de me regarder comme si nous partagions un secret, et je suis sous le charme. Il a un petit côté rebelle, le frère de Brad.

C'est décidé, je l'appellerai le Mauvais Garçon.

Vingt minutes et une courte marche plus tard, nous pénétrons dans le jardin situé à l'arrière d'une jolie petite maison de plain-pied. Il y a moi, Brad, Maya, le Mauvais Garçon et le Rabbin Séducteur. La piscine a été creusée dans un grand jardin, au milieu de la flore locale. Elle est rectangulaire, très moderne, et le fond est décoré de minuscules carreaux nacrés. Je veux bien admettre que mon éducation religieuse est très rudimentaire, mais rien dans cette piscine n'évoque le « bain rituel juif ». Cela étant, l'eau turquoise donne envie de s'y plonger. Si seulement j'avais pensé à mettre un maillot de bain sous mes vêtements !

Brad est debout dans le petit bain, en maillot bleu marine. C'est la première fois que je le vois en petite tenue, et je dois dire qu'il n'est pas mal du tout. Logique.

Il y a quelque chose d'étrange à être debout dans un tailleur Armani à regarder quelqu'un flotter dans le petit bain avant la bénédiction et l'immersion. Je me suis réfugiée sous un palmier aux côtés du frère de Brad, à une distance que j'estime raisonnable pour des profanes. Maya, elle, est debout près du rabbin. Nous avons tous les yeux rivés sur Brad qui semble étonnamment décontracté.

Le Mauvais Garçon me souffle :

— C'est bizarre, non ?

Le Rabbin Séducteur ayant commencé d'expliquer quelque chose à Brad, je réponds le plus discrètement possible pour ne pas avoir de problème avec Maya.

— Qu'est-ce qui est bizarre ?

— Tout ça. Vous n'avez jamais éprouvé l'impression d'être dans un film ?

En fait, j'ai souvent l'impression d'être la star d'un

film du style *Oxygen*, mais ce n'est pas le moment de parler de ça. Je lui chuchote donc une réponse qui n'engage à rien. Il me rétorque :

— Ça ressemble à un film indépendant à petit budget. *Fondu sur la piscine*.

Je ne peux m'empêcher de sourire.

— Et vous verriez quoi, comme titre ? *Conversion et controverse*, dans la lignée d'*Orgueil et préjugés* ?

— Sauf que Jane Austen n'a jamais écrit d'histoires sur les Juifs de la Californie du Sud ! Que diriez-vous de *La Conversion*, thriller psychologique ?

— *Le Mikva Code*…

Je pouffe, et Maya toussote discrètement.

— Dès que vous serez prêts, tous les deux, nous pourrons commencer.

La cérémonie ne dure qu'une quinzaine de minutes. On plonge à plusieurs reprises la tête de Brad dans l'eau, et l'on récite des prières en hébreu, que Brad répète apparemment sans aucun effort. Puis le rabbin nous annonce que la cérémonie est terminée, et nous nous mettons tous à crier *Mazel Tov !* Je me sens un peu émue, sans trop savoir pourquoi.

Le service religieux a lieu une heure plus tard, dans le petit amphithéâtre en plein air derrière la synagogue, qui donne sur un bosquet et un flanc de coteau sauvage. Il y a là une soixantaine d'invités, et nous restons tous les quatre un peu en retrait. Je pensais que la cérémonie serait focalisée sur Brad, mais sa conversion est officiellement terminée, et ce n'est que la prière normale du vendredi soir.

Je dois dire qu'ils ont fait les choses intelligemment. Déjà, le fait d'avoir organisé la cérémonie en plein air… Quand on habite à Santa Barbara, autant en profiter ! Et puis tout est dit en hébreu, ce qui est plutôt reposant. Pas besoin de se concentrer. Cela dit, le Mauvais Garçon et moi nous sentons un peu à l'écart. Du coup, nous sommes facilement distraits.

Tout commence avec un gamin de six ans, malin, à l'air effronté. Il nous observe depuis un bon moment, et comme je ne sais pas y faire avec les enfants, je décide de l'ignorer. Mais le Mauvais Garçon lui fait des yeux de grenouille…

C'est exactement ce qu'attendait le gamin. Il s'éjecte de sa chaise comme une fusée et montre du doigt le frère de Brad, lequel se prend les doigts dans son livre de prières. Le gosse pouffe, ce qui attire l'attention de sa petite sœur, de deux autres gosses, et… la mienne. La scène est plutôt drôle, mais peut-être un brin déplacée vu le contexte.

Je guette la réaction de Maya. Elle n'a apparemment rien remarqué, mais elle fronce les sourcils, ce qui est toujours mauvais signe. D'ailleurs, elle se penche au-dessus de moi pour confisquer le livre de prières du Mauvais Garçon.

Après le dernier chant, le rabbin dit quelques mots.

— Et, maintenant, vous êtes tous invités à une

petite fête. Des rafraîchissements vous seront servis en l'honneur de Brad. Je crois savoir qu'il y a des *tsimmes*, des *burekas* et du gâteau au miel.

Merci mon Dieu ! Je meurs de faim. Et ces *jalapeños* farcis m'appellent… Les gens se lèvent pour se souhaiter plein de bonnes choses, mais, à mon grand désespoir, l'expression qu'ils utilisent n'est pas *Mazel Tov*… Je me contente donc de faire semblant d'articuler quelque chose, le tout sans cesser de sourire. Puis toute l'assemblée fait la queue pour pénétrer dans la synagogue. Je savoure à l'avance la surprise qui les attend. Attention aux kippas, ça va décoiffer !

C'est un peu ce qui se produit. Nous entrons dans une pièce où sont dressées plusieurs tables, et le Mauvais Garçon se tourne vers Maya.

— Où est le buffet ? Je croyais qu'il y avait un buffet.

Sur les tables, on ne voit que des tasses en plastique, quelques tranches de pain et des carafes de vin rouge. Soixante Juifs affamés se pressent devant les tables, et, je ne sais pas pourquoi, j'éprouve un soudain malaise au creux de l'estomac. Mais aucun rapport avec mes *jalapeños*.

Brad dit à Maya :

— Ton père n'avait pas fait appel à un traiteur ?

— Si. Mais où est Mme Alevy ?

Maya regarde autour d'elle et repère la petite bonne femme aux cheveux rouges.

— Madame Alevy !

Je tente de m'éclipser. Trop tard !

Madame Alevy me voit et se met à hurler.

— C'est elle ! Elle gâché la cuisine ! Pas casher ! Pas casher ! Cette femme folle a mis du *taref* partout !

Le silence se fait et tous les regards convergent vers moi.

8

Dans les films d'horreur, il arrive souvent que l'héroïne se rue vers sa voiture, mais n'arrive pas à mettre la clé dans la serrure. Tandis que le tueur se rapproche d'elle, ses mains tremblent tellement qu'elle laisse tomber son trousseau et se bat avec la poignée de la portière. Vous voyez ce que je veux dire ?

Eh bien, pour moi, c'est un peu pareil. Je suis à deux doigts de prendre la fuite lorsqu'une silhouette sombre surgit près de moi. C'est le Rabbin Séducteur.

— Ne vous faites pas de souci pour ma mère.

J'en bafouille.

— Je… je suis désolée d'avoir apporté du *taref*. Je ne connaissais même pas ce mot !

Il balaie mes scrupules d'un geste.

— Ma mère est très à cheval sur les traditions. Si je vous disais que, moi, je ne mange même pas casher…

Il ne mange pas casher ? C'est un drôle de rabbin, quand même ! Il doit jouer de la guitare dans un groupe *trash*.

Tandis que je continue à bredouiller des excuses, il s'informe :

— Je ne vous ai jamais vue ici avant, n'est-ce pas ?

Je secoue la tête. Je me sens dans la peau d'une mauvaise juive qui ne fréquenterait pas la synagogue. Alors que franchement… vous voyez ce que je veux dire.

Il ébauche un sourire.

— Maintenant que vous avez trouvé le chemin, j'espère vous voir plus souvent.

— Même après le *taref* ?

— *Surtout* après le *taref*.

Oh mon Dieu ! Je suis tombée sur un charmeur ! Mais c'est plus fort que moi, je fais voler mes cheveux sans en avoir l'air et je lui souris.

— Si j'ai bien compris, Elle est le diminutif d'Eleanor. Et quel est votre nom de famille ?

Attendez, je fais quoi, là ? J'ai le petit ami le plus génial qui soit… et, en plus, je ne me vois pas me convertir. Ça me gênerait. J'ai horreur d'être en maillot de bain quand les autres sont habillés. Je lui réponds donc d'un ton sans réplique, pour bien lui faire comprendre que je ne suis pas juive.

— Medina. Elle Medina.

— Medina est un nom typiquement séfarade.

Comme je ne suis pas certaine d'avoir tout compris, je me contente de lui dire merci.

— Vous aimez les sushis ?

Que voulez-vous répondre à ça ? C'est une question à laquelle on répond par oui ou par non. Si je lui dis que j'ai un petit ami, j'aurai l'air d'une prétentieuse persuadée que tous les hommes sont à ses pieds. Mais si je réponds oui, ça passera pour : « Si on se voyait jeudi prochain ? »

Fort heureusement, le Mauvais Garçon se matérialise devant moi et me passe le bras sur l'épaule.

— Vous venez, la belle. On file.

Ouf ! Sauvée…

— Eh bien, monsieur le rabbin, je suis ravie d'avoir fait votre connaissance. Mais il faut que… je file.

Le Mauvais Garçon serre la main du rabbin en le félicitant pour son sermon (dont il n'a pas suivi un traître mot, j'en suis certaine), puis nous nous installons dans ma voiture.

Je quitte le parking.

— Qu'est-il arrivé à votre moto ?

— J'ai vendu ma bécane l'année dernière. Je peux squatter chez vous ?

— Quoi ?

— Ben oui, dans votre appart'. Je suppose que Brad et Maya ont besoin de rester seuls, cette nuit.

— Pour consommer la conversion ?

— Forcément, c'est une *mitzvah*.

Je suis tellement plongée dans mes pensées que j'en oublie de lui demander ce que ça veut dire. Aujourd'hui, je me fais l'effet d'être un aimant qui attire les hommes : le Rabbin Séducteur et le Mauvais Garçon. Je connais à peine le frère de M. Perfection, mais, après avoir gâché la fête, le moins que je puisse faire est de laisser les tourtereaux un peu tranquilles. N'oublions pas qu'ils m'ont laissé dormir sur leur canapé pendant des semaines, alors ça me semble la moindre des choses. En plus, Merrick ne le saura jamais. Ça, c'est sûr.

Le lendemain matin, j'ai Maya au téléphone.

— Tu n'as pas couché avec lui ? C'est bien vrai ?

Je suis tellement soulagée qu'elle m'adresse toujours la parole après ce que j'ai fait que je n'ai même pas le cœur à la taquiner.

— Bien sûr que non !

— C'est juste que vous êtes partis tellement vite, tous les deux. Et comme il n'est pas rentré hier soir…

— Pour commencer, on lui donnerait douze ans.

— Il en a vingt-deux.

— Peut-être.

Je fais des grattouilles à Miu qui est couchée par terre près de moi, dans ma chambre. Le Mauvais Garçon est toujours endormi dans le salon, par terre. Je n'ai même pas de canapé à lui proposer, mais il s'en fiche. Il est venu avec son sac de couchage.

— De toute façon, Merrick ne m'a pas plaquée. Enfin, *pas encore*. Tu peux dire ce que tu veux de moi, mais je suis fidèle.

— Dans ce cas, inutile que je te parle du rabbin.

— Le Rabbin Charmeur ?

— Quoi ?

— Quoi *quoi* ? Il a vraiment un faible pour moi, tu sais ! C'est un charmeur, ton rabbin. Je me demande comment tu as pu te décider pour Brad avec ce rabbin dans les parages !

— Je vous ai vus flirter près de la piscine.

— Je l'ai à peine regardé. Mais il a une très belle voix. Est-ce qu'il fait partie d'un groupe ?

Silence. Puis Maya revient à la cherge.

— Décidément, tu deviens de plus en plus bizarre. En tout cas, je ne suis pas folle, je vous ai bien vus tous les deux en train de flirter.

— Moi et le rabbin ?

— Non. Toi et le frère de Brad.

— Ah… le Mauvais Garçon. Eh bien…

— Tu l'appelles comment ? Le Mauvais Garçon ?

— Oui ? C'est parce que…

Elle couvre le combiné de la main pour parler à Brad, et je les entends rigoler.

Je me demande ce qui peut les faire rire à ce point.

— Et si tu me parlais du rabbin ?

— Il m'a demandé ton numéro de téléphone.

— Vraiment ? Tu m'imagines épousant un membre du clergé ? Enfin, bon, passons… Mais, quand même, me demander mon numéro de téléphone après ce qui s'est passé, c'est dingue !

— Je suppose que tu fais allusion à la cuisine ? Tu as gâché tous les plats casher de la synagogue, et la mère du rabbin a dû attendre le dimanche (je t'assure que je ne plaisante pas) pour faire bouillir l'argenterie, et tout nettoyer minutieusement. Elle a même enterré les assiettes et les bols qui ne redeviendront casher qu'au bout de sept ans ! C'est ce qu'elle a dit à tout le monde après ton départ.

— Vous êtes vraiment un peuple difficile à comprendre ! Tout est si subtil, si complexe…

— Oui. Elle est cinglée.

J'entends Brad protester en bruit de fond.

— Brad prétend que je suis antisémite. Il adore me dire ça depuis sa conversion.

— Tu sais, Maya, je suis désolée pour cette histoire de plats. Le problème, c'est que je ne savais pas quoi offrir à Brad. Je voulais quelque chose de spécial, et le chou farci, ce n'est pas très original. Alors j'ai pensé…

— Ce n'est pas grave, Elle. Tu es pardonnée. Si Brad n'avait pas voulu passer une journée mémorable, il ne t'aurait pas invitée.

Je fais semblant de prendre ça pour un compliment.

— Tu n'as quand même pas donné mon numéro de téléphone au Rabbin Charmeur… ?

— Bien sûr que non. S'il n'est pas capable de le trouver par les renseignements, c'est qu'il ne te mérite pas. Autre chose… fais gaffe au Mauvais Garçon.

— Ne t'inquiète pas. D'ici à midi, il sera parti.

Trois jours plus tard, lorsque je rentre chez moi sur le coup de 14 heures, le frère de Brad est toujours dans son sac de couchage. Il est en grande conversation téléphonique.

Dès que j'arrive, il me fait signe qu'il est en ligne et se tourne face au mur pour préserver son intimité.

Combien de temps va-t-il camper ici ? Mais je sais combien il est difficile d'avoir à demander à quelqu'un de squatter son canapé, alors je n'ai pas le courage de le flanquer dehors.

Je l'entends dire au téléphone :

— Alors, elle le trompait ? Après tout ça ? Mmm…

Je m'éclipse dans la cuisine, par discrétion, bien que je meure d'envie de savoir qui trompait qui. Je range mes commissions, mais, comme la cuisine communique avec le salon, impossible de ne pas laisser traîner mes oreilles.

— Attendez ! Son mari la trompait avec *sa mère* ?

A mes pieds, Miu boxe dans le vide, espérant sans doute que j'aie pensé à lui acheter des balles en cuir. Naturellement, j'ai oublié, alors je lui coupe un morceau de cheddar. Et mon petit stratagème fonctionne !

— … et le mari et la mère ont commencé à se voir en tête à tête ? Non, c'est totalement déplacé. Oui… ?

Il lance un coup d'œil par-dessus son épaule, dans ma direction.

— Ouais, elle vient de rentrer. Bien sûr, je vais lui en parler. Quoi ? Non, il ne peut pas… Ouais, exactement.

Je finis de ranger mes provisions en me demandant à qui il peut bien parler. Soit dit en passant, il n'utilise même pas son portable… C'est donc moi qui vais payer la note !

Il finit par dire au revoir et me lance :

— Vous avez le bonjour de votre mère.

— Ça m'étonnerait. Elle ne me dit jamais bonjour.

Il éclate de rire, croyant sans doute que je blaguais, puis émerge de son sac de couchage, vêtu en tout et pour tout d'un boxer rouge. Il n'est pas aussi bien que M. Perfection — un peu plus dégingandé peut-être. Je lui trouve des airs de rock star rebelle. Certaines femmes le trouveraient sans doute plus sexy que Brad, mais personnellement un peu de ventre ne me dérange pas. D'ailleurs, Merrick a un début de brioche… Rien que de penser à lui, je me demande ce que je fais avec un mec qui se pavane à moitié nu dans mon salon !

Le frangin prend la direction de la cuisine et ouvre le frigo.

— Je n'ai pas la berlue, vous aviez bien des sacs à provisions à la main ?

— Je crois que le moment est venu de faire une petite mise au point. Si j'ai bien compris, ma mère m'a appelée, et, comme je n'étais pas là, vous vous êtes mis à papoter avec elle. Bon, O.K. ! Mais quand je suis revenue, vous auriez pu au moins me passer la communication, non ?

— Elle ne voulait pas vous parler. Ça ne concernait qu'elle et moi.

Il se penche vers le frigo, une main sur la porte ouverte.

— Ça vous ennuierait de vous mettre quelque chose sur le dos ?

Il referme la porte du frigo et me lance un regard noir. Je me sens tout à coup dans la peau d'une fille coincée et prude. Un genre de vieille fille. A vingt-six ans !

Je ne lui donne pas le temps de me traiter de bégueule.

— Pourquoi a-t-elle appelé ?

— Elle voulait savoir si votre nouveau boulot se passait bien. Je lui ai dit que vous n'étiez pas organisatrice de mariages. Alors elle m'a dit : « Bon, d'accord, le boulot de serveuse est toujours à prendre. »

— Elle a dit ça ?

— Ouais. Il y un restaurant près de son magasin, et ils…

— Je sais ! Ça fait un an qu'elle me pousse à prendre ce boulot.

— Pas de chance, hein ?

Visiblement, il compatit.

Je me mets à hurler :

— Je ne veux pas de ce boulot ! Je suis conseillère intuitive professionnelle, et responsable de rubrique dans un journal. Et comme c'est moi qui organise le mariage de Maya et de Brad, j'ai aussi un job de coordinatrice ! Alors vous vous rhabillez, vous arrêtez de traînasser et vous faites un peu de ménage !

Pour toute réponse, il me montre ses fesses.

Le téléphone sonne. Je plonge à l'autre bout de la pièce pour arriver la première et j'arrache le combiné de son socle.

— Quoi ? Que voulez-vous ? Allô… ?

— Alors, ça va… ? Tu t'en sors bien ?

C'est Merrick. Mon visage s'illumine.

— Bien sûr ! Je te manque ?

Il éclate de rire.

— Beaucoup, oui !

Battu dans la course au téléphone, le frangin fait le tour du salon, à moitié nu. J'attrape le balai planqué derrière le frigo et je le pousse vers la salle de bains en hurlant.

— Espèce de cloporte ! Du balai ! Allez, ouste !

— Miu te fait des misères, on dirait ?

Je décide de ne pas lui avouer que je cohabite avec le frère de Brad et son boxer rouge. De toute façon, quand Merrick reviendra, il sera déjà parti, et je boirai, je dînerai, je ferai l'amour avec lui avant d'admettre que j'ai habité pendant quelques jours avec un autre homme pour rendre service à Maya.

— Oui, elle mâchouille tout et n'importe quoi. Mais, dis-moi, je te manque *vraiment* ?

— Oui, vraiment.

— Toi aussi, tu me manques. Tu sais que j'ai passé plus de temps que d'habitude chez toi…

C'est parce que le frangin est toujours dans *mon* appart'. Et, de toute façon, tout est tellement mieux chez Merrick !

— Et… ?

Si je lui annonce que je vais emménager chez lui, ça pourrait le dissuader de sortir avec une New-Yorkaise. Ce serait un mensonge, bien sûr, car je ne suis toujours pas mûre pour ça. Or je m'efforce de ne mentir à Merrick que si les circonstances l'exigent.

— Eh bien, la maison est toujours debout. Et je n'ai même pas renversé de verre. C'est simple, je ne me reconnais pas.

— Je préfère que tu restes toi-même. Surtout, ne change rien ! C'est comme ça que tu me manques…

Maintenant que le frangin est dans la salle de bains, je deviens sentimentale et bavarde comme une pie. Merrick et moi, nous nous lâchons un peu, tous les deux… Et j'adore ça. Assise par terre dans la cuisine à côté de Miu, je suis aussi heureuse qu'avant son départ. Mais je prends conscience que c'est plutôt mauvais signe pour ce qui est de mon indépendance. Je devrais apprendre à me construire sans m'accrocher à un homme comme une abeille sur une ruche, mais ça m'est complètement égal.

— J'ai une surprise pour toi, Elle.

— Tu m'as acheté un cadeau ?

— Si on veut. Tu verras bien.

— J'aimerais autant que ce ne soit pas un nouveau catalogue de cours…

Il rigole.

— Non, rassure-toi !

— Est-ce que c'est un gros paquet, avec plein de papier autour ? Et je finirai par trouver un petit cadeau absolument fabuleux ?

— Pas si petit que ça. Je pense que ça va te plaire, enfin tant que tu ne casses pas tout.

— A ce propos… il faut que je te dise : j'ai un peu gâché la cérémonie de conversion de Brad.

Je lui raconte toute l'histoire. Il a l'air sidéré par cette faculté que j'ai de transformer l'événement le plus bénin en véritable désastre… Mais en même temps ça l'amuse.

— Quand rentres-tu ? As-tu déjà acheté ton billet ?

— Ça ne saurait tarder. Que fais-tu ce soir ?

— Je dois retrouver Maya et Brad au Shika pour qu'ils me parlent de leurs fabuleuses idées pour l'organisation de leur mariage.

— Je parie que ça t'énerve…

— L'organisation d'un mariage est une des rares choses pour lesquelles je sois vraiment douée. C'est comme s'ils avaient décidé de concevoir l'architecture d'une remise sans te demander quelques conseils.

— Parce que je suis censé bâtir des remises ?

— Je veux dire des dépendances ! Tu as très bien compris ce que je voulais dire. Alors, c'est quoi, ta surprise ?

— Tu le sauras en temps voulu.

— D'accord. Dis-moi seulement s'il s'agit d'une avocate blonde habillée en Prada que tu as rencontrée à un cocktail où elle donnait un concert de piano. Tu l'as invitée à dîner au Balthazar, puis à passer un week-end à Paris avant de lui parler mariage…

— Pas du tout.

— Ouf ! Merci, mon Dieu.

— … elle porte des fringues Givenchy.

— Oh, très drôle, vraiment !

Nous passons cinq minutes à nous envoyer des bisous avant de raccrocher. Je suis dans un état d'excitation totale. En fin de compte, il n'a pas du tout l'intention de me plaquer !

Je m'habille pour une soirée théoriquement consacrée à boire bière sur bière : jean stretch et chemisier noir censé camoufler un peu le ventre. J'ai failli demander au frangin s'il voulait m'accompagner, mais je l'ai un peu trop vu aujourd'hui. Sans compter qu'il tape sérieusement sur les nerfs de Maya et aussi apparemment de Brad.

Lorsque j'arrive au Shika, Maya est en train d'expliquer à Kid comment préparer un B-52. Pour booster son chiffre d'affaires, elle a choisi de se lancer dans les cocktails tendance des clubs de L.A. Mais, ce soir, il n'y a pas un chat ! Monty lui-même s'est abstenu de venir. Ce qui dissuade les gens de se déplacer, ce ne sont pas les boissons, c'est le décor. Des box en vinyle rouge et des murs d'un beige terne… Ça pourrait donner un petit air rétro si ce n'était pas un poil crado.

Je m'assieds au bar, et Maya pose un verre de B-52 devant moi.

— Qu'est-ce qu'il y a, là-dedans ?

— De la liqueur de café, du Baileys et du Cointreau.

En voyant ma grimace, elle éclate de rire.

— C'est comme si tu l'avais fait toi-même. Je vais juste ajouter une cerise et je le baptiserai le « Spécial Elle » !

Elle en prend note dans son calepin.

— Quel est le rapport entre la cerise et moi ?

— Le côté fruité.

Je prends Kid à témoin.

— Ce qu'elle est spirituelle ! Mais au fait… il existe aussi un M. Perfection ? Si oui, il faut le servir tel quel, il se suffit largement à lui-même. A propos, où est-il ?

— Il a fait un saut chez lui pour prendre son portable. Il voudrait te montrer quelque chose en ligne.

Je me creuse les méninges, absorbée dans la contemplation de mon cocktail. J'essaie d'imaginer de quoi il s'agit. Peut-être les règles de base de la cuisine casher…

Kid me secoue un peu.

— Au lieu de regarder ce verre, il vaudrait mieux le vider !

— Et qu'y a-t-il dans « le Kid » ? De la salsepareille ?

Sa mère lui a donné ce prénom à cause de Billy the Kid.

Je bois une gorgée.

— C'est assez doux…

Maya me lance :

— Comme toi.

J'en reprends une gorgée, et je sens une vague de chaleur courir le long de ma colonne vertébrale.

— Waouh ! C'est fort !

Cette fois, j'en descends une bonne lampée.

— Vous avez des cerises ?

Du coup, Maya me demande si j'ai pris le temps de manger, aujourd'hui.

— Pas depuis ce matin. Je me suis économisée pour ce soir.

— Alors vas-y mollo. Je ne tiens pas à ce que tu embrasses des types bizarroïdes.

— Tu parles, ça ne m'est pas arrivé depuis des années…

Comme je n'ai guère envie d'en dire plus, je suis soulagée de voir Brad pousser la porte du bar, la housse du portable en bandoulière.

Après moult effusions et embrassades en tout genre, je vois un nouveau B-52 apparaître devant moi comme par magie. Peut-être que Kid ne me déteste pas autant que je le croyais.

Brad s'assied près de moi et allume son ordi.

— Je suis sûr que tu vas aimer.

Je demande à Maya si elle est au courant, mais elle me fait signe que non.

— C'est une animation ? Comme *Dancing Baby* ou le *Numa Numa Kid* ?

— Un peu.

Brad clique sur un site web.

L'écran est surbrillant et très contrasté. Sur la bannière

d'en haut, on peut lire ces mots : *Santa Barbara Grrrrls*. Et, sous le texte, on voit les photos prises à leur insu (tu parles !) de filles qui se déshabillent dans plusieurs bars du coin, façon Paris Hilton et Tara Reid. Sur le côté, le visiteur du site a le choix entre plusieurs options : Filles soûles, Coup d'œil sous les jupes, Caméra pour voyeurs, j'en passe et des meilleures ! Dans un coin de l'écran, une minividéo montre une fille en train de faire un strip-tease.

— Maya, je te signale que ton fiancé me montre des trucs porno. Le site s'appelle *Santa Barbara Grrrrls*, avec quatre R…

— Je suppose qu'avec trois R le nom devait déjà être pris…

Elle s'approche de l'écran. Brad nous explique que ses collègues de bureau sont de grands fans de ce site. Tout en lorgnant sur la strip-teaseuse, je demande si ce sont vraiment des filles de Santa Barbara.

— Je crois, oui.

Kid en rajoute.

— Ça, c'est sûr !

C'est alors que je reconnais le bustier de type victorien que la strip-teaseuse vient d'enlever. Je me rapproche encore, le nez sur l'écran.

— Oh ! Mon Dieu !

Brad se croit obligé d'ajouter :

— Au moins, tu es la *grrrrl* du jour !

9

Maya me demande, sans quitter l'écran des yeux.

— Mais qu'est-ce que tu *fabriques* ?

Je voudrais dire à Brad d'éteindre l'ordi, mais je suis comme fascinée par ma performance. J'ai fini par reconnaître la tenue que je porte et l'endroit où cela se passe. Je suis dans la cabine d'essayage de mon magasin préféré du centre-ville, celui aux murs couleur parchemin et au miroir amincissant.

Tout en me voyant ôter mon tailleur et commencer mon petit numéro, je me dis que ce n'est pas la glace qui était amincissante, c'était bel et bien la coupe du tailleur qui me faisait facilement cinq kilos de moins !

— Euh… je joue les psy en bustier victorien !

Kid se trouve aussitôt une bonne raison pour se rapprocher et consulter. Maya, elle, est curieuse.

— Et les psy victoriens font du strip-tease ?

J'émets une sorte de gémissement en me voyant faire la moue face au miroir, puis me pencher en avant et prendre mes seins en étau entre mes bras.

Brad me donne une petite tape sur l'épaule pour me réconforter. Je finis par hoqueter :

— Finalement, ce n'est pas si mal ? Je veux dire, je ne suis pas nue. C'est déjà ça.

Brad évite mon regard.

— C'est sûr. Ça pourrait être pire.

Je fixe de nouveau l'écran, et je me vois en train d'effectuer une pirouette savante avant de pointer mon popotin vers la glace. Et de montrer ma cellulite du doigt.

Je respire un bon coup. D'accord ! Cette fois, j'ai compris : j'ai la preuve vivante que ça *pourrait* être pire. *Primo*, je pourrais être entièrement nue au lieu de porter ce pseudobustier de maîtresse dominatrice… Encore que la nudité totale est souvent plus innocente. *Deuxio* : ce site web n'est qu'un vulgaire site local, et personne ne le verra à part quelques mecs allumés, de malheureux excités qui ne téléchargent pas de *vrai* porno. Et *tertio* — c'est sans doute le plus important — Merrick n'est heureusement pas là pour voir ça.

— Je reconnaîtrais ces fesses-là n'importe où !

Seigneur… ! C'est la voix de Merrick.

Je pivote sur mon tabouret de bar. C'est bien Merrick. Il porte une chemise à col boutonné gris perle et une veste de sport gris foncé sur son jean.

— Surprise !

— Qu'est-ce que tu fiches ici ? Tu ne devais pas revenir avant plusieurs jours.

— Tu me manquais. Apparemment, j'ai bien fait de me dépêcher de rentrer !

Le problème, c'est que Merrick ne dit pas ça à mon vrai moi, mais à la partie de moi-même qui se prend pour Nicole Kidman dans *Moulin Rouge*.

Je referme brutalement le portable de Brad.

— Très drôle, Brad ! Tu es un sacré farceur… Tu vois, il a adoré ! Mon pauvre Merrick, ce que tu peux être naïf !

Tous les regards convergent vers moi.

— Quoi ? Vous n'êtes pas d'accord ?

Maya fait non de la tête. Idem pour Brad. Quant à Kid, c'est curieux, mais il est soudain très occupé à mixer un cocktail…

— Ce n'est pas comme ça que tu vas t'en tirer.

Dixit Merrick. Je retiens mon souffle. J'ai beau scruter son visage, j'ignore ce qui se prépare. Maya et Brad retiennent leur souffle, eux aussi.

Je dis à Merrick :

— Tu veux goûter mon cocktail ? On l'a baptisé le Spécial Elle.

— Non, sans façon. Je crois que j'ai eu mon compte de *Elle* pour aujourd'hui.

Maya ne veut pas parler du mariage ce soir, et Brad se trouve subitement un boulot urgent à faire, un *bug* de programmation… Si bien que lorsque Merrick demande à revoir le site des *Santa Barbara Grrrrls*, M. Perfection affirme ne pas pouvoir s'interrompre, après quoi il suggère à Maya de commander des pizzas pour dîner sur place. Une perle, cet homme !

Nous nous retrouvons donc seuls, Merrick et moi, à remonter State Street pour choisir un restaurant. Merrick insiste pour que la surprise qu'il m'a promise soit complète, et opte pour un endroit romantique. Finalement, nous atterrissons dans le restaurant d'un nouvel hôtel de Carrillo Street. Un endroit très classe, avec ses sols carrelés à l'espagnole, des chaises de bois sombre et en rotin.

Nous commandons des pâtés de crabe, et je joue les filles décontractées malgré ma tenue un peu trop sport — un jean bleu et des Puma. Le serveur n'a jamais entendu parler du Spécial Elle (c'est triste de méconnaître ainsi le plus délicieux des cocktails), mais il me promet que je ne serai pas déçue par le bellini. Merrick, lui, opte pour un manhattan.

— Nous avons beau être ensemble depuis quatre mois, je ne sais toujours pas si tu commandes un manhattan pour me faire passer un message ou pour te faire plaisir.

— Quel genre de message voudrais-tu que je t'envoie ?

— Peut-être un truc pour me rappeler que je me suis plantée en beauté quand tu as commandé un cocktail, le jour de notre première rencontre, et les jours suivants, d'ailleurs…

— Ou alors… ?

— Ou alors pour me faire savoir que tu es désolé

d'être rentré plus tôt que prévu et que tu préférerais ne pas avoir quitté Manhattan.

— Je suis content d'avoir échappé au thé glacé de Long Island.

— Merrick…

— Et aux Jelly'O…

Je ne cherche même pas à savoir s'il fait allusion à mon popotin. Nos consommations arrivent, et il sirote son manhattan, manifestement très content de lui. C'est odieux !

Je tente de m'expliquer.

— Ecoute, je voudrais…

Il lève son verre, m'arrêtant dans ma lancée.

— Commençons par parler comme des êtres civilisés.

— Tu veux que nous nous comportions comme le commun des mortels ?

Il hoche la tête.

— Bon, très bien. Alors ce voyage… ça s'est bien passé ? Ils ne t'ont pas mis sur la liste noire ?

— Non, finalement, tout s'est bien terminé. Nous sommes tombés d'accord, mais ils sont un peu…

— Anticommunistes ?

— … non, versatiles. Le comité a des opinions bien tranchées, mais il n'arrête pas de changer d'avis. On ne sait jamais où on en est, avec eux.

Il fait tinter le glaçon dans son verre.

Ça, c'est sûrement un message, enfin je crois. Mais

je préfère lui poser quelques questions sur son job, et il satisfait ma curiosité de bon gré.

Je commande un autre verre, et je lui pose des questions sur tous les gens qu'il a rencontrés, mais en douceur, l'air de rien. Mentalement, je fais le tri entre les hommes et les femmes, puis entre ceux qui ont l'air séduisants et les autres.

Il croit bon alors de me préciser :

— Et je n'ai embrassé personne.

— Encore heureux ! Ce que tu peux être bête, par moments…

Cela dit, je me sens moins tendue.

— Si nous parlions un peu de toi ? Tu as vraiment présenté ta candidature à la fac… ?

Je suis tellement contente d'avoir Merrick près de moi — plutôt que de le savoir en lune de miel avec une autre — que je réponds sans réfléchir.

— Oui. Et même deux fois.

— Comment ça, deux fois ? Laverna et… ?

— Une autre école… Je suis tombée sur un dépliant, au rayon livres du magasin New Age. Il faut aussi que je te dise : j'ai fait la connaissance de tailleurs gay et du mec d'e-Bay. Mais je n'ai pas encore fait ma pendaison de crémaillère… C'est à cause de Neil, c'est vraiment le fournisseur d'herbe le plus nul que je connaisse.

— Ce n'est pas un fournisseur d'herbe, il se contente de fumer deux fois par an, à tout casser.

— Disons que son service clientèle est loin d'être au point.

Je fais un geste au serveur pour commander un troisième Bellini, et dans la foulée, je m'apprête à faire une critique de film pour prouver que je ne débarque pas de la planète Mars. Heureusement pour moi, je me souviens à la dernière seconde que le nom du réalisateur est Fellini et non Bellini, et que j'ignore tout de son œuvre !

— Tu veux en savoir plus sur les tailleurs gay ?

— Oui, et aussi sur le type d'e-Bay.

Alors je lui dis tout. C'est fou ce que ça me libère. Naturellement, je m'abstiens de tout commentaire sur l'école un peu bizarre à laquelle je me suis inscrite, mais à part ça je lui raconte tous mes petits secrets inavouables, et ça ne l'empêche pas de m'aimer. Quand arrive le dessert, c'est comme si Merrick n'était jamais parti. Nous sommes l'archétype même du couple rayonnant de bonheur, ce que j'ai toujours eu en horreur. Ah, ces couples où chacun finit les phrases de l'autre, qui passent leur temps à glousser et à se faire des clins d'œil, et qui ne se lâcheraient la main pour rien au monde ! Ce que c'est bon d'être un des leurs, ne serait-ce qu'une fois…

Merrick me pose alors une question bizarre.

— Ils t'ont payé combien ?

Mais de qui peut-il bien parler ? De mes clients ?

— Cent dollars de l'heure, comme d'hab.

— La même somme que pour faire semblant ? Je veux dire, que pour ton boulot de conseillère intuitive ?

— Eh bien, Valentine me donne cent vingt dollars. Mais tout ça, tu le sais déjà.

— Tu ne m'as pas compris, Elle. Je parlais de ton *autre* job.

J'éprouve soudain une sensation de malaise, comme si Merrick avait découvert un terrible secret. L'ennui, c'est que je n'ai aucun secret inavouable à cacher.

— Tu veux parler de l'organisation du mariage ? Ça, je le fais à titre gracieux… Enfin, façon de parler car, jusqu'ici, je n'ai rien fait ! Maya estime qu'elle peut se charger de tout elle-même. Elle se trompe lourdement, mais…

— Je parlais du site web.

— Quel site web ?

— Je sais que tu ne roules pas sur l'or, Elle, alors si c'est vraiment ce que tu veux, O.K. ! Mais tu n'es pas obligée de poser pour des sites web racoleurs pour de simples problèmes de trésorerie. Je peux te prêter un peu d'argent, tu sais…

Je le regarde, les yeux grands comme des soucoupes.

Il fait marche arrière.

— Enfin, pas un prêt. Une subvention.

— Mais enfin, Merrick, je n'ai jamais posé pour aucun site !

— Chérie, j'ai vu la vidéo. Pas tout, mais suffisamment pour reconnaître les morceaux de choix.

— Serais-tu en train de me dire que j'ai un beau cul qui ballotte comme de la gelée ?

— Ce que je dis, c'est que tu as un cul d'enfer, mais que je préférerais le garder pour ma consommation personnelle.

— J'aime bien l'expression « cul d'enfer ». Ce n'est pas aussi bien que « beau petit cul », mais ça me plaît.

— Alors, dis-moi de combien tu as besoin…

Je résiste à l'attrait de l'argent facile.

— Puisque je me tue à te dire qu'on ne m'a pas payée.

— Tu l'as fait à titre gracieux ? Alors là, je n'y comprends plus rien. Je t'avouerai même que je suis légèrement émoustillé.

Je vire au pourpre tout en jouant nerveusement avec ma cuiller à dessert. Mais, cette fois, ça suffit !

— Il y avait sûrement une caméra cachée.

— Quoi ?

Il a l'air scandalisé.

— Tu as bien entendu.

Maintenant que j'y repense, ça commence sérieusement à m'agacer, moi aussi.

— Bon sang, réfléchis un peu ! Que veux-tu que ce soit ? J'ai essayé des fringues dans une boutique que j'adore, *Element*, pour ne rien te cacher. Et voilà toute l'histoire ! Je n'ai pas reçu un seul centime. Mais tout ça commence vraiment à me taper sur les nerfs…

— Une caméra cachée ? Mais c'est illégal !

— Je n'ai rien touché. C'est combien, le prix, toi qui as l'air si au courant ? Dire que j'ai été exposée à tous les pervers du coin qui sont connectés à Internet, c'est-à-dire à peu près tout le monde ! L'anar' qui travaille avec Brad m'a vue me pavaner en petite culotte. On m'a vue quasiment en tenue d'Eve, Merrick ! Et tout ça pour quoi ?

Il commence à répondre, mais je lui coupe la parole.

— Quand je pense que mon petit ami est persuadé que je travaille pour les *Santa Barbara Grrrrls* ! Si j'avais choisi de vendre des images de mon corps, j'aurais pris un site plus classe que celui-là, figure-toi ! Avec un peu moins de « R » dans le titre…

— Et le « I » ! Il manque le « I » de *girrrrls*…

— Mais qu'est-ce que tu me racontes ? On s'en fiche pas mal, du « I » ! Ma parole, tu es soûl. J'appelle qui, maintenant : le FBI ? La garde nationale ? La CIA ? Ça devient une affaire d'Etat internationale. Tu te rends compte !

— Alors, tu n'as pas…

Tout à coup, je me sens blêmir à vue d'œil. Mon Dieu, non, pas *ça* !

— Qu'y a-t-il ?

— Et si jamais ils me mettaient dans la rubrique « grosses » ? Il y en a sûrement une…

Merrick s'efforce de me calmer.

— Je ne comprends toujours pas comment ils se sont procuré ce film. Tu crois que la boutique est dans le coup ?

Je suis anéantie.

— Impossible. Pas *ma* boutique.

— *Elle*, ce n'est parce qu'ils vendent du Calvin Klein qu'ils sont au-dessus de tout soupçon…

— *Marni*, pas *Calvin*. C'est pas mal non plus.

Merrick sort son portable.

— Allons voir sur place. On va mettre les choses à plat. Je les appelle pour être sûr que la boutique est ouverte.

— Ils sont ouverts.

— Comment le sais-tu ?

— Nous sommes jeudi soir, et ils font nocturne jusqu'à 21 heures.

— Possible, mais le directeur n'est peut-être pas là.

— Si, la directrice est là.

— Qu'en sais-tu ?

— Je le sais, c'est tout.

— Et le magasin de chaussures Sak… Il est ouvert ?

— Non.

— Et Banana Republic ?

— Oui.

— Et le directeur est là ?

— Pourquoi veux-tu parler au directeur de Banana Republic ?

— Ce n'est pas mon intention, je suis juste curieux de tester tes connaissances…

— Alors sache que la sous-directrice est là, et qu'elle s'appelle Carrie.

— Tu connais aussi son nom !

— C'est un don.

— Ou une malédiction… Imagine un peu si tu utilisais tes pouvoirs pour de bon !

— Mais qu'est-ce que tu crois, je m'en sers ! Pour faire du shopping, des affaires. C'est l'ère de l'économie de marché. Il faut conserver la confiance de ses clients, c'est indispensable !

Merrick éclate de rire en signant son chèque.

— Je me demande ce que je deviendrais sans toi.

— Je te rappelle que, sans moi, tu étais très triste et que tu avais les cheveux quasiment orange.

Peu à peu, les contours du restaurant s'estompent autour de moi. Je crois que j'ai un peu forcé sur les Elle et les Bellini… De toutes les choses qui m'entourent, le bras de Merrick est la seule que je voie distinctement. Il n'y a rien de mieux que Santa Barbara le soir, quand on a un petit coup dans le nez.

Nous faisons du lèche-vitrines en direction du centre commercial, tout en discutant de la participation ou non d'*Element* à ce fichu site web.

— Je suis sûre qu'ils seront aussi surpris que toi.

— Comment ça ? Tu veux dire que, toi, ça ne t'a pas étonnée ?

— Bien sûr que si. Mais enfin… c'est *moi.* Tu me connais.

C'est toujours sur moi que ça tombe.

— Exact.

— En tout cas, je n'y étais pour rien. Il faudrait que je me concentre davantage sur toutes les choses réellement humiliantes de ce bas monde qui *ne sont pas* ma faute.

— Il doit y en avoir quelques douzaines, en cherchant bien…

Sur le point d'acquiescer, je me rends compte qu'il est en train de me faire marcher !

Nous arrivons devant la boutique. Merrick commence par étudier la vitrine où sont exposés un corsage blanc tout ce qu'il y a de plus innocent et une jupe droite bleu pâle. Je l'entends s'exclamer :

— Ce sont eux, les coupables !

— Puisque je me tue à te dire que la boutique n'a rien à voir avec cette histoire ! Essaie de rester aimable avec eux, tu veux bien ?

Je pose une main apaisante sur son bras, même si, au fond de moi, cette manifestation de virilité protectrice me ravit.

— Tu as peur qu'ils te bannissent de leur magasin ?

— Ne sois pas ridicule ! Mais des gens qui apprécient le cachemire à sa juste valeur ne peuvent pas être de mèche avec des voyeurs, des amateurs de vidéo post-pubères et boutonneux.

— Tu estimes plus important de faire du shopping ici que de découvrir pourquoi il existe sur Internet une vidéo de toi en petite tenue ?

— C'est-à-dire…

Je jette un coup d'œil au corsage et à la jupe de la vitrine. Ça ressemble à du Narciso Rodriguez, et ils ont une sélection de modèles Juicy bien plus riche que Saks… Mais avant que j'aie le temps d'expliquer quoi que ce soit, Merrick me traîne à l'intérieur pour parler à la directrice. Elle a beau s'appeler Mme Roitelet, elle n'a rien d'un oiseau. Il faut dire qu'elle est en état de grossesse avancée. Rondelette mais charmante. Elle est horrifiée que j'aie pu être filmée à demi nue dans sa cabine d'essayage.

— C'est terrible !

S'agit-il d'un simple point de vue marketing ? Car que se passera-t-il si ses autres clientes commencent à douter des bonnes mœurs de son magasin ?

Elle s'empresse d'ajouter.

— Comprenez-moi bien… Vous êtes ravissante et tout le monde aimerait vous voir nue. Mais comment cela a-t-il pu arriver ? Vous êtes certaine que ça ne s'est pas passé dans un autre salon d'essayage ?

Je pointe le doigt vers le bustier aubergine et le tailleur noir, façon *J'accuse !…*

Merrick demande de quelle cabine il s'agit.

— Celle du milieu.

— Tu es sûre ?

— Certaine. J'étais la seule cliente, et je préfère toujours la cabine du milieu.

La pauvre femme se lamente, tout en vérifiant un ticket de caisse.

— Mais c'est impossible. Jamais nous ne ferions une chose pareille ! Indépendamment du fait que tout cela est illégal et passible de poursuites, pourquoi voulez-vous que…

Merrick se dirige vers la cabine incriminée, tire le lourd rideau de velours pourpre et se met à inspecter le miroir et les murs.

La directrice continue de se justifier.

— Quelle raison aurions-nous d'agir ainsi ? Notre motivation première, c'est la satisfaction de notre clientèle.

Elle en appelle à moi.

— Vous le savez bien… Si les clientes sont satisfaites, elles reviennent… Notre…

— Ça y est, j'ai trouvé !

Merrick a le doigt pointé sur un petit carré en plastique vissé derrière le rideau de la cabine. Je m'approche.

— Qu'est-ce que c'est ?

— Un support de caméra.

Mme Roitelet tombe des nues.

— Mon Dieu, mais qu'est-ce que ça fait ici ?

— A vous de nous le dire.

— Comment, mais… vous plaisantez ? Jamais je n'ai vu cela de ma vie, je…

Elle s'évente le visage, et j'ai soudain une peur bleue qu'elle ne tombe dans les pommes. Pire encore, que son accouchement ne se déclenche !

Je la prends par le bras.

— Venez vous asseoir, vous vous sentirez mieux. Vous voulez un peu d'eau ?

Je la conduis vers la chaise, derrière le bureau. Elle

n'arrête pas de me bredouiller des excuses, et j'ai comme dans l'idée que Merrick me lance des regards furieux sous prétexte que je suis bien trop bonne. Mais, franchement, cette femme doit être enceinte de huit mois ! Et puis… son magasin est vraiment *super*.

Elle me dit d'une voix à peine audible :

— Je vais prévenir le service de sécurité du centre commercial. Je suis tellement désolée pour vous. C'est sur Internet ?

— Oui, le site *Santa Barbara Grrrrls*, avec quatre R et pas de I.

Comme si elle allait se connecter sur le site pour la simple raison qu'elle me trouve jolie !

— Qu'il n'y ait pas de malentendu… Si je vous donne l'adresse, c'est juste pour que vous sachiez où *ne pas* cliquer !

Elle appelle donc la sécurité, et nous attendons, mal à l'aise. Comme je trouve idiot de perdre du temps, je fais un peu de repérage. J'ai dans l'idée que mon « cul d'enfer » serait mis en valeur en *Narciso Rodriguez*. Sans parler de ce tailleur noir qui me plaît toujours autant.

Le silence s'éternise, devenant presque oppressant. Histoire de faire la conversation, je demande à la directrice à quelle date est prévu l'accouchement. Aussitôt, ses joues reprennent des couleurs, et nous voilà reparties à papoter tandis que Merrick ronge son frein en louchant vers les cabines d'essayage. Il les a toutes contrôlées, mais seule la cabine du milieu était en cause.

Il a même trouvé des traces de sciure dans l'ourlet du rideau. Ma parole, c'est Sherlock Holmes, cet homme ! La dame Roitelet nous explique qu'elle a fait refaire les cabines il y a juste deux mois, ce qui nous permet de situer plus précisément la date du crime. Au moment où je m'apprête à proposer mes dons de voyance pour résoudre l'affaire, un nouveau tailleur m'attire l'œil. La moindre des choses que je puisse faire, dans un souci d'impartialité, c'est de l'essayer. Ce n'est pas que j'en aie vraiment besoin, mais autant anticiper !

Un type corpulent entre deux âges et sanglé dans son uniforme finit par se pointer, prêt à nous arrêter. Mais dame Roitelet lui résume la situation. Merrick et moi passons une bonne quinzaine de minutes à lui expliquer que c'est *moi* qui me suis fait piéger en bustier par une caméra cachée, et que l'image numérisée a été transférée sur Internet !

Ça n'a pas l'air de l'émouvoir beaucoup.

— Vous dites *Grrrrls* avec quatre R ?

Merrick voit rouge.

— Peu importe le site… ! Comptez-vous prendre cette affaire en main, ou dois-je appeler la *vraie* police ?

— C'est-à-dire, dans un cas comme celui-là, la juridiction n'est pas…

— Ecoutez, ça suffit. Je me fous de vos problèmes de juridiction. J'appelle la police !

— Que voulez-vous que nous fassions de la police ?

— Je ne sais pas, moi, un crime a quand même été commis, non ?

Surtout, ne vous gênez pas ! Réglez ça entre vous !

— Quel crime ? Les lois sur les voyeurs sont plutôt floues. Vous vous rappelez ce type qui prenait des photos à travers des stores ? On n'a rien pu faire contre lui, il n'a même pas enfreint la loi : il était resté sur le trottoir !

— Très bien, merci.

Dame Roitelet a beau être une petite bonne femme toute ronde, elle se comporte avec une réelle majesté. L'homme s'en va, et la directrice se remet à plaider sa cause.

— S'il vous plaît, n'appelez pas la police ! C'est tellement préjudiciable pour le commerce, et je ferai tout ce qui est en mon pouvoir pour vous aider. Si jamais les journaux en parlent, la publicité autour de cette affaire risque de couler la boutique.

Merrick ne l'entend pas de cette oreille.

— C'est une atteinte à la vie privée. Même s'il n'y a pas crime à proprement parler, nous devons en référer à qui de droit.

— Je sais bien, mais… Je m'engage à vérifier personnellement tous les jours qu'il n'y a pas de caméra.

Elle se tourne vers moi.

— Et vous n'aurez pas affaire à une ingrate… Tenez, je vous offre un cadeau pour me faire pardonner. Choisissez ce qui vous fait plaisir.

— N'importe quoi ?

— Absolument.

Merrick ouvre la bouche, mais ses mots se perdent dans un brouillard…

L'ivresse du shopping est la plus forte !

10

Lorsque nous rentrons chez nous en voiture, Merrick ne décolère pas.

— Je ne t'aurais jamais crue capable de ça !

Jusqu'à présent, il s'est muré dans un silence absolu. Quant à moi, je m'agite nerveusement sur mon siège, agrippée au sac contenant mon nouveau tailleur pantalon de lainage noir. Je fais semblant d'ignorer le flot de non-dit qui jaillit du siège du conducteur.

— Elle, c'est grave ! Tu es totalement irresponsable.

— Tu sais très bien qu'une mauvaise presse leur ferait mettre la clé sous la porte ! Sans compter qu'elle est enceinte, alors comment veux-tu qu'elle s'occupe de son bébé si elle n'a plus de boulot ? Tu ne crois pas que je dois aussi penser à elle ?

— Mais…

— Et puis, ils ont des fringues absolument géniales, dans cette boutique. Tu as remarqué son collier en lapis ? J'aurais dû le lui demander… Même enceinte, cette femme réussit à rester *hip*.

— Mais c'est peut-être une complice, et l'officier de sécurité est aussi dans le coup.

— Je ne crois pas.

— Si ce n'est pas eux, alors c'est qui ?

— Si ce n'est pas aujourd'hui, alors quand ?

Merrick s'arrête au feu rouge.

— Qu'est-ce que tu racontes ?

— Rien. Ça me rappelle juste une ancienne chanson de Tracy Chapman.

Merrick réprime un mouvement de colère et tourne à droite. J'en déduis qu'il me ramène chez moi, pas chez lui. Ce n'est pas bon signe. Je m'attends à ce qu'il me largue sur le trottoir pour repartir aussi sec, mais il se gare dans le parking et me suit. Tandis que nous grimpons l'escalier, il revient à la charge.

— Je n'arrive toujours pas à croire qu'elle ait réussi à t'acheter avec un pantalon !

— Mais quel pantalon… !

— En tout cas, tu ne peux plus les attaquer, maintenant. Elle, tu avais le devoir moral de t'assurer que cela ne se reproduirait pas, au lieu de quoi, tu t'es fait offrir ce pantalon.

— Je te répète que c'est plus qu'un pantalon. Considère ça comme un règlement à l'amiable.

— Un règlement à l'amiable ?

Quand je lui dis le prix « du dédommagement », j'ai l'impression qu'il révise son point de vue.

— C'est vrai ? Waouh ! Tu n'aurais même pas eu ça si tu avais été volontaire pour poser…

— Je ne te le fais pas dire. Et, en plus, j'ai l'excuse d'avoir dépensé mon argent pour des fringues, pas pour un loyer ou de la bouffe.

— Ou pour des cours.

— Je ne te le fais pas dire.

Arrivé en haut des marches, Merrick s'adosse à la rampe.

— Mais… tu n'as pas l'impression d'être… exhibée contre ton gré ?

Je lui prends la main.

— Bien sûr que si… c'est un véritable viol de ma vie privée. C'est écœurant, effrayant… Mais à quoi bon me faire un sang d'encre ? Ça ne m'aidera pas beaucoup. J'ai besoin de m'asseoir et de réfléchir à ce que je pourrais faire pour ne pas être accusée d'avoir mal réagi, ou d'avoir poussé mon petit ami à traiter avec la directrice de ma boutique préférée. Tu crois vraiment que j'ai un devoir de citoyenne ?

— Oui, mais ton premier devoir, c'est de penser à toi. Tu as raison, mieux vaut réfléchir à tout ça. Je sais que tu es capable de te défendre. C'est juste que… tu es tellement…

— Incroyable ?

— Incroyablement scandaleuse. En apparence, j'entends. Du coup, j'oublie parfois la force dont tu es capable.

Comme pour lui en donner la preuve, je me blottis

dans ses bras et il m'embrasse. Il m'embrasse encore. Il n'en finit pas de m'embrasser… Puis il me soulève et me garde au creux de ses bras. Je proteste juste pour la forme tout en ouvrant la porte, et c'est après qu'il a franchi le seuil de mon appart' que la mémoire me revient… Un peu tard !

Le Mauvais Garçon me lance de l'autre bout de l'appart :

— Salut, chérie ! Tu sais que je t'ai vue sur Internet ?

Je ne vous dis pas la réaction de Merrick !

— Ce n'est pas ce que tu crois !

— Et qu'est-ce que je suis censé croire ?

— C'est le frère de Brad. Il cherchait un endroit où dormir cette nuit.

— Le frère de *Brad* ? Brad, c'est bien le petit ami de ta meilleure amie, celui pour qui tu as le béguin ?

— Mais non ! C'est ridicule ! Quant à ce gamin, il a squatté le canapé, rien de plus.

Tout en ignorant Miu qui fait des efforts insensés pour attirer son attention, Merrick me rétorque (non sans raison) :

— Tu n'as même pas de canapé. C'est tout juste si tu as une chaise.

— Non, mais… Il s'est installé dans ce coin.

Je montre du doigt la pile d'affaires du frangin, y compris son ordi portable ouvert sur le sac de couchage. Naturellement, c'est le site de *Santa Barbara Grrrrls* qui apparaît sur l'écran.

Le Mauvais Garçon s'extrait de son sac de couchage, avec pour seul vêtement un T-shirt et un boxer Bob Marley.

— Salut, *man* ! J'avais juste besoin d'un toit. C'est qu'après la conversion Brad et Maya voulaient un peu rester seuls… Un genre de lune de miel.

— De lune de miel… ?

Merrick regarde le frangin droit dans les yeux. On dirait un homme parlant à un gamin, car le Mauvais Garçon a vraiment tout de l'ado ronchon. Puis il fait une petite caresse à Miu et s'en va dans ma chambre.

Je lui emboîte le pas et je ferme la porte derrière nous.

— Tu sais que j'ai squatté le canapé de Brad et Maya. Je ne pouvais pas envoyer ce mec sur les roses.

— Il s'appelle comment ?

— Aucune idée. Je l'ai surnommé le Mauvais Garçon.

Merrick ne sourit pas, mais j'ai dans l'idée que ce n'est pas l'envie qui lui manque.

— Pourquoi se balade-t-il en caleçon ?

— Aucune idée. C'est sans doute une manie d'ado. Tu sais, les jeunes n'ont pas connu l'époque des pubs de soutien-gorge où les mannequins portaient un body sous leur cœur croisé Playtex !

— Bon, d'accord. Mais qu'est-ce qu'il fabrique ici ?

— Il vient de décrocher un diplôme à la fac et il est censé chercher du boulot. En fait, je commence à penser qu'il a laissé tomber. J'ai surpris une petite discussion avec ma mère…

— Combien de temps compte-t-il rester ?

Je fais la grimace.

— Aucune idée. J'aimerais bien qu'il s'en aille, mais je ne peux quand même pas le chasser. De toute façon, il est dans l'autre pièce, et nous ici…

— Pas question que je reste, Elle.

— Pourquoi pas ? Pendant le dîner, tu étais au bord de l'exhibitionnisme.

— Pas devant les gens !

Je me mets à rire.

— C'est donc ça… !

— Tu voudrais peut-être que je donne davantage de munitions à ton Mauvais Garçon ?

— De munitions ?

Je repense au frère de Brad en caleçon, couché dans son sac de couchage, et en train de surfer sur *Santa Barbara Grrrrls*.

— Tu n'imagines quand même pas qu'il était…

— Si, c'est exactement ça !

— Oh, mon Dieu ! Il regardait *ma* photo ?

— Difficile pour moi de le blâmer…

— Tu sais, il m'arrive de penser que les hommes sont des obsédés sexuels.

— Imagine le pire et multiplie par cinq !

— C'est vrai ? Parce que mon imagination est déjà…

— Où est ta valise ? Tu viens chez moi tant qu'il ne sera pas parti.

Moi, abandonner mon appart' à un mauvais garçon en série ? Tout bien considéré, c'est mieux que de le partager avec lui !

— Bon, O.K. Mais seulement jusqu'à son départ.

Comme Merrick est resté absent presque deux semaines, nous avons beaucoup de mal à franchir l'entrée de la maison. Surtout en se pelotant comme nous le faisons, en nous mordillant, et j'en passe. Miu pousse un soupir écœuré et trottine vers son lieu de prédilection, le canapé de Merrick. Pendant ce temps, Merrick et moi nous jetons l'un sur l'autre en tournoyant sur place pour finir par planer en direction de l'escalier. Chemin faisant, nous envoyons valser nos vêtements à droite à gauche en ponctuant l'opération de petits grognements.

Quand nous atteignons enfin la porte de sa chambre, à demi nus et le souffle court, je le repousse. Il m'attire à lui, et je le repousse de nouveau. Je finis par faire un rempart entre nous avec mon sac de shopping.

Merrick a l'air confus en voyant soudain reparaître le sac.

— Arrive ici !

— Juste une minute !

Je me glisse dans la salle de bains. Merrick grommelle quelques mots d'une voix rauque déformée par le désir, mais lorsque je réapparais très exactement six secondes plus tard dans sa chambre — à peu de choses près — il faut voir la tête qu'il fait ! Ça vaut vraiment le détour… car je ne me suis pas contentée de prendre l'ensemble pantalon noir, j'ai aussi embarqué le bustier victorien.

Juste après minuit, alors que je suis encore blottie dans les bras de Merrick, je lui dis :

— Tu sais, je ne resterai ici qu'une nuit.

— Bien.

Il s'ensuit un long silence que je mets à profit pour essayer de deviner ce qu'il a dans le crâne.

— Qu'entends-tu exactement par « Bien » ?

— Après tout, tu as peut-être raison. Je ne suis pas sûr qu'il faille vivre ensemble.

— Que veux-tu dire ?

— Eh bien… je ne suis pas certain qu'une cohabitation s'impose.

J'échappe à son étreinte pour le regarder.

— Pourquoi me faire comprendre que je ne peux pas emménager chez toi puisque, de toute façon, je n'ai aucune envie de le faire ?

— Comment ça ?

— Eh bien, oui, c'est idiot.

— Je ne t'ai jamais *interdit* de le faire.

— Tu es en train de me dire que tu n'es pas sûr…

— C'est parce que je ne te sens pas encore prête.

— Mais si, je suis prête ! Je n'ai jamais été aussi prête de ma vie. Je te parie jusqu'à ton dernier dollar que je suis fin prête. Je suis aussi prête que, que… en un mot comme en cent, je suis prête !

— Bien.

— C'est quand même un monde…

Ce n'est pas lui qui va me dire si je me sens prête ou pas ! Je suis la seule à le savoir.

Merrick allume la lumière et se met à me faire des mamours.

La fenêtre est légèrement ouverte, et l'air frais iodé me rafraîchit le visage. On entend au loin l'océan, le grondement des vagues. J'entends le bruit des griffes de Miu qui descend l'escalier pour rejoindre son bol, et je l'entends laper son eau avec toute la discrétion dont un boxer est capable. Et encore, je passe sur les éclaboussures…

Le clair de lune dessine des ombres sur le mur. Le souffle de Merrick se fait plus lent, plus régulier.

— Et si je n'étais pas prête ?

Le cerveau embrumé, les yeux déjà pleins de sommeil, Merrick réussit à articuler :

— Tu es toujours prête !

Je sors du lit en croisant les bras pour moins sentir le froid.

— Je ne veux dépendre de personne.

— Reviens te coucher !

— Non. Parce que si je retourne au lit, j'aurai envie de rester ce soir, et demain soir, et peut-être pour toujours…

— Bien !

— … sauf si tu me reproches de n'avoir ni carrière, ni ambition, ni bon sens.

Merrick laisse échapper un petit soupir.

— Qu'est-ce qui te fait croire des choses pareilles ?

— Parce que j'y ai déjà eu droit avant toi. Avec Louis Premier.

Pour me donner une contenance, je fais un dessin sur le tapis avec mon orteil.

— Mais la situation n'est plus la même, aujourd'hui.

— Pourquoi ? Parce que tu n'es pas Louis Premier ?

— Parce que tu n'es pas la Elle d'avant.

— Tu crois ?

— Oui. Bien sûr, tu es toujours aussi…

— Extravagante ?

— … excentrique. Mais tu as changé. Tu as mûri.

C'est vrai que je ne vis plus dans un wagon, j'ai un petit ami stable, et je suis fidèle à mon chien. Et, si mes revenus sont moins stables, ils ont le mérite d'exister. D'ailleurs, je reçois beaucoup moins d'appels de Carlos, mon conseiller financier, celui qui guette l'état de mon compte en banque. J'ai fait des progrès, non ?

— Tu ne seras pas dépendante de moi si tu viens vivre avec moi. Tu as tes propres objectifs dans la vie. Ta maîtrise en psychologie, ta rubrique politique…

— Je n'en suis qu'à la première phrase.

— C'est un début.

Merrick grattouille la tête de Miu qui comme par hasard s'est avancée vers le lit, à portée de sa main.

— Et, en plus, Miu se plaît beaucoup ici.

— Mais comment faire pour copiner avec les tailleurs gay si j'habite ici ?

— Qu'est-ce qui te fait croire que vous deviendrez copains ?

— C'est à croire que tu ne lis *jamais*, Merrick ! Une célibataire qui habite une ville où l'on vit à cent à l'heure a *besoin* d'avoir un gay pour meilleur ami. Tous les livres en parlent.

— Et pourquoi les gays feraient-ils de meilleurs amis que les autres ?

— Ils ont les mêmes qualités que des copines… mais ils sont capables en plus de déplacer tes meubles. Et il ne leur viendrait pas à l'idée d'essayer tes pantalons !

— Je voulais dire, quelle serait leur motivation, *à eux* ?

— Eh bien, les gays, euh…

Je suis un peu prise de court.

— … pour des homos, le fait d'avoir comme copine une célibataire hétéro, c'est… Tu n'as jamais entendu parler de *Will & Grace* ?

— Si. Et aussi des *Chroniques de San Francisco*.

— On a des tas de sujets en commun : la mode, la culture, enfin tout ça…

— Et ils ne peuvent pas parler de *tout ça* entre eux ?

— Bon, d'accord ! Je reste ici jusqu'au départ du gamin.

— Il y a une sacrée différence entre venir vivre avec moi et attendre qu'il s'en aille.

— Nous ferons comme si c'était pour toujours. Ce week-end, nous irons chercher le plus gros de mes affaires, encore que je n'aie pas grand-chose.

— Et si jamais il se dénichait un boulot et t'annonçait qu'il déménage le lendemain ?

— Crois-moi, ce n'est pas demain la veille ! Il restera aussi longtemps que je paierai le loyer.

Dans un sens, ça ne me déplaît pas. Pour une fois que c'est moi qui subviens aux besoins de quelqu'un d'autre !

Le lendemain matin, je traînasse dans mon nouveau lit bien après que Merrick est parti travailler. Il a essayé de me convaincre de l'accompagner pour passer prendre ma voiture, mais j'ai réussi à le persuader de venir plutôt déjeuner chez lui — mon nouveau chez-moi — pour que nous repartions ensemble après.

En attendant, je me vautre dans le luxe. Mes nouveaux draps sont signés Calvin Klein, enfin quelque chose dans ce goût-là, quoique je doute que Merrick dépense autant d'argent pour de simples draps vert cendré et une couette blanche. Il m'arrive d'avoir peur que Merrick ait un goût plus sûr que le mien. Ce qui tendrait à prouver qu'en dépit de ses prouesses de cette nuit il est gay.

Est-ce faire preuve d'homophobie que d'avoir ce genre de pensée ? J'aimerais bien appeler mes tailleurs gay pour leur poser la question, mais ils me détestent. J'aimerais les croire hétérophobes, mais ils adorent Neil, et Neil est la personne la plus hétéro qui soit ! Il se balade toujours avec une ceinture à outils et un jean L.L. Bean, et je l'ai même vu avec un casque de chantier sur la tête qui n'avait rien de celui des Village People !

Je vérifie l'heure sur ma pendule, ma nouvelle pendule. Bon, O.K., j'arrête de dire « mes nouveaux ceci, mes nouveaux cela » à tout bout de champ ! C'est juste que je me demande quelles sont les règles. Quand on emménage chez quelqu'un, dans quelle mesure ses affaires vous appartiennent-elles ? Quand on se marie, c'est fifty/fifty, mais dans mon cas, j'imagine que, côté lit, cafetière et douche, je dois être largement minoritaire. Si seulement Merrick m'avait laissé les trente pour cent d'ordinateur portable auxquels j'ai droit, j'aurais pu déterminer avec précision la taille de mes fesses dans le *teddy*, mais il a emporté les cent pour cent avec lui au boulot. C'est donc lui qui vérifiera à ma place.

J'ai promis que le déjeuner serait prêt à midi, et je n'ai même pas encore pris ma douche. Je décide que mes cheveux peuvent se permettre de passer une journée sans shampoing. Je les natte et je me passe le jet sur le corps. C'est fou ce que je me sens sale, je dirais même souillée, depuis que je me suis vue sur ce site porno ! Je n'y suis pourtant pour rien… mais je me savonne deux fois de suite.

Trente-deux minutes plus tard, je me retrouve au rez-de-chaussée, ce qui me laisse très exactement vingt-quatre minutes pour préparer à Merrick un plat succulent.

J'ai des *tortillas* de maïs, quelques tomates et un

morceau de cheddar. J'opte donc pour des *quesadillas* avec de la sauce mexicaine fraîche, bien qu'il n'y ait pas de grande différence avec des *buñuelos*. En attendant que les *tortillas* prennent une jolie couleur dorée, j'aperçois le *Permanent Press* de la semaine sur la table de travail. C'est Merrick qui a dû l'acheter à l'aéroport, car il lit mon article chaque semaine. Mais je suis surprise par le titre en première page : *Tout sur le mariage*. Génial ! Maintenant, Maya va pouvoir s'approprier des tas d'idées pour ses noces !

Miu arrive en trottinant dans la cuisine, laissant traîner derrière elle un filet de bave… C'est parce qu'elle sent l'odeur du fromage ! Je fais sauter les *quesadillas* et je coupe de nouvelles tranches de cheddar pour la fournée suivante.

J'en lance un morceau à Miu et je me mets à parcourir le journal, à la recherche de ma rubrique sur la psy pour animaux.

En passant, je jette un œil critique sur quelques modèles de robes de mariée et je finis par tomber sur ma colonne de texte, près d'une pub pour le Café Lustre, ce fameux club de strip-tease pour lequel je n'ai jamais travaillé. Une des danseuses, Jenna, m'a poussée un jour à poser ma candidature… Les seins de cette fille sont un véritable défi à la pesanteur, et elle continue d'œuvrer dans ce club où elle fait à présent les gros titres du spectacle. Elle me considère comme une véritable héroïne depuis le jour où j'ai contribué à l'arrestation de l'ancien videur de la boîte. Ce qui lui a permis de sortir avec le nouveau, un Jamaïcain à la voix douce, mais taillé comme un immeuble en brique ! Disons plutôt « comme un bungalow en *terracotta* », puisque nous sommes à Santa Barbara…

Je parcours mon article. Décidément, le ton me plaît. L'article donne l'impression que je fais la pub de Crystal Smith tout en la cassant au passage ! Dommage que ce soit une fausse voyante, car j'aurais vraiment voulu en savoir plus sur les anciens propriétaires de Miu. Toujours mon petit côté « justicier ». Pourtant, la vengeance n'a jamais été ma tasse de thé. Je ne suis pas douée pour me venger.

Ce qui ne m'empêche pas d'essayer.

Les Ignobles Voyeurs s'en sont pris à mon intimité, et ils vont le payer. J'ai d'ailleurs prévenu Merrick que, réflexion faite, j'allais m'attaquer à cette histoire de *Santa Barbara Grrrrls*. Oui, j'ai bien réfléchi, je veux me venger !

Je m'empare d'un stylo dans le tiroir où Merrick les range par ordre de couleur, et je dresse une nouvelle liste :

1. Découvrir l'identité du propriétaire du site *Santa Barbara Grrrrls*.
2.
3.
4.
5. Lui faire payer ce qu'il a fait.

11

Je commence à échafauder mon plan le lendemain, à la première heure.

Lorsque Brad m'ouvre sa porte, je lui lance un « Yotam ! » claironnant. C'est son nom en hébreu, comme pour Madonna et Esther. Je trouve ça plutôt cool.

— Salut, Elle. Quoi de neuf ?

Il a les cheveux humides et il est rasé de frais. Il porte sa tenue habituelle, un jean et un T-shirt large. Cela lui donne un curieux petit côté ringard.

Je lui tends une boîte rose.

— Je t'ai apporté le gâteau de la paix. Ça vient de la boulangerie de Goleta, haut lieu s'il en est !

— C'est le coin rêvé.

— Pourquoi ? Qu'est-ce qu'il a de si spécial ?

Il hausse les épaules.

— C'est bien ce que je pensais. Personne n'a jamais été fichu de me répondre.

Je le suis dans la cuisine et je prépare le café tandis

qu'il dénoue la ficelle de la boîte et se sert. Il a choisi un beignet.

— Au fait, pourquoi as-tu parlé de « gâteau de la paix » ?

— A cause de la cata de l'autre jour…

— Quoi donc ?

— Tu sais bien, quand j'ai tout fichu en l'air le jour de ta conversion… en mélangeant le casher avec le pas casher !

— Ce n'est que ça… ? Pas de quoi fouetter un chat ! Tu sais qu'avec toi et mon frère dans la même pièce je trouve qu'on s'en est pas mal tirés. Tu n'en as pas encore marre de l'avoir sur le dos ?

— Pour l'instant, j'habite chez Merrick.

— Si tu laisses mon frangin seul dans ton appart', tu peux dire adieu à ta caution !

— Tu exagères… il y a pire ! Dis-moi, je voulais te poser une question à propos d'Internet.

Je prends un autre beignet au passage.

— C'est que… j'ai pas mal de boulot aujourd'hui. Tu ne peux pas demander à Merrick de te montrer comment ça marche ?

— Brad ! Je sais très bien comment ça marche.

Il sourit.

— Il y a juste deux ou trois choses qui m'échappent encore. Et je veux savoir qui est le responsable du site *Santa Barbara Grrrrls.*

— C'est tout ? Juste une seconde, je lance la recherche sur WHOIS…

Nous passons dans le salon où se trouve l'ordi, et il se met à pianoter sur le clavier.

— Tiens, c'est bizarre.

— Pourquoi, bizarre ?

— Le nom de domaine est enregistré sous le nom de Avis aux *e*-Mateurs, au 69 rue des Nues.

— Rue des Nues ?

— Oui. Et le code postal est 93102. C'est au centre-ville.

— Je n'ai jamais entendu parler de cette rue.

— C'est parce qu'il n'y pas de…

— Elle n'existe pas.

— Attends un peu…

Il joue avec la souris. Clic-clic.

Je prends un stylo pour écrire sur ce qui me tombe sous la main. Je m'aperçois que c'est le *Permanent Press* de cette semaine avec la mariée en couverture.

— Non, désolé. Je ne trouve rien.

— Tant pis. Ce n'est pas grave.

Je retourne dans la cuisine, le journal à la main. En l'inspectant de plus près, je découvre qu'on l'a feuilleté à de nombreuses reprises. Certaines pages sont même cornées. Et lorsque Maya débarque, toute fraîche et pimpante dans son jean et son T-shirt rose, je dois faire une tête comme on n'en voit que dans les films d'épouvante !

Naturellement, elle se fiche de moi.

— Ils ont des idées super, là-dedans !

Elle avise alors la boîte de gâteaux et choisit un biscuit au chocolat recouvert de sucre glace.

— On trouve tout ce qu'on doit savoir sur l'organisation d'un mariage.

Mon Dieu, comment lui faire comprendre… ?

— Les robes, les gâteaux, les photographes, tout est là !

Je tente une percée.

— Ecoute…

Mais je m'arrête aussitôt, vaincue d'avance. Elle, en revanche, continue.

— Les menus, les invitations…

Je lâche sans réfléchir :

— Certains occidentaux achètent même les mariées sur catalogue, dans les pays pauvres de l'Est…

— Quoi ?

— Est-ce qu'il te viendrait à l'idée de commander une mariée — ou un marié — dans un catalogue ? Est-ce que tu achèterais une maison sans en faire une visite détaillée ? Non. Mais tu es persuadée de pouvoir commander un mariage comme si c'était un menu de *fast food* ! « Je voudrais le menu n° 3, s'il vous plaît, avec de la sauce en supplément. » Mais on n'organise pas un mariage sur la base d'un banal journal. Comment veux-tu choisir ton photographe au hasard dans une liste ? Il faut les rencontrer, leur parler, faire une enquête discrète, se livrer à des comparaisons. Un mauvais photographe, c'est un vrai cauchemar ! Et tu as vu dans *Seinfeld*… la fiancée de George est morte parce que les invitations étaient mal faites. C'est une question de vie ou de mort, l'organisation de votre mariage. Forcément, puisque vous allez passer le reste de votre vie ensemble. Toi, Maya la Parfaite, et Brad, alias M. Perfection, vous vous devez d'avoir un mariage parfait. La moindre anicroche serait un désastre, une tragédie… une véritable offense à Dieu.

Je marque une pause pour reprendre mon souffle. Brad et Maya se regardent, et c'est Brad qui rompt le silence.

— D'accord. Excuse-moi, mais je suis en retard pour le boulot. Désolé de n'avoir pu t'aider pour ce site porno, Elle.

Après son départ, Maya me regarde d'un air gêné, sans doute à cause de mon envolée lyrique sur le mariage.

— La seule chose qui compte, c'est que Brad et toi soyez heureux. Je sais que ta maman te manque, que tu aurais pu t'occuper de tout ça avec elle, et je suis désolée d'avoir essayé de t'imposer mes vues. Je continue à dire que c'est le jour le plus important de ta vie, mais il s'agit de *ta* vie, et je ne peux prétendre jouer le rôle de ta mère. En revanche, je peux être la sœur que tu n'as jamais eue. Pas une sœur narcissique qui veut absolument se mettre en avant, mais qui puisse te donner l'affection et le soutien dont tu as besoin. Celle qui a parlé tout à l'heure, c'était l'autre, et j'espère qu'elle a emporté sa morgue avec elle… La sœur qui te propose son aide, elle, est tout à fait prête à envisager du Sting pour ton mariage !

Maya sourit et me prend dans ses bras.

— Et si on allait choisir ta robe de mariée ?

— D'accord !

— Tu peux prendre ta journée ? J'avais pensé à aller à Beverly Hills, chez Saks et Les Habitudes. Après on pourrait faire un tour du côté de Melrose…

— Moi j'avais pensé à Petticoat Junction.

Elle blague ou quoi ? Impossible à dire.

— C'est bien là que tu avais acheté ta robe pour le bal de fin d'année ?

— Oui, mais c'est devenu une boutique de mariage.

— Hum, je vois… Je suis sûre qu'ils ont des trucs… super !

Après tout, ce n'est qu'une première mission de reconnaissance, et il me reste largement le temps de la traîner jusqu'à Beverly Hills.

Nous voilà donc en route pour Petticoat Junction.

Lorsque Maya a acheté sa robe de bal du lycée, le magasin était situé à six cents mètres de State Street, dans le quartier des bars. Les robes de cocktail et de fin de promo étaient exposées au premier, alors qu'au sous-sol — dans ce qui avait dû être une sorte d'aire de stockage — on trouvait des accessoires jugés à l'époque assez olé olé : des *teddies* en dentelle, des *pasties* et des strings. Nous riions, Maya et moi, en passant devant, alors qu'aujourd'hui nous en portons tous les jours dans le cadre de la « pornification » galopante de l'Amérique.

Aujourd'hui, et en dépit de son nom, Petticoat Junction est devenu le haut lieu de Santa Barbara en matière de robes de mariées. Il n'y a malheureusement plus de *pasties*, mais des kilomètres de soie, de dentelle et de lin. Partout, ce n'est que du blanc…

Nous arrivons devant le magasin au moment même où ils ouvrent les portes. L'air conditionné fonctionne à plein tube. Je glisse à Maya :

— On se gèle, là-dedans !

— Ils sont peut-être obligés de garder les robes au frais…

— Tu veux rire ?

Maya est sur le point de m'exposer sa théorie lorsqu'elle est interrompue par une vendeuse. Nous n'avons pas de rendez-vous, mais, comme c'est un jour de semaine et que nous sommes arrivées très tôt, elle accepte de s'occuper de Maya. C'est une femme d'une cinquantaine d'années aux cheveux couleur champagne, et qui a manifestement un emploi du temps chargé. Elle nous donne très exactement vingt-deux minutes pour jeter un coup d'œil sur les portants et désigner les cinq robes préférées de Maya.

Maya fonce vers le présentoir circulaire des robes soldées.

Je pousse un cri.

— Maya, non ! C'est ton mariage…

Sans cesser de jeter un coup d'œil critique sur chaque robe, Maya me répond :

— Absolument. C'est pour ça que j'ai voulu venir ici en premier. J'adore les soldes.

Je me tourne vers la vendeuse pour quémander de l'aide. Elle me tire une tête de trois pieds de long, mais la grimace vire au sourire dès que Maya s'adresse à elle.

— Vous avez de très jolis modèles, ici… et à des prix vraiment intéressants.

Je suis anéantie… Mais pas au point de perdre mes facultés de repérage. Je suis capable de repérer un modèle classe dans un rayon de cinq mètres ! Je me dirige vers le portant devant le mur du fond.

— Que dirais-tu de celle-là ? Elle fait très Nicole Kidman.

Je lui sors un fourreau Givenchy ivoire à taille empire. Le bustier est incrusté de minuscules perles transparentes, et une lanière croisée sur l'épaule se termine en nœud garni de perles.

Maya fait la moue.

— Trop contemporain.

— Nicole est classique. Son style est très intemporel.

— C'est quelle sœur qui parle, là ?

— Celle qui est censée t'aider sans rien t'imposer.

Je repose mon fourreau, un peu grognon. Franchement, j'aurais cru que courir les magasins pour dénicher *la* robe de mariée serait un peu plus fun ! Pour commencer, ce n'est pas moi qui essaie les robes, et en plus… c'est Maya. Elle n'utilise même pas les vingt-deux minutes qui lui sont imparties pour sélectionner ses cinq robes !

Elle en a choisi quatre parmi les robes en solde, plus une que je lui ai conseillée, un modèle Vera Wang à trois mille cinq cents dollars. Elle est d'accord pour l'essayer, histoire de me faire plaisir.

La vendeuse nous escorte jusqu'à la cabine d'essayage. J'interdis à Maya de se déshabiller avant que j'aie pu mener à bien une inspection des lieux en bonne et due forme : je passe les doigts sur toutes les surfaces pour déceler d'éventuelles irrégularités, une caméra cachée ou un dispositif quelconque de vidéo. La porte étant munie de volets, je vérifie chaque latte, après quoi je me mets à quatre pattes pour tester la moquette.

— Tu sais, la vendeuse va te prendre pour une cinglée.

Au lieu de répondre « Celle-là, elle ferait mieux de se taire avec ses quatre malheureux portants de robes soldées ! », je lui dis :

— Mieux vaut qu'elle me prenne pour une cinglée et que tu ne te retrouves pas sur le site des *Santa Barbara Brrrrdes* !

— Des quoi ? Des *Santa Barbara Birds* ?

— Non, *Santa Barbara Brides*, avec quatre R et pas de I.

Maya me regarde jouer les Sherlock Holmes, puis appelle la vendeuse par-dessus ma tête (car je n'en ai pas encore fini avec le plancher).

— Nous sommes prêtes.

Tandis que Maya essaie la première robe, je me laisse tomber sur le tabouret, dans le coin, et je passe mine de rien la main sous le siège pour m'assurer qu'il n'y a pas de caméra.

Maya, qui vient de passer la tête par le haut de sa robe, me donne l'ordre de cesser mes simagrées.

Je croise les mains sur mes genoux pour fixer mon attention sur sa première sélection, une robe style combinaison en satin crème avec des bretelles spaghettis et un bustier en biais. La sœur attentive et dévouée que je suis censée être doit-elle dire la vérité ou servir des mensonges charitables ? Je joue la franchise.

— Trop sobre.

Maya se tire la langue dans la glace.

— J'ai toujours aimé ce style sur les autres femmes, mais il faut reconnaître que, sur moi, ça fait un peu chemise de nuit…

Elle se débarrasse de la robe et me la tend pour que je la replace sur le portant (normalement, je ferais la gueule, mais ça me donne l'occasion de vérifier que les cintres ne cachent pas de micros.)

Maya s'empare du deuxième modèle, un genre de chou à la crème… couleur crème, précisément. Une de ces robes de coton à volants qui vous font irrésistiblement penser à de la barbe à papa. On en voit partout dans les magazines et on se demande toujours qui peut bien avoir envie de porter ça…

Maya et moi échangeons un regard.

— Suivante !

La suivante, je ne l'aurais pas choisie non plus. D'abord, parce que c'est un modèle de Jessica McClintock qui a immortalisé les robes Gunny Sax dans les années 1970… le stylé préféré de Laura Ingalls dans *La Petite Maison dans la prairie*. Et aussi parce que ce n'est pas à proprement parler une robe, mais un deux-pièces. Qui a jamais parlé d'acheter une jupe de mariée ? Le haut est dans le genre débardeur et se boutonne devant avec de gros triangles de strass. Quant à la jupe, c'est une variante de la robe de cour du dix-huitième siècle, avec des mètres de soie Dupioni disposés en plusieurs niveaux froufroutants à partir de la taille.

Maya me jette un coup d'œil pour avoir mon avis.

— Personnellement, je n'aurais pas mis de strass.

— Mais…

— Mais le modèle est ravissant.

Maya glousse et pivote sur elle-même.

— En plus, elle tombe impeccablement bien !

— C'est quelle taille ?

Je me mords aussitôt la langue. Je n'ai aucune envie de savoir à quel point Maya est minuscule.

Mais, naturellement, la vendeuse s'empresse de répondre.

— C'est du trente-six.

J'ai bien entendu ? Du trente-six ! ?

Maya me sort d'un air triomphant.

— Et tu ne devineras jamais combien…

Elle ne parle même pas de la taille de la robe, car, pour elle, c'est une chose acquise. Ils ne devraient pas accepter les tailles trente-six. Moi, si je faisais du trente-six, je montrerais un peu plus de reconnaissance… Chaque nuit, je me prosternerais, les genoux cagneux à terre, et je joindrais mes doigts fuselés pour remercier le Seigneur, par une courte prière, de m'avoir faite aussi menue !

— Elle ? Combien… ?

— Quoi ? Oh, les robes en solde… Je dirais trois cent cinquante dollars.

— Quatre-vingt-dix-neuf !

— Quoi ?

— C'est une démarque. Elle était à deux cent soixante-dix-neuf dollars.

Je fais des efforts insensés pour feindre l'enthousiasme.

— Waouh !

La vendeuse s'est emparée de la quatrième robe et tente de presser un peu Maya.

— Vous êtes sûre que j'ai choisi celle-là ?

— Absolument. Mais je peux déjà vous dire que vous ne l'aimerez pas.

— Alors, pas la peine de l'essayer. Surtout que j'ai vraiment un faible pour l'autre.

Et elle recommence à tourner sur elle-même devant la glace pour s'admirer.

Je m'enhardis.

— Essaie au moins la robe Vera Wang.

— Pourquoi ?

— Parce que je suis sûre qu'elle t'ira à merveille. Et parce que toutes les filles devraient porter du Vera Wang le jour de leur mariage. Toutes !

— Si tu insistes…

La vendeuse ôte avec respect le modèle de son cintre. La robe est blanche et sans bretelles, avec de la dentelle sur le bustier, et une jupe ample. Un large ruban en gros-grain fait le tour de la taille. C'est simple, élégant, étonnant… étourdissant.

— On dirait Renée Zellweger.

— Tu dis ça uniquement parce qu'elle porte toujours des bustiers.

— Ça lui réussit plutôt bien, non ? Rappelle-toi ce qu'elle portait avant de sortir en Carolina Herrera !

La vendeuse ajoute son grain de sel.

— Ça n'avait pas la même classe…

Maya demande :

— Savez-vous qui crée les modèles de Renée Zellweger ?

Alors là, j'en reste baba. Franchement, je suis sciée. Je ne sais même pas quoi dire. C'est à se demander si elle connaît le nom de notre président… Ferait-elle partie de ces gens qu'on interviewe dans la rue et qui croient dur comme fer que l'Angleterre est la capitale de l'Europe ?

Maya s'examine dans la glace puis se tourne vers moi.

— Je sens que tu vas me détester…

— Mais non, je t'assure. Je suis certaine que moi aussi, j'aurai un jour la chance de porter du Vera Wang.

— Je voulais dire… je préfère l'autre.

Je secoue la tête avec un sourire indulgent et plein de chaleur humaine.

— Ce n'est pas possible.

— Et, pourtant, c'est vrai !

— Tu dis ça uniquement à cause du prix.

Maya lève une épaule, se regarde dans la glace… Puis elle soulève sa jupe telle une mariée prenant conscience qu'elle est en retard pour la cérémonie et qui n'a plus d'autre solution que de courir jusqu'à l'autel… C'est le genre de truc qu'on ne peut faire qu'une fois dans sa vie avec une robe pareille !

— Elle est magnifique… mais elle n'est pas faite pour le genre de mariage que j'ai prévu.

Elle laisse retomber la jupe.

— Cette robe est faite pour un mariage en ville et à l'église, ce qui n'est pas mon cas.

Elle me lance un clin d'œil complice.

— Si tu vois ce que je veux dire…

Malheureusement, je vois très bien ce qu'elle veut dire.

— Ce n'est quand même pas un mariage à un dollar tout compris !

Maya éclate de rire.

— Laisse-moi réessayer l'autre.

Aussitôt dit, aussitôt fait.

— Pas de doute, c'est celle-ci que je préfère. Je la prends.

— Une robe à quatre-vingt-dix-neuf dollars ? Tu vas porter une robe à quatre-vingt-dix-neuf dollars pour ton mariage ? Même ta robe de bal de promo t'a coûté plus cher !

— C'était déjà du gâchis. Je ne l'ai portée qu'une fois !

Je me tourne vers la vendeuse.

— Pouvez-vous nous laisser un moment ?

Elle consulte sa montre et remet la robe Vera Wang sous sa housse plastique avec un luxe de précautions.

— De toute façon, j'ai un rendez-vous. Tenez-moi au courant de votre décision.

Je ferme la porte derrière elle.

— Maya, examinons les choses avec logique. Tu mérites beaucoup mieux qu'une robe à quatre-vingt-dix-neuf dollars pour ton mariage.

— Ce n'est pas une question de prix, enfin, peut-être un peu. Le modèle Vera Wang est magnifique, mais pas question que je dépense trois mille dollars pour une robe. Ce n'est pas dans nos moyens.

— Ce n'est jamais que l'équivalent d'un dollar par jour pendant un an !

— Oui, mais pendant dix ans…

— Avoue quand même… *un* dollar par jour ! Ce n'est même pas le prix d'un demi-café crème.

Une lueur entêtée passe dans ses yeux.

— Ce n'est qu'une robe, Elle.

Pardonnez-lui, Vera, elle ne sait pas ce qu'elle fait.

Mais comme tout général digne de ce nom, quand l'heure est venue, je sais battre en retraite… et rassembler toutes mes forces pour la contre-attaque.

— Tu as raison. C'est très cher, c'est de la folie. Je suis désolée, mais tu me connais. Cela dit, tu n'es pas obligée d'acheter l'autre non plus. Nous pouvons regarder d'autres modèles. Après tout, tu n'as essayé que quatre robes, et toutes les futures mariées en essaient beaucoup plus. Tiens… moi, par exemple, j'en ai essayé cinquante-trois.

Maya est effarée.

— Je sais, je suis un cas. Mais enfin il doit bien y avoir un juste milieu entre quatre et cinquante-trois.

— Et tu avais choisi quoi, pour finir… ?

J'élude la question.

— Je ne suis pas en train de te dire que tu *dois* prendre du Vera Wang.

Encore qu'il faille être fou pour ne pas le faire !

— … parce qu'il ne s'agit pas de mon mariage, mais du *tien*. Et si tu ne veux pas que Vera soit de la fête, c'est ton droit le plus strict. En revanche, tu dois être certaine de prendre ce qui te convient. Nous n'avons même pas encore choisi la salle de réception, ni le menu, ni le thème du mariage.

— C'est-à-dire…

— Je te demande juste une faveur. Toute cette histoire de *Santa Barbara Grrrrls* m'a humiliée et dégoûtée à tout jamais des petites boutiques. Maintenant, j'ai la phobie des salons d'essayage. Tu dois m'aider à surmonter mes peurs, et il n'y a qu'une façon de le faire : en visiter le plus possible.

— Je me demande si la phobie des petites boutiques

ne serait pas plutôt une aubaine, dans ton cas. Mais je suis d'accord : quatre robes, ce n'est pas assez.

Elle enfile son jean et son T-shirt — qui la mettent tout autant en valeur que ces robes !

— Et des *Yosemite* ? Tu pourrais te marier en jean.

Elle sourit, sachant très bien ce que je pense d'elle en jean.

— Et toi, qu'est-ce que tu mettrais ?

— Un treillis.

Nous savons toutes les deux de quoi j'ai l'air en jean !

— Tu as acheté ton bustier victorien de psy ?

— Je l'ai eu à l'œil.

Pendant qu'elle remet ses Sneakers, je lui raconte toute l'histoire. Dès que j'ai terminé, elle me dit que je devrais en parler dans ma prochaine rubrique.

— Tu veux dire : « Comment obtenir des fringues à l'œil ? » Je ne suis pas sûre que…

— Non, tu n'y es pas ! Je pensais à un article sur l'humiliation, la disgrâce, la honte, la mortification.

— D'accord, madame l'Encyclopédie, je vois…

— Je suis convaincue que ta rédactrice en chef le publierait. Car l'article inclurait tous les ingrédients du grand journalisme : sexe, mensonges et vidéo.

— Ça n'a rien à voir avec le grand journalisme. Ce n'est qu'un film.

— Peut-être, mais un bon !

— Exact.

La vendeuse frappe discrètement à la porte de la cabine.

— Merci beaucoup pour vos conseils, madame, mais nous devons prendre le temps de réfléchir.

Vous savez ce qu'elle me répond ?

— Je n'ai pas pu m'empêcher d'écouter ce que vous disiez… On vous a filmée pour le site des *Santa Barbara Grrrrls* ?

Je fais la grimace en me tournant vers Maya.

— Je savais que quelqu'un nous écoutait.

— Ma fille… elle aussi a été filmée. Dans un bar. Elle était ivre, mais ça n'excuse pas ce qui lui est arrivé.

— Oui, en effet. Je comprends…

— Je pensais… si vous vouliez lui parler, elle se sent tellement gênée. Le fait de rencontrer une autre victime pourrait l'aider à surmonter le choc.

— Bien sûr, si vous pensez que ça pourrait l'aider, je lui parlerai.

— Merci beaucoup.

La vendeuse me tend un bristol.

Nom : *Justine Campbell*
Téléphone : *555-1458* Date du mariage : *12/1*
Style vestimentaire : *le genre conte de fées, informel mais branché*
Robes préférées : *s'est lassée des fourreaux en Stretch noir. A flashé sur les caleçons.*

— Ça lui est arrivé le jour de son mariage ?

— Non, c'est le jour où elle a été filmée.

— Ah, d'accord…

C'est bien de sa part de souligner son sens de l'élégance. Sinon, ça aurait pu m'échapper.

12

Nous sommes mardi matin, et je dois remettre mon texte à 14 heures. Teri m'a donné son accord pour faire le portrait d'un décorateur adepte du *feng shui*, mais j'ai omis d'en parler à l'intéressé, qui est très égoïstement parti pour Taiwan pendant une semaine. Je me suis creusé la cervelle et j'ai ratissé toutes les petites annonces pour dénicher un autre candidat potentiel, mas je n'ai rien trouvé.

Comme Merrick participe à une réunion, je peux disposer librement de son bureau et de son ordinateur portable. Je cherche des idées sur Internet. J'hésite entre la satisfaction et le dégoût en constatant qu'il a sauvegardé ma page *Santa Barbara Grrrrls.* Je me regarde évoluer devant la glace environ trois cent soixante-seize fois, en me demandant si le spectateur lambda qui tomberait sur le site par hasard pourrait prendre ma cellulite pour un simple effet d'ombre.

Mais j'aimerais bien avoir un second avis. Ce serait peut-être une façon de briser la glace avec mes voisins ?

Réflexion faite, je me dis que ce n'est pas une bonne idée : comme ces deux-là n'ont manifestement pas le moindre intérêt pour mon corps — au sens « viril » du terme — ils risquent d'émettre un avis totalement objectif…

Je finis par rassembler suffisamment de courage pour quitter le site, et j'ouvre Word, l'œil rivé sur le curseur. Ce que je vais tenter à présent, c'est une sorte de tour d'horizon informatif et informel des métiers New Age. Tiens, peut-être que Merrick a des cookies dans son placard ? Non, il n'est pas porté sur le sucré. Mais il a peut-être une banane. Oui, ça me paraît dans le domaine du possible, c'est même très plausible. Dire que je pourrais être en train de manger une banane à la minute où je vous parle !

Je fais un tour d'inspection dans sa kitchenette, mais pas de banane en vue. Je ne trouve qu'un pot de yaourt.

Alors je me contente du yaourt.

Cette fois, c'est décidé. Au lieu de pondre mes huit cents mots hebdomadaires, je vais m'atteler à une tâche nettement plus simple : écrire une lettre de démission. C'est que je ne peux plus supporter toute cette pression, ce délai suspendu au-dessus de ma tête *chaque* semaine comme une épée de Damoclès… Sans compter que l'écriture est une véritable torture. Etre toujours là à essayer de mettre les mots dans le bon ordre ! Sans parler des heures que je passe à contacter et interviewer des gens bizarroïdes qui se prennent pour des génies.

Moi, au moins, je *sais* très bien que je suis une fausse voyante !

« *Chère Teri,*

» *On ne peut pas dire que la semaine ait été bonne ! Non seulement mon décorateur adepte du feng shui est parti en voyage pour Taiwan sans même me tenir au courant, mais j'ai été filmée nue à mon insu dans la cabine d'essayage d'une petite boutique du centre-ville (dont je préfère ne pas citer le nom). Une bande d'Ignobles Voyeurs avaient caché une caméra derrière le rideau, et j'ai appris depuis que ce n'était qu'un stratagème parmi d'autres pour surprendre les femmes en petite tenue. Ils hantent les bars du centre-ville, cachent des caméras sous les grilles des trottoirs et dans les bains publics, ils…* »

Une heure plus tard, j'ai pondu trois pages sur les Ignobles Voyeurs, en insistant sur mon sentiment d'humiliation et l'impression qu'on avait violé mon intimité…

En revanche, je n'ai pas prononcé une seule fois le mot « démission ».

Je reviens en arrière, j'efface l'allusion au *feng shui* et je me mets à réécrire les pages pour essayer de trouver un équilibre entre la violence morale ressentie et une sorte d'humour plus désinvolte. Sans oublier de parsemer mon texte de caractères en italique, comme une vraie pro.

J'ajoute une dernière virgule et je ferme le document. Je vais emmener le portable chez *Permanent Press* et j'imprimerai mon article là-bas. Je doute fort que Teri le publie, mais au moins je me ferai virer au lieu de filer ma démission. La nuance est importante. Si je démissionne, j'aurai l'impression d'être une dégonflée, alors que, si je me fais virer, je verrai ça comme l'aboutissement naturel d'un cycle de carrière.

Je monte me changer au premier, car je suis habillée en survêt de velours rose magenta. C'est ma faute, je n'ai pas emporté suffisamment de vêtements propres chez Merrick.

Ma hantise, c'est de tomber sur le Mauvais Garçon en train de faire des choses innommables au beau milieu du salon. Comme il ne répond pas, je vérifie qu'il a bien fermé la porte à clé — c'est toujours ça — et j'utilise ma propre clé pour entrer.

La pièce est un vrai foutoir ! Il y a des canettes de Mountain Dew, des cartons de pizza et des emballages de M&M un peu partout. Je jette le plus gros des détritus dans la poubelle, ignorant au passage ce qui ressemble furieusement à une tache de Coca sur mon tapis berbère beige, et je consulte ma montre. Il me reste en tout et pour tout une demi-heure pour rendre mon papier, et je n'ai pas encore changé de tenue. Je me glisse dans ma chambre et qu'est-ce que j'aperçois dans mon lit ? Le Mauvais Garçon qui dort comme un bébé, vautré sur mon édredon. Il est entouré de sacs de chips et d'emballages de barres chocolatées de toutes sortes.

Je colle ma bouche tout près de son oreille et je hurle :

— SALE VOYOU !

Il pousse un cri perçant, s'emmêle les pieds dans les couvertures, puis recule à l'autre bout du lit et atterrit par terre avec un bruit sourd. Une seconde après, sa tête apparaît au-dessus du matelas.

— Tu es dans mon lit.

— Elle, quelle heure… ?

Il a du mal à parler et ferme les yeux pour éviter la lumière, ou pour éviter de me voir en rose magenta.

— C'est presque l'après-midi. Et tu dors dans *mon* lit.

Il se redresse en bâillant, m'offrant le spectacle de son éternel boxer. Aujourd'hui, le boxer est bleu, avec le mot *Britney* brodé en rouge sur le devant.

— O.K., mais j'étais seul…

— Bon.

Beurk !

Il se gratte le « Brit », puis le « ney » de Britney, et semble sur le point d'ôter son boxer dans la foulée.

— Faut que je prenne une douche.

— Ça attendra ! Et je te prierai de rester habillé !

Je farfouille dans mon armoire et je fonce vers la salle de bains. Je me change et j'ajoute une touche de Diva, un rouge à lèvres bordeaux que j'ai acheté uniquement pour son nom car la couleur ne me plaisait pas vraiment.

Au moment où je mets la dernière main à mon look de journaliste aux abois qui doit livrer son papier dans les temps, voilà que le téléphone sonne. Je bondis hors de la salle de bains et je décroche, de peur que le frangin ne se mette en tête de répondre.

C'est une voix d'homme.

— Puis-je parler à Elle Medina ?

Je mesure le progrès que j'ai réalisé sur un plan personnel au seul fait que je ne ressens aucune nausée. Car il y a peu de temps encore, les rares hommes qui m'appelaient étaient des représentants de sociétés de crédit qui exigeaient des remboursements immédiats ! Il arrive encore à Carlos de me passer un coup de fil pour me faire la leçon, mais nous sommes devenus amis et il ne me fait plus peur.

Depuis quelque temps, les personnes qui demandent Elle Medina sont le plus souvent des clients. Le téléphone est devenu une source de revenus et non d'endettement.

Avant même de demander à mon interlocuteur s'il désire s'abonner à ma *newsletter* annuelle, je débite « mon texte » comme une automate.

— Elle à l'appareil. Je sens que vous avez un problème, et que vous avez besoin d'aide. Est-ce… à cause d'une femme ?

En disant ces mots, je ne me mouille pas tellement… Mis à part les homos qui ont perdu leur mère et ceux qui vivent reclus dans un monastère, il y a toujours au départ un problème de femme.

Mais l'homme ne me répond pas.

Je m'installe dans mon fauteuil et je feuillette les pages du magazine *Allure* pour donner à mon correspondant l'impression que je consulte mes cartes.

— C'est curieux… Je sens comme la présence d'une femme. Non ? Hmm… oui, je vois une femme. Mais aussi… du travail ?

— Non.

Zut ! Je suis tombée sur un type du genre silencieux. Comme il ne m'a donné aucun indice qui pourrait m'aider, je pédale un peu dans la choucroute… Alors, pour gagner du temps, je lui demande de choisir un nombre compris entre un et soixante-dix-huit… le nombre de cartes d'un jeu de tarots. Enfin, je crois.

Vous savez ce qu'il me répond ?

— Vous me prenez de court… je suis un peu troublé.

— Mais bien sûr, je comprends. Je vais pouvoir faire quelque chose pour vous. Votre nombre favori, s'il vous plaît ?

— Euh… vingt-trois.

Je feuillette *Allure* jusqu'à la page 23.

— C'est un nombre qui a un grand pouvoir…

— Vous savez, je n'appelle pas pour, comment dites-vous déjà, pour que vous me tiriez les cartes…

J'essaie de le rassurer. Certains hommes ont peur des mots.

— Ce n'est pas exactement ça. Nous allons simplement discuter de…

— Je suis le responsable des inscriptions de l'université Laverna.

C'est alors que ça fait tilt ! J'ai fait transférer mes appels professionnels sur mon portable pendant que j'habite chez Merrick. Il s'agit seulement des consultations sur rendez-vous, le tri est très sélectif. Si seulement ce sale gamin ne m'avait pas fait perdre mon sang-froid, je m'en serais souvenue.

— Ah bon, très bien ! Veuillez m'excuser, j'ai cru qu'il s'agissait d'un… ami.

Il répond d'un ton solennel.

— Je vois. Je vous appelais pour l'entretien d'admission, mais peut-être n'est-ce pas le bon moment ?

— Mais si, absolument. C'est parfait.

Tu parles ! J'ai déjà cinq minutes de retard sur la livraison de mon texte !

— Ma première question ne figure pas sur ma liste, mais je la trouve toujours intéressante… D'où vous est venu cet intérêt pour la psychologie ?

Comme si le fait d'oublier un peu sa liste allait le rendre plus humain !

— C'est-à-dire… je ne sais pas si le mot *intérêt* est le mot juste…

— En d'autres termes, pourquoi avez-vous posé votre candidature ?

Pour les dix-huit mille cinq cents dollars de prêt annuel !

— Plus que d'intérêt, je parlerais de… de fascination.

Et c'est parti ! Une heure — que dis-je ? — *soixante* minutes plus tard, il amorce la phase d'atterrissage en expliquant les obligations qu'imposent les cours et le processus d'obtention du diplôme. Autrement dit, des années de cours ennuyeux à mourir suivies d'années de travail sous contrat sur l'étude du psychisme… Tout ça est d'une gaieté folle, et, en plus, le boulot n'est même pas rémunéré ! Vous êtes tenu d'écouter toutes sortes d'histoires horribles, et les seuls commentaires que vous pouvez faire, c'est : « Essayez donc ceci, et, ensuite, vous essaierez ceci. Et si ça ne marche toujours pas, alors prenez cela. »

Du Travail Sérieux, moi je vous le dis ! Sérieux de chez Sérieux !

Après avoir raccroché, je récupère le programme sous une pile de journaux et je passe en revue le descriptif des cours, ce qui a pour effet de me faire bâiller. Je devrais pourtant être excitée à l'idée de retourner à l'école, non ?

En fin de compte, je ne dois pas être faite pour la psychologie. Je ne suis pas douée pour les choses sérieuses. Moi, je ne suis qu'une fausse voyante, c'est-à-dire tout le contraire ! Si je m'inscris à des cours pour devenir une vraie psy, il n'est pas certain que je prenne la bonne direction. Bien sûr, cela me donnerait des références, mais je ne suis pas persuadée que cela ait beaucoup d'influence sur Merrick.

En fouillant dans le tas de journaux, je retrouve le catalogue de la seconde école à laquelle j'ai fait acte de candidature : le Programme de soins psychiques Virginia Hanes. Ce n'est pas vraiment un catalogue, disons un opuscule qui vous promet d'augmenter vos facultés psychiques et de faciliter votre approche des énergies subtiles telles que les chakras et les auras. C'est encore plus abêtissant que les cours de Laverna. Je n'ai dit à personne que j'ai posé ma candidature, alors comment avouer que je vais suivre ces cours ? Le côté positif, c'est qu'avec les trois mille heures de formation pour devenir thérapeute familiale spécialisée dans le mariage — je vous jure que ce n'est pas une blague — je serai en droit d'aider les gens. Les alcooliques, par exemple, ou les drogués, et les victimes de violences conjugales. Je m'imagine revenant chez moi après ma première heure de formation (dispensée par un accro à la méthode des cristaux) et soupirer en disant : une heure de passée, plus que deux mille neuf cent quatre-vingt-dix-neuf !

Je laisse tomber la brochure sur la formation psychique et je finis par mettre la main sur mon jeu de tarots. Première carte tirée : la Roue de la Fortune. C'est alors que l'idée me vient de prendre le bouquin pour savoir ce qu'on dit de cette carte.

La Roue de la Fortune vous met au défi d'affronter les changements avec sang-froid, et de bonne grâce. Il faut apprendre à anticiper ces changements en observant comment les choses arrivent, telles des vagues, en notant bien la nature cyclique des événements passés. En d'autres termes « Suivez le mouvement ! ». Un point important à souligner : un facteur imprévisible peut surgir à tout moment. Un joker.

Un joker calme et bien disposé. Si je ne m'abuse, c'est le genre de carte que j'ai déjà eu l'occasion de croiser sur mon chemin ! Je vérifie l'heure, j'attrape mes affaires et je file. Mon joker va observer le flux des événements — vous savez, ce qui ressemble à des vagues — jusqu'à ce que j'arrive chez *Permanent Press* avec une heure de retard pour déballer l'article que j'ai pondu sur un sujet qui n'a pas été préalablement approuvé.

Ce n'est pas vraiment ce qu'on appelle « suivre le mouvement »...

13

Le temps s'étire dans un désert silencieux et desséché… Non, c'est nul. *Les jours s'écoulent au ralenti dans la désespérance…* Bref, pendant la semaine qui suit, rien ne se passe.

Personne ne m'appelle, pas même Valentine. Chaque jour, je perds donc de l'argent car je fais paraître des pubs qui ne rapportent rien. Je suis allée jusqu'à m'appeler moi-même depuis chez Merrick pour voir si le 900 n'était pas en dérangement. Je me suis arrêtée quand j'ai pris conscience que je lui coûtais trois dollars la minute… Heureusement, je n'ai donné que quinze ou vingt coups de fil assez courts, il ne me doit donc pas plus d'une centaine de dollars.

Et puis, j'ai été tellement décontenancée en trouvant le frangin dans mon lit que j'ai pris des brassées de linge, mais pas de vêtements. Je vis donc quasiment en continu dans mon jogging Juicy Couture. C'est très confortable, mais un peu ringard. Les gens doivent me regarder, l'œil rond, en se demandant pourquoi je ne peux pas m'acheter comme tout le monde un bon vieux jean 7 *For all Mankind* en taille quarante, pour changer un peu.

Moi qui ne rêve que de ça !

Côté journal, j'ignore si je suis toujours responsable de rubrique chez *Permanent Press*. Car je n'ai pas eu un seul coup de fil de Teri sur mon topo concernant les Ignobles Voyeurs, et je n'ai même pas essayé de trouver un nouveau sujet de chronique sur le phénomène New Age. Il faut dire que tout ce business est en train de mourir, à commencer par les fausses voyances par téléphone. Et l'essence ne coûte pas loin de trois dollars le gallon. Je me demande bien pourquoi, d'ailleurs, vu qu'il y a du pétrole à deux pas de la côte ! Je vois même les derricks depuis le salon de mon petit ami. Pourquoi l'essence coûte-t-elle plus cher à Santa Barbara que dans le Midwest, alors que, sur nos plages, on a pratiquement les pieds dedans ?

Bref, je n'avance pas. Au sens propre comme au sens figuré.

Maya a sans doute choisi des assiettes en carton pour son mariage, les tailleurs gay n'ont pas répondu à mon appel (je leur ai posé une question sympa et très hip sur la façon de faire les ourlets). Neil lui-même m'évite car je n'arrête pas de le harceler pour avoir du hasch.

Il faut dire que ma nouvelle théorie, c'est qu'après cette fameuse pendaison de crémaillère je serai amie avec tout le monde. Je me refuse à voir l'évidence, et je continue à croire que si les gens me connaissaient mieux, ils m'aimeraient. Je n'ai pas d'argent, pas de projets, aucune envie de suivre des cours pour parfaire mes connaissances de psychologie ou de voyance. J'ai passé trois jours entiers à m'abandonner à mon « fantasme des magazines », qui consiste à embellir la couverture de mon propre journal chaque mois, comme Oprah, avec l'aide d'une armée d'artistes peintres, pour me rendre aussi jeune et dynamique qu'elle peut l'être, elle, à cinquante ans et des poussières. Ce qui est assez affligeant, vu que je n'ai que vingt-six ans ! Et ce qui est encore plus triste, c'est mon manque d'imagination concernant le contenu du magazine : *Vous êtes-vous déjà demandé qui sera la première femme présidente des Etats-Unis* ? Sans oublier l'éternel couplet sur *Le riz, un aliment économique.*

Je vais vous confier ce qui me trotte dans la tête : je voudrais continuer à faire de la voyance par téléphone, mais sans être ma propre patronne. Et avec le double de salaire. Ne plus m'embêter à tout gérer, à me trouver des clients sans même bénéficier de la sécu ! J'en ai marre de me ronger les sangs (mine de rien) parce que j'ai le sentiment de faire des choses contraires à l'éthique.

La vérité, c'est que je suis tentée de tout laisser tomber. D'aller habiter chez Merrick et de me faire entretenir. Je franchis la porte-fenêtre qui donne sur le patio en pierre de Jérusalem, là où les oliviers dansent sous la brise. Je me laisse tomber dans la chaise longue et je mange du beurre de cacahuète en piochant directement dans le pot avec une cuiller. Ce serait tellement facile de vivre ici. Je pourrais passer mes journées à paresser — je veux dire à suivre des cours et à travailler pour des bonnes œuvres. Et laisser Merrick m'acheter un jean, comme tout le monde.

Mais, si je fais ça, je recommencerai à me détester. C'est injuste pour Merrick, et aussi pour moi.

Je décide donc de donner à Miu le pot de beurre de cacahuète pratiquement vide, et je rentre dans la maison pour enfiler la seule tenue décente que j'ai apportée — une robe portefeuille noire avec des chaussures plates en impression léopard. Je coiffe mes cheveux en microboucles, je me maquille à la truelle et me voilà prête !

Prête, mais pour quoi faire ? Je croyais que le fait d'être plus élégante me remonterait le moral, mais je me sens habillée, un point c'est tout. Je voulais être habillée de pied en cap pour braver le monde, établir de nouveaux contacts, et réaliser mes objectifs. Mais c'est sans doute trop demander d'une simple tenue…

Bon. Je vais passer voir Merrick à son bureau. Pour qu'il me voie sapée comme une princesse.

Merrick lève le nez de son bureau et me sourit d'un air distrait. Ce matin, il a quitté la maison à une heure indue — avant 6 heures — et il a l'air fatigué. Je dirais même épuisé.

— Bonjour, mon ange !

Je prends un petit ton guilleret histoire de le dérider

un peu. Je manque trébucher sur la pile de courrier entassée sur le sol. On dirait que le facteur a glissé les lettres dans une fente de la porte, sauf qu'il n'y a pas de fente ! J'en conclus que c'est Merrick lui-même qui a jeté ces trucs par terre.

— Dis-moi… tu vas bien ?

— Hein ? Ah, c'est toi. Tu disais ?

— Tout ce courrier par terre. Je mettrais bien la main sur ton front pour m'assurer que tu n'as pas de fièvre…

Il me fait un pâle sourire, en prenant quelques notes sur du papier brouillon. La seule lumière de la pièce émane de la lampe fixée au-dessus de sa table à dessin.

Je lève les stores pour épargner ses yeux et lui permettre d'admirer ma tenue. Sinon, il risque de rater les taches léopard de mes chaussures.

— Sur quel projet travailles-tu ?

La lumière lui fait plisser les yeux.

— Des plans pour…

Il se remet au travail sans finir sa phrase.

Je soupire. Ce n'est pas l'envie qui me manque de lui faire une scène et d'exiger qu'il me regarde, mais ce n'est pas la Elle que je veux être. Je m'assieds donc sagement sur l'une des chaises chinoises de bois. Mon silence et mon comportement de grande fille lui font immédiatement péter les plombs. Il lève la tête.

— Qu'est-ce qui se passe ? Ça ne va pas ? Tout va bien à la maison ? Et toi, ça va ? Ne me dis pas que c'est Miu ?

Je note mentalement qu'il a cité dans l'ordre sa maison, puis moi, et enfin Miu. Mais, comme j'imagine qu'il a le regard dirigé sur moi, il sait que je ne me suis pas immolée par le feu !

— Tout le monde va bien.

— Mais alors comment se fait-il que tu sois venue ?

Il vérifie l'heure à la pendule, sur le mur du fond.

— 12 h 43 ! Et on m'attend au Wine Cask à 13 heures…

Je me lève en prenant ma meilleure pose, façon star sur le tapis rouge du Festival de Cannes…

— J'adore le Wine Cask. Et, en plus, tu noteras que j'ai la tenue qu'il faut.

Il me répond d'un air absent.

— Tu es très belle, mais je ne peux pas t'emmener. J'ai rendez-vous avec des clients.

— Et si je te promets de ne pas parler ? Tu peux toujours leur dire que je suis muette.

Il fait un tri des papiers sur son bureau. Ce désordre ne lui ressemble pas.

— Je te promets que nous irons une autre fois tous les deux.

J'ouvre la bouche, figée dans ma pose de star, incapable de répondre. Muette de stupeur.

Il est déjà près de la porte quand il prend conscience que je n'ai toujours rien dit. Il éclate alors de rire, m'assure qu'il m'aime et disparaît.

Au moment où la porte se referme, j'abandonne

ma pose « tapis rouge » pour laisser retomber mes épaules. D'accord, il m'a dit que j'étais belle, mais de toute évidence pas assez pour exhiber sa petite amie comme un trophée à un déjeuner d'affaires. Je reste un moment à tourner en rond dans son bureau. Après tout, ce pauvre Merrick commence à travailler à 6 heures du matin, fichons-lui la paix. Je m'attrape par la peau du cou et je me secoue comme le fait une chatte pour punir son petit. Puis j'inspire longuement, plusieurs fois de suite, et, ô surprise, me voilà en train de faire un brin de ménage ! Je récure l'évier, je vide le frigo du vieux fromage, je me débarrasse des ordures, j'empile les papiers de façon esthétique sur son bureau, puis je fais la même chose avec les magazines, je trie le courrier par ordre de grandeur et je dépoussière un peu les meubles.

Dès que j'en ai terminé avec le bureau, je sors pour dénicher quelques capucines en fleur au pied des boîtes à lettres. Je les mets dans un genre de coupe avec un peu d'eau et je dépose le tout sur le bureau de Merrick. Je jette un dernier coup d'œil dans la pièce pour m'assurer de n'avoir rien oublié, je retape le dossier d'une chaise et je dépose un baiser, ou plus exactement l'empreinte de mon rouge à lèvres, sur un autocollant blanc que je dispose bien au centre du bureau de Merrick.

Ou bien il va adorer, ou bien il va paniquer, persuadé que je me meurs d'une obscure maladie tropicale… ou que j'ai été remplacée par la Elle de Stepford. Ce qu'il risque, je le crains, de préférer à la vérité.

Je monte chez moi pour finir d'emballer quelques vêtements. Le moment est peut-être venu d'appeler M. Perfection et Maya pour leur suggérer de... de quoi ? De faire partir de force le frangin de mon appart' ? Je ne peux pas leur faire ça, c'est impossible. Ils sont tellement contents qu'il ne squatte pas leur canapé, et ils ont été tellement sympas quand c'est *moi* qui squattait chez eux ! Non, je ne peux pas les laisser tomber.

Sur le chemin de mon appart, je passe devant la porte de Ray Flood. Je m'arrête et je réfléchis un instant. Je ne lui ai pas réservé l'accueil qu'il méritait, mais d'un autre côté, je pense que ça ne lui manque pas. Je suis même certaine qu'il préfère que je ne lui adresse plus la parole. Alors que je me confortais dans l'idée de respecter son souhait, voici que Miu gratte à sa porte.

Miu ne gratte jamais aux portes. Elle se contente de secouer la tête en faisant tinter son collier, sa façon à elle de me signifier qu'une action urgente s'impose. Mais, cette fois, elle gratte bel et bien, et, l'instant d'après, Ray Flood ouvre la porte.

Je lui souris.

— Bonjour, Ray.

Il regarde ses pieds en répondant par un « hello » timide.

— Vous... vous n'avez pas reçu de nouveaux modèles de bijoux, ces temps-ci ?

Il me fait non de la tête.

— Bien... Bien, bien !

J'avais l'intention de lui dire quelque chose d'un peu

moins vide de sens, mais Ray sourit en direction du plancher et caresse la tête fripée de Miu en lui disant que c'est un bon chien ! Elle remue sa croupe squelettique et se love dans la position du haricot rouge, preuve incontestable qu'il est à son goût. Du coup, je l'aime aussi. Vous pouvez faire confiance les yeux fermés aux gens que votre chien apprécie, ça, je l'ai appris à la télé. Ray grattouille le dos de Miu, et je lui raconte l'histoire de ma chienne, mais apparemment il ne m'écoute pas. Il cesse de lui faire des mamours et lui dit au revoir puis, sans un mot pour moi, disparaît dans son appartement après avoir fermé délicatement la porte derrière lui.

Bon, d'accord, ce n'est pas vraiment ce qu'on appelle une conversation, mais c'est déjà un début !

Il faudrait que je fasse la même chose avec le frangin. Arrivée en haut des escaliers, je fais une pause devant ma porte, hésitant encore sur l'attitude à adopter. J'ai envie de lui poser des questions sur sa recherche de boulot, mais je ne voudrais pas avoir l'air de jouer les inquisiteurs. Je voudrais aussi lui demander s'il s'est fixé une date limite pour partir, mais sans lui donner l'impression qu'il n'est pas le bienvenu. Il faut dire qu'il fait pratiquement partie de la famille. Je suis toujours en train de me demander ce que je vais lui dire quand j'entends des voix de l'autre côté de ma porte. Des voix d'hommes, ce qui est plutôt une bonne nouvelle. Au moins, il doit être habillé !

Je frappe à la porte de mon propre appartement, et je dois dire que je me sens un peu stupide…

— Ouais, c'est toi, Ray ? Entre.

Ray ? Ils sont amis ?

J'ouvre la porte.

— Ce n'est que moi, la maîtresse des lieux… Une petite visite surprise !

Seigneur, je n'en crois pas mes yeux… Vautrés dans le salon, il y a là le Mauvais Garçon, Waldon et Johnny. J'aimerais bien savoir pourquoi mes tailleurs gay traînent ici avec mon « locataire ». Ce sont mes meilleurs amis, tout de même ! Et un hétéro n'a pas besoin d'amis gay. Or je sais que le frangin n'est pas gay car j'ai eu l'honneur et l'avantage de l'entendre me parler de ses multiples conquêtes. Alors là, franchement, il exagère ! Non seulement il commet l'erreur de se livrer à des actes impardonnables dans mon appartement, mais voilà qu'en plus il me pique mes futurs meilleurs amis !

Il me dit sans enthousiasme excessif.

— Ça va ?

C'est ça, remue bien le couteau dans la plaie, le frangin ! On se croirait dans le film *JF partagerait appartement*. D'un autre côté, maintenant que les voisins gay connaissent mon appart, ils me trouveront peut-être plus intéressante… enfin, moins ennuyeuse.

Je leur décoche mon plus beau sourire.

— Tiens, vous ici… ? Comment allez-vous ? J'espère que vos affaires marchent bien. Et l'emménagement, ça avance ?

Waldon ne répond pas, Johnny non plus.

C'est finalement le frangin qui se lance.

— J'étais en train de leur montrer ton site web.

Mon Dieu, faites que ce soit juste un cauchemar !

Johnny déclare d'un ton péremptoire :

— Je trouve ça horrible.

Parle-t-il de mon corps ou de l'exploitation qu'on en a faite ? Je serais bien incapable de le dire.

Il faut absolument que je change de sujet.

— Au fait, est-ce que je vous ai parlé de mon idée de bande dessinée new-yorkaise ? Et figurez-vous que j'ai appris que *Bombay Wedding* allait devenir une comédie musicale ! Pour *Debbie Does Dallas*, c'est déjà fait. Quant à *The Wedding Singer*, vous savez, avec Adam Sandler et Drew Barrymore, ils sont en train d'en faire une comédie mus…

J'ai devant moi trois paires d'yeux vitreux ! Qu'on m'apporte une bouteille d'oxygène, je suis en train de les perdre…

— Imaginez le truc : un couple passe devant un cinéma où passe un film à succès. L'un des deux dit à l'autre : « Tu as lu le bouquin ? », et l'autre répond — et c'est là que ça devient drôle… — « Non, j'attends la comédie musicale ».

Aucune réaction. Le bide total.

Alors j'explique, au cas où…

— Il attend qu'on en fasse une comédie musicale… !

Johnny me demande :

— Pourquoi nous racontez-vous ça ? Parce que nous sommes gay ?

— Pardon ?

Waldon renchérit :

— Vous croyez que nous aimons les comédies musicales parce que nous sommes gay, c'est ça ?

— Mais non… pas du tout. Je vous ai raconté ça parce que… eh bien, parce que…

Le frangin vole à mon secours (à sa façon).

— Elle a cru que c'était drôle.

— Mais oui, et ça l'est ! « Tu as lu le bouquin ? Non, j'attends la comédie musicale ! » C'est supermarrant, non ?

Waldon lance :

— C'est nul. On se croirait dans une BD de Ziggy !

Et moi qui me croyais au-dessus de tout soupçon !

Johnny ricane.

— Et, quand elle danse, c'est pas mieux.

Je n'ai pas compris la blague, mais c'est aussi bien comme ça…

14

> **Mon petit ami a été choqué en découvrant que j'avais vendu mon corps sur Internet. Et moi donc !**

Teri a adoré mon article. A tel point qu'elle y a consacré une page pleine, avec l'accroche ci-dessus en gras. Ils ont même ajouté ma trombine (je leur avais fourni une photo pour la parution de mon premier texte — même s'ils m'avaient affirmé à l'époque ne jamais publier la photo des chroniqueurs…).

Ils ont aussi piqué une photo de moi sur le web — une où je fais la moue devant la glace. Ce qui m'a valu dans la foulée six lettres de fans, trois propositions de rendez-vous et une demande en mariage.

J'appelle Maya au bar pour me vanter de la demande en mariage.

— Tu vois, les tenancières de bar qui font une taille trente-six et s'achètent des robes de mariées à quatre-vingt-dix-neuf dollars ne sont pas les seules à être demandées en mariage !

Elle rigole.

— Comment s'y est-il pris ?

— J'ai trouvé le message au boulot, sur mon répondeur. C'était d'un romantique ! Il vit à Lompoc.

Maya est d'humeur taquine.

— C'est quoi, son adresse ? La maison d'arrêt ?

Je ne réponds pas.

— Attends, ne me dis pas que j'ai tapé dans le mille… ?

— Excuse-moi, mais ce mec est la bonté incarnée. J'envisage d'aller le voir à l'occasion de ma tournée promotionnelle.

— Ta *quoi* ?

Je lui avoue modestement :

— Je suis une star, Maya. Cette semaine, ils ont battu les records de vente du journal…

— Je croyais que le journal était gratuit ?

— Oui, en principe.

Un ange passe. J'entends le tintement d'un verre à l'autre bout de la ligne.

— Qu'est-ce que Louis pense de tout ça ?

— Tu veux dire, mon ex-fiancé ? Il n'en a strictement rien à faire.

— Mais non, je te parle de Merrick. Ce n'est pas parce que tu refuses de l'appeler Louis que les autres sont obligés de faire comme toi.

— Il est… fier, je suppose.

— Comment ça, je suppose ?

Je lui dis la vérité tout de go.

— Je n'en ai aucune idée ! Il ne m'en a pas parlé ! C'est terrible, tu sais. C'est mon premier article qui ne traite pas d'ésotérisme et autres sujets New Age, et voilà que ça vire à la controverse. On frôle même l'incident international.

Elle est morte de rire.

— Pour une page dans *Permanent Press* ?

— Bon, d'accord, ce n'est pas si grave ! Mais pourquoi ne m'a-t-il rien dit ? Il ne l'a peut-être pas vue.

— Je croyais qu'il lisait toujours ta rubrique.

— En général, oui. Mais en ce moment il est débordé. Il rentre du travail très tard et il est complètement sur les rotules. Quant à la maison, c'est un véritable foutoir. Elle est dans un tel état que *je* me sens obligée de faire le ménage !

Maya accuse le coup.

— C'est te dire… Et puis je me demande s'il ne regrette pas d'avoir insisté pour que je vienne habiter chez lui.

Je n'entends que des verres qui s'entrechoquent, et de vagues conversations en bruit de fond.

— Maya ?

— Excuse-moi, mais il y a un groupe qui vient d'entrer. Il faut que j'y aille.

Et elle raccroche.

Et zut ! Elle est persuadée que Merrick ne veut plus de moi chez lui, c'est on ne peut plus clair.

Le téléphone sonne. C'est sans doute Maya qui vient

de se rendre compte qu'elle avait mal choisi son moment pour raccrocher.

— Il est dingue de moi, n'est-ce pas ?

Mais c'est une voix mâle qui me répond. Et cette voix m'est familière…

— Je l'espère pour vous. Sinon — si j'en crois ce que j'ai vu — c'est qu'il n'y a pas de justice en ce bas monde !

— Vous… vous êtes le rabbin ?

Naturellement, pour une fois que je dis une bêtise devant un inconnu, il faut que ça tombe sur un religieux !

J'entends un éclat de rire résonner au bout du fil.

— Blake Conahy à l'appareil. Le D.J. A.M. sur FM de SB.

— Vous dites ?

— Le disc-jockey des programmes du matin les plus appréciés de Santa Barbara.

— Mais, bien sûr, je savais que je connaissais cette voix ! Oh ! mon Dieu, ne me dites pas que je suis à l'antenne…

Nouvel éclat de rire.

— Soyez rassurée, vous ne l'êtes pas. Personne ne vous écoute à part moi… En fait, je…

— Attendez ! Je ne suis pas sûre d'avoir compris ce que vous faisiez…

Il soupire, comme si on lui posait la même question cent fois par jour.

— Je travaille sur une station FM, d'accord ? Et

c'est le matin, autrement dit A.M. (*ante meridiem* en latin…). Et SB, c'est Santa Barbara. Ça y est, c'est bon ? Parfait. Je vous disais donc que j'ai lu votre article dans *Permanent Press*.

Vous allez voir qu'il va me demander de sortir avec lui. D'abord un tôlard, et maintenant un D.J. Je suis presque aussi populaire que Jenna, la danseuse du Café Lustre ! Qui aurait cru que le chemin du paradis était pavé de nus ? *Tout le monde,* j'imagine !

— Le sexe. La technologie et la vie privée. Est-ce que j'ai mentionné le sexe ?

Bon, essayons de le décourager en douceur.

— Il se trouve que je vis chez mon petit ami, et…

— O.K., c'est bon, Elle. Je vous ai vue danser la danse des sept voiles, mais je n'ai pas envie d'entrer dans les détails.

— D'accord. Alors que me voulez-vous ?

— Voilà : je veux que vous participiez à notre émission.

— Comme invitée ?

— Non. Nous avons besoin d'une hôtesse d'accueil !

J'éclate de rire, bien que je sois tentée de lui demander combien c'est payé.

— Eh bien, je ne sais pas…

— Vous allez vous éclater. Vous nous ferez partager votre perspicacité.

Ma perspicacité ? C'est vrai, j'envisage d'écrire des textes d'une certaine profondeur, faits pour la radio et plutôt polémiques. David Sedaris n'a-t-il pas commencé sa carrière à la radio avec son histoire d'elfe homo ? S'il vivait dans mon immeuble, je suis sûre que nous serions les meilleurs amis du monde.

— Si vous pensez que…

— Génial ! Nous allons essayer de vous programmer pour mercredi, pendant que votre chronique est encore dans les esprits. Ça vous va ?

— Bien sûr, mais… faut-il que je prépare quelque chose ?

— Pas besoin. Vous avez l'habitude de la voyance par téléphone, et ce travail n'est pas très différent. En fait, nous ouvrirons notre antenne à des gens qui veulent une consultation psy rapide…

Ce n'est pas exactement du Terry Gross, mais ça me permettra peut-être de faire bouger les choses.

— Ça me paraît sympa…

— Et puis, ça vous aidera à résoudre cette énigme, comme vous l'avez fait avec le « chiot volé »…

— De quelle énigme parlez-vous ?

— Trouver qui se cache derrière *Santa Barbara Grrrrls*, et qui sont ces Ignobles Voyeurs…

— Oh, eh bien, euh, oui. Je comprends.

— De nombreux auditeurs doivent douter de vos capacités, c'est pourquoi nous vous donnons l'occasion de leur prouver qu'ils ont tort. Il faut résoudre ce mystère à l'antenne.

— Bon. Très bien.

Il me reste cinq jours pour résoudre le mystère des Ignobles Voyeurs.

Il n'y a qu'un homme qui puisse me sauver la mise.

Dès que j'ai raccroché, je compose le numéro de Spenser, un détective privé. Lorsque je suis revenue à Santa Barbara, Spenser m'a embauchée pour traquer le vol à l'étalage chez Super 9. Mon rôle consistait à faire semblant de faire mes courses, l'œil aux aguets, pour repérer les suspects. J'ai pas mal réussi dans ce job, dans l'ensemble, mais je n'aurais jamais dû jouer les acheteuses auprès d'un voleur, ni aider par mégarde un escroc à piquer des milliers de dollars à la société. Mais, dans n'importe quel boulot, il y a une période d'essai, non ? Cela étant, impossible d'en vouloir à Spenser de m'avoir virée, alors, quand je suis tombée sur cette arnaque de vol de chiot, j'ai partagé les honneurs avec lui.

— Elle Medina ? Je vous ai vue sur Internet.

— Comment avez-vous eu vent de cette histoire ? Par mon article ?

Je l'entends ouvrir son briquet en argent et allumer une cigarette.

— Quel article ?

Je lui parle de ma rubrique dans *Permanent Press*.

— Si vous n'avez pas lu mon texte, c'est que vous…

— En effet. Je vous ai vue en surfant sur des sites *hot*. Et comme j'ai une préférence pour les spécialités locales… Vous savez, je ne vous aurais jamais reconnue, mais il y avait quelque chose qui me semblait familier dans votre façon de bouger. Ça m'a rappelé cette vidéo du Super 9 où l'on vous voyait donner des conseils sur le choix des produits à ce voleur à l'étalage… Peu de gens auraient fait le rapprochement — car, dans la seconde vidéo, vous étiez nue —, mais rien n'échappe à l'œil averti d'un détective chevronné…

— Nue, c'est vite dit. Je ne suis pas ce qui s'appelle *nue* ! Je porte même un bustier d'un goût exquis.

Il tire sur sa cigarette.

— Pas sur la page que j'ai vue.

— Sur le site Santa Barbara Grrrrls ?

— Gagné. Quatre R, pas de I.

— Et je suis *nue* ?

— Seulement sur la page réservée aux membres.

J'en pleurerais… Voilà que je suis entièrement nue, maintenant !

— Ne vous inquiétez pas, la qualité du film n'est pas très bonne. C'est un peu de l'arnaque. Heureusement qu'ils ne nous font pas payer. A propos, permettez-moi de vous poser une question : on vous donne combien pour un truc comme ça ? Certainement plus que ce que vous avez gagné chez moi, non ?

— Rien du tout ! Absolument rien, vu ?

— Enfin, *Elle*, vous auriez dû exiger au moins le SMIC !

— Soyez gentil, taisez-vous ! C'est justement à propos de cette vidéo que je vous appelle.

Je lui explique dans quel pétrin je suis.

— Voilà, vous savez tout. Et il faut absolument que je découvre le responsable.

— Vous savez que je ne suis pas un spécialiste d'Internet. Ce qu'il vous faudrait, c'est un… comment appelle-t-on ces bidouilleurs, déjà ? Ça commence par un P.

— Un planqué ? Un parasite ? Un piranha ?

— Vous y êtes presque… C'est ça… un *pirate* ! Voilà ce qu'il vous faut.

Il a raison. C'est tout à fait ce dont j'ai besoin. Je le remercie, et il m'assure qu'il m'appellera si jamais il a besoin d'un femme qui accepte d'aller jusqu'au bout incognito.

Un pirate ! M. Perfection était trop… parfait pour m'aider. Alors j'essaie Carlos, le spécialiste du recouvrement de créances. Il a accès à toutes les infos en ligne. Je suis bien placée pour le savoir, c'est comme ça qu'il m'a retrouvée !

— Carlos, *mi hombre* !

— Hola señorita. *¿ Cómo esta el libro de recetas que le envie ?*

Malheureusement, ça coince un peu du côté de mon vocabulaire espagnol.

— *¿ Qué* ?

— Je voulais savoir ce que vous pensez du livre de cuisine. Vous avez testé quelques recettes ?

— Oh… *bueno.*

Je lui raconte l'histoire des *buñuelos*…

— … et, maintenant, nous sommes ensemble.

Il pique un énorme fou rire.

— Mais comment faites-vous pour vous retrouver dans ce genre d'embrouille ? Les *buñuelos*, le site Internet.

— Ah non, vous n'allez pas vous y mettre, vous aussi !

— Je suis obligé de vous avoir à l'œil, Elle. Et, avec Google, pas de problème !

— Alors vous me devez bien un petit service. J'ai besoin de votre aide.

Je lui explique la situation.

— Est-ce que ce site accepte les cartes de crédit ?

— Non. Je ne comprends d'ailleurs pas comment ils se font du fric. Je sais bien qu'ils ont des annonceurs, mais est-ce que ça suffit ? C'est un peu… comme un blog.

— Quel rapport avec un blog ?

— C'est gratuit. Il doit y avoir au bas mot un million de nouveaux blogs par semaine, et tout ça est gratuit. Comment s'y prennent-ils pour payer les serveurs, les salaires et le reste ?

— De quoi voulez-vous qu'on parle, des blogs ou du porno ?

— Du porno. Et plus précisément des *Santa Barbara Grrrrls*.

— Je vais faire ma petite enquête… mais ne vous attendez pas à des miracles.

— Merci, Carlos. Euh… pouvez-vous me rappeler assez vite ? J'ai besoin de faire la preuve de mes dons de voyance.

Je lui parle de ma future émission de radio.

Je l'entends marmonner tout bas des trucs en espagnol, genre *loco*, mais il m'assure qu'il fera de son mieux.

— Et maintenant, si nous parlions de votre crédit ?

— *¿ Qué ? ¿ Qué ? Esta*… désolée… *muy*, Elle *no aquí*.

— Elle, il faut vraiment cesser d'utiliser vos cartes de crédit. Vous avez un découvert de…

— Oh, mon Dieu ! Les spaghettis… Excusez-moi, il faut que je file !

Je me répands en remerciements pour couvrir le flot d'espagnol qui m'arrive, je lui demande de me rappeler au plus vite, et je raccroche.

Cette histoire de spaghettis, c'est tout ce que j'ai réussi à trouver. Mais, du coup, ça m'a donné envie d'en manger.

Merrick rentre du travail beaucoup plus tôt. Pas *très* tôt, à 17 h 30, ce qui est quand même un progrès. Et, comme il fait encore suffisamment jour pour se balader sur la plage, nous longeons le pâté de maisons jusqu'à Thousand Steps, l'escalier qui descend de la falaise jusqu'au sable. Ils exagèrent un peu en parlant de mille marches… Je me souviens qu'une fois j'ai commencé à compter, et j'ai dû m'arrêter aux environs de deux cents et quelques, mais je peux vous certifier qu'il y en a moins de mille !

Nous ôtons nos chaussures au bas des marches. L'air est frais, mais le sable reste chaud sous les pieds. Une demi-douzaine de personnes se baladent sur la plage, et trois surfeurs en combinaison profitent des dernières vagues avant le coucher du soleil.

J'ai le droit de promener Miu sans laisse, mais elle n'abuse pas de sa liberté. Elle trotte comme un cheval le long de la plage en pourchassant les oiseaux au bord de l'eau, et ses pattes laissent leurs empreintes dans le sable mouillé. La voir courir ainsi à marée basse, sous le soleil couchant, est une des choses les plus joyeuses qu'il m'ait été donné de voir.

Merrick et moi la suivons d'un pas lent, en jean et en pull car il commence à faire nettement plus frais. Il nous arrive souvent de nous promener ainsi tous les deux, sans parler, profitant simplement de la présence de l'autre, de la plage, du sable et du ciel. Ça me fait penser à certaines scènes de cinéma, quand la caméra se déplace d'un personnage vers une maison, puis vers une ville, un Etat, et tout un pays… Et je me fais l'effet d'être cette minuscule personne sur la plage.

Mais, ce soir, l'histoire des Ignobles Voyeurs gâche un peu ma promenade. J'aimerais tellement profiter pleinement de ce moment, d'autant que Merrick est submergé de travail et totalement surmené. Mais j'ai peur qu'il ne s'écroule dans son lit dès que nous serons rentrés, et qu'il ne soit plus bon à rien.

Quand arrive le moment de faire demi-tour et de reprendre l'escalier, je décide de rompre le silence.

— Tu as lu ma rubrique, cette semaine ?

Il regarde Miu galoper.

— Mmm…

— Et alors ?

— C'est différent de ce que tu as l'habitude d'écrire.

Sa réponse a le don de m'énerver.

— Tu ne peux pas me dire franchement ce que tu en penses ?

— Je trouve sympa de n'avoir pas mentionné mon nom.

Si je comprends bien, il refuse que mon nom soit associé publiquement au sien. C'est ce qu'il a déjà fait tout à l'heure en préférant aller seul à son déjeuner au Wine Cask !

— On me demande de faire de la radio.

— Qui ça, *on* ?

— Eh bien…, les gens de la station.

Nous faisons quelques pas, et, lorsque je suis sûre à cent pour cent qu'il ne posera aucune question, je me lance :

— C'est le type qui fait la fameuse émission du matin.

— Et vous allez parler de la cabine d'essayage ?

— Je vais utiliser mes pouvoirs psychiques pour traquer les Ignobles Voyeurs. A l'antenne, en direct.

— Je vois.

— Ce sera bon pour le business.

Il s'arrête.

— Quel business ? Je croyais que tu arrêtais tout pour retourner à la fac.

Je sens mes yeux s'emplir de larmes.

— Tu sais, si j'arrive à découvrir qui se cache derrière ce site web, ça me fera peut-être suffisamment de pub pour que je n'aie pas à retourner sur les bancs de l'école.

Il se retourne et se remet en marche. Je cours derrière lui.

— J'ai appelé Spenser, et Carlos, mais je ne crois pas qu'ils me seront d'un grand secours. La station de radio me propose de participer à l'émission de mercredi. Ça ne me laisse pas beaucoup de temps. Il faut absolument que je trouve des tuyaux d'ici là.

Il ne répond toujours pas.

— D'après toi, qu'est-ce que je devrais faire ?

— Tu sais très bien ce que j'en pense. Tu dois cesser de jouer les voyantes.

Et pour faire quoi ? Jouer les voyantes, c'est mon seul talent, et il le sait. Il veut que je devienne psy pour ne pas le mettre, lui, dans l'embarras, pour pouvoir m'emmener dîner avec ses clients, et ne pas être mort de honte si jamais quelqu'un lui demande ce que je fais dans la vie. Mais, moi non plus, je ne veux pas me sentir honteuse. Ni faire semblant. Mais c'est tout ce que j'ai, je ne suis bonne qu'à ça !

Merrick se décide à parler.

— Je suis désolé, je sais que ce genre de discours ne te plaît pas, mais c'est la vérité. Et voilà maintenant que, non contente d'être une fausse voyante, tu vas te lancer dans une enquête sur ce site web et parler à l'antenne de la violation de ton intimité. Ce n'est pas ça qui va arranger les choses, crois-moi !

Cette fois, mes yeux débordent de larmes. Je les sens couler le long de mes joues. Je détourne la tête pour que Merrick ne me voie pas et j'appelle Miu. Tout en attachant la laisse à son collier, j'essuie mon visage en douce. Je sais que Merrick n'est pas dupe, mais il ne dit rien.

Il n'y a peut-être pas mille marches à cet escalier, mais chacune d'elles est raide et érodée par le temps. C'est un peu à l'image de ma vie. Ça n'a rien d'un film, ça ressemble plus à une tragédie grecque. Je suis Sisyphe… à quelques détails près. Son destin à lui est de rouler un rocher jusqu'en haut d'une montagne, et, quand la pierre retombe du sommet, de recommencer. Eternellement…

J'aimerais avoir quelque chose d'aussi intéressant qu'une pierre à rouler, mais mon lot à moi, c'est de gravir un escalier sans fin qui ne mène nulle part.

Vous pouvez m'appeler *Ell*yphe.

15

Le matin suivant, je passe mentalement en revue mes contacts, et en dix secondes, j'en ai fait le tour. Quelqu'un pourrait m'être utile, dans cette affaire : le frangin. Apparemment, il s'y connaît pas mal en technique, et puis il est plus jeune et mille fois plus cool que M. Perfection, ce qui pourrait faire de lui un bidouilleur très efficace. Je lui présenterai la situation un peu différemment, pour en appeler à son imagination et son goût de l'aventure : je parlerai de conspiration, de conjuration.

Le seul problème, c'est que lorsque je vais chez moi, il n'est pas là. Comme toujours, mon appart' ressemble à un champ de bataille, avec des vêtements sales et des emballages de Mountain Dew qui traînent un peu partout. Y compris dans mon lit. J'envisage de m'attaquer à tout ce bazar, mais on m'attend à la radio dans moins d'une semaine, il est donc urgent que je trouve au moins un vague indice sur le site *Santa Barbara Grrrrls* pour pouvoir me lancer dans une impro de lecture psychique. Et, en plus, je ne suis pas sa mère… Je ne suis même pas sa petite amie !

Je vérifie qu'il n'y a pas de dégâts matériels — car je ne tiens pas à avoir Monty sur le dos — et je prépare ma valise. Je ne suis pas convaincue que c'est une bonne idée de m'installer chez Merrick, compte tenu de son comportement à mon égard. Nous n'avons pas échangé un seul mot depuis hier soir.

J'essaie de rester calme, me forçant à chasser de mon esprit le fait que mon petit ami, qui est censé m'aimer et être aux petits soins pour moi, est profondément déçu par ce que je suis. Je refoule quelques larmes, puis je traîne ma valise jusqu'à la porte et je m'en vais.

Je reste debout là, sur le palier, devant ma porte. Je suis un peu perdue. Et maintenant, je fais quoi ? Je retourne chez Element, pour essayer de faire parler la propriétaire, la future maman ? Mon instinct me dit qu'elle n'est pas dans le coup, et si j'insiste un peu trop, je risque de la faire accoucher avant terme. D'un autre côté, mon instinct me souffle que les minijupes en denim sont indémodables… Alors, que faire ?

Il va falloir que j'aille de nouveau casser les pieds de Brad. A moins que son collègue, le libertaire un peu allumé, sache quelque chose : il m'a vue en bustier, il me doit bien ça après tout le bon temps que je lui ai fait passer, non ? Je commence à descendre l'escalier. Derrière moi, ma valise fait un bruit sourd à chaque marche. Perdue dans mes pensées, je me heurte à Ray Flood, le mec d'e-Bay.

— Excusez-moi, je ne vous avais pas vu. J'espère que je ne vous ai pas fait mal ?

Il grommelle en se frottant le genou.

— Non, ça va. C'est vrai qu'on ne me repère pas facilement…

Venant de lui, qui n'est pas particulièrement fluet, la repartie est drôle et m'arrache un sourire.

— J'avais la tête ailleurs, dans mon monde à moi. Ces jours-ci, j'y passe un temps fou ! Tout y est gratuit, et la bande sonore est vraiment super.

Tout en continuant à parler dans sa barbe, Ray se dirige vers son appart'. C'est alors que j'ai une illumination… En tant que spécialiste d'*e*-Bay, Ray Flood doit s'y connaître pas mal en informatique. Logique, non ?

— Attendez, ne partez pas ! J'ai besoin de votre aide.

Il hoche la tête.

— Ce n'est pas pour la valise… C'est un problème d'informatique. Vous devez en connaître un rayon, côté ordinateur… Vous auriez cinq minutes à me consacrer ?

— C'est-à-dire… je suis assez pris…

— Miu et moi apprécierions *beaucoup*. Regardez-la.

Il la caresse et lui confie très gentiment qu'il a d'autres choses à faire.

— Mais c'est une question de vie ou de mort ! Enfin, presque. Je vous promets que je…

L'ennui, c'est que je n'ai rien à lui offrir en échange. C'est souvent le problème, avec moi.

— … je ne peux rien vous promettre. Mais sachez que j'apprécierais *beaucoup* votre aide.

Il dit à Miu qu'il serait ravi de nous aider, mais qu'il ne peut vraiment pas.

Alors je déballe toute l'histoire, je lui raconte comment je me suis retrouvée sur Internet à mon insu.

— … et la vidéo passe sur un site web.

— Oui, je sais. Je l'ai vue.

— Vous *aussi* ? Décidément, tout le monde est au courant. Et comment avez-vous su… ?

— C'est le type, là-haut.

Le frangin ?

— S'il vous plaît… ! On va m'interviewer à la radio, et je n'ai aucune idée de qui se cache derrière tout ça. Le responsable de l'émission m'a demandé de résoudre le mystère en direct à l'antenne, et je n'ai même pas d'ordinateur.

— Je croyais que vous étiez voyante ?

— Je suis censée l'être, mais c'est faux.

— Ah bon… ?

— Je ne m'y retrouverais même pas pour un simple bulletin météo !

Je vois une petite lueur briller dans son regard.

— Très bien.

L'heure suivante passe sans que nous échangions un seul mot. Il me fait l'honneur de son appartement, qui est très différent du mien. C'est assez bluffant…

Merrick a réussi à transformer un salon victorien sombre et tarabiscoté en appartement moderne, tout en conservant les caractéristiques architecturales de l'époque. Les parquets sont d'origine, en chêne, et les murs d'un beige rosé très pâle. Quant au plafond et aux pans de murs au-dessus des moulures, ils sont blanc satiné. Une cuisine longe le mur du fond, dans un style très contemporain. On peut dire ce qu'on veut de Monty, mais, pour un proprio de taudis, il fait bien son boulot de rénovation.

En revanche, les goûts de Ray sont contestables, sans doute un effet secondaire de son métier, puisqu'il vend des articles d'occasion. Tout a l'air de seconde main, ici, à part l'ordinateur. Ray se précipite sur le clavier et commence à pianoter.

— Beaucoup de ces choses sont à vendre, dans votre appart' ?

Il grogne.

— Vous voulez dire… tout ?

Il confirme.

Ce n'est pas bête, comme idée. Une façon de ne pas se lasser du décor, à la longue. Je m'amuse à ranger mentalement tous ses articles par catégories. Puis il m'apprend à utiliser son appareil photo numérique, et, grâce à l'expertise de toute une vie acquise dans la pratique du lèche-vitrines, je dispose les articles de façon à composer de charmants petits tableaux.

Ray me dit soudain :

— J'ai trouvé quelque chose.

— Une seconde. J'ai presque fini.

Je suis absorbée par mon nouveau job de styliste sur *e*-Bay. J'exhume une boîte contenant des boucles à chaussures anciennes en strass, dont Ray n'avait pas encore fait l'inventaire, et je passe un ruban de soie rouge dedans pour en faire des couronnes scintillantes. Pas facile de faire tenir le ruban bien droit, sans parler du drapé blanc qui sert de décor, mais je finis par prendre mes photos.

— Ça y est ! Alors, vous avez trouvé quoi ?

— Une info.

— Sur les Ignobles Voyeurs ?

— Impossible de remonter jusqu'à eux. Ils sont enregistrés auprès d'une société qui leur assure la confidentialité.

Debout derrière lui, je regarde l'écran par-dessus son épaule. C'est une pleine page sur le site *Santa Barbara Grrrrls*, et, naturellement, c'est moi qui suis en plein devant, en train de faire mon numéro de cirque. Sur le côté de l'écran, une fenêtre est ouverte et je vois un gros plan sur mon décolleté, avec un sous-titre absolument navrant (un jeu de mots entre *Permanent Press* et la possibilité pour les surfeurs de « presser » mes seins… Vous voyez le niveau !).

Je suis écœurée.

— Ça, c'est nouveau. Alors vous n'avez rien trouvé pour m'aider à arrêter ça ?

— Eh bien…

— Quoi ?

— Vous pourriez essayer les sites porno.

— Comment ça ? On me voit déjà en train de me déshabiller, vous voulez qu'en plus je me fasse payer ?

— Non, je parle des sites porno qui font de la pub sur *Santa Barabra Grrrrls*. Ils pourraient peut-être vous dire qui se cache derrière ce site.

— Vous savez que vous êtes génial… !

Le pauvre Ray en reste baba.

— Vous êtes un crack, un vrai *génie*. Un supergénie.

Il glisse en douce à Miu une nouvelle barre chocolatée, comme la dernière fois. Apparemment, Miu adore les pralinés.

J'ai l'impression que notre génie n'a plus très envie de parler, alors je l'invite à ma pendaison de crémaillère — bien que j'en ignore encore la date — et je le laisse en paix. Les choses commencent à prendre tournure. Maintenant, j'ai au moins des infos à donner aux gens de la radio, et, bientôt, l'heure de la vengeance sonnera. Enfin, dans quelques jours, dès que j'aurai passé des coups de fil aux marchands de porno. Ça ne devrait pas être triste.

Lorsque je rentre à la maison, il y a quatre messages sur le répondeur de Merrick.

Premier message :

« Elle, c'est papa. Ton père. Ta mère m'a appelé, et ça m'a fait un choc car je ne lui avais pas parlé depuis… je ne sais même plus qui était président à l'époque. Peut-être bien Reagan. Enfin bref, elle m'a parlé de ton site web. Si j'ai reçu un choc en entendant la voix de ta mère, tu peux imaginer ma réaction en apprenant que ma fille se déshabille sur Internet… ! Eleanor, si tu avais besoin d'argent à ce point, tu aurais dû m'en demander. »

Parlons-en ! La dernière fois que je l'ai fait, ma mère m'a suggéré de venir vivre avec elle et de travailler comme serveuse. Quant à mon père, il a passé une heure à me détailler le montant des pensions alimentaires qu'il devait verser à chacune de ses quatre ex-femmes !

Mais le message ne s'arrête pas là.

« Ta mère pense que tu as de mauvaises fréquentations, et je ne peux pas lui donner tort. Appelle-moi. Ou plutôt non, mieux vaut t'abstenir car tu risques de tomber sur Mathilda qui est écœurée par ton numéro de cirque sur Internet. Elle ne veut plus te voir, elle trouve toute cette histoire embarrassante et sordide. »

Mathilda ? Tiens, je croyais qu'il avait épousé une certaine… zut, je ne me souviens même plus de son nom. En tout cas, ce n'était pas Mathilda. Et c'est lui qui a honte de moi ? Qu'est-ce que je devrais dire !

J'écoute quand même la fin.

« Voilà, j'avais promis à ta mère de te passer un coup de fil, c'est chose faite. Essaie de ne pas te mettre dans de sales draps, d'accord ? C'est que je n'ai pas très envie d'avoir une nouvelle fois ta mère au téléphone. Inutile de te rappeler pourquoi nous avons divorcé… »

J'appuie sur la touche *efface*. J'entends un bip, puis

un bruit étouffé, comme s'il y avait un haut-parleur au bout du fil, et, tout de suite après, j'entends :

« *Elle* Medina. Tu ne devineras jamais qui je suis… »

Joshua Franklin ! Un ex-petit ami, un peu escroc sur les bords.

« C'est Joshua, mon chou. Joshua Franklin. Je t'ai vue sur Internet, et je dois dire que je t'ai trouvée particulièrement *sexy* ! Tu as fait quoi, de la gym ou des Pilates ? »

O.K. Je ne peux m'empêcher de rougir et d'apprécier le compliment. Désolée, je sais que ce n'est pas très loyal envers Merrick, mais Joshua est tellement sublime… à faire chavirer n'importe quelle fille ! Vous vous retrouvez avec lui dans une pièce baignée de lumière tamisée, vous avez beau être à plusieurs mètres de lui, vous avez les jambes qui flageolent…

Bon, voyons un peu la suite.

« J'ai une idée… une offre d'affaires. C'est un truc qui explose en ce moment. Appelle-moi. »

Et il me donne son numéro.

J'appuie de nouveau sur la touche *efface*. Il est peut-être sublime, mais c'est le roi des imbéciles et un sale type, et j'ai mieux à faire que de l'écouter. Depuis notre rencontre, j'ai fait pas mal de progrès, et j'ai bien l'intention de continuer. Même si j'ai encore souvent tendance à me comporter comme la dernière des idiotes, c'est quand même mieux qu'avant !

Au début du message suivant, il y a un bruit de foule en arrière-plan, puis j'entends la voix de Maya.

« Non, Kid, apporte d'autres bitters. Là-bas près du… oui ! Parfait. Elle, tu es là ? Kid, je reprends… Le secret d'un bon *Cabaret*, c'est d'ajouter deux gouttes d'angostura bitter. Pas une, pas trois, deux. O.K., tu ne comprends rien à ce que je te dis, Elle… Alors, est-ce que j'ai raison ? C'est bon, n'est-ce pas ? Elle… ? Je vais acheter la robe. Oui, ça s'appelle un *Cabaret* ! La robe en solde de chez Petticoat Junction. Je te rappelle un peu plus tard ! Kid, maintenant on passe au *Delilah*… c'est toujours à base de gin. Tu ferais mieux de réviser avant ton interro écrite… »

Le dernier message commence par un raclement de gorge, un bruit de gargarisme.

« Le responsable des inscriptions de l'université Laverna à l'appareil. Nous vous avons envoyé une lettre d'acceptation de votre candidature, mais elle nous a été retournée avec la mention "n'habite plus à l'adresse indiquée". Nous espérons que vous avez trouvé un lieu de résidence plus, euh, stable et nous nous ferons un plaisir de vous accueillir pour le début des cours, en avril. »

Une fausse adresse ? On dirait que je fais tout pour ne pas y aller, à Laverna ! Mais ils ont quand même réussi à me prévenir. Ma candidature a donc été acceptée, je vais entrer en fac. Youpi ?

J'aurais dû leur donner le mauvais numéro de téléphone par la même occasion.

— C'est génial ! dit Merrick, qui est arrivé dans mon dos sans prévenir.

Je pousse un cri et je fais un bond en l'air de deux mètres.

— Désolé. Je suppose que tu ne m'as pas entendu rentrer.

J'ai laissé la porte d'entrée ouverte pour que Miu puisse dormir tranquillement sur le perron. Sinon, elle reste debout à regarder la porte comme si je l'avais abandonnée. Cette chienne a des comportements étranges, par moments !

— Tu aurais pu manifester ta présence.

— Mais je l'ai fait.

Merrick m'embrasse tendrement, comme il ne l'avait pas fait depuis longtemps.

— Félicitations, Dr Elle !

— Oui. C'est super, non ?

S'il n'avait pas été là, j'aurais effacé le message pour avoir la possibilité de réfléchir. Mais, maintenant, il va faire pression sur moi et l'excuse toute prête que je gardais en réserve (« ma candidature n'a pas été retenue ») est complètement fichue.

— Y a-t-il eu d'autres messages ?

— Juste un de Maya. Mais comment se fait-il que tu sois rentré à cette heure ?

— Je n'en pouvais plus de rester au bureau. Tu veux faire quelque chose ?

Ouiii ! Je lui saute presque au cou. Je suis tellement heureuse de nous voir réconciliés… C'est alors que je repense à mon émission de radio et à tous les fournisseurs de porno que je dois appeler.

— Impossible ! J'ai du boulot.

— Je croyais que tu avais fait transférer tes appels ici ?

— Je… dois organiser le mariage de Maya. C'est pour ça qu'elle m'a appelée.

Je déteste mentir, mais je n'ai pas envie de me faire sermonner de nouveau par Merrick. Je sais très bien qu'il désapprouverait ce que je m'apprête à faire pour remonter jusqu'aux responsables du site, et que je brode toute une histoire à la radio pour prouver mes dons de voyance.

Il a l'air déçu.

— Ah bon… De toute façon, je ne peux pas me permettre d'arrêter de travailler, juste lever le pied.

— Nous pourrions peut-être dîner en amoureux ?

— J'ai promis de passer voir Neil. On se fera peut-être un plat mexicain vite fait.

— Je vois…

— Je peux toujours annuler.

— Non, tu n'aurais pas fini d'en entendre parler. Mais rappelle-lui que j'attends toujours sa livraison.

— D'accord.

Merrick ayant décidé de travailler chez lui, il risque de m'entendre passer mes coups de fil. Je me rends donc à mon appart, et je suis soulagée de constater l'absence du frangin. Je reprends possession de mon territoire en commençant par virer les cartons de pizzas de ma chaise (que j'ai connue plus blanche), et je parcours la liste des marchands de porno que Ray Flood m'a fournie.

Premier appel :

— Bonjour ! J'ai vu que vous faisiez de la pub sur le site *Santa Barbara Grrrrls*, et je…

Clic.

Ça commence bien. Passons au suivant.

— Allô ! J'appelle du *New Yorker*. Nous faisons un papier sur…

Clic. C'est dingue ! Qui refuserait qu'on parle de lui dans le *New Yorker* ? Je refais le numéro.

— Ecoutez, il s'agit d'une bande dessinée ! C'est un couple qui passe près d'un cinéma et…

Clic.

Bon, n'insistons pas. Numéro 3.

— Voilà, je m'apprête à lancer un nouveau site porno qui s'appellera… Café Lustre, et j'ai remarqué que vous faisiez de la pub sur le site *Santa Barbara Grrrrls*. Quelles sont les retombées ? Est-ce que ça marche bien ?

J'obtiens enfin une réponse.

— Vous voulez parler à notre directeur marketing ?

On me le passe.

— Oui, les rendements sont plutôt bons. En nombre de contacts, c'est assez faible, mais comme les tarifs sont bas, on se fait pas mal de marge.

— Super ! Et où envoyez-vous les chèques ?

— Les chèques ?

— Je veux dire, pour payer les gérants du site. J'ai besoin… je voudrais les joindre.

— Chère madame, si vous n'avez pas ce genre

d'info, je me demande bien de quoi nous parlons tous les deux !

Clic.

C'est parti pour le numéro 4.

— Puis-je parler à votre directeur marketing, s'il vous plaît ?

On me passe très respectueusement la communication.

— Bonjour ! Je m'appelle *Elle* Medina, et je suis désespérée, car, sur un des sites où vous faites votre pub, il y a une vidéo de moi en train de me déshabiller dans une cabine d'essayage, dans une *vraie* boutique, car quelqu'un a planqué une caméra qui m'a filmée pendant que j'essayais un tailleur pantalon, un ensemble noir vraiment très amincissant, et un *teddy*, et tout ça sans mon accord, sans que je touche rien non plus, et maintenant je vais faire une émission de radio car je suis un peu voyante, et la station m'a appelée pour résoudre ce mystère *à l'antenne*, révéler qui a installé cette caméra dans la cabine, et mon petit ami, qui est architecte, estime que je devrais suivre des cours à la fac pour être psychothérapeute, c'est d'ailleurs pour ça que je me suis retrouvée dans cette galère, à faire semblant d'être psychothérapeute, mais je ne veux pas aller suivre ces cours, juste passer à la radio pour assouvir — c'est bien le mot, non ? — ma vengeance sur ces Ignobles Voyeurs et, qui sait, devenir journaliste d'investigation…

J'arrête une seconde pour reprendre mon souffle.

— … mais j'ai besoin de votre aide, parce que — entre nous — j'ignore totalement…

Bip… bip… bip…

Je suis en train de parler à une boîte vocale. Je suppose que j'ai dépassé mon temps de parole, mais j'ai laissé mon numéro de téléphone à l'accueil. Tout en sachant parfaitement qu'ils ne rappelleront pas, je me sens quand même un peu mieux, car j'ai pu déballer tout ce que j'avais sur le cœur.

J'appelle le numéro 5. C'est le dernier de la liste. J'ai peaufiné mon approche sur la base des arguments développés avec les autres : la création de mon propre site porno, l'élaboration de mon budget marketing, etc. Mais j'ai à peine dit trois mots que la femme m'interrompt :

— Il y a vingt minutes, vous prétendiez travailler au *New Yorker*…

Puis elle raccroche.

Donc, le numéro 5 et le numéro 2 ne font qu'un. Et me voilà en fin de liste. Au moment où j'envisage de rappeler le numéro 1, voilà le frangin qui débarque.

— Qu'est-ce que tu fabriques ici ?

Allez savoir pourquoi, je suis presque gênée.

— Mais… c'est mon appartement.

— Sauf que c'est moi qui habite ici.

— Tu squattes mon appart'. Nuance…

— Je vois, si tu t'y mets aussi… ! Pourras-tu au moins me prévenir la prochaine fois que tu viendras ?

J'ai une furieuse envie de lui dire le fond de ma

pensée, mais ce mec est tellement plus jeune et plus cool que moi, je me sens dans la peau de Mr. Furley dans la sitcom *Three's Company*.

— Euh… d'accord.

— En fait, ça m'arrange que tu sois là. J'ai eu un entretien pour un boulot, aujourd'hui. J'ai fait un malheur !

Je suis déjà tout excitée à l'idée de son prochain départ.

— Mais c'est génial ! Quel genre de boulot ?

— Dans la technique, un peu comme Brad. Ce qui est super, c'est qu'ils savent qui tu es.

— Qui ça ?

— Les dirigeants de la société. Ton nom a été mis sur le tapis — à cause de la rubrique — et j'ai dit que je te connaissais. Ils sont fans à mort ! Ils m'ont parlé de cette histoire de « chiot volé », et aussi du reste. Ça s'appelle comment, déjà ?

— Les Ignobles Voyeurs. Pourquoi, ils aiment ?

— Totalement accros.

Il faut que j'en aie le cœur net.

— Ils viennent d'où, de Lompoc ?

— Non. Pourquoi seraient-ils de Lompoc ?

— Juste pour savoir.

— Tu sais que tu es un peu jetée, par moments. Bref. Je voulais te dire… ils ne vont pas tarder à arriver.

— Ici ? Les gens qui sont prêts à t'embaucher ?

Et ainsi mettre fin au squat de cette pauvre Elle…

— Ouais. On va se prendre quelques bières.

Il sourit comme un vrai gamin.

— Je vais faire un peu de relations publiques, pour décrocher le job. Tu pourrais rester et être gentille avec eux… Ils sont tellement fans… ça pourrait m'aider à conclure l'affaire.

Je réponds d'un air magnanime.

— Bien sûr. J'ai des obligations envers mon public.

— Ça, c'est cool ! Géant ! Merci bien. Au fait… je leur ai dit que tu habitais avec moi, et…

On frappe à la porte.

— Tu leur as dit que j'étais ta *copine* ?

Il éclate de rire.

— Bien sûr que non. Seulement des copains de baise.

Il ouvre la porte et, moi, je la boucle. Ces types ne sont pas que de sombres crétins impatients de rencontrer la *Grrrrl* du jour, ils peuvent m'aider à virer le frangin de *chez moi* !

Les types entrent dans la pièce, genre mannequins du catalogue Sears. Mais nettement mieux sapés : chemise de soirée pastel, pantalon noir et cravate de soie rubis.

Le frangin fait les présentations.

— Elle, voici Brian et Randy.

Je les salue sans trop savoir qui est qui. On a d'ailleurs du mal à les distinguer l'un de l'autre, si ce n'est que l'un d'eux est légèrement plus chic que l'autre.

C'est « l'autre » qui m'adresse la parole le premier.

— C'est dingue ! J'ai du mal à croire que vous êtes là, en face de moi. Vous êtes une vraie bombe !

Le copain fait de la surenchère :

— Une reine…

— Elle est les deux.

— C'est-à-dire, je suis assez mal placée pour en juger…

— Et vous êtes encore plus sexy en vrai ! Vous avez du charme, de la présence…

— Du pep, de la pêche. Vous êtes de la braise… ! N'en jetez plus !

— Dites-nous tout ! Vous êtes vraiment voyante ?

— Vous perdez votre temps chez *Permanent Press.*

— Vous devriez être journaliste d'investigation pour le *News-Press.*

— Rien à cirer du *News-Press.* Non, pour le *L.A. Times.*

— Tu veux dire le *New York Times* !

— La bonne blague ! Non, journaliste vedette d'une chaîne télé, la nouvelle Diane Sawyer.

— Mais en plus sexy.

Ce flot de louanges semble les satisfaire. Ils s'arrêtent, à bout de souffle… et de compliments. C'est comme avoir dix ans et recevoir plus de cartes que toutes les autres filles pour la Saint-Valentin !

Je murmure modestement :

— Sûrement pas le *New York Times*…

Comme s'il y avait une ouverture possible du côté du *L.A. Times* !

— … mais parlez-moi un peu de vous. Vous travaillez dans la technologie, je crois ? Que faites-vous au juste ?

— C'est ennuyeux à mourir.

— Oui. Nous fabriquons des logiciels de programmation.

— De programmation ? Comme…

— Comme programmation.

— Oh, je vois. Ça m'a l'air… passionnant.

Le frangin croit utile d'intervenir.

— Oui. C'est absolument fascinant.

Un des deux types lui lance :

— Vous dites ça parce que vous tenez à ce boulot. Vos chances augmentent d'ailleurs de minute en minute.

L'autre regarde l'heure.

— Bon, nous allons partir. Nous ne voudrions pas abuser de votre hospitalité.

— D'autant que nous n'avons pas envie de rater le *happy hour*… à moins que vous ne soyez partante pour nous accompagner ?

S'ils continuent à m'envoyer des compliments à la figure, ça risque de devenir la plus belle heure de ma vie… Je suis sur le point d'accepter lorsque je vois le frangin faire discrètement non de la tête. Il veut sans doute en rajouter une couche côté relations publiques pour décrocher le job. Moi, ça me va. Comme ça je pourrai récupérer mon appart'.

— J'adorerais… mais j'ai une petite enquête à faire.

Le frangin leur explique que je suis sur la trace des Ignobles Voyeurs.

— Vous avez un début de piste ?

— En fait… pas vraiment.

— Tenez-nous au courant. Puis-je utiliser votre salle de bains ?

Le frangin ne me laisse même pas le temps de répondre.

— Mais bien sûr…

Et il me pousse vers la porte.

— Bien. A plus tard, Elle !

C'est ce qu'on appelle se faire virer de son appartement. Je trouve ça vraiment moche ! En plus, je ne sais pas quoi faire. Je n'ai pas envie d'arpenter la maison de Merrick en long et en large pendant qu'il travaille, mais je suis venue à bout de la liste des vendeurs de porno, et je ne vois pas d'autre piste à explorer pour l'instant. Je pourrais écrire un nouvel article, un peu dans la veine du slogan féministe des années 1960 « tout ce qui est personnel est politique »… Mais l'ennui, c'est que je n'ai pas de sujet. Du coup, je décide de faire un peu de shopping.

Trois heures et un gloss à lèvres Chanel plus tard, je passe en voiture à côté de la salle de billard où Merrick et Neil ont l'habitude de jouer. J'essaie de les voir derrière les vitres, mais aucune trace d'eux. Je me sens dans la peau d'une lycéenne qui passe devant la maison d'un ex ! Du coup, je décide de prendre le chemin du retour. Je parle de la maison de Merrick, bien sûr.

J'insère la clé dans la serrure pour déverrouiller la porte, mais la porte reste fermée. Ma première pensée, c'est de me dire qu'il a changé les serrures. Mais la gorge de la serrure a bien bougé, donc la clé fonctionne. J'en déduis que la porte était déjà déverrouillée. Ce qui me chiffonne, c'est que Merrick n'oublie jamais de fermer sa porte à clé. Bizarre, bizarre… Une preuve de plus qu'il en fait un peu trop côté boulot.

Je re-déverrouille la porte et je pénètre dans le living. A droite se trouve l'escalier qui mène au second étage, et, à gauche, c'est la cuisine. La baie vitrée du salon occupe toute une largeur de mur face à l'océan. Des portes débouchent sur le patio et, au-delà, sur les falaises. Pendant la journée, la vue est magnifique, mais, la nuit, l'obscurité est telle qu'on n'a pas très envie d'aller y voir de trop près.

Ce soir, pourtant, je vois des petites lumières vaciller dans le patio comme de petites fées battant des ailes.

Des lucioles ?

Je cligne des yeux, et je me dirige vers la baie vitrée, un peu intriguée. C'est Merrick qui est dans le patio. Armé de son briquet, il est en train d'allumer des bougies dans des chandeliers en cristal.

Je fais coulisser la baie.

— Ah, tu es là…

J'aurais voulu trouver quelque chose de plus romantique et de plus fleuri à dire, mais que voulez-vous…

— Kara n'a pas voulu que Neil sorte faire un billard.

J'éclate de rire.

— Je ne la connais pas encore, cette Kara, mais j'ai dans l'idée qu'elle devrait me plaire !

Une lueur malicieuse passe dans les yeux de Merrick.

— Si votre rencontre devait avoir lieu, ce serait le choc de deux mondes…

Je ris, mais sans trop savoir pourquoi. Merrick a recouvert la table en tek d'une nappe blanche, et j'aperçois une bouteille de chardonnay de Californie debout dans le seau en céramique.

— C'est quoi, tout ça ?

— Pour toi. Pour fêter le succès de ton article. C'est musclé, le thème abordé est important, et je suis fier de toi.

Il débouche la bouteille et remplit nos verres. Il m'en tend un et nous trinquons. A-t-il changé d'avis ? Peut-être que, maintenant, il a *envie* de me voir dans le rôle de la fausse voyante un peu ringarde.

— Tu es en train de te demander si j'ai changé d'avis, non ?

— Je me demande surtout si tu n'as pas oublié quelques amuse-gueule pour fêter les choses dignement.

— Une pizza, ça te va ?

— Fiche-moi le camp !

Il hoche la tête, débordant de suffisance.

— Elle devrait arriver d'une minute à l'autre.

A peine a-t-il fini sa phrase qu'on sonne à la porte. Je m'extasie.

— Tu es magicien, ou quoi ?

— Attends un peu que je fasse sortir une pizza de ce chapeau.

Assis dans nos chaises de jardin, le plus près possible de la falaise, nous dégustons nos parts de pizza en piochant directement dans le carton.

Je demande, poussée par la curiosité :

— Au fait, comment savais-tu que je reviendrais ici ?

— Je le savais, c'est tout.

— C'est peut-être toi qui as des dons de voyance…

En un clin d'œil, il dévore sa part de pizza.

— Dès que tu auras commencé à prendre tes cours, aucun des deux n'aura besoin de jouer les voyants…

— Tu es certain que Laverna est la meilleure solution ? Ils me donnent l'impression d'être une usine à diplômes. Je trouve qu'ils ont accepté ma candidature un peu vite. Quand je me suis inscrite au collège, je me souviens que j'ai attendu des mois… et là, trois semaines. En plus, ils veulent que je commence en avril, pas cet automne.

— Ils ne sont peut-être pas très sélectifs, mais ça ne veut pas dire que leurs cours ne sont pas de qualité. Une grande partie de la formation est faite sur le tas, je crois, non ? C'est sans doute la meilleure façon d'apprendre.

— Je suppose que oui.

— Je suis obligé de te forcer un peu la main, je me trompe ?

— Un peu.

Je donne ma croûte de pizza à Miu.

— J'ai aussi beaucoup insisté pour que tu viennes vivre avec moi... Tu veux savoir pourquoi ?

Parce qu'il m'aime.

— C'est parce que je t'aime.

— Je sais. De toute façon, je ne peux pas retourner chez moi.

Je lui raconte l'histoire avec le frangin. Il me dit d'un air guilleret.

— Reste ici aussi longtemps que tu le voudras.

— Ce n'est qu'une période d'essai.

— Réserve ça pour tes cours ! Je te parie que si tu le leur demandes, ils te laisseront assister à un cours. Ce n'est peut-être pas aussi terrible que tu le crois.

Je réponds, tout en sirotant mon vin :

— Possible. Mais maintenant, il va falloir organiser un peu ta vie à toi.

— Comment ça ? A part le fait que ma petite amie ne veut pas venir vivre chez moi, tout va bien.

— Ton bureau est un vrai foutoir, et, à la maison, je suis moins bordélique que toi. Quand je pense qu'avant tu essuyais consciencieusement le reste de dentifrice autour du bouchon chaque fois que tu te lavais les dents ! Non, il y a *quelque chose* qui cloche...

— Oui, les bouchons de dentifrice bouchés.

— Merrick !

Pour une fois, ça fait du bien de ne pas se traiter de tous les noms. Ça change !

— Que veux-tu que je te dise ? Tu as eu une influence apaisante sur moi.

— Mettons... Mais ça n'a rien à voir avec ce laisser-aller.

— Primo, je ne vois pas pourquoi tu parles de « laisser-aller ». Et, deuxio, tout va bien. Je croule sous le boulot, c'est tout.

Je l'observe par-dessus mon verre.

— Tu n'es pas obligé de m'en parler. Mais je trouverai.

Il sourit d'un air mystérieux, comme s'il détenait un secret. Je lui rends son sourire d'un air plus énigmatique encore. Nous faisons un sort à la pizza et à la bouteille de chardonnay. L'obscurité s'accroît. Ne subsiste que le reflet argenté des vagues sous la lune.

Merrick me poursuit jusque dans son lit.

16

La veille de mon passage à la radio, j'appelle le directeur des inscriptions de Laverna pour lui demander si je peux assister à un cours avant de m'inscrire officiellement. Il me propose de suivre celui sur le développement psychosocial qui a lieu l'après-midi même, et j'accepte d'y faire une apparition en traînant un peu des pieds. Il doit ne rien y comprendre, vu que c'est moi qui lui ai posé la question ! Problème n° 1 : qu'est-ce que je vais mettre ?

Il me faut une tenue plutôt sage, très pro, qui respecte cependant ma personnalité… et amincissante, cela va de soi. J'opte pour la veste noire que j'ai achetée chez Barley, à Camarillo, avec un T-shirt et un jean qui ne vient pas de chez *7 For all ManKind*… C'est parfait pour une aspirante thérapeute, étudiante à plein temps… et qui bénéficiera d'une aide financière de dix-huit mille cinq cents dollars.

La suite me prouve que mon idée n'était pas aussi bonne que ça. En fait, j'aurais dû mettre une blouse de dentiste en coton. Car ce cours, c'est un peu comme se faire arracher des dents, sauf que ça va moins vite...

Je vous explique en gros : ils attachent un fil à la mauvaise dent, l'autre bout étant fixé à un bouton de porte, et ils claquent la porte... sauf que ça dure pendant trois heures. Le développement psychosocial ? Mon œil... !

Primo, la prof est affublée d'un corsage de gitane en batik lavande, une véritable insulte à la lavande, au batik et aux gitans. Et même aux corsages ! Secundo, ce n'est pas un prof, c'est une thérapeute, et elle a conçu son cours comme une séance de thérapie collective. Les chaises sont disposées en cercle, tous les gens du groupe se retrouvant assis épaule contre épaule. Certains ont des blocs-notes, mais la plupart n'ont rien que les rouages internes de leurs neurones pour s'en sortir.

Il n'y a pas de chaise prévue pour moi dans le cercle. Naturellement, c'est moi qui suis arrivée en dernier... Mais j'avise dans un coin de la pièce un fauteuil de bois qui m'a l'air de peser son poids.

Miss Batik se tourne vers moi.

— Venez rejoindre le groupe, Elle.

Je montre le fauteuil du doigt, le sourcil levé. Elle hoche la tête. Je me dirige donc timidement vers le siège pendant que le groupe — je veux dire le cours — commence.

— La semaine dernière, nous avons abordé les diverses théories de psychosociologie. Nous avons eu un débat très intéressant sur le relationnel. Le film de Kinsey nous a servi de tremplin — très précieux — pour explorer les différentes étapes de formation de notre sexualité.

Un film ? Ça prend bonne tournure. J'attrape le dossier de bois de mon fauteuil pour me rapprocher, mais je ne bouge pas d'un millimètre. Je recommence la manœuvre… nouveau bide. Bon, procédons autrement. Je me lève et je contourne le fauteuil pour le pousser, mais ce truc est enraciné comme un séquoia plusieurs fois centenaire. Je prends une grande goulée d'air, je m'arc-boute à l'arrière du fauteuil, et je pousse de toutes mes forces.

— Cette semaine, nous nous concentrerons sur les huit stades du développement de la personnalité selon Erik Erikson. Quelqu'un peut me donner les noms de ces différentes étapes ?

Tandis qu'une main se lève, je fais un pas en arrière pour examiner mon fauteuil. On dirait qu'il est rivé au sol. Attendez une seconde…

Miss Batik se tourne vers l'étudiante.

— Oui ?

— Euh, je ne suis pas sûre de connaître la réponse, je voulais juste dire qu'Elle est toujours debout, là-bas dans le coin.

Tous les regards convergent vers moi. Mais la fille a tort. Je ne suis pas debout, je suis à quatre pattes pour vérifier s'il y a des boulons de fixation. Effectivement, il y en a.

Une voix me demande si j'ai perdu mon chewing-gum, et toute la classe rigole. Je me remets debout pour leur expliquer.

— Le fauteuil est fixé au sol.

— En effet, le fauteuil est fixé au sol.

C'est la prof. Est-elle en train de me singer, d'expliquer mon comportement ou de mettre en œuvre je ne sais quelle technique d'approche psychologique ? En tout cas, j'ai bien peur qu'elle ne répète chacune de mes phrases… Heureusement pour moi, j'ai une idée géniale : il se trouve que j'ai étudié Erik Erikson dans mon cours « Introduction à la psychologie », et je repense à un détail qui m'intriguait. Vous ne trouvez pas étrange, vous, que sa mère l'ait prénommé Erik ? Avec Erikson comme nom de famille ?

Pendant que je me remotive, miss Batik revient à la charge.

— Pourquoi ne venez-vous pas vous asseoir par terre ?

Je me souviens tout à coup que l'un des stades d'Erikson fait référence au sentiment de honte et d'infériorité. Si jamais on m'oblige à m'asseoir par terre dans un cercle d'adultes, c'est à coup sûr ce que j'éprouverai…

— Je ne suis venue qu'en observatrice. Je préfère m'asseoir ici tranquillement, dans mon coin. Vous pouvez continuer, je vous écouterai d'ici.

— Vous préférez ne pas vous asseoir par terre ?

— Pour être franche, je suis très bien ici.

— Premier stade : conflit entre confiance et méfiance. Cette phase dure pendant la première ou les deux premières années de la vie. Elle, venez vous asseoir par terre.

— Je préfère…

Elle lance sèchement.

— Elle !

— Non. Je n'irai pas.

Et je m'assieds dans le fauteuil. Ça commence à bien faire, la miss Batik ! Je refuse de me déplacer. Je suis ici en qualité d'observatrice, et la voilà qui me donne des ordres ! De quel droit ?

— Deuxième stade : conflit entre l'autonomie et la honte. C'est la phase des crises de colère, de l'entêtement et du « non » systématique. Cette phase est terrible, mais en général elle ne dure pas au-delà de quatre ans…

Elle me lance un regard appuyé.

— … j'ai bien dit *en général.*

— Je vous en prie !

Elle me sourit.

— Vous voyez bien que je vous taquine… Allez, venez. Je vous donne ma chaise.

Mais elle est toujours assise dessus. Si je me pointe là-bas, elle me demandera de m'asseoir par terre.

— C'est-à-dire…

— Bon. Elle, commencez par vous lever.

Je m'exécute.

— A présent, venez vers nous.

Je suis désolée, mais je ne le sens pas. Je reste près de mon fauteuil, je m'y sens en sécurité.

— Troisième stade : conflit entre l'initiative et la

culpabilité. Un enfant bien dans sa peau apprend à échanger et à jouer avec les autres, alors qu'un enfant craintif reste en marge du groupe.

— Arrêtez ce petit jeu ! Je ne suis pas une bête de cirque, je suis venue pour observer comment se déroule un cours. Cessez de vous servir de moi pour illustrer je ne sais quel scénario catastrophe.

— Je suis navrée, Elle, mais c'est la règle. Nous devons accepter de révéler aux autres participants de ce cours qui nous sommes. Nous ne sommes pas dans la théorie, c'est un processus de thérapie. Sans vulnérabilité, il est impossible d'avancer. C'est la règle.

— Il n'empêche que je suis venue ici juste pour assister au cours. Je ne fais pas encore partie de votre groupe.

— Elle, c'est la règle.

Je bougonne toute seule dans mon coin… en disant tout bas ce que je pense de sa règle idiote.

— Bien. Nous en arrivons au quatrième stade : le conflit entre le désir d'activité et le sentiment d'infériorité. A ce stade, un enfant bien pris en main maîtrise les règles et l'autodiscipline, alors qu'un enfant honteux fait l'expérience de l'échec et du complexe d'infériorité.

Une jeune femme prend la parole en jetant un bref regard vers moi.

— Et lorsqu'une personne… n'évolue pas normalement selon ces différents stades, cela signifie-t-il qu'elle…

Bla-bla-bla. Pendant trois heures qui me paraissent une éternité, j'ai l'impression d'être psychiquement mise à nu : un coup d'aiguillon à droite, un coup de sonde à gauche... Je ne fais que deux constats encourageants : le premier, c'est qu'on ignore tout de mon numéro de cirque sur Internet. Le deuxième, c'est qu'Erikson a l'air de considérer les gens comme de jeunes adultes jusqu'à l'âge de quarante ans. Je suis donc toujours jeune !

Après la séance, j'emmène Miu en promenade à Hendry's Beach, histoire de m'aérer le cerveau.

Quelle horreur, ce cours ! Tous ces gens qui cherchent des réponses sérieuses à des problèmes sérieux... Lorsque mes clients m'appellent pour avoir un conseil, ils sont juste inquiets, et s'ils ont de vrais problèmes, je les oriente sur des numéros d'urgence, avec des professionnels chevronnés. Encore que... je commence à me demander si les vrais professionnels ne sont pas eux-mêmes des incapables.

Personnellement, je me refuse à représenter l'autorité, à être responsable de la vie de quelqu'un. C'est tout juste si j'arrive à gérer la mienne, alors vous pensez... Et, franchement, ces étudiants en psychologie n'étaient pas plus nets que moi ! Même si quelques-uns ont (peut-être) réussi à franchir le cap du premier stade.

Bon, et maintenant ? Je jette un bâton dans les vagues, de l'autre côté de la flaque d'eau dormante. Voilà Miu qui galope vers le bord de l'eau, puis elle attend qu'une vague lui ramène son nouveau jouet. Je la suis d'un pas plus tranquille, en essayant d'éviter l'eau tiède et sale du bourbier que je dois impérativement traverser pour promener Miu sans laisse.

Bon, alors que faire ? De toute évidence, je n'arriverai

jamais à devenir une thérapeute digne de ce nom. Mais j'ai cette interview demain, et si je parviens à démasquer les Ignobles Voyeurs, je passerai dans la catégorie des journalistes sérieux, à la Bob Woodward. J'ai intérêt à réussir, parce que depuis mon apparition sur Internet, l'avenir de ma carrière professionnelle est en jeu.

Ce qu'il me reste à faire, c'est donc à dissiper le mystère des Ignobles Voyeurs, de préférence quand je passerai à l'antenne, bien que je n'aie abouti nulle part en menant à bien mon enquête de façon classique. Il faudrait que j'aie une soudaine inspiration, une idée de génie… Ça serait vraiment le moment idéal pour m'apercevoir que j'ai de réels dons de voyance !

Je continue de marcher sur la plage avec Miu. La marée est presque haute à présent. J'essaie de ne penser à rien d'autre qu'à mon problème à résoudre, j'ouvre mon esprit au silence et à la paix pour trouver l'inspiration.

Je dois absolument m'acheter un jean de la marque *7 For all Mankind*, taille trente-huit.

Ça suffit ! Silence !

Quand je pense que Maya fait du trente-six ! Si je faisais du trente-six, je ferais paraître une page de pub dans *Permanent Press.* Et je ne porterais plus que du *Dolce & Gabbana*, et puis je…

Tais-toi ! Boucle-la, c'est clair ?

J'adore les sandales à lanières…

Hé ! Je t'ai dit de te taire ! Concentre-toi…

Ô mon Dieu… Ô mon Dieu… Ô… *Old Mc Donald*

had a farm, iya-iya-ho ! Et dans sa ferme il avait une vache.

Bon sang, c'est pas vrai… J'ai dit *Silence*, nom d'une pipe ! Allez, prends une longue inspiration. Je suis sur le chemin du silence et de la sérénité. Oui, je crois que j'y suis…

Les vagues déferlent sur la plage, le soleil brille, la chienne aboie… Tiens, il faut que je pense à lui acheter des boîtes. Si j'essayais une nouvelle marque ? Oui, mais dans quel genre ? De chez Wysong ? Ou du fameux Solid Gold Holistic, pour ses vertus médicales ? Tiens, ça me fait penser aux Solid Gold Dancers de la télé… La danse… *La Fièvre du samedi soir*…

Et zut ! Si tu n'arrives pas à te concentrer, contente-toi de marcher.

Au bout d'une heure, la seule chose à laquelle je suis capable de penser, c'est que je ne comprends toujours pas pourquoi les tailleurs gay ne m'aiment pas. En plus, ils passent leur vie à parler sport et à boire de la bière. Si ça se trouve, ils sont hétéro, ce qui n'arrange pas mes affaires. Quant à jouer les journalistes d'investigation, je ne suis plus très convaincue. Une vaste blague, tout ça… Au mieux, je peux essayer de présenter le journal sur *E ! News*. Et viser la taille trente-deux.

Parfaitement.

Si je faisais du trente-deux, je n'aurais plus aucun problème.

Je remonte avec Miu dans ma vieille BMW orange de 1974, et je me dis que nous sommes trop sales pour rentrer directement chez Merrick. Il a beau être un rien négligé en ce moment, il est toujours anti-odeurs (les mauvaises, j'entends). Je prends donc la direction de mon appartement, en espérant que le frangin sera absent, tout en rêvassant à mon éventuelle apparition dans *Pimp My Ride*, sur MTV. Je veux des enjoliveurs chromés avec mes initiales dessus, un coffre de luxe qui révèle en s'ouvrant un miroir amincissant, un tapis rouge qui se déroule automatiquement depuis le siège conducteur. Et un intérieur en cuir personnalisé, avec une fresque peinte à l'aérographe, dans diverses nuances de violet. C'est ma couleur préférée. La semaine dernière, c'était aigue-marine, mais tirant légèrement sur le bleu.

Je crois que je pourrais devenir l'amie du rappeur Xzibit, celui qui transforme les épaves en carrosse dans *Pimp My Ride*. Et nous aurions des petites pilules pour faire partager aux autres notre naturel joyeux.

Je tourne dans le parking de mon immeuble. Comme il y a une voiture sur ma place réservée, je me gare sur celle de Merrick. Il assiste probablement à une réunion, ou bien il est au tribunal, enfin un truc de ce genre.

Je trouve mon appartement vide, à part les habituels détritus semés un peu partout par le frangin. Je rince Miu sous la douche, et, ensuite, c'est mon tour. C'est drôlement bon de se retrouver dans sa salle de bains, même si elle n'est pas aussi classe que celle de Merrick. Il manque la pomme de douche en forme d'éléphant et le jaccuzzi qui surplombe l'océan… mais c'est la mienne ! Je me sens revivre.

Je me lave les cheveux et je mets deux fois de l'après-shampoing. Puis je pense à toutes les choses que *j'aurais dû* dire à cette foldingue en batik de Laverna.

Tout en rinçant mes cheveux, je prends conscience que je ne suis pas prête à emménager chez Merrick. Je sais que ça peut paraître absurde, mais je suis bien trop excitée de me retrouver sous ma douche à moi ! Je n'en suis pas encore au stade eriksonien où je serais capable de changer mes repères pour aller vivre avec un type bien comme Merrick. J'ai besoin de résoudre d'abord mes petits problèmes de conflit entre l'autonomie et la dépendance…

Je sors de la douche et je commence à étaler une crème hydratante sur mon corps, un peu anxieuse mais décidée. Merrick est un petit ami de rêve : intelligent, sexy, sensible… il comprendra donc que je ne sois pas encore prête. Parfait… Je suis en train de passer une dernière couche de crème sur mes fesses lorsque la porte de la salle de bains s'ouvre. C'est sûrement Merrick qui m'a suivie jusqu'à mon antre parfumé. Je souris d'avance. C'est très sexy d'être nue quand son partenaire est habillé de pied en cap, non ?

Sauf que ce n'est pas lui qui vient d'arriver. C'est le Mauvais Garçon.

— Waouh… !

Il en reste bouche bée.

Je pousse des cris de putois en m'agrippant à ma serviette.

— Sors d'ici !

— J'y peux rien… la porte n'était pas fermée à clé.

Je me drape dans ma serviette et dans ma dignité.

— Il faut croire que quelqu'un a fait sauter le verrou. C'est dingue !

— Comment voulais-tu que je devine que tu étais là ?

Miu me regarde depuis le couloir. Elle n'aime pas qu'on hausse le ton.

— Tu n'as même pas eu la puce à l'oreille en voyant la chienne… ?

— J'ai cru que tu étais en bas. Avec ton copain.

Je vérifie que ma serviette est bien attachée, et je pointe un doigt menaçant vers le frangin.

— Pas un mot de ça à Merrick !

— Je n'étais quand même pas avec toi.

— Prends tes affaires et dégage !

— Quoi ?

— Tu as parfaitement entendu.

— Mais où veux-tu que j'aille ?

— Chez Brad et Maya.

Il a l'air terrifié. Squatter le canapé de Maya, ce n'est pas une partie de plaisir, surtout quand elle vous a dans le nez. Il me supplie, c'est tout juste s'il ne me baise pas les pieds, et je suis incapable de lui dire non. Pas pour lui, mais parce que Maya ne l'aime pas. Je ne peux pas infliger à ma meilleure amie la présence de ce garçon, pas en pleins préparatifs du mariage. Je me contente donc de lui dicter mes exigences : nettoyer l'appartement, laver les draps, ne plus se balader en petite tenue. Puis je lui claque la porte au nez.

Lorsque j'émerge de la salle de bains, il brille par son absence. J'appelle Miu, qui est vautrée sur une chaise, je ferme la porte d'entrée à clé, et je descends l'escalier.

A mi-chemin, j'entends quelqu'un m'appeler. C'est Ray, le type de e-Bay, qui me fait signe depuis le pas de sa porte. L'homme le plus timide du monde qui essaie d'attirer mon attention !

Je remonte en petite foulée les marches qui me séparent de lui.

— Bonjour, Ray. Vous m'avez l'air de bien bonne humeur !

Il grommelle une réponse entre ses dents et donne à Miu un *samosa*.

— Vous dites ?

— Je connais le nom des propriétaires du site *Santa Barbara Grrrrls*.

— C'est pas vrai… !

Il confirme que si tout en regardant la chienne.

Je l'embrasse sur la joue.

— C'est bien ce que je disais, vous êtes un petit génie. C'est formidable ! Vous vous rendez compte de ce que ça signifie ?

Je ne comprends pas un mot de sa réponse. Apparemment, c'est le baiser sur la joue qui lui a fait un choc. Je réponds donc à sa place.

— Ça me permet de passer à l'antenne avec tous les atouts en main.

— C'est ce que je viens de vous dire.

— Bien sûr… c'est d'ailleurs pour ça que je vous le confirme. Alors, c'est qui ?

— Barbalicious.

— Barbalicious ?

— Une SARL de la région.

— Une quoi… ?

— Une société à responsabilité limitée.

— Et qui se cache derrière ?

— Vous voulez le savoir ? Engagez un avocat d'affaires et attendez six mois.

— Et si *vous* le faisiez pour moi ?

Il me regarde, puis regarde Miu et marmonne dans sa barbe qu'il n'est pas avocat d'affaires. Puis il jette un coup d'œil dans son appartement et disparaît. Je le remercie comme je peux à travers la porte et je redescends l'escalier sur un petit nuage. Je tombe alors sur Merrick et les tailleurs gay assis dans le passage.

Merrick occupe sa marche habituelle, Waldon à ses côtés. Quant à Johnny, il est tout en bas, comme s'il espérait bronzer un peu. Ils sont en train de parler foot. Ou base-ball. Tout ce que je sais, c'est que l'équipe s'appelle les *Bruins*. Mais depuis quand Merrick est-il leur ami ? Quand je pense que ces deux-là copinent avec Merrick, Neil et Kara, et même avec le frangin ! Autrement dit, tout le monde sauf moi. J'aimerais beaucoup connaître leurs critères de sélection…

Mais je n'ai pas la réponse.

Bref, faisons bonne figure. Je saute allègrement sur la

marche sous celle où Merrick est assis, et je leur parle de la découverte de Ray.

Merrick s'étonne.

— Comment s'y est-il pris ?

Je n'ai pas pensé à le lui demander. Mais le principal, c'est que j'aurai quelque chose à dire demain sur les ondes.

Johnny n'a pas l'air au courant.

— Vous passez à la radio ?

Je souris. C'est la première question qu'il me pose sans faire de la provoc'.

— Blake Conahy m'a appelée. Vous savez, le D.J. A.M. sur FM de SB... Il veut que je participe à son émission de demain.

Johnny se redresse, comme mû par un ressort.

— Blake Conahy ? Il est adorable. Vous allez vraiment passer à l'antenne ?

— Avez-vous lu mon article dans *Permanent Press* ? Nous aborderons le même sujet, sauf qu'en plus je vais utiliser mes dons de voyance pour dévoiler le nom de *Barbalicious*.

— Grâce aux infos données par Ray ?

— Exactement !

Ils éclatent de rire. Moi aussi, ce qui signifie qu'ils rient *avec moi*... Ça y est, la glace est rompue. Je m'empresse d'enfoncer le clou dans la brèche car je viens enfin de comprendre comment je peux les amener à m'apprécier.

— Avez-vous déjà confectionné une robe de mariée, tous les deux ?

Ils échangent un regard. Comment interpréter ce regard ? Dois-je y lire de l'espoir, du mépris, de l'espièglerie ?

— Je vous explique, j'ai un problème : ma meilleure amie me menace d'acheter une robe de mariée en solde chez Petticoat Junction.

— Petticoat Junction… ? Et une robe soldée, en plus !

— Je sais, j'ai eu la même réaction que vous.

Merrick intervient.

— Elle, je ne crois pas que Maya…

Je lui fais signe de retourner dans son bureau.

— Silence ! Tu ferais mieux de terminer ton boulot, comme ça, on pourra sortir plus tard.

Merrick dresse l'oreille.

— Vous avez entendu ?

— Quoi ?

— Le grondement lointain d'une idée folle qui ne va pas tarder à arriver !

— Tais-toi et va-t'en ! Je t'aime…

Lorsque la porte se referme sur lui, je me retourne vers Johnny et Waldon.

— Bon, revenons à nos moutons. Maya refuse d'aller à L.A. Si je vous disais qu'elle a réussi à dénicher une robe Vera Wang chez Petticoat Junction, et qu'*elle n'a pas voulu la prendre* !

Je m'attends à un sifflement horrifié, et je ne suis pas déçue.

— Elle préfère la robe en solde dont je vous ai parlé, qui n'est même pas une robe, d'ailleurs. C'est un deux-pièces. Pour résumer, disons que le haut est une sorte de gilet de costume, mais en dentelle. Je me suis donc dit : pourquoi ne pas demander à Waldon et Johnny de prouver de quoi ils sont capables ?

Waldon répond avec la même intonation de voix que moi quant je repère un chariot à desserts.

— Oh… vous croyez vraiment ?

Johnny en rajoute une couche.

— Ça ne me paraît pas possible.

— Vous me rendriez un énorme service… Je veux dire, vous *nous* rendriez service, surtout à Merrick et à Neil.

— Eh bien, c'est vrai que nous avons déjà quelques croquis…

Johnny me demande brusquement :

— Elle ressemble à quoi, votre amie ? Elle n'est pas comme…

Il fait un geste, mais je ne suis pas vraiment sûre que ce soit dans ma direction.

— C'est une belle blonde. Une fille adorable.

— Est-elle… courtaude, un peu boulotte ?

Je soupire.

— Elle fait du trente-six.

Waldon ouvre aussitôt la porte de leur atelier. Ça y est, je suis entrée ! J'ai trouvé leur talon d'Achille. Nous n'allons pas tarder à nous traiter de tous les noms, mais amicalement, cette fois, en discutant boulot.

Nous nous asseyons à l'immense table qu'ils utilisent pour leurs travaux de couture.

— Votre amie a quelque chose de précis en tête ?

Je lui décris la fameuse robe sur laquelle elle a jeté son dévolu.

— En un mot, c'est joli, mais… ça fait trop prêt-à-porter ! Trop ordinaire.

— Et ils en demandent combien ?

— Quatre-vingt-dix-neuf.

— Quatre-vingt-dix-neuf quoi ?

— Dollars. Mais il va de soi que la vôtre sera forcément plus chère. Avec du « fait main » haute couture, c'est évident.

Waldon précise, et Johnny après lui.

— Beaucoup plus chère.

— Oh oui, beaucoup, beaucoup plus !

— Combien de zéros y a-t-il à la place de vos *beaucoup* ? Le budget de Maya n'est pas extensible.

Leur enthousiasme en prend un coup. Je les sens plus tièdes.

— C'est vrai que nous ne sommes que de vulgaires tailleurs, pas des stylistes. Nous ne pouvons pas prétendre vendre aux mêmes prix.

Attention, danger !

— Mais pas du tout ! C'est moi qui paierai cette robe, ce sera mon cadeau de mariage. Vous comprenez ? C'est un cadeau que je fais à ma meilleure amie, et c'est son premier mariage. C'est donc le jour le plus important de sa vie.

Waldon se tourne vers Johnny.

— Combien, en gros ?

Johnny lui donne un prix. Juste après les premiers chiffres, il s'arrête pour reprendre son souffle, puis il continue. Si j'ai bien calculé, c'est un nombre à dix-sept chiffres.

Mais c'est le mariage de Maya qui mérite bien d'être la plus jolie des mariées. Alors je déglutis et je me lance.

— Bien, bien. Très bien. Vous, euh… vous acceptez les cartes de crédit ?

Waldon hoche la tête et se tourne vers Johnny.

— De la soie.

— Du satin.

— Sans coutures.

— Sensuel.

C'est le triomphe ! Nous allons tisser des liens grâce à la robe de mariée et devenir les meilleurs amis du monde ! Bon, c'est bien gentil, tout ça, mais comment faire pour annoncer la nouvelle à Maya ?

Ce n'est pas de Maya, mais de Carlos, dont j'aurais dû me soucier. Il réussit à me dénicher chez Merrick le lendemain matin, au moment même où je suis en train de choisir ma tenue pour mon interview à la radio.

— Qu'est-ce que c'est que cette nouvelle dépense ? Un acompte pour l'achat d'une maison ?

— Ne soyez pas ridicule. Vous n'avez pas l'air très au courant du prix de l'immobilier à Santa Barbara !

— Alors c'est quoi ? Une voiture ? Votre BMW a rendu l'âme et l'émission *Pimp My Ride* ne vous a jamais rappelée ?

Bon, il se trouve que j'ai surfé sur le site web de *Pimp My Ride*, et j'ai découvert que j'étais trop vieille. Il faut impérativement avoir entre dix-huit et vingt-deux ans pour prétendre au lifting intégral de sa voiture !

Je lui décoche mon plus beau sourire, même s'il ne peut pas me voir.

— Carlos…

— Elle, vous recommencez à faire des folies…

— C'est un cadeau, Carlos.

— En quel honneur ?

— Le mariage de Maya.

Je lui raconte la saga de la robe.

— Et pourquoi ne porterait-elle pas cette robe à quatre-vingt-dix-neuf dollars ?

Je lève les yeux au ciel.

— Si vous ne comprenez pas, inutile d'essayer de vous expliquer.

— Quoi ?

— Tout ce qui est romantique vous dépasse, voilà tout.

Il hausse le ton.

— Et ce que je dis, *moi*, c'est que vous n'avez pas les moyens de payer cette robe.

Je tente de le calmer.

— Ne vous inquiétez pas, Carlos, tout est sous contrôle. Je suis sûre d'engranger une grosse somme dès que mon interview passera sur les ondes. Le téléphone ne va pas arrêter de sonner. Et les clients vont frapper à ma porte astrale.

— Si vous n'arrivez pas à payer cette robe, c'est sûr que quelqu'un viendra frapper à votre porte ! Et ils ne vous feront pas de cadeau.

Je tapote sur le téléphone avec mon ongle.

— Oh, je crois que c'est mon signal d'appel.

— Mais pas du tout, c'est vous qui tapotez sur votre téléphone. Ecoutez…

— Je dois y aller.

Je raccroche et je m'empresse de composer le numéro de Maya pour que mon téléphone soit occupé quand Carlos rappellera. Attendez… si ça sonne occupé, il saura que je n'ai pas de signal d'appel. Et zut ! Au moment où je vais raccrocher, Maya décroche.

De toute façon, Carlos sait très bien que je n'ai pas de signal d'appel.

— Quoi de neuf ?

J'ai beau me creuser la cervelle, rien ne me vient. Impossible de lui dire que j'évite Carlos parce que j'ai dépensé une fortune pour sa robe « haute couture » ! En désespoir de cause, je lâche :

— On va m'interviewer à la radio dans une heure. Tu veux venir ?

Elle accepte aussitôt. Elle vient même me retrouver chez Merrick pour m'aider à choisir ma tenue.

— T-shirt noir et jupe western.

— Les jupes western sont toujours tendance ?

— Oui, car elles mettent ton corps en valeur.

Serait-elle en train d'insinuer que j'ai un gros postérieur ? Comme si je ne le savais pas ! Du coup, je ne sais plus où me mettre. Je reste là, en sous-vêtements, plantée devant le miroir. Puis je me décide à faire un pas de côté pour regarder Maya qui me regarde à son tour avec la plus parfaite innocence… Alors je mets la jupe et le T-shirt. De toute façon, ça ira très bien pour la radio !

— Parfait. Tu as mangé quelque chose ?

— Un bout de toast.

— Bien. Tu as besoin d'un petit verre d'alcool.

— Tu as une suggestion ?

— Du whisky. C'est bon pour les nerfs. Au fait, tu n'as pas le trac ?

— Je devrais ? Ils vont me poser des questions, je répondrai… C'est ce que je fais pour gagner ma vie, Maya. J'ai même un tuyau sur les Ignobles Voyeurs. Viens avec moi, juste pour regarder, et tu ne regretteras pas le déplacement.

— Et que fais-tu des centaines de gens qui vont t'écouter en allant travailler ?

Je fais un signe de la main façon Marie-Antoinette.

— Qu'on les laisse faire…

Nous garons la voiture devant la station de radio, un immeuble un peu vieillot, beige avec des petites fenêtres sombres. A l'intérieur, ce n'est pas mieux ! Un éclairage fluo, des tapis d'entreprise gris en harmonie avec le gris des murs et des bureaux. Je m'attendais à quelque chose de plus sexy : de grandes pièces aux murs de verre, des meubles laqués noirs aux lignes épurées, et des D.J. en train de se la jouer…

Maya, qui manifestement s'amuse à se faire passer pour mon assistante, dit à l'hôtesse d'accueil que je suis arrivée.

Un instant plus tard, Blake Conahy fait son apparition : petit, les cheveux bruns, la peau bronzée, le corps trapu mais athlétique.

— Elle ? Je suis Blake. Bienvenue dans nos bureaux. Et vous êtes… ?

— Je vous présente Maya. Elle m'accompagne partout.

Ils se décochent mutuellement un sourire poli, puis Blake se tourne vers moi.

— C'est génial de vous rencontrer. Je veux dire, après vous avoir vue sur le web.

Il réussit à ne pas lorgner sur mes formes, ce qui est sympa de sa part. Depuis mon arrivée, j'ai surpris quelques regards appuyés, comme si tout le monde me voyait à demi nue à travers mes vêtements.

— Merci de m'avoir invitée.

Mais il poursuit son idée.

— Encore que je ne devrais peut-être pas plaisanter sur ce sujet. L'expérience a dû être traumatisante.

L'a-t-elle vraiment été ? J'ai été furieuse, humiliée, mortifiée, et je me suis sentie exploitée. Ça, c'est sûr !

Mais ai-je été traumatisée ? Pas vraiment. Je crains d'être un peu trop superficielle pour ça.

— Vous savez, c'est le genre d'expérience que je ne souhaite à personne.

Nous suivons Blake dans le couloir. Il me dit qu'ils sont en train de passer les pubs, et que nous serons à l'antenne aussitôt après. Nous pénétrons dans le studio, et Blake s'assied devant un ordi à écran tactile. Apparemment, c'est d'ici qu'il contrôle le déroulement de l'émission. Je m'assieds dans mon fauteuil et je mets le casque sur mes oreilles pendant que Maya grimpe sur le canapé à l'autre bout de la pièce, un tantinet nerveuse.

Blake me donne le signal.

— Trente secondes, et c'est à vous.

J'ajuste mon casque — qui me plaque les cheveux sur le crâne — et je souris à l'acolyte de Blake. Il me semble qu'elle s'appelle Sally. En fait, j'ai totalement oublié son prénom. Elle me rend mon sourire. Je me tourne ensuite vers Maya, le pouce en l'air. Son sourire à elle est plutôt crispé. Je me demande bien pourquoi elle est tendue à ce point. Car cette émission n'est à mes yeux qu'une formalité… C'est un peu comme ouvrir des bouteilles de bière en public pour Maya.

Blake glisse quelques mots à sa collaboratrice.

— Sarah, nous allons…

Je lui coupe la parole :

— Sarah… !

Tous les regards sont braqués sur moi. Il faut dire

que j'ai répété le prénom à voix haute, pour essayer de me l'enfoncer dans la cervelle.

— Oui ?

— Je suis fan de vous. J'adore ce que vous faites.

— C'est vrai ? En général, on préfère Bl…

Conahy nous interrompt.

— Attention, ça va être à nous. Cinq, quatre, trois…

C'est Sarah qui ouvre le feu. A travers le micro, sa voix paraît soudain plus grave, et plus colorée.

— Merci de nous être fidèles, chers auditeurs de Santa Barbara. Ce matin, nous recevons dans notre studio Elle Medina. Vous vous souvenez certainement du rôle majeur qu'elle a joué l'automne dernier pour retrouver le « chiot volé ». Elle est voyante, et…

Blake intervient :

— En fait, tout le monde se demande quel genre de femme elle est… Et puis, imaginez un instant que ce soit *elle* qui soit portée disparue, comment ferait-on pour la retrouver ?

— Blake ! Jusqu'ici, il n'a été question que d'un chien. Et plus précisément d'un chiot.

— Vous êtes sûre qu'il ne s'agissait pas d'un chat ?

On entend soudain un miaulement de chat qui nous fait sursauter, Maya et moi, avant que nous ayons le temps de comprendre qu'il s'agit d'un bruitage. Blake me fait un clin d'œil… C'est lui qui est responsable du gag.

Sarah rit puis enchaîne.

— Donc, il s'agit d'un chien, d'accord ? Et qui a été kidnappé, jusqu'à ce que…

Nouveaux effets sonores. Cette fois, on entend le refrain de la chanson *Who Let the Dogs Out* du groupe pop Baha Men, avec un chœur de *ouah-ouah* en prime…

— … jusqu'à ce que Elle Medina ait retrouvé le ravisseur grâce à ses pouvoirs psychiques. Et…

— Ne me dites pas que vous croyez à ça !

Blake touche de nouveau son écran, et l'on entend le bruit d'une pendule à coucou…

— Elle, je n'y connais rien à ces histoires de voyance, mais je voudrais expliquer à nos auditeurs pourquoi je vous ai fait venir. Ça n'a rien à voir avec les chiens, mais avec les femmes…

Hurlement de loup en fond sonore.

— D'ailleurs, tous les gens capables de surfer sur le net savent que vous êtes une vraie femme…

Je ne peux m'empêcher de rire. Son enthousiasme est contagieux.

— C'est bien ce qui me semblait, Blake. Merci.

— Il n'y a pas de « c'est bien ce qui me semblait » qui tienne ! C'est une certitude.

Sarah enchaîne :

— Au cas où vous auriez encore un doute, vous pouvez vérifier sur le site web *Santa Barbara Grrrls.com*…

— Avec quatre R et pas de I ! Mais, croyez-moi, on se fiche pas mal qu'il n'y ait pas de I… Ce site est fait pour tout le monde, y compris pour nos auditeurs qui n'auraient pas une bonne vue… sauf ceux qui auraient un écran en braille, naturellement. Je recommande à tous les autres de vérifier que je ne mens pas et de me passer un coup de fil. J'attends !

Sarah glousse.

— Elle, si nous parlions de la façon dont vous avez été embringuée dans cette affaire…

Ah oui ?

— Vous étiez voyante par téléphone, c'est bien ça ?

Enfin ! Je vais *enfin* pouvoir parler des services que je propose.

— C'est tout à fait exact.

C'est alors que j'avise le panneau au-dessus de la tête de Blake.

Silence Antenne.

Ces mots sont écrits en rouge vif dans une boîte noire de la taille d'un grille-pain. *Silence Antenne.* Quand je pense que tous mes propos sont propagés par les ondes au-delà des mers et des océans, qu'ils voyagent à la vitesse du son vers le soleil, devenant moins audibles en sortant du système solaire pour pénétrer dans la galaxie.

Silence Antenne.

17

Mon prof d'anglais de troisième m'a demandé un jour de faire un exposé sur le poète Gerard Manley Hopkins. Et, quand mon tour est venu de parler, je suis restée muette, pétrifiée devant toute la classe. Je voyais ces visages braqués sur moi, s'attendant manifestement à entendre quelque chose d'intéressant. Je suis restée plantée là au moins trente secondes, suffisamment longtemps en tout cas pour que Mme Lepinsky me rappelle que je pouvais commencer dès que je serais prête. Plaisantait-elle ? Je ne serais *jamais* prête. Dire d'Elle Medina qu'elle était *prête* était une hérésie. Un défi à la logique. Deux lignes parallèles — tels des rails de train — condamnées à ne jamais se rencontrer, sous peine de catastrophe.

Alors je me suis concentrée sur un de mes copains de classe, Robbie Pollard. Je me demande d'ailleurs comment j'arrive encore à me souvenir de son nom. C'était mon premier béguin de lycée (il y en a eu beaucoup d'autres après). Il semblait ignorer que je n'existais que pour lui, tant je baignais dans la béatitude la plus complète. Peut-être même ignorait-il que j'existais tout court… Il gribouillait je ne sais quoi, et n'a donc pas remarqué que je le fixais depuis trente secondes. Sans doute a-t-il levé la tête uniquement parce que *je ne parlais pas*. Et, ce faisant, il a laissé échapper une sorte de ricanement qui a suffi à rompre le charme. J'ai récité alors les premières lignes du poème que j'avais appris par cœur : *Le monde est plein de la grandeur de Dieu. Elle irradiera, comme les reflets de la lumière sur une feuille d'or.*

Comme les reflets de la lumière sur une feuille d'or… J'adore cette phrase, et, à une époque de ma vie, j'ai traité d'« extincteurs » tous ceux qui s'acharnaient à détruire la grandeur de ma propre lumière. Ce n'est malheureusement pas une insulte aussi efficace qu'on pourrait le croire.

J'émerge de mon rêve éveillé en entendant des grillons chanter… Encore une facétie de Blake qui fait des bruitages.

Et nouveau rire de Sarah.

— Je crois que vous avez commencé à travailler dans une agence de voyance par téléphone ?

Je vois Maya gesticuler devant moi. Elle articule des mots, comme pour me faire comprendre que c'est à moi de parler. Mais moi, je me fie à ma bouche. Cet organe a toujours parfaitement fonctionné chez moi, et même parfois beaucoup trop bien. Jamais je ne me suis retrouvée — Dieu merci — dans cette insupportable position dite de la carpe, où vous êtes muette, l'air hagard, la bouche ouverte.

Le problème, c'est que je suis à cet instant précis incapable de gérer ce dispositif complexe du langage que recèle ma bouche.

Sarah ne rit plus du tout. Elle essaie de rattraper le coup.

— Dionne Warwick ? Miss Cleo ?

Au prix d'un incroyable effort de volonté, je parviens à dire :

— Euh geuh ?

Blake s'empresse de m'imiter. Sarah lui dit :

— Je crois qu'il faut prendre ça pour un oui.

— Dites-moi, qui vous appelle pour avoir des conseils ? Des hommes de Cro-Magnon ?

Nouvel effet sonore, des grognements cette fois.

— *Elle* à l'appareil. Vous êtes bien au centre de voyance pour néandertaliens.

Cette fois, je change un peu de vocabulaire : j'émets un « voui-euh » du plus bel effet.

Même moi, je n'ai aucune idée de ce que ça veut dire.

Mais je reste là, collée à ma chaise, hypnotisée par ce panneau *Silence Antenne* comme certains animaux le sont par des objets insolites.

Sarah pouffe.

— Quelques conseils pour l'homme des cavernes qui aurait des peines de cœur… ?

Blake embraye aussitôt.

— Il lui demande comment trouver une femme. Elle lui répond de l'attraper par les cheveux et de la ramener dans la grotte.

Le fou rire gagne Sarah.

— Ça me rappelle mon ex…

C'est Maya qui me sauve la mise. Elle sent (comment, ça, c'est un mystère !) que je suis quasiment en état d'hypnose. Ni une ni deux, elle retire son pull et en recouvre le panneau. Le charme est alors rompu, et ma langue se remet illico en action tandis que je fais le signe de la paix en direction de ma copine.

— Ne parlons pas de nos ex ! Le mien est parti pour deux semaines, et il est revenu marié à une autre femme…

Cri de femme désespérée en bruit de fond.

Blake demande :

— Une voyante n'est-elle pas censée voir venir ce genre de chose ?

— C'est l'éternelle question, du genre : « Pourquoi ne vous servez-vous pas de vos dons pour gagner au loto ? » En fait, je suis une intuitive, et je ne prétends absolument pas être infaillible. C'est vrai que, dans le cas de mon ex, mon intuition a essayé à tout prix d'attirer mon attention…

Nouveau cri de femme désespérée.

— … mais j'étais amoureuse, et les femmes amoureuses sont championnes dans l'art de faire la sourde oreille à leur intuition. C'est d'ailleurs pour ça qu'elles éprouvent le besoin de m'appeler. Pour avoir un deuxième avis. Si seulement j'avais pu appeler quelqu'un avant que mon ex ne parte épouser une traînée de l'Iowa !

Mon envolée plaît à Blake.

— Enfin, nous y voilà ! Certains pourraient vous considérer comme une femme facile, vous aussi. Vous avez quand même été prise en flagrant délit de strip-tease sur Internet.

Sarah se remet à glousser.

— Personnellement, je ne vous ai pas vue, mais il paraît que c'est quelque chose !

— Et moi qui croyais que *tout le monde* m'avait vue sur *Santa Barbara Grrrrls.com* !

— En lisant votre article dans *Permanent Press*, j'ai eu le sentiment que vous étiez la victime, dans cette affaire. Vous avez été filmée sans donner votre accord, c'est une violation de votre vie privée. Et, pourtant, vous voilà en train de faire la promotion de ce site *en direct* sur notre antenne. Où en êtes-vous ?

Je marque une pause, frappée par l'expression « à l'antenne ». Mais le panneau est toujours caché par le pull, et je me sens bien.

— C'est juste, Sarah. J'ai été filmée dans une cabine d'essayage à mon insu. Mais qui n'a pas entendu parler des ébats filmés de Paris Hilton ? Et qui s'en soucie ? Les Ignobles Voyeurs qui gèrent ce site ont peur des femmes, c'est évident. Ils ont peur de la sexualité des femmes. Ils sont obligés de planquer des caméras pour voir une fille nue ! Qu'ils aillent se faire voir, je ne me laisserai pas impressionner, ni culpabiliser, par eux. Je ne suis pas fière de ce qui m'est arrivé — m'être fait avoir par une bande de voyeurs en manque —, mais pas question de me laisser manœuvrer par des gamins. Les hommes regardent tout le temps les femmes, parfait… Ils ont des cerveaux d'obsédés sexuels qui leur disent que s'ils ratent le moindre mouvement de hanche, leur vie est un échec. Mais ce n'est pas ça qui m'empêchera de continuer à m'habiller comme je le veux, où je le veux, et quand je le veux, sous prétexte qu'un de ces types pourrait loucher sur moi. Ces minus ne sont même pas des hommes, ce sont des petits garçons ! Moi, je suis une *vraie* femme. Ils ne me font pas peur, ils me donneraient plutôt envie de rigoler…

Blake commente :

— Tout ça est très intéressant…

Sarah se met à applaudir.

— Ça, c'est envoyé ! Allez-y, dites-leur leurs quatre vérités, à ces excités !

Blake tapote comme un fou sur son écran et me lance :

— Cette fois, je crois que vous les avez mis K.O. !

Je rougis sous le compliment.

— Nous vivons vraiment dans un monde d'obsédés.

Blake rigole.

— Ce n'est pas exactement une surprise. En revanche, le mystère demeure : qui sont ces types, ceux que vous appelez les Ignobles Voyeurs ? Vous qui avez des dons de voyance, vous devriez pouvoir deviner qui ils sont.

— Comme je vous l'ai dit, je me considère davantage comme une intuitive…

— Mais votre intuition vous a déjà permis de résoudre le mystère du « chiot volé ». Pourquoi n'y faites-vous pas appel dans le cas présent ?

— Eh bien, je ne voudrais pas que les gens s'imaginent qu'ils peuvent résoudre n'importe quel mystère en composant mon numéro. Cela dit, voyons si je peux faire quelque chose…

Naturellement, je m'arrange pour donner à deux reprises mon téléphone à l'antenne !

— Faisons écouter à notre invitée un peu de musique pour stimuler son intuition, et nous reviendrons aussitôt après au récit de…

Sarah murmure « les Ignobles Voyeurs », et Blake fait un effet d'écho derrière elle. Puis il passe *Hotel California* et en profite pour me glisser quelques mots.

— Vous êtes géniale.

— Quand je n'oublie pas de parler…

— Même ça, c'était bien ! Rien n'attire plus les gens que le risque de voir quelqu'un se ramasser.

Il se tourne vers Sarah.

— Je suis sûr que nos auditeurs avaient l'oreille rivée à leur radio en se demandant si elle allait *vraiment* craquer.

— Et au lieu de ça, ils en ont pris plein la figure !

— Elle a ça dans le sang ! Vous savez, Elle, vous avez le don de faire d'un rien une affaire d'Etat.

Je rayonne.

— Mon vrai don, c'est précisément *ça*.

Nous bavardons encore quelques minutes. Puis Blake fait passer quelques bruitages sympathiques de science-fiction et reprend son micro.

— Vous êtes toujours en compagnie de Elle Medina, conseillère en psychologie et strip-teaseuse en ligne. Aïe ! Elle vient de m'envoyer une bouteille à la figure…

Non mais, quel menteur !

— C'est une bouteille de whisky, Blake. Je l'ai trouvée dans le tiroir de votre bureau.

Sarah est pliée en deux.

— Elle, pendant la pause, vous vous êtes concentrée sur le mystère de l'identité des coupables. Avez-vous obtenu un résultat ?

J'attrape une pile de menus de plats à emporter sur la console, et je commence à feuilleter les pages devant le micro.

— Maintenant que je suis bien concentrée, je vais pouvoir lire dans les cartes. Nous allons voir s'il en ressort quelque chose.

Sarah articule « Hou la menteuse ! » dans ma direction. Elle est morte de rire.

— Pouvez-vous nous expliquer ce que vous faites ? Que venez-vous d'étaler devant vous ?

Je jette un coup d'œil sur le menu du dessus.

— C'est un jeu d'origine thaï, Blake. Mais les cartes ne sont que des outils, le vrai travail s'effectue en moi. Voyons un peu… cette carte représente un rouleau de printemps… euh, je veux dire le printemps qui arrive, la fin de l'hiver. Oui, c'est ça, c'est l'arrivée du printemps. Attendez, je crois que je tiens quelque chose…

Je marque un temps d'arrêt pour ménager le suspense.

— Barbalicious !

— *Barbalicious* ? Qu'est-ce que c'est ? On dirait le nom d'un nouveau chewing-gum de Santa Barbara !

— Barbalicious est le nom de la société qui se cache derrière les Ignobles Voyeurs. Oui, j'ai de bonnes sensations… J'en suis certaine à présent : cette société s'appelle Barbalicious.

— Il y a un petit côté Harry Potter, mais du sud de la Californie.

Blake tapote sur son écran.

— Attendez, j'ai un appel… C'est mon producteur qui est dans la pièce à côté. Oui, Matt ?

J'entends une voix de basse dans mon casque.

— Elle a raison. J'ai cherché Barbalicious… Il s'agit d'une société de la région qui gère une poignée de sites web.

Nouveau bruitage : on entend le jingle de la cloche qui, dans les émissions de jeux, indique que la réponse est correcte…

— Donnez-nous quelques noms, Elle ! Et de préférence avec leur numéro de téléphone.

Sarah reprend la balle au bond.

— Nous allons les appeler, et voir s'il s'agit de vos Ignobles Voyeurs.

Je recommence à feuilleter mes menus, totalement

dépourvue d'inspiration, cette fois. Comment ai-je pu croire que je pouvais leur balancer le nom de Barbalicious et m'en tirer comme ça ?

— Vous savez… les informations ne me parviennent que par bribes, je…

Nouvel effet sonore de dérapage mal contrôlé suivi d'un gadin.

— De toute façon, le temps nous est compté. Mes chers auditeurs, vous avez eu la primeur de cette révélation. Barbalicious envahira peut-être bientôt vos boutiques de confiserie…

Sarah ajoute, pour clore le débat :

— Et quand nous reprendrons l'antenne dans quelques instants, Elle, vous qui avez été filmée en train de vous déshabiller dans une cabine d'essayage, nous en saurons plus sur cette atteinte à la liberté d'essayer de nouveaux vêtements.

Sarah ôte son casque. Je lui souffle :

— Hé, attendez une minute ! Pourquoi avez-vous dit que je serai encore là ? Mon quart d'heure de gloire s'est achevé il y a trois minutes.

— Des gens appellent pour vous parler. Vous n'avez pas envie de rester pour prendre quelques appels ?

Je regarde Maya. Lovée sur le canapé, elle est en train de lire un magazine.

— C'est-à-dire… Bon, d'accord.

Ils ont l'air tous les deux ravis que je reste, ce qui est pour moi une sensation nouvelle. Dès que la pub se termine, Blake prend le premier appel.

— Bonjour, je m'appelle Scott. Je suis fan de votre émission…

Le pauvre ! Il est tellement intimidé qu'on l'entend à peine.

— … je voulais lui poser une question, à la voyante je veux dire.

— Je suis là, Scott. Que puis-je faire pour vous ?

— C'est au sujet d'une femme.

On dirait qu'il parle tout près du téléphone.

— Vous en êtes amoureux, c'est ça ? Et vous êtes au travail…

— Oui.

— Elle travaille avec vous ? Dans le même bureau ?

— Nom de D… !

Blake balance des feux d'artifice en bruit de fond en conseillant à l'auditeur de se calmer.

— Désolé, Blake. Mais c'est incroyable. Tout ce qu'elle a dit est vrai. Nous sommes dans le même bureau…

C'est en l'entendant chuchoter que je l'ai deviné. N'empêche que je fais du bon boulot, hein ?

— … et nous écoutons votre émission tous les jours. Mais aujourd'hui elle est particulièrement réussie. C'est incroyable !

— Scott, pouvez-vous voir tout le monde d'où vous êtes assis ?

— Non, car je suis en pause.

— Vous paraît-il possible que cette jeune fille nous écoute en ce moment ?

Silence radio. Blake en profite pour lancer un bruitage, une sorte de gémissement dans le style fantôme.

— Scott ? Vous êtes toujours là ? Bien. Vous croyez que cette jeune fille ne vous a pas remarqué, mais je suis convaincue que vous vous trompez. Il se peut qu'elle espère vous voir faire le premier pas, ou peut-être pas… Mais une chose est certaine : elle sait que vous existez.

— Ah bon ?

— Je vais vous dire ce qu'il faut faire : raccrochez immédiatement et invitez-la à dîner chez *Emily*. En ce moment, ils ont des amuse-gueule à l'artichaut à se damner !

Le bruitage suivant reprend la fameuse scène de l'orgasme, avec Meg Ryan, dans *Quand Harry rencontre Sally*.

— … Et cette « mise en bouche » dure une dizaine de minutes.

Je continue à dialoguer un moment avec Scott, puis il raccroche.

Blake me demande :

— Vous croyez que ça va marcher, que la fille va dire oui ?

— Trouvez-moi une façon plus sympa de se rencontrer… que par l'entremise d'une voyante un peu fofolle qui fait une émission de radio ! Maintenant, de là à dire que ça va durer, je n'en sais rien, et ça n'a aucune importance ! Il aura au moins osé demander à une fille de sortir, et, la prochaine fois, ce sera plus facile, jusqu'à ce qu'il trouve la bonne personne. Le plus difficile, c'est de faire le premier pas.

— Nous avons un nouveau correspondant en ligne. Allô ? Vous êtes à l'antenne.

— Bonjour ! Je voudrais parler à Elle. C'est Allison à l'appareil. Je fais des études à l'université de Santa Barbara, mais ma mère veut que je continue après la licence. Le problème, c'est que…

— … ça ne vous dit rien ?

C'est sorti spontanément.

— Exactement. Je n'en ai aucune envie.

— Vous voulez… voyager ? Je vois le mot « déplacement » dans mes cartes…

Tous les jeunes diplômés ont envie de voyager. Ou d'aller habiter chez un copain (ou une copine) qui ne leur convient pas du tout…

— C'est ça. Je veux voyager.

— Où ?

Autant lui poser la question, ça m'évitera de faire tout le boulot.

— Je ne sais pas trop. J'espérais que vous pourriez me conseiller…

— J'ai compris. Laissez-moi me concentrer… Je vois la Grèce. C'est d'ailleurs là que j'irais, si j'en avais les moyens.

— La Grèce ? Oui, ce serait super !

Mais il me vient une autre idée.

— Attendez, non, l'image devient floue. Je vois toujours un voyage, mais dans un but précis. Quelque chose comme la Peace Corps, ou une autre ONG internationale, avec des bénévoles. Vous n'avez jamais pensé à ça ?

— Vous avez d'autres exemples ?

— Renseignez-vous au centre d'information sur l'emploi de la fac. Je vois les mots « voyage », « éducation », « aider les gens »... Et, en plus, c'est excellent sur un C.V. ! Je pense à votre maman.

— Pourquoi pas ? Ça me fait un peu peur, mais ça tient debout.

Je lui souhaite bon voyage.

Bruit de corne de brume...

Et nous passons au correspondant suivant.

Trois quarts d'heure plus tard, je suis toujours en ligne avec les auditeurs. Cindy veut en savoir plus sur l'opération de l'œil au laser, Martha a besoin d'une augmentation, Peggy a décidé de plaquer son mec parce qu'il est nul, et Donald veut savoir où télécharger en format MPEG des filles en train de se déshabiller dans les cabines d'essayage. Blake se débrouille pour censurer ma réponse !

C'est alors qu'une voix de jeune fille nous dit bonjour, puis plus rien.

Blake prend le relais.

— Allô ? Vous êtes toujours là ?

— Oui.

Sarah intervient à son tour.

— Mon chou, nous sommes à la radio. Nous avons absolument besoin de son.

Mais rien qu'à l'intonation du « bonjour » de notre auditrice, je sais qu'il ne s'agit pas d'une blague. C'est un geste désespéré, un appel au secours.

D'un simple signe de tête, je fais comprendre à Blake et Sarah de ne rien brusquer.

— Je suis là, j'ai tout mon temps. Je sais que ça a été très dur pour vous d'appeler… Préférez-vous que nous parlions hors antenne ?

Elle me demande de confirmer que je me suis retrouvée sur le site *Santa Barbara Grrrrls.*

— C'est parfaitement exact, et à ma connaissance, j'y suis toujours.

— Je voulais vous dire… moi aussi. J'ai entendu ce que vous disiez à propos de Paris Hilton. C'est vrai, tout le monde se fiche pas mal que ce soit une dévergondée, mais c'est aussi une milliardaire. C'est quand même différent, non ? Personnellement, je ne suis pas milliardaire, et personne ne sait rien de moi, sauf ce qu'on en voit… Le problème est différent, et je suis écœurée.

Les mots se bousculent dans sa bouche. Blake lui demande :

— Comment vous appelez-vous ? C'est important, pour mieux communiquer avec vous.

— Eh bien, euh…

De toute évidence, elle ne veut pas dévoiler son vrai nom.

— Je vais vous appeler Ju…

— Mais vous êtes une vraie voyante ! Comment

avez-vous deviné que les deux premières lettres de mon prénom étaient *JU* ?

Qu'est-ce qu'elle raconte ? J'avais décidé de l'appeler Juliette, juste parce que ça me paraissait sympa comme pseudo… !

— Tout compte fait, je préfère utiliser votre initiale, J.

— Le problème, c'est que ça ne colle pas avec ce que vous avez dit tout à l'heure. Vous expliquiez qu'il fallait en parler aux gens, pour montrer que ce n'était pas une affaire d'Etat. Ça signifie que je dois vous donner mon vrai nom, j'imagine.

— Pas du tout ! Ce n'est pas vrai pour tout le monde. Mais je voudrais que vous commenciez par me dire ce qui s'est passé.

Sarah demande d'un ton un peu grivois.

— Vous étiez dans une cabine d'essayage ?

La pauvre J. ne trouve pas ça drôle du tout, et je foudroie Sarah du regard. Elle lève la main pour s'excuser et me fait signe de continuer.

— C'est ça qui est ignoble avec ces sales voyeurs. La violation de votre vie privée. Dans mon cas, il s'agissait d'une cabine d'essayage, mais d'autres femmes ont été surprises en train d'enlever leur maillot sur la plage, ou en train de descendre de voiture en minijupe. Mais ce que ces types préfèrent, ce sont les scènes de bar. Certaines femmes sont poussées à boire un peu trop, et on les retrouve un sein à l'air comme l'actrice Tara

Reid, ou alors ce sont des types complètement ivres qui soulèvent leur jupe.

— Ou qui tirent sur leur corsage…

On dirait que cette fois, Sarah a bien compris le message.

La jeune fille s'exclame !

— C'est justement ce qui m'est arrivé.

— Dans un bar ?

— Oui. Nous fêtions les vingt et un ans de mon amie. Je suppose que j'avais vraiment beaucoup bu car je ne me souviens de rien. Mais, le lendemain, deux types que je ne connaissais même pas sont venus me voir à mon école, et ils m'ont dit qu'ils avaient vu… mes seins. Je croyais qu'ils racontaient ça pour se rendre intéressants, mais quand je suis arrivée en classe, il y avait un troisième type qui avait son portable sur les genoux et qui montrait aux autres des photos de moi.

Sarah et moi ne pouvons retenir un mouvement d'indignation.

— Je suis désolée pour vous, J.

Sarah s'exclame :

— Je déteste les hommes !

— Moi aussi.

Blake ajoute :

— Avec moi, ça fait trois.

Sarah lui intime le silence pour que la jeune fille puisse poursuivre son récit.

— J'avais tellement honte que ne voulais pas retourner en classe. Je me sentais vraiment très mal.

— A votre place, je ressentirais la même chose.

— Pourtant, vos venez de dire que vous faites comme si de rien n'était, comme si c'était une bonne blague.

— Ce n'est pas ce que j'ai voulu dire. Ce qui vous est arrivé n'est pas anodin, et ça n'a rien de drôle. Simplement, dans mon cas, j'ai eu une réaction différente parce que…

Parce que j'ai passé toute ma vie à me déprécier ?

— … je suis plus âgée que vous, et que je me souviens au moins être allée dans cette cabine. Et puis, si vous me connaissiez mieux, vous sauriez que ma vie n'est qu'une succession de mésaventures où je finis toujours par être le dindon de la farce. Ça m'arrive tout le temps. Un jour où un voisin — un gamin — n'arrêtait pas de me harceler, j'ai rempli d'eau des tas de ballons gonflables, et quand il est revenu me tourner autour, je les ai lancés sur lui… Sauf que je me suis trompée et que ce n'était pas lui. C'était mon propriétaire ! Et, d'ailleurs, ce n'étaient pas des ballons mais des préservatifs.

Tout le monde éclate de rire, y compris J.

— Vous comprenez ce que j'essaie de vous dire, J. ? Dans *mon* cas, si je ne prenais pas le parti de rire de tout ce qui m'arrive pour pouvoir avancer, je serais en larmes chaque jour que Dieu fait…

J. a la voix plus claire, mais je la sens toujours dubitative.

— Je ne vois pas comment on peut rire de tout ça. Moi, je n'y arrive pas.

— Vous n'y êtes pas obligée non plus. Nous avons

tous des réactions différentes face aux épreuves de la vie. Ce qui marche avec moi ne fonctionne pas forcément avec vous. Je ne vous demande pas d'en rire, car c'est tout sauf drôle. Mais vous devez trouver le moyen de faire avec, par exemple en parlant de votre histoire à quelqu'un. Si vous restez en ligne, nous continuerons à en parler.

Sarah est malheureusement obligée d'intervenir.

— Je suis désolée, J., mais nous n'avons plus le temps.

— Je comprends. Merci ! Au fait… je m'appelle Justine.

Maya et moi échangeons un regard. La fille de la vendeuse de Petticoat Junction s'appelle Justine. Tandis que Blake et Sarah disent au revoir à leurs auditeurs, je continue à discuter hors antenne avec la jeune fille qui finit par dire :

— Je me sens bien mieux d'en avoir parlé à quelqu'un car je vois que je ne suis pas la seule à avoir été piégée. Moi qui croyais être la seule visée ! Je vous remercie beaucoup. Merci.

Elle raccroche. Maya et moi prenons congé de Blake et Sarah, qui viennent de donner pour la énième fois mon numéro de téléphone à l'antenne. Puis nous nous engouffrons dans la voiture de Maya.

Maya me regarde, mais ne démarre pas.

— Mon Dieu ! Ne me dis pas que j'ai quelque chose entre les dents…

— Non. Je voulais simplement te dire que tu as été super. Vraiment *super*.

Maya est ma meilleure amie depuis la sixième, et nous avons toujours été comme deux sœurs, car nous sommes toutes deux filles uniques. Nous nous adorons, même si nous nous chamaillons souvent, et je sais que je peux toujours compter sur elle pour me dire la vérité.

Elle se tourne face à moi.

— Je n'avais aucune idée de la façon dont tu t'y prenais avec les gens. Là, tu as fait preuve d'esprit, d'intelligence et de compassion. Bien sûr, tu te crois obligée de balancer çà et là des termes de psy, mais, de toute façon, personne ne prend ça au sérieux. Ça pourrait même être le comble du ridicule, venant d'une fausse voyante. Je vais te dire : tu es vraiment à ta place, car tu as *réellement* aidé tous les gens qui t'ont appelée.

— J'espère bien. Ce pauvre Scott m'avait l'air gentil, et j'avais bien trop le trac au début pour cerner sa personnalité. Il est possible que la fille ne joue pas du tout dans la même catégorie que lui ! Et Cindy… si jamais elle devenait aveugle… ? Mais le laser a fait des progrès énormes, je l'ai lu dans un article de *Allure*, ce mois-ci. En tout cas on sent bien qu'elle serait plus heureuse sans lunettes. Tu vois ce que je veux dire, si elle a l'impression d'être plus jolie après… elle le sera. Tu penses que je dois rappeler Justine ? Je crois plutôt que je vais appeler sa mère et lui donner mon numéro de téléphone. J'espère que je n'ai pas foiré ce coup-là !

Maya a l'air abasourdie. Je la rassure.

— Ne t'inquiète pas. Je vais appeler mon contact au centre des urgences psy. Elle me donnera le nom d'un bon psychologue… elle connaît tout le monde.

— C'est comme ça que tu fonctionnes ?

— Bien sûr ! Je suis incapable de gérer les cas sérieux. Je n'arrive déjà pas à me rappeler d'arroser mes plantes !

— Ce n'est pas de ça que je parle. Tu te sens vraiment concernée par ce qui leur arrive. Tu as des gens bizarroïdes au téléphone, et, toi, tu les traites en amis. On sent que tu as envie de les aider, de les rendre plus heureux. Leurs problèmes te touchent.

— Naturellement. Que veux-tu que je fasse d'autre ?

Elle éclate de rire.

— Je ne sais pas. Je croyais… en fait je ne sais plus ce que je croyais. Ce qui est sûr, c'est que je suis très fière d'être ton amie.

— Eh bien, on peut dire que je n'ai pas perdu ma journée !

— O.K., maintenant à mon tour. Je n'ai toujours pas acheté ma robe. Petticoat Junction devrait être ouvert à l'heure qu'il est… et ça te permettra de demander à la vendeuse s'il s'agissait bien de sa fille.

— Oh, attends… Non !

— Pourquoi ? On t'attend ailleurs ?

— En quelque sorte, oui.

Maya me regarde d'un drôle d'air.

— D'accord… A propos de gens bizarroïdes, où veux-tu que je te dépose ?

Je dois absolument lui parler de la robe « haute couture » de Johnny et Waldon. C'est le moment ou jamais, pour une fois qu'elle est contente de moi. Mais comment lui annoncer la nouvelle ? J'aurais peut-être intérêt à me planquer dans un bunker en béton armé et à me munir d'un porte-voix ! Ou bien… mais oui, bien sûr.

— A mon appart'.

— Tu as l'intention de réveiller la *Belle au Bois Dormant* ? Voyons, *Elle*, il n'est pas encore midi, et tu sais parfaitement que quelqu'un est en train de ronfler dans ton lit en tenue d'Adam.

— Je ne peux pas passer ma vie à éviter le Mauvais Garçon. De toute façon, j'ai quelque chose à faire. Ça ne prendra que dix minutes et, après, je suis à toi !

Maya se gare dans la rue et s'installe confortablement sur le siège conducteur.

— Tu ne viens pas avec moi ?

Il faut qu'elle vienne !

Elle prend un exemplaire du *New Yorker* sur la banquette arrière.

— Non. Je t'attends ici. Prends tout ton temps.

— Tu ne veux pas dire bonjour à Merrick ?

Son regard balaie le parking.

— Il n'est pas là.

— Ah bon… Alors viens au moins dire bonjour au frère de Brad.

Je suis à court d'arguments.

— Je me demande comment tu peux le supporter.

Heureusement que ça se passe bien entre vous, sinon il dormirait sur mon canapé et je serais obligée d'y mettre le feu.

Je m'abstiens de lui raconter que j'étais à deux doigts de le chasser de chez moi, une hache à la main !

— Allez, Maya, viens avec moi.

— Mais pourquoi ?

— Il se peut que j'aie besoin de ton aide pour déplacer quelque chose.

— Ah oui… ?

— Ça se pourrait…

— Si tu me disais quoi ?

— Je ne sais pas, quelque chose de lourd. Je te demande juste de venir.

Elle hausse un sourcil interrogateur, mais finit par défaire sa ceinture de sécurité et me suivre à l'intérieur. Une fois dans le hall, je m'empresse de lui dire :

— Oh, regarde, les tailleurs sont ouverts ! Allons leur dire un petit bonjour.

— Pourquoi tiens-tu à ce point à ce que je dise bonjour à tout le monde, aujourd'hui ?

Arc-boutée sur le postérieur de Maya, je pousse ma copine à l'intérieur, si fort qu'elle en est tout endolorie. Johnny, qui est en train de faire les ourlets d'un pantalon dans un coin de la pièce, lève un œil tandis que Waldon termine un travail sur la machine à coudre.

Je leur présente Maya. Waldon s'exclame :

— Serait-ce la jolie mariée ?

Johnny se lève de sa chaise.

— Mais c'est qu'elle est adorable… !

— Je vous l'avais bien dit.

— Vous savez qu'on vous a écoutée à la radio… Johnny a même pleuré.

Johnny s'insurge.

— Oh ça va ! Tu ne peux pas te taire ? J'avais un truc dans l'œil, voilà tout.

Il se tourne vers Maya.

— Laissez-moi vous regarder. Vous pouvez pivoter ?

Maya sourit.

— Vous d'abord.

Sans hésiter une seconde, Johnny exécute une pirouette très jazzy, les mains tendues et un pied à l'intérieur du genou. Maya éclate de rire et s'exécute à son tour, avec moins de brio. Elle a beau ne porter qu'un Levi's délavé et un T-shirt blanc, elle est gracieuse et élégante.

Johnny n'en revient pas.

— Et, en plus, elle sait *bouger*.

Il se retourne vers moi pour expliquer son point de vue.

— Il ne suffit pas d'avoir une jolie robe, encore faut-il savoir la *porter*. Vous, par exemple, vous êtes plutôt pataude, vous marquez bien chaque pas, un peu dans le style pachyderme…

Maya vole à mon secours.

— Ce n'est pas vrai !

Johnny met son index sur la bouche de Maya, la forçant à se taire.

— Chut… je réfléchis. Le génie est en plein travail, silence au balcon !

Maya se mord les lèvres, mais j'ai l'impression que c'est plus pour éviter de pouffer que pour obéir à Johnny. Johnny la libère et prend la pose du penseur de Rodin.

— Je pense à Degas et à ses ballerines, à ses croquis au pastel qui savent si bien saisir au vol le mouvement et la lumière.

Waldon, qui était toujours derrière sa machine à coudre, se lève, un bloc-notes à spirales à la main.

— Déstructuré. Restructuré.

Johnny lève la tête, puis se plante devant Maya.

— Fragile, mais les pieds sur terre.

Waldon se met à dessiner à toute allure.

— Il faut absolument trouver un blanc qui lui convienne.

— Perle, peut-être. Ou écume de mer…

— Pour une robe de mariée ? Et avec cette peau de pêche ? Non, il faut du classique.

Maya s'informe :

— Une *quoi* ?

Je m'empresse de répondre :

— Une peau de pêche. C'est vrai que tu as un teint magnifique.

— Non, pas ça ! Vous avez parlé de robe de mariée ?

Que voulez-vous que je dise ?

— Surprise !

18

Maya secoue la tête.

— Non, il n'en est pas question ! J'ai déjà choisi ma robe.

Johnny et Waldon échangent un regard et répondent en chœur :

— Petticoat Junction !

— Vous avez quelque chose contre ?

— Pour votre mariage, avez-vous simplement *besoin* d'une robe ou *envie* d'une très jolie robe ?

— Il n'y a pas de honte à…

Waldon lui fourre son croquis sous le nez.

— Voilà notre idée à nous. C'est une simple ébauche.

Je vois les yeux de Maya s'agrandir, et je m'avance pour jeter un coup d'œil sur le bloc, mais impossible de voir quoi que ce soit. Waldon et Johnny lui expliquent le topo à la vitesse grand V, puis ils passent à la phase brainstorming et ne cachent pas leur enthousiasme. J'essaie de les contourner pour jeter un œil sur le croquis, et les voilà qui partent de l'autre côté avec Maya, en parlant tissus et drapés.

Je me retrouve enfin en bonne position pour voir le bloc, mais Waldon le ferme brusquement avant de se tourner vers Maya.

— Franchement, c'est sublime, non ?

— Sublime… mais combien coûte la robe ? Plus de quatre-vingt-dix-neuf dollars ?

Les tailleurs me regardent fixement, guettant ma réaction. Inutile de finasser.

— A peine plus. Tu te contentes d'une participation de cent dollars, et le reste, c'est mon cadeau de mariage.

— *Elle*, tu sais très bien que tu ne peux pas te permettre de…

Je me faufile vers le bloc-notes. Ce croquis doit vraiment être génial pour que Maya envisage d'y réfléchir !

— Bien sûr que si. De toute façon, tu sais très bien que, pour ton mariage, je n'ai pas l'intention de lésiner sur la dépense. Le contraire n'est même pas envisageable !

— Je sais, je te connais. Et je suppose qu'ils feront aussi ta robe de demoiselle d'honneur ?

— Pourquoi, je suis ta demoiselle d'honneur ?

— Mais… évidemment ! Tu sais que tu es bizarre, par moments.

— Tu ne m'en as jamais parlé…

— Enfin, Elle, ça va de soi !

A force de contorsions, j'ai presque rejoint le bloc-notes, mais Johnny m'attrape et commence à prendre mes mesures. Il jure tout bas pendant que Waldon et Maya se lancent dans une discussion sur l'équipe des *Bruins*, ou des *Bears*, je ne sais pas. Je suis certaine que quelqu'un va faire allusion au métrage de tissu supplémentaire à prévoir pour *ma* robe — *sept fois plus* ! Mais personne n'en parle.

Je m'arrête avec Maya dans une pâtisserie française de State Street pour boire un café et déguster quelques gâteaux. Globalement, tout s'est bien passé. Maya est emballée par le projet de robe de Waldon et Johnny. Il ne me reste plus qu'à régler la note, en espérant que notre couple de tailleurs amateur de bière, de sports et de grillades ne nous décevra pas.

J'espère aussi que ces deux-là finiront par m'aimer. D'ailleurs, je trouve qu'ils ont déjà fait des progrès. Côté relationnel, ça se réchauffe. L'espoir fait vivre, non ? Je mords dans mon pain au chocolat.

— Tu sais, Maya, les tailleurs gay me détestent.

— Peut-être parce que tu leur as donné ce surnom…

— Jamais en leur présence !

— Je pourrais peut-être en reparler avec eux.

— De toute façon, ils sont gay, et ils sont tailleurs. Alors je ne vois pas en quoi ça peut les choquer.

Maya hausse les épaules et sirote son café crème. J'insiste.

— C'est comme si je parlais de toi en disant « la blonde supermince » ou bien « la fée taille trente-six ».

— La fée taille trente-six ?

— Tu fais bien du trente-six, non ? Tu es une fée toute menue… Tiens, ça me plaît bien, ce surnom.

Je baisse la voix.

— Nous sommes rassemblés aujourd'hui pour célébrer l'union de M. Perfection et de la fée taille trente-six…

Ça ne la fait pas vraiment rire.

— Qu'est-ce qu'il y a ? C'est à cause de la robe de mariée ? Tu as déjà des doutes ?

— Non, ce n'est pas à propos de la robe.

Du coup, je panique.

— Ne me dis pas que c'est à cause de Brad !

— Bien sûr que non. J'ai un problème avec l'organisation de la cérémonie. Tout est deux fois plus compliqué que je l'avais prévu, et dix fois plus cher… Si je te disais que je n'ai pas encore trouvé la salle ! Tout ce qui est au-dessous de cinq mille dollars est réservé jusqu'à l'année prochaine. Du coup, j'ai pensé à un restaurant, mais la plupart d'entre eux ne font pas les mariages, ou alors ça coûte plus cher que de louer une salle ! Et puis, tu ne devineras jamais le prix de location des tables, des nappes et tout le reste. Sans compter que…

Elle a du mal à déglutir.

— … je n'ai pas encore passé un seul coup de fil aux traiteurs.

— Mon Dieu !

— Je sais. Avant de mourir, ma mère a mis de côté de quoi payer mon mariage car elle savait que mon père était trop mesquin pour ça, mais je trouve que dépenser une telle somme en une nuit, c'est du gâchis. Surtout que je dois faire des travaux dans le bar... Evidemment, si je me contentais de passer devant M. le maire avec Brad et nos deux témoins, nous pourrions utiliser tout cet argent pour le bar. Seulement voilà, ça ne me dit rien. Je suis très embêtée, je ne sais pas quoi faire ! Je vais finir par me marier habillée comme une princesse dans une obscure salle de mairie avec en tout et pour tout trois invités... Mais moi, je voudrais un vrai mariage !

— Bon, voilà ce que nous allons faire...

Elle lève le bras.

— Stop ! Je sais que j'ai besoin d'aide, mais tu dois me promettre de ne prévoir ni chœur de gospel, ni canon à confettis ni gâteau en forme de statue de la Liberté.

— Pas besoin de canon. On peut très bien lancer les...

— Pas question. Il faut respecter les règles, telle est ma volonté. Et, s'il te plaît, pas de ronds de serviette avec les initiales des invités en monogramme. A part ça, je suis ouverte à toute suggestion.

J'avale ma dernière bouchée de pain au chocolat.

— Je crois que j'y arriverai. O.K., voici mon plan. La cérémonie se passera sur la plage, juste avant le coucher du soleil.

— Tu es sûre qu'on a le droit de faire ça ? Il ne faut pas demander une autorisation ?

— Pour quoi faire ? Pour marcher sur la plage et dire quelques mots ? Il n'y a aucun problème, c'est juste pour la cérémonie. Ce qui est interdit, c'est par exemple d'amener des chaises ou de dresser un buffet. Et puis, entre nous, tu crois que les gendarmes viendraient interrompre le déroulement d'un mariage ? Ils en seraient malades, déjà qu'ils n'aiment pas dire aux gens de tenir leur chien en laisse… !

Maya dit, comme sous le coup d'une révélation :

— Sur la plage… pourquoi pas ? Ça fait très Santa Barbara.

— Et surtout c'est gratuit. Il faudra juste prévoir quelque chose au-dessus de vous.

— Une *chuppah*.

On dirait qu'elle vient de s'étrangler avec son café !

— Tu as avalé de travers ?

— Non. C'est le nom du dais nuptial sous lequel les Juifs se marient.

— Eh bien, tu vois, on a déjà pas mal avancé. Après la cérémonie proprement dite, la réception aura lieu au Shika.

— Au bar ? Mais… tu as *vu* l'état du bar ?

C'est exactement la réponse que j'espérais. Je triomphe.

— Pas l'*ancien* Shika, le *nouveau*. Il faut refaire la décoration. Tu dois investir l'argent du mariage dans les travaux de rénovation, et on pourra organiser la réception là-bas. Sans compter que tu pourras faire passer le tout dans tes frais professionnels, et au bout du compte, tu te retrouveras avec un bar entièrement remis à neuf. Shika est un endroit fabuleux, avec ses hauts plafonds, ses lucarnes et son comptoir « art déco ». Il a besoin d'un bon lifting, c'est tout. Une couche de peinture, de nouveaux éclairages, de nouveaux meubles. Merrick m'a dit qu'il adorerait faire quelques projets pour toi, ce serait son cadeau de mariage.

En tout cas, c'est ce qu'il dira dès que je l'aurai mis au courant !

— On va se débarrasser des boxes, en ajoutant peut-être des banquettes à deux places et une table basse.

Maya rayonne. Elle est… radieuse.

— Elle, c'est génial !

— Disons que c'est bien parti.

— Et pour le buffet ? Je te rappelle que je n'ai pas de traiteur.

— On va faire un buffet provençal. Le chic français, mais dans la simplicité : des tomates fraîches de jardin à l'huile d'olive — différentes sortes d'huile —, des fromages artisanaux et du pain. Sans oublier les olives et autres gourmandises, de la mozzarella au basilic avec un soupçon de vinaigre balsamique. Rien d'extraordinaire, rien de compliqué… De la bonne cuisine rustique, raffinée et douce au palais.

— Mais qui va préparer tout ça ?

— J'appellerai Valentine. Pas de problème de ce côté-là.

— Et les locations ?

— Il ne faut rien louer, mais *acheter*. Il faut que tout soit neuf, dans ton nouveau bar. Tu veux un beau mariage, n'est-ce pas ? Alors garde bien à l'esprit que ton bar ne doit pas être à la traîne. Si c'est réussi, les femmes viendront… et les hommes suivront.

— Tu as pensé aux fleurs et aux invitations ? Elles ne sont pas comprises dans tous ces remaniements.

— Pour les invitations, c'est ton domaine. Parles-en à Ray Flood, le mec qui habite dans mon immeuble. Je suis sûre qu'il peut te dépanner. A part ça, je te conseille la simplicité, la simplicité et l'élégance. Je déteste toutes ces feuilles que les gens glissent dans les invitations : ça fait beauf, c'est cher et, en plus, c'est très mauvais pour la planète.

— Et les fleurs ?

— Ça, c'est plus délicat. Il y a bien les Floralies, on pourrait peut-être y trouver notre bonheur.

— L'ennui, c'est qu'elles ont lieu le week-end du mariage !

— Ah bon… Alors on pourrait voir du côté des grossistes de Carpinteria…

C'est la ville juste au sud de Santa Barbara.

— … de toute façon, je m'en charge. J'arriverai bien à trouver une solution.

Un sourire timide éclaire le visage de Maya.

— Tout ça me semble parfait.

Espérons que je serai à la hauteur ! Mais je décide de me faire confiance. Tout commence par la confiance. C'est du moins ce que je dis à mes clients.

Deux heures de bonheur à parler décoration, rénovation et innovation avec Maya. Quand je pense qu'elle attend de *moi* des conseils ! Vous pouvez me tuer maintenant, je mourrai heureuse… Rien ne sera jamais plus fort que ce moment passé avec Maya. Mais les bonnes choses ont une fin. Lorsque vient l'heure de nous séparer, Maya est débordante d'enthousiasme.

Je prends la direction de la maison de Merrick. Je suis en train d'inspecter le contenu du frigo lorsque je me souviens que je n'ai pas vérifié si j'avais des messages. J'ai éteint mon portable pendant l'émission, mais peut-être que Merrick m'a appelée…

Il n'était pas au bureau, il n'est pas ici… il est peut-être au tribunal pour une demande de permis ? Ou au comité de planification. J'espère que non, car chaque fois qu'il rentre d'une réunion avec ce comité, il est de mauvais poil. En plus, ça voudrait dire qu'il a raté mon passage à la radio.

J'appelle ma boîte vocale. J'ai vingt-huit messages.

J'ai bien dit vingt-huit. Messages. Pour *moi*.

Vingt-huit messages ! C'est peut-être le mec de Lompoc qui s'est débrouillé pour avoir mon numéro de téléphone, auquel cas j'aurai droit à vingt-huit fois le même message (vous vous doutez lequel).

Message n° 1 :

« Je voudrais parler à *Elle*, que j'ai entendue à la radio ce matin. J'espère que c'est le bon numéro. Bref, si c'est le cas, j'ai besoin d'un conseil. Je vais créer ma propre boîte, mais je me demande si c'est vraiment une bonne idée. Pourriez-vous me rappeler ? Et me repréciser vos tarifs ? »

Le message suivant émane d'une femme qui a peur

que sa fille de quinze ans ne se drogue car elle la trouve triste et lunatique. Ensuite, il y a deux appels du style « demande de conseils pour amoureux transis », puis un appel de Carlos, et cinq personnes qui disent avoir besoin de conseils sans toutefois préciser la nature de leur problème. Ensuite, c'est un mec qui dit m'avoir vue sur Internet et qui trouve mes seins trop petits, puis une nouvelle âme esseulée, et d'autres gens sans problème précis, etc. En tout, vingt-huit messages.

Incroyable ! Ça a marché. Une seule matinée à la radio, et les affaires reprennent ! Mais comment faire pour rappeler tous ces gens ? Ça représente une sacrée série de coups de fil et des heures de conversation au téléphone ! Je pourrais peut-être proposer des consultations d'une demi-heure à cinquante dollars ? Ou soixante, il faut savoir se vendre, non ? Si j'en crois les messages laissés par mes clients potentiels, certains des problèmes abordés peuvent être déblayés en un quart d'heure. Que voulez-vous dire sur les verrues après avoir surfé sur le web pour trouver des remèdes de bonne femme ? Mais la clé de la réussite dans ce job, c'est la fidélisation des clients : pas question de se contenter de répondre à *une* question, il faut créer des liens. Je ne suis pas seulement conseillère intuitive, je suis un coach de vie. Vous savez ce que disent les gens : si vous ne savez rien faire, devenez coach !

Je suis en train de me demander quels conseils je *me* donnerais lorsque le portable sonne dans ma main.

Je prends une voix très pro.

— *Elle* Medina.

— Elle, c'est Teri…

C'est qui, déjà, cette Teri ? Ah oui, la femme trompée par son mari.

— Teri ! Bonjour… Euh, si nous reprenions dès le début ?

— … votre éditrice !

— Ah, oui. Mais bien sûr, Teri. Je ne vous entends pas très bien. Il y a de la friture sur la ligne.

— Où en est la rédaction de votre article ?

— J'ai terminé le premier jet. Je n'ai plus qu'à peaufiner un peu mon texte.

— J'en déduis que vous n'avez pas encore préparé d'interview ?

— Euh… c'est exact.

— Ça n'a pas d'importance. Ça manque de punch, tout ça, on se croirait dans un conte pour enfants. Je veux un nouvel article sur les voyeurs.

— Mais j'ai déjà tout dit dans le premier !

— Vous avez écrit huit cents mots. Visionnez de nouveau la vidéo, vous verrez qu'il y a matière à pondre quatre mille mots sur l'humiliation que vous avez subie. Au fait, c'était bien vous ce matin, à la radio ?

Je n'aime pas ça du tout…

— En effet.

— Elle, vous devez nous tenir au courant de ce que vous faites. La synergie fait vendre.

— Vendre quoi ?

— La publicité ! C'est comme ça qu'on vend les

espaces publicitaires, lesquels nous permettent de financer votre rubrique. A propos, avez-vous parlé de votre rubrique à la radio ?

J'essaie de me souvenir.

— Les animateurs l'ont fait.

— Très bien. Si vous avez besoin de décrire les choses sous un angle nouveau, pourquoi ne pas parler de votre promotion, de votre passage du statut de *Grrrl* de la semaine à celui de sponsor ? Vous avez bien vu le nouveau sous-titre ? Eh oui, depuis la sortie de l'article, ils vous ont mise sur la page d'accueil. Ils prétendent que vous avez fait un boulot de promotion formidable pour eux et vous présentent comme leur sponsor.

— Vous aurez le texte demain. Attendez-vous à des surprises !

Lorsque Merrick rentre, je suis en pleine réflexion pour trouver les synonymes du mot « ignobles ». Infâmes ? Lâches ? Dégoûtants ? J'en oublie volontairement de répondre au téléphone, lequel n'a pas arrêté de sonner.

Merrick dépose ses clés sur la table de travail de la cuisine.

— Hé, jeune fille ! Ton téléphone sonne.

— Tu sais peut-être que je suis passée à la radio ce matin ?

— Ah oui, c'est vrai…

O.K., j'ai compris. Il n'a pas écouté l'émission.

— Je vais recevoir des tonnes d'appels. Qui m'aime m'écoute… et qui m'écoute m'aimera ! Ils réclament tous une consultation.

Il ouvre le frigo.

— Une bière ?

— Avec plaisir. Tu sais que je n'arrête pas de râler sous prétexte que personne ne m'appelle, et que je suis obligée de traiter de sujets un peu cucul dans ma rubrique ?

Il rigole.

— Un peu *quoi* ?

— Je savais que ça te plairait. Bien, je résume : j'ai actuellement une quarantaine de clients qui attendent, et mon éditrice me réclame un article qui nous change de la chromothérapie. Je devrais être heureuse, mais je ne le suis pas. Je suis dépassée ! Comment faire pour rappeler tous ces gens et trouver le temps d'écrire mon article d'ici demain 13 heures ?

Merrick répond en desserrant son nœud de cravate.

— Ne rappelle pas les gens !

— Dis-moi, depuis quand portes-tu une cravate ?

Il préfère les chemises à col boutonné et ouvert.

— J'étais au comité de planification…

— Je comprends mieux.

Je m'éloigne de lui sur la pointe des pieds pour rejoindre Miu dans le patio. Merrick me suit.

— Qu'est-ce qu'il y a ?

La pauvre Miu, qui n'a aucune idée d'où il vient, se

frotte la tête contre la cuisse de Merrick, quémandant une caresse. Il lui grattouille le dos d'un air absent. C'est alors que le téléphone sonne. Je l'arrête dans son élan.

— Laisse le répondeur prendre le message. C'est sûrement un nouveau client. Le frangin a donné plusieurs fois ton numéro.

— Et si jamais c'était pour moi ? J'habite ici, que je sache.

— Ce n'est pas pour toi.

— Je n'ai pas reçu d'appels ?

— Si, ta nièce a appelé. Elle veut que tu ailles déjeuner avec elle vendredi. Qu'elle ne s'avise pas de s'approcher de ta tête !

C'est la fameuse étudiante — une vraie beauté — qui a eu le malheur un jour de teindre par erreur les cheveux de Merrick en orange !

Depuis le patio, nous entendons le répondeur se déclencher. Merrick me demande :

— Rien d'autre ?

Je joue les modestes.

— Elle m'a dit qu'elle m'avait entendue à la radio et qu'elle m'avait trouvée bien.

— Je voulais dire, pas d'autres messages ?

— Ah… non, pas d'autre message. Si je comprends bien, tu as raté l'émission…

— La réunion a commencé à 8 heures.

— Ça s'est passé comment ?

— Comme d'habitude.

— « Baissez vos prix en faisant appel à la main-d'œuvre espagnole », c'est ça ?

Merrick éclate de rire.

— Je vois que tu m'écoutes, quand je parle !

— Ce n'est pas comme toi, apparemment.

— Désolé, je ne pouvais pas remettre cette réunion. Mais j'ai cru comprendre que ça s'est plutôt bien passé, non ?

En guise de réponse, mon portable sonne. Je lance à Merrick d'un ton léger.

— Je suis devenue une star.

Puis je jette un coup d'œil à ma rubrique.

— Tu préfères quoi, « des gnomes lâches et répugnants » ou « des types infâmes prêts à tout pour assouvir leur goût du vice » ?

19

Mon second texte sur les *e*-mateurs est de la dynamite. Il est impératif, pour le lire, de porter un masque de protection pour soudeurs (un genre de visière, comme dans *Flashdance*). Plus les semaines passent, plus j'ai de succès. Une réussite sans précédent, qui me désoriente un peu. Un véritable tsunami ! Un exemple : mon portable sonne alors que je suis chez ma pédicure… C'est un client qui m'appelle. Je suis obligée de faire ma consultation sur place. Je dispense des conseils avisés à Amy qui a des problèmes de couple tout en essayant de me décider entre deux couleurs de la palette de vernis à ongles : *Polar Bare* et *Nice Color*. Comment ça ? Amy a entretenu son mari pendant dix ans, le temps qu'il finisse ses études, et, maintenant qu'il est prof de fac, elle se rend compte qu'elle ne peut plus le blairer.

— Où est le problème ?

— Il veut que je l'appelle « Docteur »…

— Je n'aime pas ça du tout !

— Je ne vous le fais pas dire.

En fait, ce n'est pas à elle que je m'adressais, mais à la charmante jeune femme qui est en train de me vernir les ongles des doigts de pied, car je trouve la couleur *Polar Bare* insipide. Je lui fais signe de passer à *Nice Color.*

— Amy ? Vous êtes toujours là ? Bon. Vous êtes en train de me dire qu'il n'est pas docteur en médecine, mais titulaire d'un doctorat de troisième cycle… C'est assez énervant, en effet. Mais… si vous me disiez quel est le vrai problème ?

Elle hésite un instant.

— Eh bien voilà… un autre homme m'a demandé de sortir avec lui. C'est un collègue de bureau.

— Sait-il que vous êtes mariée ?

— Il dit que ça n'a pas d'importance, qu'il n'est pas maître de ses sentiments.

— Ses sentiments ? Quand les femmes ont des sentiments pour quelqu'un, c'est leur cœur qui parle. Mais vous savez très bien que, chez les hommes, ce n'est pas le cœur…

Elle pouffe, mais n'ose pas répondre.

— J'aimerais vous poser une question : si votre mari vous agace à ce point, est-ce vraiment parce qu'il veut que vous l'appeliez « Docteur », ou parce que vous envisagez d'avoir une liaison et que vous vous sentez coupable ?

Silence. Un silence qui équivaut à un « oui ».

— Aimez-vous votre mari ?

Le silence se prolonge. Je l'interprète comme un nouveau « oui ».

— Quel métier exercez-vous ?

— Je suis l'assistante d'un avocat. Je voulais être avocate, mais nous n'avions pas les moyens de faire des études tous les deux.

Là, je crois que je suis sur la bonne voie…

— Et votre mari, quel travail fait-il ?

— Il a eu de la chance. Il a obtenu un poste dans un centre universitaire et sera bientôt titularisé.

— Laissez votre mari jouer au docteur, Amy. Quant à vous, reprenez vos cours de droit.

— Mes cours de droit ? Mais je suis bien trop vieille. Le temps que je termine mes études, j'aurai quarante ans.

— Si vous le ne faites pas, ça ne vous empêchera pas d'avoir quarante ans ! Et puis ce n'est pas un virage à quatre-vingt-dix degrés, il s'agit simplement de progresser dans la carrière que vous avez choisie. Votre mari a eu sa chance, c'est votre tour.

— La fac de droit ? Pourquoi pas. Vous savez, j'aimerais encore mieux être avocate moi-même que de travailler pour un de ces vantards !

— C'est bien ce que je voulais dire. Quant à votre histoire d'amour au boulot, je ne pense pas que ce soit une bonne idée. Commencez par vous inscrire à vos cours, et vos relations avec le docteur devraient s'améliorer assez vite. Sinon, bas les pattes !

C'est ma façon à moi de conclure. Un peu de hip-hop chez les psy, ça change, non ?

J'éteins mon portable et j'examine mes doigts de pied. Je ne sais pas pourquoi j'étais si sûre de moi quand j'ai dit à Amy que retourner à la fac résoudrait ses problèmes conjugaux. Regardez, moi, par exemple, ça ne résout pas mes problèmes avec Merrick.

Mon téléphone sonne de nouveau pendant que je règle la note de la pédicure.

— Oui ? Elle à l'appareil.

— Pourquoi cet engouement pour le hip-hop, déjà ?

C'est Maya.

— Tout le monde a besoin de faire son petit numéro. Le mien, c'est de faire la jonction entre le New Age et O.G.

— Je parie que tu ne sais même pas ce que O.G. veut dire…

— Euh… Old Ghetto ?

— En résumé, tu es une fausse voyante et une fausse spécialiste du hip-hop… Bon, ça te dirait d'aller voir quelques magasins de meubles, demain ? C'est pour réaménager le bar.

Depuis que je lui ai suggéré d'investir l'argent de son trousseau dans la rénovation du bar, Maya n'a pas chômé ! Elle a contacté des peintres et des entrepreneurs.

La première étape a été d'ôter des murs les photos de Juifs des quartiers sud de l'East Side de New York, dans les années 1940. Le père de Maya et moi avons regardé les larmes aux yeux ma copine déposer chacun de ses ancêtres dans une caisse (étiquetée Bushmill's Irish Whiskey). Son père lui a dit qu'elle aurait pu au moins utiliser une caisse de *slivovitz*.

Merrick s'est conduit en grand seigneur, ce qui ne m'étonne pas de lui. Il est passé plusieurs fois au bar après le boulot pour conseiller Maya sur le choix des peintures. Pour les murs, il a choisi le bleu marocain. Il a aussi conseillé à Maya de retirer le lino et de polir le ciment qui est dessous, etc. Le tout en dégustant quelques manhattan. Moi, la seule fois où je lui ai suggéré de mettre des bougies, Maya m'a réclamé quatre dollars cinquante pour ma bière !

Je grimpe dans ma voiture, mon portable toujours collé à l'oreille.

— Demain, je ne peux pas. C'est le jour où je rends mon article. Mais c'est O.K. pour aujourd'hui, si tu veux.

— Tu ne peux pas écrire ton article aujourd'hui et faire du shopping demain ?

— Non. J'écris toujours mes textes juste avant de les déposer.

— Mais…

— Il n'y a pas de mais, c'est comme ça que je travaille. C'est comme les étudiants qui passent leurs nuits à réviser. Tu ne me changeras pas.

Je l'entends soupirer.

— Tu vas vraiment écrire un nouvel article sur ton histoire de *Santa Barbara Grrrrls* ?

Je la sens moyennement enthousiaste.

En fait, c'est le troisième texte que j'écris sur les Ignobles Voyeurs. Voilà cinq mois que je tiens la rubrique New Age, et je n'ai jamais eu un seul appel. Il a suffi que je ponde deux textes sur le sexe en deux semaines pour que mon téléphone sonne à tout bout de champ. S'il y a des pervers dans le lot, ils paieront le prix fort.

J'annonce à Maya que j'ai interviewé Justine.

— Celle qui t'a appelée à la radio parce qu'elle aussi s'est retrouvée sur le site des *Santa Barbara Girls* ?

— Pas girls, *Grrrrls* ! Oui, c'est elle. Mais je ne mentionnerai pas son nom.

— Et que comptes-tu écrire ?

— Je veux que ce soit un texte qui fasse réfléchir les gens.

— Je vois. En d'autres termes, tu n'as aucune idée.

— Tu as tout compris !

Trois heures plus tard, nous sommes en train d'étudier les tabourets de bar d'un œil critique lorsque mon portable re-sonne. Maya proteste.

— Elle !

— Je croyais que c'était juste dans la voiture…

Il faut dire que j'avais promis à Maya d'éteindre mon portable.

Je lui tourne le dos en me bouchant l'oreille gauche avec un doigt pour ne pas l'entendre fulminer.

— Elle ? C'est Blake…

— Mon D.J. préféré !

— Exact. Vous savez que nous parlons toujours de vous ? En bien, naturellement. Ça vous dirait de repasser à l'antenne ?

— Quand vous voulez. J'adore votre émission.

— Je vous propose trois matinées par semaine, pendant trois heures. Pour des entretiens en direct avec nos auditeurs.

— Trois matinées ? Si je comprends bien… c'est un job que vous me proposez ?

— Bien sûr.

— Je vois. Ne quittez pas…

Je mets ma main sur le téléphone et j'annonce la nouvelle à Maya.

— On me propose un job. Ce sont *eux* qui m'ont appelée, pas l'inverse. Tu te rends compte ? Ils m'appellent pour me proposer du *boulot* ! Un boulot, tu comprends ? Ce sont eux qui ont fait la démarche.

Je retire ma main du téléphone.

— Blake ? Je ne sais pas quoi vous dire.

— C'est ce que j'ai cru entendre, Elle.

— Oh… je vois. Je… je serais payée combien ?

Une somme dérisoire, en fait. Mais il prétend que les retombées seront inestimables.

— C'est ça, inestimables.

Je lui donne mon accord, tout en précisant que je ne veux aucun bruitage pendant que je discute avec les gens qui m'appellent. Blake est un peu réticent.

— C'est un peu ma marque de fabrique.

— Je sais. Vous pouvez continuer à le faire avec Sarah et moi, mais pas quand les auditeurs me parlent.

Nous tombons d'accord, puis nous réglons tous les autres détails dans la foulée. Je ferme mon portable d'un geste décidé du poignet. Je me fraye un chemin entre les tables basses en expo dans le magasin pour rejoindre Maya, en esquissant trois pas de danse. Si je résiste à l'envie de faire un numéro de claquettes *sur* les tables, c'est a) parce que je ne sais pas faire des claquettes et b) parce que Maya déteste se faire expulser d'un magasin. Même après quinze ans d'amitié.

Je l'interpelle.

— Maya, devine qui vient d'hériter d'une émission radio ?

— Janeane Garofalo.

— Non. Enfin, elle aussi, mais je te parle de quelqu'un d'autre.

— Ben Affleck. Giovanni Ribisi. Mindy Cohen.

— Celle de *Facts of Life* ?

— Oui. Elle jouait le rôle de Tootie.

— Non, de Nathalie. Je l'adore, d'ailleurs. Mais non, ce n'est pas elle non plus.

— Ne me dis pas que… c'est ELLE MEDINA ?

Elle a pris une voix de présentatrice. Je fais mine de saluer la foule.

— Merci. Merci beaucoup… Je tiens à remercier le public.

— C'est géant !

— Trois fois par semaine, Maya. Et, *en plus*, ils vont me payer.

— Combien ?

— Euh… quelque chose comme le SMIC. Pas mal, non ?

— Bof… !

— Je sais… mais c'est très bon pour les affaires. En gros, on me paie pour faire ma pub.

— C'est vrai. Bon, maintenant, tu vas me faire le plaisir d'éteindre ton portable, et de te concentrer sur les tables et les chaises pour m'aider à choisir. Que dirais-tu de celles-ci ?

— Merrick a dit « pas d'osier ».

— Les accoudoirs sont en métal.

Je regarde autour de moi et j'aperçois des banquettes basses de bois noir.

— Tu n'as pas besoin de chaises. Les murs sont bien bleu marocain ? Alors prends des banquettes et des tables basses. Comme les bars qu'on voit dans *InStyle*, ceux où vont les stars. Un bar de star, voilà ce qu'il te faut !

Maya se dirige vers une des banquettes et y pose son minipostérieur. Elle en teste le moelleux en se levant et en se rasseyant plusieurs fois de suite, puis fait semblant de siroter un cocktail et de flirter avec un voisin virtuel.

— Ça pourrait coller.

Elle cesse subitement son petit manège. Je la vois pensive.

— C'est vraiment bizarre.
— Quoi ?
— Toi. Tu as l'air, tu es…
Je prends la pose *Wonder Woman*.
— Invincible !

20

Que ce soit bien clair : je ne crois pas que briser un miroir vous porte la poisse pendant sept ans. Je ne crois pas non plus que les chats noirs portent malheur, ni qu'il est dangereux de passer sous une échelle, à moins bien sûr que la personne perchée sur l'échelle ne laisse tomber des trucs sur votre tête. Et la seule expression « tenter le sort » me déplaît. Le destin ne traîne pas dans votre salon en attendant que le téléphone sonne.

Me vanter d'être invincible, ce n'est pas à proprement tenter le sort. Pourtant, lorsque j'écrirai mes mémoires — *Conseils d'une Gentlewoman au terme d'une vie bien remplie* — il y aura en première page un petit démenti pour le lecteur : « En fait, c'est affreux, je continue à faire n'importe quoi. Mais circulez, y a rien à voir ! » Juste au cas où…

Le destin ne se manifeste pas tout de suite avec moi. Je sors du magasin de meubles sans problème, presque épanouie (ça me change !), forte de mon nouveau karma tout pimpant.

Le lendemain matin, je me réveille tôt pour écrire mes huit cents mots. Pour moi, cet épisode des Ignobles Voyeurs est déjà de l'histoire ancienne, même si je reçois encore à l'occasion quelques appels obscènes.

Je passe donc à l'étape suivante. Je me mets à écrire sur certains de mes clients, en citant leurs questions sans dévoiler leur identité, cela va de soi, et en leur donnant mes réponses. Je parle aussi de ce que j'aurais dû dire, et de ce que j'attends d'eux.

Teri adore mon article. Elle me demande juste d'éviter les caractères italiques tous les deux mots. J'ai le sentiment que rien ni personne ne peut m'arrêter.

Deux jours plus tard, le Mauvais Garçon déménage. Comme il a décroché le fameux boulot pour les informaticiens qui sont passés le voir l'autre jour, il estime — je cite ses propres mots — : « qu'il peut se payer quelque chose de mieux que ce dépotoir ». Remarquez, il n'a pas tort, vu que c'est lui qui, en quelques semaines, a transformé mon appartement en dépotoir.

Bien que nous soyons samedi, et qui plus est l'après-midi, Merrick part bosser. Je l'accompagne avec Miu dans la voiture pour commencer à faire un peu de ménage chez moi. Miu se contente de paresser sur sa couverture en cachemire en mâchouillant un os de cuir brut, mais il faut bien que je m'y mette.

Sur le coup de 19 heures, je fais le bilan : j'ai frotté le plancher, ciré les meubles et récuré la baignoire. Je suis sur les genoux et je meurs de faim. Miu me traîne dans l'escalier pour que je frappe à la porte de Merrick.

Je veux savoir s'il a envie de manger chinois ce soir, mais il ne répond pas. J'essaie d'ouvrir la porte : elle est fermée à clé. Je jette un coup d'œil sur le parking : sa voiture n'est pas là. Bizarre, bizarre.

De retour dans mon appartement, je l'appelle sur son portable. Le voilà qui me lance :

— Salut ! Tu es où ?

— Toujours au même endroit. Et toi ?

— C'est quoi, au même endroit ? Moi je suis en train de dîner à la maison. J'ai fait des pâtes. Quand rentres-tu ?

— Attends, tu plaisantes ?

— Non. Ce sont des *capellini* à la tomate et au basilic. J'ai même gratté du parmesan pour toi en prime…

— Merrick, je suis à l'appartement. C'est toi qui m'as accompagnée jusqu'ici en voiture, rappelle-toi !

Silence. Puis il se met à jurer.

— Nom d'une pipe !

— Ne me dis pas que tu as *oublié* ?

— Non. Je veux dire… Si.

Il s'éclaircit la gorge, histoire de meubler.

Je ne sais pas quoi dire. Certes, il m'arrive souvent d'être agaçante, voire exigeante. Mais de là à m'oublier !

— Excuse-moi, Elle, j'avais l'esprit ailleurs… Tu sais que j'ai du boulot par-dessus la tête en ce moment. Je passe te chercher, et, après, tu auras droit à du rab de parmesan. J'arrive… Dans dix minutes maxi.

— Non, attends ! Ce soir, je reste ici.

Je suis assise dans mon fauteuil, le téléphone à la

main, tout en surveillant Miu dans son coin. Je suis irrésistiblement attirée vers ma chambre par le chant des sirènes (ou, si vous préférez, par mes draps qui sentent bon le linge propre).

— Mais… et mes *capellini* ?

— Je me sens bien ici, ce soir.

— Tu ne veux pas rentrer à la maison ?

Je soupire.

— Merrick, je *suis* à la maison.

Quand arrive le matin, je me sens plutôt nerveuse en pensant à Merrick. Nous ne nous sommes pas souhaité bonne nuit, hier. Il n'a pas compris mon envie de dormir seule. Et, dans la douce lumière du jour, je n'y comprends rien moi-même. Finalement, je déteste dormir seule, même si j'ai passé une bonne partie de la nuit à faire des câlins à Miu. Mais la bonne nouvelle, c'est que, maintenant, je peux vivre avec Merrick, dans sa maison.

Il fallait d'abord que je m'assure qu'en prenant la décision de venir habiter avec lui ce n'était pas par *nécessité*. Et, maintenant, la preuve est faite. J'ai une belle carrière devant moi : de nouveaux clients par téléphone, des interventions régulières à la radio et une rubrique dans *Permanent Press*. Sans parler de ma mission de coordination pour le mariage de Maya. Ce n'est peut-être pas ce qu'on appelle une carrière au sens strict du terme, mais ce n'est quand même pas mal. Pour moi, c'est carrément génial !

En plus, comme je ne paie pas de loyer, l'économie

d'argent me permet d'aider Merrick à rembourser son emprunt.

Merrick… Comme il m'a manqué, cette nuit ! Je l'aime.

Je l'appelle toutes affaires cessantes. J'ai prévu de passer une journée tout ce qu'il y a de romantique avec lui. J'imagine déjà la scène… Il arrive tôt, pour me conter fleurette autour du petit déj', puis il me propose d'aller faire un tour au Forum des arts contemporains de Paseo Nuevo — Merrick a une passion pour l'art contemporain. Il adore lire des bouquins qui traitent de ce sujet et, quand nous venons là, il est quasiment en transe. Personnellement, je n'y connais rien, mais c'est plutôt dans mon style : les artistes tentent de convaincre les gens que, s'ils décident que c'est de l'art, *c'est* de l'art. Et que leurs idées déjantées méritent d'être rémunérées. Ça s'applique parfaitement à mon cas.

En général, il y a deux expositions dans ce Forum, l'une dans la salle principale, l'autre dans une petite galerie attenante. Aujourd'hui, la première expo a pour thème « pommes et branches ». Des pomme McIntosh percées de branches de bouleaux blancs, une golden delicious empêtrée dans un chêne… Vous voyez le topo ? Dans la petite galerie, un projecteur envoie sur le mur des images prises au hasard des sites web. Le côté pommes/branches est plutôt bien fait, avec un éclairage original sur la décomposition et la fermentation, mais je trouve les images des sites web lamentables ! Je n'aurais jamais le culot d'appeler ça de l'art, même moi !

Voilà une semaine que je dispense régulièrement mes conseils à la radio. Je suis l'Emily Post de la FM.

Merrick se perd dans la contemplation d'un alignement de granny-smith. Il vient d'admettre qu'il était un petit ami impossible.

— Tu ne m'as pas écoutée *une seule fois*. J'ai raison, oui ou non ?

— Je sais, excuse-moi. Mais, quand tu as fait tes débuts, j'étais déjà surbooké, j'avais des réunions tous les matins.

— Et tu n'aurais pas pu m'écouter, pendant ces fameuses réunions ?

— Je te promets que, la semaine prochaine, je t'écouterai tous les jours.

— Et tu as intérêt à aimer !

Il m'embrasse.

— Je suis convaincu que tu es géniale. Mais je me demandais… comment vas-tu faire quand les cours vont commencer ?

— A propos… puisque tu parles de Laverna…

— Tu n'as pas à t'inquiéter.

— Ah non… ?

— Je me souviens du prix des livres, c'est scandaleux. Alors c'est moi qui achèterai tes livres dans la mesure où c'est moi qui t'ai poussée à suivre ces cours.

Il faut absolument que je lui dise *maintenant* que je n'irai pas à la fac. J'imagine déjà sa déception, et je m'en veux de gâcher cette journée de réconciliation. Mais le mensonge n'a rien de romantique, et pourquoi devrais-je avoir honte de moi ? D'accord, je suis une fausse voyante, mais j'aide les gens, c'est même la seule chose que je fasse bien. Si, comme je l'espérais, Merrick avait été emballé par mon émission de radio, cela m'aurait facilité la tâche. Mais j'en ai marre de repousser l'inévitable.

Au moment où je prends une profonde inspiration pour lui avouer que je ne suivrai pas les cours de Laverna… mon portable sonne dans mon sac.

Zut de zut ! Merrick m'a demandé de l'éteindre à l'entrée du Forum, mais j'ai dû par erreur le mettre en mode vibreur.

Alors j'improvise.

— Ce genre d'œuvres d'art me donne envie de faire pipi.

Et je fonce vers les toilettes.

Ce que je peux être lâche, quand même ! Je prends la ligne au moment même où je pousse la porte de verre.

— Vous saviez que c'était moi ?

C'est Blake. Il en profite pour tester mes dons de voyance. Je me contente de m'esclaffer en guise de réponse. Mais il insiste.

— Vous avez une idée de la nouvelle que je vais vous apprendre ?

— Ils vous remplacent par un chien qui parle ?

— « Le chiot volé et le chien parlant », ça se tient, non ? Mais, désolé, c'est beaucoup mieux que ça.

Figurez-vous que notre maison mère de L.A. a entendu un enregistrement de votre émission.

— Non !

— Si !

— Et ça leur plaît ?

— Ils vous adorent.

— C'est vrai ? C'est *vraiment* vrai ?

— Elle, on se calme !

— Bon, d'accord.

— Ils veulent discuter avec vous d'une éventuelle émission à Los Angeles.

Les portes du paradis s'ouvrent toutes grandes sur des gonds bien huilés, et un flot de lumière irisée jaillit devant moi. Los Angeles est une grande ville, une ville renommée, une vitrine qui vous offre d'innombrables occasions de voir votre nom sur une affiche. C'est à ce moment-là qu'on sait qu'on a réussi. Mon portrait géant sur une affiche ! Mon portrait peint à l'aérographe sur une affiche…

Je dis d'unc voix à peine audible :

— A la radio de L.A. ?

— Non, pas la radio. La télé.

La télévision ! Là, c'est du sérieux. De la vraie télé avec des caméras, des maquilleuses et des bouteilles d'eau pour cinq minutes de conseils dans une émission du matin. La productrice, Shelley Pitts-Jones, doit venir à Santa Barbara dans un mois. Blake lui a déjà dit que je connaissais bien le milieu de la télé, ce qui signifie dans sa bouche « que je ne suis pas totalement idiote », mais Shelley fait le déplacement pour s'assurer que j'ai le bon look.

Le bon look. Vous savez ce que ça veut dire ? Ça veut dire que je vais passer une bonne quinzaine de nuits blanches, et dépenser six mille dollars en crèmes pour pores dilatés et en produits de soin pour le cheveu.

Je remercie Blake. Dès que j'arrête d'hyperventiler, je retourne au petit trot vers Merrick qui prenait la direction de la seconde expo, et je lui annonce la nouvelle.

Il se contente de demander :

— Et tu lui as dit quoi ?

— Comment ça ?

— Eh bien oui, que lui as-tu dit ?

— Je lui ai dit : « Non, pas question de passer à la télé ! »

— Si je comprends bien, tu as dit oui.

— Et comment !

— Tu comptes donc faire des allers-retours en voiture jusqu'à L.A.

— Deux fois par semaine, si ça marche, évidemment. La productrice vient à Santa Barbara le mois prochain pour vérifier que je n'ai pas une tête de gnome avant de s'engager. Si je lui fais bonne impression, l'affaire est dans le sac.

— Tu sais bien que tu n'as rien d'un gnome.

— Merci du compliment.

— … tu vas donc décrocher ce jo…

Je suis aux anges.

— … tu n'iras donc pas à Laverna.

Cette fois, les anges s'envolent.

— C'est bien ça, non ?

Je me raidis.

— C'est vrai, je n'irai pas à Laverna. Ni à Laverna ni ailleurs. Je ne veux pas devenir psychologue. Je déteste les cours, je déteste les profs, je déteste la théorie. Rien qu'à l'idée de donner de vrais conseils à de vraies gens qui ont de vrais problèmes je suis malade.

Mieux vaut en rester là pour l'instant, sinon sa tête risque d'imploser !

— En résumé, tu vas leur donner des conseils bidon.

— Je ne donne jamais de conseil bidon ! Je... je fais juste semblant d'être voyante au lieu de me prendre pour une thérapeute bardée de diplômes qui se prétend à l'écoute des gens. Parce que il ne faut pas croire que les vrais psy se comportent mieux que moi.

— Est-ce que ça justifie ce que tu fais ?

— En tout cas, ce n'est pas pire. Et ça coûte bien moins cher.

— Mais tu mens aux gens !

— Et toi, tu es en train de devenir très pénible...

Il se frotte la joue.

— Tous mes projets avec le syndic de copropriété à New York sont en train de s'écrouler. Depuis trois mois, je bosse comme un dingue, je travaille tard le soir — au point de t'oublier chez toi ! —, je refais tout des dizaines de fois. Ma carrière est en jeu, Elle. Ou je réussis mon coup, ou je me contente de végéter, de devenir architecte de seconde zone condamné à retaper des immeubles en copropriété. Il va falloir que je retourne à New York, le comité essaie de m'arnaquer et, toi, tu n'es jamais là pour m'aider !

— Jamais là ? Pour ça, il faudrait peut-être que je sois au courant ! Tu n'arrêtes pas de me rappeler que je ne suis pas voyante, mais tu voudrais que je sois capable de lire dans *tes* pensées…

— Tu n'as pas envie de vivre avec moi, tu es incapable de décider où tu veux habiter et ce que tu veux faire de ta vie. Moi, j'ai besoin que les choses soient claires. Je suis désolé, mais, dans notre couple, j'ai l'impression de faire tout le boulot. Toi, tu ne fais même pas l'effort d'essayer.

— Tu parles de Laverna ? Je regrette, Merrick, mais ce n'est pas pour moi, ce n'est pas *moi* ! J'ai envie d'autre chose, même si ça te pose un problème.

— Tu ne te rends donc pas compte que tu te mens à toi-même, Elle ? Tu vis dans le mensonge. Et tu sais très bien que les gens finiront par découvrir que tu n'es pas voyante, et sous le feu des médias en plus !

— Pourquoi me dis-tu ça ?

— Parce que je te connais bien.

— Tu es loin de me connaître.

Je m'aperçois soudain que quelques élèves des Beaux-Arts sont en train de se faire des messes basses et de pouffer en m'observant depuis la petite galerie annexe, la « salle de projection ». Je me dis que c'est à cause de notre scène de ménage, mais pas du tout : sur le mur, on est en train de projeter quelques morceaux choisis du site *Santa Barbara Grrrrls*. Et c'est moi qui suis en vedette, nue sous ma douche, en train de me savonner puis de m'appliquer une crème de soin sur le corps. On voit ensuite la porte de ma salle de bains s'ouvrir et le frangin entrer dans la pièce. Croyant qu'il s'agissait de Merrick, j'ai joué de la prunelle pour l'aguicher… La vidéo s'arrête et on reprend depuis le début. En boucle.

Je reste calme.

— O.K. Je me suis encore fait piéger.

— Tais-toi !

— Ce n'est pas du tout ce que tu crois.

— S'il te plaît, tais-toi !

21

Quatre jours plus tard, Merrick et moi ne nous sommes toujours pas adressé la parole. Je ne sais même pas s'il est encore en ville. Je ne l'ai pas appelé car je suis toujours gênée d'avoir été piégée une deuxième fois par les Ignobles Voyeurs, et encore, le mot « gênée » est faible ! Je me sens humiliée et je ne décolère pas. Lui non plus n'a pas appelé, sans doute parce que je ne suis pas la femme qu'il voudrait que je sois.

Voici la lettre qui paraît aujourd'hui dans *Permanent Press* :

« *Cher Permanent Press,*

» *Si votre chroniqueuse, Elle Medina, était vraiment voyante, elle saurait qui sont ces Ignobles Voyeurs. S'il s'agissait d'animaux, moi qui suis psy pour animaux, je saurais très bien qui sont les responsables. Et, au cas où vous l'ignoriez, elle a encore été filmée en tenue d'Eve, mais chez elle, cette fois. Sous sa douche. On peut légitimement se demander comment elle a pu être filmée* à son insu *dans son appartement minable… Faut-il la mettre en cause ? Est-ce un coup de pub ? Je pense que vos lecteurs méritent de connaître la vérité.*

» Bien à vous. »

Crystal Smith
Psy pour animaux
Goleta

Ma première réaction a été de me dire que je n'en avais rien à cirer. Côté psy, elle est encore plus bidon que moi. Qui va prêter la moindre attention à une nana qui se dit spécialisée dans le psychisme des chiens, et qui vit à Goleta ?

Mais je me rends vite compte qu'ils sont légion à l'écouter.

Ma rédactrice en chef, Teri, m'appelle pour me dire que les paris sont ouverts au journal, la question étant de savoir combien de temps il faudra à mon petit ami pour me plaquer.

Je m'entends demander :

— Et quelle est la cote ?

— Jimmy a parié à trois contre un qu'il ne vous quittera pas.

— Pas mal.

— En fait, la plupart des gens sont persuadés qu'il vous a déjà quittée.

— Je vois.

— Est-ce vrai ?

— C'est pour ça que vous m'appelez, Teri ?

Le problème, c'est que je ne connais pas la réponse…

M'a-t-il quittée ? Qu'y a-t-il de pire, d'ailleurs : être larguée par Merrick, ou rester dans le doute ?

— Non. Je vous appelle parce qu'il faut absolument découvrir qui sont ces gens, ces voyeurs. Je vous donne une semaine. Je veux des noms, Elle. Je veux que vous me mettiez la main sur ces salauds. Tenez, je vous autoriserai même à écrire leur nom en italique dans votre rubrique. J'attends un texte de mille cinq cents mots sur mon bureau dans un délai d'une semaine à compter de mardi !

— Mille cinq cents mots ? C'est deux fois plus que ma rubrique habituelle. Je suppose que vous me paierez deux fois plus ?

— Non. Mais, si vous me tenez au courant de ce qui se passe entre vous et votre petit ami, je pourrais être amenée à envisager un petit bonus.

— Teri, croyez-vous sérieusement que je sois prête à parier *de l'argent* sur l'avenir de mes relations avec l'homme que j'aime, celui avec lequel je veux passer le reste de mes jours ?

— Deux cents dollars !

— Je vous rappelle.

Et je raccroche.

Je ne suis pas vraiment en train de miser sur mon avenir avec Merrick, car je suis intimement convaincue que nous sommes toujours ensemble. Cette petite info sur les paris ouverts au journal ne me fait donc ni chaud ni froid. Sur un plan éthique, c'est totalement défendable, Emily Post elle-même serait d'accord avec moi.

De toute façon, j'ai un problème plus immédiat à résoudre : comment faire pour découvrir l'identité des Ignobles Voyeurs ? Teri me prendrait-elle pour une journaliste d'investigation ? Personne ne sait rien de ces types.

Je passe un coup de fil à Carlos. Je l'entends taper sur son clavier.

— Vous avez trouvé quelque chose sur ceux qui se cachent derrière Barbalicious ?

— Rien. Le site est gratuit, donc pas de traces de paiement par cartes de crédit… Du moins, je n'ai rien découvert.

— Merci quand même. Je crois que je vais… je… je vais…

— Attendez, ne me dites pas que vous êtes en train de pleurer… ? Ça ne vous est encore jamais arrivé ! Vous êtes une menteuse, pas une pleurnicheuse.

Alors je craque. Je lui déballe tout : le désaccord entre Merrick et moi à propos des cours, le fait que Maya se marie avant moi, et cette histoire de paris au journal, sans oublier la psy pour animaux qui a des velléités de vengeance et qui apparemment veut ma peau.

J'entends comme un fou rire au bout du fil, et je lui dis d'arrêter, car je ne vois pas du tout ce qu'il y a de drôle.

Puis j'embraye sur la nouvelle vidéo où j'apparais entièrement nue, et qui a été projetée sur les murs de l'expo devant une bande d'éternels étudiants aux

Beaux-Arts pendant que Merrick et moi réglions nos comptes.

Je renifle.

— Je ne sais même pas comment on a pu introduire une caméra dans ma salle de bains !

— Qui d'autre a accès à votre appartement ?

— Miu, mais elle ne me trahirait jamais. Merrick. Mon propriétaire. Monty. Neil, le...

— Oui, je connais ce Neil... nous nous sommes parlé au téléphone, vous vous souvenez ? Il n'oserait jamais faire une chose pareille, sa femme le tuerait. En revanche, il faudrait peut-être voir du côté du propriétaire. Il est déjà arrivé qu'on tombe sur des voyeurs !

— Monty est comme une bonne fée pour moi, c'est exclu. Qui d'autre ? Il n'y a plus que le Mauvais Garçon.

— Qui ça ?

— Le frère du fiancé de Maya. Mais oui... ça pourrait très bien être lui, il aurait très bien pu monter toute cette histoire sans problème. Il squattait mon appartement.

Pourquoi n'ai-je pas pensé à cette possibilité plus tôt ? Sans doute ma répugnance à associer quoi que ce soit de négatif à M. Perfection.

— Pendant combien de temps ?

— Un bon moment. Attendez, non... il n'était même pas en ville la première fois qu'on m'a filmée.

— Alors qui d'autre ?

— Comment voulez-vous que je sache ? Peut-être

Crystal Smith… Oui, elle pourrait être le cerveau de l'opération.

— La psy pour animaux qui voulait se venger… Qui d'autre ?

— Mais qu'est-ce que j'en sais, moi ! Tous ceux que le frangin a pu faire venir chez moi. Les tailleurs gay. Je vous remercie quand même de m'avoir écoutée, Carlos.

— Sachez que je serai toujours là pour vous, Elle.

Je souris. Ça me fait chaud au cœur que quelqu'un m'aime.

— Même si je saute un remboursement ?

— N'en profitez pas, chère demoiselle.

Je campe devant la porte de Ray Flood jusqu'à ce qu'il accepte d'utiliser sa maîtrise de l'Internet pour découvrir l'identité des Ignobles Voyeurs. Ça ne dure que cinq minutes, il a bien trop peur que je fasse le siège de son appartement ! Et d'avoir à me supporter indéfiniment sur son paillasson.

Il vient au rapport l'après-midi suivant : il n'a rien trouvé. Je décide donc d'appeler Neil, et je lui dis tout de go que Kara sera furieuse contre lui si elle apprend qu'il a fait passer des photos de moi nue sur Internet. Cette accusation devrait le déstabiliser. Si c'est lui le responsable, il sera tellement à cran qu'il finira par avouer sa culpabilité. J'écoute donc très attentivement sa réaction à mes propos.

— Internet ? C'est la première étape du plan de la DARPA, la *Defense Advanced Research Projects Agency*, pour contrôler tous les moyens de communication. Je ne pense pas seulement aux ordinateurs, mais aussi aux téléphones portables, et même à la ligne de votre fixe. Ne nous voilons pas la face, tout ça, c'est du Big Brother. Quant à la police…

O.K., ce n'est pas Neil. J'appelle Monty, mais je n'ai pas le courage de l'accuser d'avoir installé une caméra cachée chez moi. J'ai la trouille qu'il fasse une attaque et que je sois obligée d'aller à l'hôpital. Et puis, je suis persuadée que ce n'est pas lui.

En revanche, ce pourrait être Ray Flood. Il a beau être tout intimidé en ma présence, je suis persuadée que sa libido est bloquée dans son unité centrale. Mais si c'est lui, pourquoi m'aurait-il mise sur la piste des mecs de Barbalicious ?

Les tailleurs gay font d'excellents suspects — Johnny adorerait me persécuter, j'en suis certaine… sauf que le seul fait d'imaginer mon corps nu le ferait certainement frémir d'horreur.

Ça me fait penser, il va falloir que je les motive un peu, Waldon et lui, pour qu'ils fassent les dernières retouches à la robe de mariée de Maya. Le mariage est dans deux semaines, et, même si je suis toujours en train de me battre avec cette histoire de *Santa Barbara Grrrls*, j'ai consacré beaucoup de temps à l'organisation de la cérémonie et de la réception. Dommage que je fasse ça par amitié et pas pour de l'argent, car tout se passe fabuleusement bien. Le bar est sublime et sera achevé à temps, le rabbin a accepté d'unir les mariés sur la plage après avoir louché un bon moment sur mon décolleté. Valentine a déniché un traiteur qui pratique des prix raisonnables (vous ne trouverez jamais moins cher qu'un commerçant de Montecito pas cher !). Quant à moi, je viens de confirmer la commande de fleurs chez le grossiste de Carpinteria.

Tout est donc parfait.

Enfin, presque. N'oublions pas que je suis sur le point de perdre mon boulot au journal, et que je n'ai pas échangé un seul mot avec Merrick depuis huit jours. Je l'ai appelé ce matin, mais je suis tombée sur son répondeur qui m'a appris qu'il était à New York pour affaires. Je savais qu'il ne venait pas au bureau, mais je croyais qu'il travaillait chez lui. D'après son message, il ne sait pas exactement quand il rentrera.

Il est donc parti sans m'en parler. C'est plutôt une bonne nouvelle car ça tendrait à prouver qu'il s'agit d'une simple querelle. S'il m'avait quittée, il me l'aurait dit, et les risques qu'il rencontre Scarlett Johansson sont quand même très minces ! Je crois qu'elle habite à Los Angeles.

Malgré tout, je n'arrive pas vraiment à me convaincre qu'un homme qui quitte la ville sans en parler à sa petite amie est un type bien. Pour tromper mon angoisse, je grignote un muffin aux pépites de chocolat sur le chemin des studios. Ce qui est stupéfiant, c'est que j'ai encore un boulot. Trois jours par semaine à la radio… Finalement, je ne suis pas si nulle que ça ! Des gens appellent et je leur donne des conseils. Malheureusement, j'ai beau leur donner mon numéro de téléphone toutes les vingt minutes, je n'ai aucun appel chez moi. Pourquoi voulez-vous que ces gens paient alors que je suis disponible à titre gracieux neuf heures par semaine ? Résultat : au lieu de me faire cent dollars de l'heure, je bosse au SMIC. Même une fausse voyante mérite mieux !

Quel soulagement si je pouvais arrêter de faire semblant, me contenter de dispenser mes conseils sans utiliser tout ce charabia ! En fin de compte, qu'est-ce qui me retient ? *Personne* ne me prend vraiment pour une voyante.

Alors autant admettre que je ne le suis pas. Que pourrait-il m'arriver, au pire ? Etre virée, ne plus recevoir aucun appel, vivre dans un wagon et mourir empoisonnée par un éclair au chocolat sans qu'on s'aperçoive de mon absence avant six semaines…

Je fais un galop d'essai dès les premiers appels : je ne fais pas intervenir les astres, ni ne lis les cartes de tarot. Je me contente de donner des conseils nets et précis. A Angela, je dis qu'elle doit cesser de fumer, et à Samantha que si son mari fait une pause déjeuner de deux heures avec son ex, ça ne signifie pas obligatoirement qu'ils ont une liaison. Ça veut simplement dire qu'il se conduit comme un crétin. Parlez-lui en, mais ne divorcez pas. Pas encore.

Personne n'a l'air de s'apercevoir que j'ai laissé tomber le bla-bla de voyante. Mon troisième appel émane de Stuart, de la ville de Solvang, qui veut savoir s'il doit partir de chez sa mère. Je lui pose des questions sur l'état de ses finances, sur ses relations avec sa mère, et je décide d'y aller franco. Après tout, que peut-il m'arriver de pire ?

— Stuart, un conseil : déménagez.

— Pourquoi ?

— Vous avez trente-deux ans, il est temps de laver votre linge vous-même.

— Mais pourquoi ?

— Parce qu'il est temps de choisir : être un gamin ou un homme. Il est impératif que vous vous sépariez de votre mère, et…

— Oui, mais *pourquoi* ?

Je soupire.

— Parce que les cartes le disent.

— Ah, d'accord.

Et voilà. C'est la voix de la sagesse qui a parlé. Ce sont les cartes qui ont le dernier mot. Quelle arnaque !

Je pénètre dans mon immeuble en regrettant de ne pas avoir fait un second arrêt « muffin aux pépites de chocolat », lorsque Johnny m'appelle depuis le pas de sa porte. Je suis aux anges. J'étais là, en train de ruminer sur mon activité professionnelle, et voilà que l'un des tailleurs gay veut me parler ! C'est un moment décisif, un grand tournant dans ma vie. Si seulement j'avais su que mes sautes d'humeur pouvaient être la clé de tout ! Parce que moi, les sautes d'humeur, ça me connaît…

Je lui dis bonjour d'un ton mi-figue mi-raisin.

Vous savez ce qu'il me répond ?

— Vous avez quelque chose entre les dents. Les robes sont prêtes.

Je commence à me curer les dents tout en le suivant dans son atelier et en me demandant de quelles autres fautes de goût je suis en train de me rendre coupable. Mes orteils dépassent-ils de mes tongs ? Voit-on que mes cheveux ont tendance à fourcher ? Est-ce que mon goitre est visible ?

La pièce est froide et vide, et Waldon n'est pas à son poste habituel, c'est-à-dire derrière la machine à coudre.

Je demande à Johnny, tout en continuant à me polir les dents :

— Où est paché Valdon ?

— Vous voulez dire « où est passé Waldon », je suppose.

— Ch'est ce que ch'ai dit !

— Non, vous avez dit « paché » et « Valdon »…

— Ch'ai dit Valdon ! Che chais quand même comment il ch'appelle !

Il pousse un soupir à fendre l'âme.

— Ce serait peut-être mieux si vous ôtiez votre pouce de votre bouche !

J'obéis.

— Juste pour info, ce n'était pas mon pouce. Bon, où sont les robes ?

— Vous voulez dire « où chont les robes » ?

— Oh, ça va ! Je n'ai aucun défaut de prononciation, je pourrais même présenter le JT ! Je travaille à la radio, vous savez… vous croyez vraiment qu'on me laisserait… ?

J'inspire profondément, et je dis très distinctement :

— Où sont les robes ?

Il fait un geste vers un portant.

— Là-bas. Faites bien attention. Il faut que je passe quelques coups de fil.

Fini l'état de grâce… mais je m'en fiche royalement. Les robes sont prêtes ! Je fais glisser un à un les vêtements suspendus dans des housses en plastique, à la recherche de nos deux robes. La mienne n'est pas étiquetée à mon nom, ils ont simplement noté « demoiselle d'honneur de Maya ». Je fais glisser la fermeture Eclair avec infiniment de précautions et je sors la robe. Elle est sublime. En soie champagne délicatement brodée, la jupe est fluide et le tissu a des reflets moirés en fonction de son exposition à la lumière. J'ai l'impression d'être en plein conte de fées, mais dans le bon sens du terme, pas comme à l'école primaire, quand on me faisait jouer le rôle du loup dans *Le Petit Chaperon rouge* et *Les Trois Petits Cochons* !

C'est la plus jolie des robes de demoiselle d'honneur que j'aie jamais vues… Je n'en reviens pas. Moi qui craignais que les tailleurs gay ne sabotent ma tenue ! J'ai sous-estimé leur professionnalisme. En fait, la robe est tellement classe que si la mariée n'était pas Maya, je crois bien que je l'éclipserais… ce qui pour moi est une crainte entièrement nouvelle !

Mais, vu que la mariée *est* Maya, je suis impatiente de découvrir sa robe. Quand je vois ce qu'ils ont fait pour moi, je me dis que la robe de mariée doit être éblouissante. Mais j'ai beau chercher, vérifier le moindre bout de tissu blanc, je ne vois nulle part le nom de Maya.

Du coup, je me remets à flipper. Je deviens carrément hystérique. Ils n'ont quand même pas oublié la robe de mariée ! Après avoir fait défiler toutes les robes blanches pour la troisième fois, mais sans succès, j'attends que Johnny raccroche entre deux appels et je l'accuse de n'avoir pas terminé la robe de Maya.

Il est déjà en train de composer un nouveau numéro, et se contente de me glisser « Elle est là… » avant de me tourner le dos pour se remettre à papoter au téléphone.

Je re-vérifie. Plus lentement cette fois, en examinant les robes une à une. Je me souviens que Maya n'a pas expressément demandé que la robe soit blanche. Et, tout à coup, je vois le nom de Maya inscrit sur une robe… verte, un vert fadasse ! On dirait une robe de demoiselle d'honneur, avec des frous-frous, des volants, des plissés partout. Et ce vert ! A vous donner le mal de mer… C'est impossible, ça ne peut pas être la robe de *ma* Maya à moi ! Je refais une tournée d'inspection, mais il n'y a pas d'autre robe avec le nom Maya écrit dessus. J'en ai l'estomac noué. J'appelle Johnny. Il va sûrement se ficher de moi pour avoir pensé, ne serait-ce qu'un instant, que ça puisse être la robe de Maya.

Il se retourne, mais, quand il voit la robe, il confirme

d'un hochement de tête et articule : « Maya aura l'air d'une princesse », et reprend le fil de sa conversation.

Je ferme les yeux et je presse la robe contre ma poitrine. J'ai l'impression que les murs vacillent, mais je réussis à ne pas tomber dans les pommes. Je prie pour qu'un miracle se produise, prête à vendre mon âme à qui aura le pouvoir de transformer cette fichue robe. Lorsque je la regarde de nouveau, elle me paraît encore pire que dans mon souvenir ! Moi qui étais prête à me damner… Je ferme les yeux et je promets de renoncer à mes cheveux, à mon nouvel ensemble pantalon et à mes fantasmes sur l'acteur Sean Bean.

Mais le miracle escompté ne se produit pas. Cette chose est proprement hideuse. Je lance la robe horrible sur la table, j'attrape ma robe et je bats en retraite dans un crissement de soie champagne et de housse en plastique. Je grimpe les marches quatre à quatre et je me laisse tomber sur mon lit. Miu me donne des petits coups de nez pour me remonter le moral, sa truffe est toute froide. Je lui demande : « Tu m'aimes toujours ? », en essuyant le filet de bave qui coule de ses bajoues veloutées.

Elle me regarde d'un air triste, l'air de dire : « Oui… mais je suis bien la seule. »

Comment expliquer à Maya que j'ai gâché son mariage parce que je voulais me faire aimer de mes voisins ? Finalement, elle était supermignonne dans sa robe soldée à quatre-vingt-dix-neuf dollars. Mon Dieu… quand je pense à *ma* robe ! Elle est tellement sublime que c'est moi qui vais passer pour la mariée. Bravo, Elle ! Comme amie, tu te poses là !

Résumons-nous : Merrick n'est pas là. Je vais perdre mon job chez *Permanent Press* dès qu'ils constateront que je n'ai pas démasqué les Ignobles Voyeurs. En plus, malgré toute la pub que je me fais, j'ai *de moins en moins* d'appels… et si je démissionne de la radio, je peux faire une croix sur mon job à la télé. De toute façon, je ne ferai jamais de télé, je veux dire, pas vraiment. Et voilà qu'après avoir perturbé la cérémonie de conversion de Brad j'ai fichu en l'air le mariage de Maya. Pour couronner le tout, dès qu'elle verra ma robe, je perdrai ma meilleure amie.

Je pose ma tête sur le flanc de Miu. J'écoute le bruit de sa respiration, le battement arythmique de son cœur. Si seulement j'étais un chien, je n'aurais pas à…

Attendez une seconde ! Et si j'achetais la robe à quatre-vingt-dix-neuf dollars ? Maya l'adorait…

Je me tourne vers Miu : « Et, comme ça, tout ira bien. »

Ça ne résoudra pas mes problèmes avec Merrick ou les Ignobles Voyeurs, mais au moins je garderai Maya comme amie. J'embrasse Miu sur la tête et je fixe la laisse à son collier.

— Allez, viens ! On va acheter une robe de mariée.

Très exactement seize secondes plus tard, ma voiture s'arrête dans un crissement de freins juste en face de Petticoat Junction. Je dis à Miu de rester en faction sur le siège avant, et de prendre un air malheureux, histoire d'apitoyer ceux qui essaieraient de flanquer des coups de pied dans la carrosserie. Puis je m'engouffre dans le magasin.

Je retrouve la vendeuse habituelle, la maman de Justine. Elle me sourit.

— Merci beaucoup ! Ma fille se sent beaucoup mieux, et elle m'a dit que c'était grâce à vous.

— Vraiment ? Vous m'en voyez ravie.

Je devrais lui donner le numéro de téléphone de Merrick — c'est une référence qui pourrait me servir —, mais je m'entends dire à la place :

— Vous vous souvenez de cette robe à quatre-vingt-dix-neuf dollars que mon amie aimait tant ? Je voudrais l'acheter.

— Vous voulez dire celle en solde ? Je l'ai vendue il y a quelques semaines.

Je me prends la tête dans les mains en gémissant.

— Mais je peux vous en commander une autre.

— C'est vrai ? C'est super ! Oui, je voudrais que vous en commandiez une.

— Le problème, c'est qu'elle ne sera plus en solde. Vous paierez le prix fort.

— Pas de problème, ce n'est pas une question d'argent. Il s'agit de sauver un mariage.

Je me souviens alors de ce que m'a dit Maya : la robe non soldée coûtait deux cent soixante-dix-neuf dollars, somme que je n'ai plus après tout ce que j'ai dépensé pour Johnny et Waldon. Mais je me débrouillerai d'une façon ou d'une autre, je n'ai pas le choix.

Nous trouvons la robe dans le catalogue. La nouvelle version est légèrement différente, mais je doute que Maya remarque les plis nervurés et la semence de perles ajoutée aux boutons. La robe n'en est d'ailleurs que plus mignonne. La vendeuse remplit un bon de commande, vérifie le prix, puis la référence du modèle, re-vérifie le prix et se tourne vers moi.

— Je suis navrée, mais apparemment cette robe coûte huit cents dollars. Ils ont augmenté les prix.

Je déglutis avec peine.

— Pas de problème. L'argent n'est pas... important.

J'adresse une petite prière muette à Carlos, la main sur ma carte de crédit.

La vendeuse passe la carte dans la machine, mais rien ne se produit. La tension devient vite insupportable. La vendeuse attend. J'attends en regardant des nuages gris s'amonceler au loin tandis que des éclairs strient le ciel comme un sinistre présage. Quelque part, un millier de chauve-souris s'abattent avec des hululements stridents sur un donjon en ruines.

La vendeuse jette un coup d'œil sur son lecteur de carte et pousse un petit cri.

Pas la peine de me faire un dessin, j'ai compris. Ma carte est refusée. La vendeuse m'assure qu'elle est désolée, et je sors en rasant les murs jusqu'à ma voiture pour constater que j'ai hérité d'un P.-V. sous mes essuie-glaces. Motif : infraction au code de la route. Je prends un cookie dans la boîte à gants et je le lance à Miu pour qu'elle ne s'imagine pas que je lui en veux, puis je pose la tête sur le volant.

Et maintenant, je fais quoi ?

Pas de petit ami, pas de meilleure amie, pas de carrière d'organisatrice de mariages. Je continue à mentir sur mes dons de voyance… Tout ce qui me reste, ce sont mes rêves d'escapade à Los Angeles pour faire une vraie émission de télé reprise par plusieurs chaînes et qui serait diffusée dans tout le pays. J'interviewerai des célébrités sur un tapis rouge, avant d'atteindre des sommets lorsque l'acteur Clive Owen me proposera de participer à son *live show.*

Tandis que j'hésite encore à lui dire oui, mon portable sonne. Mon cœur balance. C'est sûr, j'aime Merrick, en dépit de tout ce qui est arrivé. Mais *Clive Owen…*

Je dis à Miu :

— Je te parie qu'ils ne sont plus intéressés, avant de lancer un « joyeux » : bonjour, Blake !

— En fin de compte, vous êtes peut-être une *vraie* voyante… Je vous appelle à propos de l'émission télé.

— Je sais.

— Bon. Alors, samedi prochain, ça vous va ?

— Quoi, samedi prochain ?

— Vos facultés vous trahissent, Elle. Samedi prochain, la productrice vient à Santa Barbara. Elle veut vous rencontrer.

— Ce n'est pas annulé ?

— Annulé ? Bien sûr que non, elle est très impatiente de vous voir.

— Ah bon… c'est génial !

— Donc disons samedi à…

— Attendez une minute… vous dites samedi *prochain* ?

— Oui, à 19 heures.

— Impossible. Ma meilleure amie se marie. Elle sera peut-être en tenue d'Eve, mais elle se marie.

— Un mariage en tenue d'Eve ? Et je n'ai pas été invité ?

— Vous pourriez proposer une autre date…

— On voit que vous ne connaissez pas Shelley Pitts-Jones. Elle n'est pas très souple… si vous voyez ce que je veux dire. En plus, elle prend l'avion pour San Francisco juste après le rendez-vous.

— Je pourrais aller à L.A. dans la semaine. N'importe quand.

— Elle, si ce job vous intéresse vraiment, c'est samedi ou jamais.

22

J'aurais dû lui répondre « jamais », mais c'est la première fois de ma vie qu'un projet ne tombe pas à l'eau. Et j'ai besoin de ce boulot. Si je décroche ce boulot, je pourrai récupérer tout le reste. Un boulot à la télé, vous vous rendez compte ? Je n'ai pas le droit de passer à côté.

Alors, au lieu de lui dire non, je lui indique l'endroit où la productrice pourra me rencontrer, à savoir le bar Shika. Nous nous verrons pendant la réception qui suivra la cérémonie.

Je suis assez contente d'avoir eu cette idée de génie : la rencontre va se passer dans une ambiance sympa, et je serai habillée comme une princesse. Cette productrice va m'adorer. Je serai embauchée pour passer régulièrement à la télé, ce qui prouvera à Merrick que je suis une personne raisonnable et digne de confiance. Maya me pardonnera d'avoir gâché son mariage parce que je ferai sans arrêt de la pub pour son bar sur le petit écran. Et je pourrai enfin arrêter de faire semblant. Lorsqu'on devient une star, tout le monde se fiche royalement de savoir si on est voyante ou pas !

En mon for intérieur, je ne suis pas totalement convaincue que Maya me pardonnera, alors je passe trois jours à faire les ventes dégriffées et les soldes pour dénicher une nouvelle robe de mariée. Dans un premier temps, je tente de faire revoir à la hausse mon découvert autorisé, mais Carlos met le haut-parleur pour que tous les mecs de son bureau puissent profiter de la bonne blague ! Il accepte quand même que je dépense trois cents dollars pour acheter une nouvelle robe, alors je surfe sur le web pour trouver « la perle rare » dans tout le pays !

Et, le troisième jour, bingo ! Sauf que leur délai de livraison est de deux semaines. J'ai beau supplier, plaider ma cause, rien n'y fait. Maya va donc avoir un look de *grinch* femelle le jour de son mariage, et tout ça parce que j'ai voulu m'en mêler. Je passe plusieurs jours à me détester, à essayer de me persuader que non seulement j'ai des dons de voyance, mais qu'en plus j'ai un très bon contact avec les clients occasionnels.

Finalement, accablée par tout ce linge sale à laver — au propre (!) comme au figuré —, je décide de descendre au sous-sol faire une lessive… et c'est à ce moment précis que Merrick m'appelle. Serait-ce le message de New York que j'attendais, un message d'amour ? Jugez plutôt : « Il faut que nous parlions. Rendez-vous au mariage. »

Je maudis mes draps tout propres et j'essuie mes larmes avec.

Je fais des centaines de tentatives pour joindre Merrick sur son portable, mais, chaque fois que j'entends le bip de sa boîte vocale, je ne sais plus quoi dire. En laissant un message, je risque d'être à côté de la plaque. Et tout ça pourrait bien finir par une rupture par répondeur interposé ! Ce qui ne m'empêche pas d'appeler en boucle : sur le chemin des studios, chez l'épicier, en prenant un café avec Darwin et Adele, en me promenant avec Miu. Que voulez-vous, j'aime entendre sa voix !

Il va de soi que s'il me rappelle, je ne décrocherai pas, tout comme j'évite Maya. Je n'ai pas eu le courage de lui parler de sa robe. Elle me communique tous les jours sur mon portable de nouvelles infos pour l'organisation du mariage, et n'arrête pas de me relancer au sujet de Johnny et Waldon. Elle veut passer les voir, bien sûr, mais je continue à faire la sourde oreille.

Toujours est-il qu'elle ne sait encore rien de la catastrophe qui l'attend. Et, moi, je vis dans une sorte de monde à part où tout se passe pour le mieux *en apparence*, alors que, si on gratte un peu, les flammes de l'enfer menacent de jaillir à tout moment.

Et voilà que ce jeudi, en fin d'après-midi (soit deux jours avant le mariage de Maya), alors que je viens de partager un *burrito* avec Miu en guise de déjeuner, je vois ma copine sortir de mon immeuble. Elle porte sur son épaule sa robe de mariée couverte d'une housse blanche en plastique, le cintre accroché à son doigt. Dès qu'elle me voit, elle me sourit.

— Elle, qu'est-ce que tu fabriques ?

Je sors de ma cachette (je m'étais planquée derrière une benne à ordures).

— Je croyais qu'il y avait un… j'ai cru voir une pièce de vingt-cinq cents par terre…

Elle s'approche de moi sans cesser de sourire, comme une de ces psychopathes à la voix douce qu'on voit parfois dans les films d'horreur, et qui dévorent des cœurs humains le sourire aux lèvres.

— Pourquoi ne m'as-tu pas appelée ?

Je pousse Miu derrière moi pour la protéger du courroux de Maya. Et je mens effrontément.

— Je t'ai appelée, mais c'était toujours occupé. Sûrement à cause du mariage qui approche et…

Elle m'annonce, radieuse :

— Tout est prêt ! Et c'est grâce à toi. Le bar, la plage, la robe…

Cette fois, c'en est trop. Il faut que ça sorte !

— Maya, je suis désolée. Si tu savais comme je m'en veux ! Je sais que tout est ma faute, et que j'aurais dû t'appeler, mais je ne savais pas comment te l'annoncer… et, Merrick et moi, on ne se parle plus, et… je ne gagne presque pas d'argent à la radio, et j'ai essayé de t'acheter la robe de Petticoat Junction, mais ma carte de crédit a été refusée… et Carlos n'a pas voulu m'aider, et comme je n'ai pas trouvé d'autre robe… *J'ai tout gâché* ! Et j'ai fait ça uniquement pour que les tailleurs gay m'aiment — ça n'a d'ailleurs servi à rien. Mais pourquoi est-ce que je tenais tant à m'en faire des amis, vu que c'est toi ma meilleure amie… du moins, tu l'étais, et je ne pourrais pas te jeter la pierre si tu…

— Tu as rompu avec Merrick ?

— Quoi ? Quelle idée ! On ne se parle pas, c'est tout.

— Mais pourquoi ?

— J'ai fait mon numéro habituel… Mais le problème n'est pas là. Le problème, c'est… ta robe.

Elle a l'air de tomber des nues.

— Qu'est-ce qu'elle a, ma robe ?

— Je suis sûre que tu ne l'as même pas essayée…

— Bien sûr que si, je sors de l'essayage. Elle est vraiment géniale. Tu avais raison, pas de comparaison avec ce sac à patates de chez Petticoat Junction !

— Attends un peu ! On ne doit pas parler de la même robe, c'est impossible.

Je regarde à travers la housse en plastique. C'est bien cette énorme excroissance verte et vaporeuse que j'ai vue l'autre jour.

— Tu veux dire que tu as essayé *cette* robe ?

— J'ai l'impression de vivre un conte de fées. Elle est tellement…

— Et tu t'es regardée dans la glace ?

Elle marque un temps d'arrêt.

— Elle, qu'est-ce que tu essaies de me dire ?

— Que cette chose est une véritable *horreur*… Tu

ne peux pas porter ça, c'est ce que porte la princesse transformée en grenouille dans un film de Tim Burton ! C'est…

Elle explose de rire.

— Tu parles sérieusement ?

— Crois-tu que j'aie envie de plaisanter à propos d'une robe de mariée ?

Du coup, elle change de tête : sourcils froncés et front plissé !

— Elle te déplaît à ce point ?

— Elle te plaît à ce point ?

— Mais je l'adore ! Elle est absolument parfaite. C'est le plus beau cadeau que tu pouvais m'offrir !

Non mais je rêve ? Je sais que Maya n'est pas une *fashion victim* — elle n'en a d'ailleurs pas besoin vu qu'elle est naturellement somptueuse. Mais jamais je ne l'aurais crue capable de manquer de goût à ce point. C'est la première fois qu'elle me fait le coup.

— Tu veux dire que… je n'ai pas tout gâché ?

— Pas encore !

Je ne sais plus quoi dire. Je suis si contente qu'elle ne me déteste pas, mais, d'un autre côté, je suis très embêtée à l'idée qu'elle va porter cette mocheté. Car toute sa vie durant, chaque fois qu'elle remettra le nez dans ses photos de mariage, elle se croira obligée de dire : « C'est moi, là, en costume de Kermit la grenouille. »

— Ecoute, Elle, j'adore cette robe, alors peu importe ce que tu en penses !

Elle jette un coup d'œil à sa montre.

— J'ai rendez-vous avec Brad chez le bijoutier. Nous allons choisir nos alliances.

Elle caresse Miu et se dirige vers sa voiture en ajoutant :

— Juste une chose : pour les fleurs, tout est O.K. ?

— J'ai confirmé la commande le semaine dernière.

— Tu viens dîner avec nous demain soir ? Ce n'est pas une répétition du mariage, c'est juste une réunion de famille, et je tiens à ce que tu sois là.

— D'accord, super. Mais… tu devrais montrer cette robe à Brad dès que tu seras rentrée.

— Avant le mariage ? Tu délires… Pas question ! Il ne me verra avec qu'au dernier moment. Nous vivons ensemble depuis si longtemps, je tiens à lui faire une surprise ce jour-là.

Avec cette robe, pas de problème. S'il aime les surprises, il ne va pas être déçu ! Ça risque même d'être le choc de sa vie.

Vingt-quatre heures plus tard, après avoir englouti plusieurs parts de pizza, je suis perdue dans mes réflexions. Je ne sais toujours pas comment sauver le mariage de Maya. Une chose est sûre, elle adore sa robe. Et, le pire, c'est que la mienne est splendide. Pour la première fois de ma vie, je vais totalement éclipser ma copine. Et, pour la première fois de ma vie, je n'y tiens pas du tout.

Je me demande comment je vais pouvoir dénicher les Ignobles Voyeurs d'ici à la semaine prochaine. Ou même les dénicher tout court. Et je n'ai aucune envie d'y penser, d'ailleurs. Après ma seconde apparition sur le site des *Santa Barbara Grrrrls*, j'ai fait un blocage. J'ai enfoui volontairement ce souvenir au plus profond de ma mémoire. Je me sentais bien trop humiliée, surtout à cause de Merrick.

A propos, je me demande ce que je vais faire quand Merrick me plaquera. Le fera-t-il au mariage de Maya ? Devant la productrice télé ? A moins qu'il ne tape sur son verre à vin avec une fourchette pour réclamer le silence et qu'il ne fasse une annonce à toute l'assemblée, en expliquant pourquoi il me quitte…

Le téléphone sonne, et je réponds à contrecœur, pensant qu'il s'agit d'un client. Mais c'est la fleuriste qui appelle à propos du mariage.

— Nous appelons toujours une semaine avant, pour être sûrs d'avoir le nombre exact de centres de table et de bouquets.

Comme je suis d'une humeur massacrante, je rectifie :

— Vous voulez dire *un jour* avant…

— Comment ça ?

— Le mariage a lieu demain. Ça ne fait pas une semaine, que je sache. Bref, en ce qui concerne les centres de table…

— Attendez une seconde ! Vous avez bien dit *demain* ?

— Bien sûr. Samedi, comme je vous l'ai dit. Il nous faut…

— Mais vous êtes inscrite pour samedi *prochain* !

— Certainement pas.

Elle me confirme que si.

— Dans ce cas, je suis ravie que vous ayez appelé. Vous avez encore largement le temps de…

— Je suis désolée, mais, ce week-end, il y a les Floralies. Tout notre stock est étiqueté pour l'expo.

— Il ne vous reste plus qu'à retirer les étiquettes.

— Impossible ! Les fleurs sont coupées et stockées dans le camion. La moitié est déjà sur place. Nous n'avons plus rien.

Je reste calme.

— Il vous reste sûrement quelque chose. Des roses, par exemple ?

— Non.

— Des lys ? Des iris ? Des orchidées… ?

— Absolument rien. Je suis navrée, c'est un malentendu. Nous nous sommes mal comprises.

— Désolée, mais c'est *votre* problème, et vous allez me trouver une solution. Il s'agit du mariage de ma meilleure amie, et je ne vais pas vous laisser tout ficher en l'air. Je tiens une rubrique dans *Permanent Press*, vous savez ! Je peux très bien pondre un article sur cette histoire, et mettre votre nom en caractères gras.

La voilà qui commence à pleurnicher et à se répandre en excuses. Elle me dit qu'elle fait sans arrêt des bêtises, qu'elle est vraiment désolée, et qu'elle a déjà beaucoup de mal à s'occuper de son commerce.

— Vous savez, c'est dur de faire tout toute seule. Il

y a des moments où j'ai envie de tout envoyer balader pour prendre un boulot de serveuse.

Alors je lui pardonne. Cette femme, c'est un peu moi, non ? J'essaie de l'encourager, je lui donne quelques conseils pour sa carrière, à titre gracieux, et sans faire semblant de consulter des cartes, les étoiles ou je ne sais quel astre. Mais je la somme de me donner tous les numéros de téléphone des autres grossistes du coin, en lui précisant que c'est sa société qui réglera l'addition. Elle accepte de me donner une douzaine de numéros, mais me confie en reniflant de plus belle que, les Floralies étant une manifestation très importante, ses confrères ne doivent plus avoir une seule fleur à vendre à l'heure qu'il est.

Une heure plus tard, dès que j'en ai fini avec sa liste, je me lance dans les pages jaunes de Merrick, rubrique *fleuristes*. C'est alors que Neil fait irruption dans la pièce.

— Vite, il faut vous en débarrasser dans les toilettes !

— Me débarrasser de quoi ?

Il fonce dans la cuisine et commence à fouiller dans mes placards. Miu reste à bonne distance, toute tremblante, partagée entre le soupçon et la joie.

— Elle, dépêchez-vous ! Les flics sont en bas. Il faut tout jeter et tirer la chasse.

— Mais pourquoi, je ne vois vraiment pas… De quoi parlez-vous ?

— Des pétards. Où les avez-vous mis ?

Il continue de semer la pagaille dans mes placards.

— Des pétards ? Nous ne sommes pourtant pas le 4 juillet ! Désolée, mais vous ne trouverez pas de ça chez moi. Il faudrait plutôt vous adresser à des gamins.

Il est au bord de la crise de nerfs.

— Mais non, Elle, pas ce genre de pétards ! Je parle de la marijuana, du hasch, des joints, de la dope, de la marie-jeanne. Vous le faites exprès ou quoi ?

— Ah... d'accord ! Mais je vous signale que j'attends toujours votre livraison.

— Je l'ai laissée sur la table de travail de votre cuisine, qu'est-ce que vous en avez fait ? Oh, mon Dieu, les flics sont en bas.

— Neil, vous ne m'avez jamais donné d'herbe.

— Vous n'étiez pas là. Je l'ai laissée sur la table de travail.

— Est-ce que le frangin était là ?

— Qui ça ?

— Le frère de Brad.

— Non. Laissez-moi jeter un coup d'œil en bas... Ces enfoirés de flics sont toujours là !

— Comment êtes-vous entré chez moi ?

— Monty m'a confié toutes les clés, au cas où il y aurait une intervention d'urgence dans les appartements. Ça ne vous ferait rien de vous taire et de chercher avec moi ?

En bas, on entend une porte claquer.

— Il y a vraiment des flics dans l'immeuble ?

— Ils vont faire une descente. La prison ne vous

gêne peut-être pas, mais très peu pour moi. Il faut absolument mettre la main sur cette came. Le frère de Brad l'a peut-être planquée quelque part ?

Je suis tellement angoissée à l'idée de gâcher le mariage de Maya que tout ça me passe au-dessus de la tête.

— Je vais voir dans la chambre.

Je passe en revue la commode et la penderie. Mais je me retrouve les mains vides. Enfin presque. J'ai juste trouvé des boxers appartenant au frangin, quelques photos de lui avec ses deux potes informaticiens et quelques bulletins de salaire. Les boxers vont tout droit à la poubelle, et je balance le reste sur la commode.

Je passe ensuite dans la salle de bains pour vérifier le réservoir de la chasse d'eau (dans les films, c'est toujours la planque idéale). Quand je reviens dans la cuisine, Neil est en train d'avaler une sorte de chose toute molle qui goutte par terre.

— C'est quoi ?

— Un *burrito* glacé.

Je jette un coup d'œil sur les restes de son festin. Neil vient de se farcir une tortilla rance et un vieux yogourt au chocolat congelé qui a bien trois mois d'âge, et il l'avale avec un sourire béat…

— Mais vous avez fumé, ma parole ! Non mais, quel crétin !

Il n'y a aucun flic dans l'immeuble. Neil est juste un peu parano…

Il savoure sa dernière bouchée et se rince les mains dans l'évier. J'inspire à fond pour me calmer, et je lui demande où je peux trouver huit centres de table, cinq minibouquets à porter à la boutonnière et deux bouquets de mariée, le tout pour demain.

— Alors là, pas de problème…

Il a l'air si sûr de lui qu'en dépit de son état mental je me sens un peu soulagée.

— Où ça ?

— Aux Floralies.

— O.K., mais, une fois que les fleurs sont là-bas, elles y restent ! Vous comprenez ça ? Je ne peux pas les prendre, elles ne me servent à rien pour le mariage.

Il trotte vers la porte d'entrée.

— Des fleurs… Et c'est ça qui vous inquiète ?

— Et comment… ! Par ma faute, il n'y aura pas de fleurs au mariage de Maya.

Au cas où je ne le saurais pas, il insiste :

— Le problème, c'est que toutes les fleurs du comté sont aux Floralies.

Je résiste à l'envie pressante de l'étrangler.

— Je sais. C'est bien pour ça qu'il n'y en a plus pour le mariage.

— Alors, où est le problème ?

— Comment ça, où est le problème ?

— Vous trouverez toutes les fleurs que vous voulez aux Floralies.

Les dents serrées, je lui jette :

— Fichez-moi le camp !

— Quoi ? Je disais juste que les plus belles fleurs étant là-bas, elles ne seront pas ici pour vous voler la vedette. C'est comme quand une jolie fille fréquente une fille quelconque…

— Fermez-la ! Maya m'aime bien, point barre !

Il me fait un clin d'œil.

— Ah oui ?

— Oh, ça va… Bon, pour info, j'ai appelé tous les fleuristes du coin, et on ne trouve plus une seule fleur sur le marché, pas même des vieilles fleurs bouffées par les pucerons…

Je n'achève pas ma phrase. Je viens d'avoir une idée grandiose…

— Neil, vous êtes un génie ! Donnez-moi vos clés.

— Quoi ? Certainement pas.

Je tâte ses poches.

— Donnez-les-moi !

Il recule, mais je suis plus rapide que lui. J'entends un tintement métallique dans sa poche droite et je m'empare du trousseau. Un peu cavalier, mais efficace. Je descends allègrement l'escalier, Neil et Miu sur mes talons, et j'insère chaque clé dans la serrure du bureau de Merrick jusqu'à ce que je trouve la bonne. Neil jure tout bas et proteste avec véhémence, mais je l'ignore.

Je me faufile dans le bureau de Merrick et je referme la porte derrière moi. J'ai une idée derrière la tête depuis que j'ai vu les deux robes. Ma robe « Johnny & Waldon » est splendide, mais je ne suis que la demoiselle d'honneur. Il est totalement exclu que je sois plus jolie que Maya le jour de son mariage. Chacune à sa place !

Il va falloir prendre des mesures drastiques. J'appuie

sur la touche « numéro abrégé » du téléphone de Merrick.

— Bonjour ! Nous ne nous connaissons pas. Je m'appelle Elle, et je suis désespérée.

Nous sommes vendredi, en fin de journée. Une fois rentrée chez moi, je contacte les fleuristes de la section H à Z des pages jaunes. Puis j'appelle Maya en m'abstenant de dire que je n'ai pas de fleurs pour son mariage. Je prétexte un mal d'estomac pour lui annoncer que je ne viendrai pas à son dîner.

— Comment ça, un mal d'estomac ?

— Je ne suis pas bien du tout.

— J'espère que tu seras remise pour le jour de mon mariage.

— Oh, pas de problème ! Je serai en pleine forme.

Léger temps mort.

— Bon, d'accord. Je préfère ne pas savoir. Simplement… fais attention à toi.

Je pousse quelques gémissements, histoire de faire plus vrai, et je raccroche. Il me reste jusqu'à demain 17 heures pour régler le problème des fleurs et de la robe. Ça ira. Il n'y a aucune raison que ça n'aille pas.

Sur le coup de 23 heures, je crois bien que j'ai vraiment mal à l'estomac. C'est bien la seule chose que j'aie d'ailleurs, car, côté fleurs, aucune piste ! Dans un premier temps, j'ai appelé *tous ceux* qui étaient susceptibles de m'aider, et, maintenant, j'appelle les autres… A commencer par Valentine, ma plus fidèle cliente. Je lui explique que, cette fois, c'est moi qui ai besoin de conseils. Elle me demande de passer chez elle sans attendre. Une fois au volant de ma voiture et à mi-chemin de sa maison, je prends conscience de cette réalité : je n'ai aucune idée de la façon dont elle peut m'aider.

Montecito à minuit, c'est le noir absolu. Pas de réverbères, pas de panneaux lumineux. Si on ne connaît pas son chemin, c'est qu'on n'est pas d'ici. C'est d'ailleurs mon cas : je ne connais pas le chemin et je ne suis pas d'ici.

Mais je finis par trouver l'allée pavée de Valentine, les grilles en fer forgé ouvertes en prévision de mon arrivée, et je marche jusqu'à la maison. J'ai l'impression d'avoir oublié ma grande cape noire en frappant à l'antique porte de bois. Un croissant de lune disparaît derrière un nuage, et Valentine m'invite à entrer. Elle me donne douze petits vases en cristal, du ruban rose pâle, une poignée de roses *American Beauty*… ainsi qu'un plan machiavélique.

Tout ce dont j'avais besoin.

Armée d'une lampe torche et d'un sécateur, je commence par attaquer les jardins à proximité de chez Valentine avant de rejoindre mon jardin préféré à Santa Barbara. Le cottage sur Olive Street, le bâtiment municipal avec une profusion de roses *floribunda* blanches tout autour du grillage. Sur le chemin du Mission Rose Garden, je passe devant chez Maya et Brad. La fenêtre de leur chambre n'est pas éclairée. Ils doivent prendre une bonne nuit de repos avant le grand jour. Il y en a au moins quelques-uns qui dorment ! Moi, je ne suis pas encore couchée…

23

A 6 heures du matin, je m'endors d'un sommeil de plomb. Le téléphone sonne. Je cherche à tâtons dans la direction de la sonnerie, presque en rampant, et je me retrouve à dix centimètres de mon réveil. 12 h 15. C'est la panique ! Je ne sais même plus quel jour nous sommes. Aurais-je manqué le mariage ? Suis-je en prison ?

Je m'agrippe au téléphone et j'entends la voix de Maya.

— Elle ?

A mon troisième essai, je croasse :

— Salut !

— Mon Dieu, quelle voix ! On sent que tu es malade.

— Et pourtant, je ne le suis pas.

— Dans ce cas, pourrais-tu me dire où sont passées mes fleurs ? Et ma demoiselle d'honneur ? Je suis au bar, mais les fleurs n'y sont pas. Donne-moi le nom des fleuristes.

— Il est encore tôt. On ne peut pas exiger…

— Il est 15 heures !

Je regarde mon réveil. Toujours 12 h 15. Non, la petite aiguille est sur le trois. J'ai dormi pendant neuf heures.

— Zut de zut !

— Comment ça, zut de zut ? Je te signale qu'aujourd'hui je me marie. Alors arrête de jurer et dis-moi plutôt où sont les fleurs ! J'ai juste le temps de passer chez moi me changer et, après, je vais directement sur la plage.

La mariée me paraît un tantinet stressée…

— Elles sont prêtes, Maya. Elles sont splendides. J'ai eu la fleuriste hier, et je vais passer au bar pour tout préparer. Alors tu peux aller te changer l'esprit libre, ne t'inquiète pas !

Tout ce que je viens de dire est parfaitement exact.

Je passe en titubant dans la salle de bains. Dans la glace, un être mi-clown mi-démon titube vers moi, les cheveux en pétard et les yeux cernés. On croirait un personnage de dessin animé (d'épouvante !). Je pousse un cri avant de prendre conscience qu'il s'agit de moi. Evitant mon regard, je passe sous la douche et je file au bar Shika. Ma voiture déborde de ma moisson d'hier si mal acquise.

Le bar a été rénové. Les murs ternes sont à présent d'un bleu iridescent, le vieux lino a fait place à du ciment poli et les box en plastique sont partis au feu, remplacés par des banquettes basses capitonnées et des chaises en cuir. On dirait qu'il y a deux fois plus d'espace, et la salle est illuminée par les rayons de soleil de cette fin d'après-midi qui filtrent à travers les lucarnes. Là où il y avait une grille de foyer toute rouillée, on trouve à présent des petites étagères encastrées, et, une demi-heure après mon arrivée, ces étagères regorgent de roses de jardin épanouies, dans un camaïeu de rose et jaune. J'ai disposé les vases en cristal de Valentine ornés de ruban sur les tables de bois laqué noir. Le coffre de ma voiture était jonché de pétales de roses que j'éparpille un peu partout sur le sol. C'est ce qu'on appelle la touche finale…

Kid surgit derrière moi.

— On se croirait dans la maison de Blanche-Neige.

Je me retourne.

— Pas mal, hein ?

Kid est éblouissant dans son smoking. Il me regarde et s'exclame :

— Waouh ! Quelle classe… Je veux dire, le bar est vraiment super.

C'est ça le plus important. Je dépose le livre d'or près de la porte d'entrée et quelques appareils photo jetables sur les tables, je vérifie que la stéréo marche bien et que rien ne cloche du côté du buffet. Le père de Maya est derrière le comptoir qui a été entièrement rénové lui aussi. Pas de doute, c'est magnifique ! Dès qu'il me voit, le père de ma copine tique un peu, mais prend son courage à deux mains pour m'embrasser sur la joue. Nous bavardons pendant que je termine les préparatifs :

les verres à champagne vintage que j'ai dénichés lorsque je cherchais un cadeau de conversion pour Brad, et la photo encadrée de la maman de Maya.

Je recule d'un pas pour juger de l'effet. J'en ai presque les larmes aux yeux, mais ce n'est pas parce que je suis jalouse. Ce sont des larmes de joie. Bien sûr, j'ai quelques raisons d'être triste : Merrick, les cours de psy, mon boulot, ma rubrique, mes apparitions sur le Net en tenue d'Eve, sans oublier mes problèmes de personnalité et mon avenir… Mais j'aurai au moins accompli quelque chose de bien : j'aurai préparé pour Maya le plus beau des mariages, pour lui prouver à quel point je l'aime. Elle le mérite tellement.

M. Goldberg me passe le bras sur l'épaule.

— Je me demande ce qu'aurait fait Maya sans vous pendant toutes ces années. Avant Brad, vous étiez la seule personne qui la faisait vraiment rire.

D'accord. Mais, maintenant, mon mascara est en train de couler.

Le parking de Hendry's Beach est bondé. Je me gare donc un peu plus loin et je fais un peu de marche à pied. Ma robe s'enroule autour de mes chevilles sous l'effet de la brise marine. Trois surfeurs se dirigent en papotant et en riant vers leur jeep, leur planche sous le bras. Au-dessus des Channel Islands, le soleil forme une tache jaune orangé dans le bleu du ciel, et vient caresser les crêtes des vagues dans un scintillement de lumière. La marée est basse, la plage découverte, et un parfum fleuri monte des falaises pour se mêler aux senteurs marines. Le lieu de la cérémonie est à dix minutes à pied du parking, dans une petite crique. Le dais nuptial, la fameuse *chuppah*, est fait de bambous fixés dans le sable et recouverts du *taleth* (châle de prière) noir et blanc du grand-père de Maya. Simple, mais élégant… Il ondule sous le vent et apporte une touche romantique à cette plage dans le soleil couchant.

Une trentaine de personnes sont réunies, la plupart pieds nus ou en sandales, sauf les représentants de l'ancienne génération qui préfèrent ramasser du sable dans leurs chaussures. La famille de Brad est là, ainsi que Monty, M. Goldberg et une bande d'amis et de cousins. A mon approche, tous se taisent et tournent légèrement la tête vers moi comme un seul homme. On dirait une chorégraphie mise au point à l'avance. Ça me rappelle une scène de Frankenstein, quand le monstre sort de l'ombre et s'approche en titubant. Habituellement, sur une échelle de un à dix, j'arrive au maximum à un sept pointé. Si je suis maquillée, à huit.

Mais aujourd'hui je me situe quelque part au niveau 0,03.

Hier soir, après avoir piqué les clés de Neil, j'ai utilisé le téléphone de Merrick pour appeler sa nièce, celle qui suit des cours dans une école d'esthéticienne et qui avait teint les cheveux de Merrick dans les tons orangés, une couleur que je n'avais jamais vue dans la nature auparavant. Quand elle a perçu le désespoir dans ma voix, elle a accepté de me teindre les cheveux de ce même ton Tchernobyl, une couleur rougeâtre venue d'ailleurs. En plus, elle m'a fait une coupe assez spéciale, des petites boucles façon Petit Lord Fauntleroy.

Pourquoi me suis-je prêtée à ce jeu ? Parce qu'il faut respecter la hiérarchie des choses. Rappelez-vous : chacun à sa place !

Je ne pouvais quand même pas être plus belle que Maya le jour de son mariage ! Surtout avec une robe aussi jolie. Alors j'ai saboté mon look, je me suis enlaidie à mort pour que Maya soit bien plus jolie que moi, même avec son torchon en gazon artificiel. Je ne vais pas la quitter de la soirée, pour être sûre que, par comparaison, ce soit bien elle la reine de la journée.

Il y a juste un problème. J'ai fini par essayer ma robe ce matin, et je me suis aperçue que si la coupe était magnifique sur le cintre, c'était une vraie horreur sur moi, qui suis plutôt bien en chair, comme vous le savez... La couleur elle-même est une catastrophe à cause du rouge de mes cheveux. Mes jambes ressemblent à deux saucisses, quant à ma taille — si l'on peut dire — elle disparaît complètement sous le tissu et mes hanches ont des airs de petites collines.

Autant vous dire que saboter mes cheveux n'était pas vraiment nécessaire. En tout cas, j'ai l'assurance que Maya m'éclipsera sans peine, en dépit de sa robe.

Oh, j'allais oublier ! Figurez-vous que la robe de Maya, qui était une vraie horreur sur le cintre, est absolument parfaite sur elle. On dirait une sirène, comme dans les contes de fées. Cette couleur verte qui était à vomir dans l'atelier des tailleurs gay a pris à la lumière du soleil des tons « écume de mer » à tomber par terre… Quant à la surabondance de plissés, on dirait des vagues de tissu qui prennent naissance à la taille minuscule de Maya et se déploient comme une traîne. Sereine et d'une beauté à couper le souffle, Maya semble tout droit sortie des pages de *Vogue*.

C'est alors qu'elle m'aperçoit dans sa ligne de mire.

Au début, elle explose de rire et recule de cinq mètres pour mieux voir. Mais, la minute d'après, elle ne rit plus du tout.

— Si c'est une blague…

— Pas du tout ! Je parie que tu ne vas pas me croire si je te dis que c'est du dernier chic…

— Elle, c'est mon mariage, et tu es ma demoiselle d'honneur. Mais regarde-toi !

— J'ai fait tout ça pour toi, Maya.

Du coup, elle s'arrête, décontenancée.

— Je peux savoir pourquoi ?

Alors je prends une grande goulée d'air, et je lui déballe tout : ma tentative de chercher à plaire aux deux tailleurs en leur confiant la fabrication de sa robe, ce qui ne les empêche pas de me détester autant qu'avant. Je lui explique comment j'ai voulu acheter la fameuse robe soldée, mais sans succès, et comment sa robe — qui était une vraie horreur au départ — est devenue digne d'une star à l'arrivée, et comment il s'est produit exactement l'inverse pour moi. Je lui raconte aussi que j'ai dû piller une grande partie des jardins de

Santa Barbara pour que son mariage soit fleuri. Sans oublier l'épisode de la nièce.

— Tu as *volé* les fleurs ? Pour mon mariage ?

— Ce n'est pas vraiment du vol. Dame Nature est à tout le monde, que je sache.

— Mais si on t'avait prise en flagrant délit, tu aurais pu aller en prison.

— Sûrement. Je n'ai pas fait que marcher sur les pelouses !

Maya éclate de rire.

— Mais peux-tu m'expliquer quel rapport il y a entre cet accoutrement et ma robe ?

— J'avais peur d'être plus belle que toi le jour de ton mariage.

Je vois son visage changer. Alors je m'empresse d'ajouter :

— S'il te plaît, ne ris pas ! C'était parfaitement envisageable. Ta robe était une vraie horreur et la mienne un bijou… sauf qu'au final c'est tout le contraire. C'est *ta* journée, Maya, je ne voulais pas être plus belle que la mariée !

— Alors tu as fait tout ça pour moi ?

Je hausse les épaules.

— N'importe quelle copine, même nulle de chez nul, aurait fait la même chose.

— Tu ressembles au frère travesti de Krusty le Clown. Il n'y a qu'une vraie amie pour faire ça.

C'est vrai que je n'ai pas lésiné sur le bleu à paupières ni sur le gloss à lèvres cerise.

Elle me prend dans ses bras.

— Je n'en reviens pas que tu te sois enlaidie pour moi. C'est la chose la plus touchante qui me soit arrivée.

— Le problème, c'est que je vais gâcher toutes tes photos de mariage.

— Tu plaisantes ? Nous en rirons encore quand nous approcherons la centaine et que nous partagerons une chambre à la maison de retraite !

Elle repousse une petite boucle de mon front.

— Tu es la personne la plus gentille que j'aie jamais rencontrée.

Elle a l'air tellement sincère que j'en reste un bon moment sans voix. Je ne sais plus où me mettre. Alors je dis :

— Attends, il y a encore un truc…

Elle me détaille de la tête aux pieds.

— Mais non, mon chou. Je crois que j'ai tout vu.

— Pas du tout. Tiens, voilà pour toi.

Je lui accroche un bouton de rose jaune pâle derrière l'oreille.

— En souvenir de ta maman…

Les yeux de Maya s'emplissent de larmes, ce qui est hors de question sous peine de voir son mascara couler. Alors je sors le bouquet de mariée de mon sac.

— Avec ça, tu seras fin prête !

— Mon Dieu, c'est… si simple…

Des roses blanches attachées par un ruban. Pour faire le nœud correctement, je m'y suis reprise à quatorze fois. Trente minutes de boulot ! « Simple » ne me semble donc pas le mot qui convient. Elégant, classique, ça oui… Je n'arrive pas à croire que Maya n'aime pas ce bouquet. Enfin si… mais au petit matin j'avais réussi à me convaincre que ça passerait.

Maya est radieuse. Au bord des larmes, mais radieuse.

— Je me demande comment j'ai pu douter de toi. Ce bouquet est parfait !

Maya est comme sur un petit nuage. Elle s'éloigne pour montrer le bouquet à Brad et à son père. J'envisage un instant de courir dans le sable jusqu'aux toilettes du parking pour me refaire une beauté, ou plus exactement pour limiter les dégâts… Mais ça va me prendre dix minutes pour y aller, et trente pour me recoiffer. Je bifurque en direction de Monty en essayant de me fondre dans la masse. Ce serait quand même plus facile si nous avions pris Halloween comme thème !

Monty me voit arriver. Comme, toute sa vie durant, il s'est toujours comporté en parfait gentleman, il a la délicatesse de ne pas hurler : « Arrière, créature de Satan. Retourne dans les abîmes de l'enfer d'où tu viens ! »

Il se contente de hausser un sourcil. Il est tiré à quatre épingles, encore plus que d'habitude, et je suis sur le point de me répandre en compliments lorsque j'aperçois le Rabbin Charmeur qui arrive sur la plage. Je suis extrêmement contente de le voir, car j'ai désespérément besoin d'un regard indulgent, voire admiratif… Même un examen rapide ferait l'affaire, n'importe quoi du moment que ça reboostc mon ego. Je fais donc un pas en avant, tout sourires. Il me serre la main en me demandant si nous nous sommes déjà rencontrés.

Comment peut-il ne pas me reconnaître ? Il était plutôt empressé, la dernière fois.

— Votre visage me dit quelque chose, mais je rencontre tellement de gens. Vous devez être… euh… la fille de Mme Nesslebaum, non ?

Je n'aime pas l'hésitation qu'il a eue avant de dire « la fille ». Aurais-je une tête à avoir subi une opération pour changer de sexe ?

— Non. Je suis… Elle, l'amie de Maya.

Je vois soudain à son regard horrifié qu'il vient de me reconnaître.

— Mais oui, bien sûr. Je suis… vraiment désolé.

Il a du mal à trouver ses mots.

Je lui décoche un sourire affecté et je prends la tangente, direction la *Chuppah,* pour retrouver Maya, Brad et le Mauvais Garçon — qui est le garçon d'honneur de Brad. Brad m'embrasse sur la joue sans même un mouvement de recul, ce qui signifie que Maya l'a mis au courant. Quant au frangin, il s'écrie :

— Et moi qui n'aimais pas ton survêt' rouge !

Je suis sur le point de lui vanter les mérites de Juicy Couture en lui enfonçant la tête dans une flaque d'eau de mer lorsque je vois Merrick. A l'écart de la *Chuppah,* et de la foule, il est planté dans le sable, les pieds nus, et porte un costume de soie beige superchic. Neil est à ses côtés, en pantalon cargo kaki et chemise noire à col boutonné. Allez savoir pourquoi, voir les deux hommes ensemble m'arrache un sourire. Peut-être parce que Neil est la preuve vivante que le jugement de Merrick sur les gens n'est pas aussi sévère qu'on pourrait le penser.

Nous ne nous sommes toujours pas parlé depuis notre prise de bec, mais il me rend mon sourire, et le temps s'arrête. Je n'ai jamais réellement cru en l'âme sœur et tous ces bobards qu'on raconte, comme quoi il existe quelque part une autre moitié de nous-mêmes… Il y a sûrement des tas de gens de par le monde qui tiennent un peu de moi, peut-être même trop. Mais, depuis que je connais Merrick…, je crois en l'âme sœur. Nous avons chacun nos problèmes, nous ne sommes pas d'accord sur tout, je sais qu'il m'arrive de le décevoir, et lui me déçoit parfois, mais… comment dire ? nous sommes faits l'un pour l'autre. C'est quand nous sommes ensemble que nous nous sentons le mieux.

Ce que je lis dans son regard me comble de bonheur. Et s'il sait lire dans le mien, il comprendra que je n'attends que lui. Pour nous, l'espace de quelques secondes, le temps s'arrête.

Puis il reprend son cours. Tous les invités se rassemblent, et le rabbin prend la parole.

— Nous ne sommes pas venus aujourd'hui pour unir Maya et Brad. Ce n'est pas à nous de le faire. Dans la tradition juive, c'est à Maya et Brad que revient cette tâche. Personne n'a le pouvoir de les unir l'un à l'autre, si ce n'est eux. Ce sont eux qui entament une nouvelle existence, plus riche, pour se consacrer l'un à l'autre. Devant témoins, ils se disent aujourd'hui *harei at mekudsshet li*, ce qui signifie « Regarde-moi, tu deviens sacré(e) à mes yeux ».

Il marque une pause. La lumière du soleil a pris une somptueuse couleur pourpre qui embrase l'océan et déverse sur nous une cascade de rais roses.

— Ils ne se disent pas « je t'aime », « j'ai besoin de toi » ou « je te veux ». Ils se disent l'un l'autre « Tu m'es sacré(e) ». Beaucoup d'entre nous ne croient pas en cette notion de sacré, ou bien elle leur paraît inaccessible, comme le sommet d'une montagne à l'autre bout du monde. Ce que nous affirmons aujourd'hui, c'est que ce sommet est plus proche que vous ne le pensez. La personne qui sera bientôt votre mari ou votre femme sera à la table où vous prendrez votre petit déjeuner, ou dans votre salle de bains en train de se brosser les dents. Que ce soit dans votre voiture, dans votre lit, dans vos querelles et vos retrouvailles, vos frustrations et vos déceptions, il y aura toujours un peu de ce sentiment sacré, de cette sainteté. La plupart des hommes de cette assemblée ne considèrent pas leur femme comme « une sainte », mais c'est pourtant ce que Brad et Maya vont se promettre aujourd'hui devant nous : se considérer l'un l'autre comme quelqu'un de sacré.

Les deux fiancés boivent du vin et prononcent une prière qui signifie : « J'appartiens à mon amour, et mon amour est mien. » Ils récitent les sept bénédictions, puis chacun d'eux brise un verre sous ses pieds. Je suis rayonnante de joie, et je pleure en regardant Merrick tandis que le rabbin déclare Brad et Maya mari et femme.

24

Il faudrait que je file à l'anglaise juste après la cérémonie pour passer chez moi me changer. Mettre autre chose que ce ridicule costume de clown, me passer de l'eau sur la figure et arranger mes cheveux. Mais Maya n'a pas encore vu le bar dans toute sa splendeur, et je tiens à être là lorsqu'elle ouvrira la porte du Shika. En plus, j'ai été harponnée par les parents de Brad juste après la cérémonie, et Merrick a proposé d'accompagner certains invités en voiture jusqu'au bar. Ce qui signifie que nous n'avons pas encore eu l'occasion de nous dire bonjour !

Je devrais réussir à faire tout ce qui m'attend : être témoin de l'émerveillement et de l'enthousiasme de Maya, passer aux toilettes réparer les dégâts, et me réconcilier avec Merrick dans la plus pure tradition romantique. Pas de problème.

Enfin si, juste un petit, un minuscule problème.

Pas du côté de Maya, en tout cas, car elle adore le nouveau Shika. Elle ouvre de grands yeux en découvrant son domaine, au comble de l'excitation : Brad, son mariage, moi… Elle rit de bonheur en voyant le sol du bar jonché de pétales de roses, s'émerveille devant les bougies et les fleurs. Pour une fois, l'endroit est bondé. La musique se mêle aux éclats de rire et au tintement des verres. Maya fait le tour de la salle du regard, puis ses yeux s'arrêtent sur son père. Ils partagent tous deux un instant de bonheur. De quoi est-il fait, je ne sais pas, ce qui est sûr, c'est qu'ils sourient tous les deux, et des larmes perlent à leurs yeux.

C'est alors que j'aperçois Merrick. Il est debout près du comptoir et se retourne dès qu'il me voit. Son regard est chaleureux, plein d'espoir… à l'image de ce que je ressens, moi. Je sais déjà ce que je lui dirai : « Témoignons de notre amour comme Brad et Maya viennent de le faire. »

Mais revenons d'abord au minuscule problème qui m'occupe.

A savoir Blake Conahy flanqué de la productrice de Los Angeles, Shelley Pitts-Jones. Ils poireautent tous les deux juste à l'entrée du bar.

Blake lance un « Elle ! » enthousiaste en me voyant de loin, mais sa bonne humeur retombe vite à mon approche…

— Bon sang !

— Quoi ? Oh, mon Dieu, j'avais oublié… C'est un mariage costumé ! Ha, ha ! Nous étions tous censés venir déguisés en, euh…

— Lépreux ?

— C'est ça…

Pitts-Jones est blême de stupeur. Blonde, vêtue d'un ensemble de soie rouge, elle lâche d'un ton cinglant :

— C'est de *cette fille* qu'il s'agit ?

Blake lui explique que je ne suis pas toujours comme ça.

— Vous m'avez dit que c'était une fille assez quelconque, mais agréable.

— Vous avez dit que j'étais *comment* ?

— Jolie. J'ai dit « jolie ».

La productrice en rajoute une couche.

— Jolie, mais sans plus. Ecoutez, Elle, sachez que j'adore, oui, *j'adore* votre émission. C'est vraiment très bien.

— Merci. Je pense que…

— Mais vous avez une tête à faire de la radio.

Elle consulte sa montre.

— Blake, je dois m'en aller, maintenant. Venez !

Blake me décoche un regard d'excuse par-dessus son épaule et la suit.

Merrick me chuchote à l'oreille :

— Moi, je te trouve à mon goût…

J'oublie toutes les choses intelligentes que je comptais lui dire et je lui tombe dans les bras. On est bien, ici. C'est chaud, c'est confortable… et personne ne peut voir ma tête !

Maya surgit derrière moi comme une furie dans son incroyable robe couleur écume de mer.

— Quelle conne, celle-là !

Merrick demande :

— Qui ça ?

Maya continue sur sa lancée, la tête tournée vers la porte.

— Une tête à faire de la radio ! J'aurais dû lui botter les fesses en direction de la sortie… C'est mon bar, après tout, et elle n'a pas à venir ici pour dire des choses pareilles.

Merrick répond en embrassant mes horribles bouclettes.

— Il faut bien avouer qu'Elle n'était pas à son avantage. Je n'ose imaginer quelles catastrophes ont pu l'amener à…

Maya l'interrompt.

— Elle l'a fait pour moi. Elle trouvait ma robe affreuse, alors elle…

— Mais ta robe est sublime !

— Je suis bien d'accord, Merrick. Mais c'est Elle qui la trouvait affreuse. Alors elle a décidé de s'enlaidir… pour que je fasse bonne figure à côté d'elle !

Merrick nous regarde tour à tour sans rien dire.

— Eh oui, voilà de quoi elle est capable. Tu sais, Elle, tu as *toujours* été comme une sœur pour moi, et jamais je n'aurais pu rêver de meilleure sœur !

Brad arrive et l'enlève pour un pas de danse.

Je reste lovée dans les bras de Merrick. Nous ne dansons pas, nous nous contentons de rester enlacés.

— Tu sais, Elle, je t'ai entendue à la radio…

— A New York ?

— J'ai demandé à Neil d'enregistrer l'émission et de m'envoyer la bande par FedEx.

— Alors que tu me détestais… ?

— Oui.

Je brûle d'envie de lui demander si mes émissions lui ont plu, mais j'ai bien trop peur.

— Je t'ai trouvée fantastique. Tu es formidable, tu t'en sors vraiment comme un chef !

— Et ton jugement moral sur mes « mensonges » ?

— Je suis désolé. Je sais que j'ai tendance à porter des jugements à l'emporte-pièce, et toi, tu adores te faire passer pour une brebis égarée, mais… pendant tout le temps que j'ai passé à New York, je n'ai pas arrêté de penser à quel point j'avais de la chance d'avoir quelqu'un d'aussi important dans ma vie.

J'ai l'impression que mon cœur va exploser. Je ne sais plus du tout où j'en suis, ni même qui je suis… Tout ce que je trouve à dire, c'est :

— Ton histoire de syndic s'est bien passée ?

— Pas comme je l'avais prévu, mais, oui, tout s'est bien terminé.

Il m'embrasse, et j'oublie tout. Où nous sommes, qui nous sommes, tout.

Quand notre baiser prend fin, la réception bat son plein. Monty est en train de draguer une femme de cinquante ans et des poussières, quelqu'un de la famille de Brad. Le Mauvais Garçon est assis près de ses deux potes informaticiens qui ont dû s'inviter à la réception histoire de boire un coup. Quant aux tailleurs gay, qui viennent de pointer leur nez dans le bar, ils sont en train d'évoluer sur la piste de danse, avec la même grâce que n'importe quels danseurs hétéros.

Je murmure :

— Qui sait s'ils sont vraiment gay ? C'est peut-être pour ça qu'ils n'ont pas voulu devenir mes meilleurs amis.

Merrick intervient.

— Tu ne crois pas que tu as suffisamment d'amis comme ça ?

Il n'a sans doute pas tort.

Nous dansons un moment, perdus dans notre petit monde à nous. Puis Neil surgit près de moi et me tend un de ces sacs en plastique qu'on trouve chez les épiciers. Il est plein à craquer.

— Voilà la commande !

— La commande ?

Je me vois déjà prise en flagrant délit avec dix livres de marijuana dans les mains. J'imagine les arrestations, les condamnations ! Je pourrais peut-être plaider coupable pour braconnage (je pense à la « cueillette des fleurs »), dans l'espoir d'être simplement assignée à résidence.

— C'est juste de quoi vous changer.

Merrick précise :

— J'ai demandé à Neil de filer chez toi pour t'apporter une nouvelle tenue. Tu sais qu'il a les clés.

— Ouf ! Quel soulagement ! Mais pourquoi as-tu laissé le soin à Neil de choisir mes vêtements ?

— Kara est venue avec lui.

— Elle est ici ?

— Bien sûr, là-bas… La femme avec le haut bleu.

Il pointe le doigt dans sa direction. Je pivote sur mes talons, mais trop tard. Tout ce que je vois, c'est une ombre qui disparaît dans la foule.

Je dis à Neil :

— Votre femme me fait penser à Keyser Soze. Vous savez, dans *Usual Suspects*.

— J'ai adoré ce film. Et vous ne pouvez pas savoir à quel point vous avez raison. C'est Kara Soze !

Nous éclatons de rire. J'embrasse Merrick en lui disant que je m'éclipse trois secondes pour réparer les dégâts et je me dirige vers les toilettes en farfouillant dans le sac en plastique. Kara a fait du bon boulot : elle a pris ma trousse à maquillage et mon nouvel ensemble pantalon de chez *Element*. J'essaie de mettre la main sur le démaquillant pour les yeux, mais je tombe sur des morceaux de papier que j'ai dû fourrer par erreur dans la trousse : ce sont des photos du frangin avec ses potes et quelques bulletins de salaire. Je m'imagine arrivant à sa table, en faisant peur à ses patrons, pour lui remettre les clichés. C'est alors que je les regarde de plus près… et, soudain, tout tourne autour de moi. J'examine attentivement les bulletins de salaire. Mon Dieu, c'est impossible… !

Merrick me demande ce qui ne va pas.

Je lui montre les photos et les feuilles de paie. Il les feuillette et se rembrunit.

— A ton avis, je fais quoi ?

— Primo, ne laisse jamais ma nièce s'approcher de toi. Secundo, suis-moi.

— O.K. ! Et *ça*... qu'est-ce que j'en fais ?

Il me répond d'un air détaché :

— Je vais leur botter le derrière.

— A tous ?

— Et comment ! Ils sont tellement soûls qu'ils ne peuvent même pas marcher droit.

Merrick se conduit vraiment comme un homme digne de ce nom, et je me sens tout émoustillée. Car il a vraiment l'intention de chercher la bagarre pour moi... ce qui n'est pas rien, même si le bar croule sous les roses. Il fait un pas en avant, l'air décidé, mais je lui pose la main sur le bras.

— Ne gâchons pas le mariage de Maya. D'autant que j'ai une meilleure idée...

Tandis que le soir tombe et que la réception bat son plein, je me lave le visage et je troque ma robe contre le tailleur pantalon et le bustier victorien. Puis je dompte mes boucles mandarine, en les fixant en arrière avec des épingles pour minimiser l'impact visuel... Je danse avec Merrick, je passe quelques appels téléphoniques, j'invente des noms de cocktails un peu bizarres que je demande à Kid de me préparer. Bref, je fais tout ce qui est en mon pouvoir pour que la soirée se passe bien, et que Maya profite pleinement de ce moment. A en juger par la petite lueur qui brille dans ses prunelles, ça fonctionne plutôt bien !

Ray Flood arrive, toujours aussi timide. Je bavarde

avec lui quelques instants avant qu'il ne s'éclipse par la porte de derrière pour rejoindre une sorte de « jardin » bétonné où l'on a disposé quelques tables. Je crois qu'il s'habitue à moi. Peut-être m'aime-t-il un peu... Monty m'embrasse rapidement sur la joue et s'en va avec sa conquête sexy (et presque sexa...). Quant à Neil, il commence à s'engueuler avec Kara qui s'est enfermée dans la salle de bains, de sorte que je ne l'ai pas vue une seule fois de la soirée. Darwin et Adele, mes anciens collègues de l'agence de voyance par téléphone, font une apparition pour prendre une bière et une tisane. C'est ce qui est chouette quand on organise une réception dans un bar, on peut inviter *n'importe qui*.

C'est vers minuit que ma copine Jenna — la strip-teaseuse du Café Lustre — se glisse à travers la foule pour me rejoindre. Elle a toujours le même look, du style à faire la une de *Maxim*. Elle pense avoir une dette envers moi parce qu'un jour j'ai fait virer un videur indélicat, et elle ne demande donc qu'à m'aider. Je lui désigne du coin de l'œil le frangin et ses deux sbires. Elle me fait signe qu'elle a compris et se dirige vers eux. Ils ont beau être soûls, ils frétillent en la voyant s'approcher et louchent sans vergogne sur ses bas résille et son décolleté plongeant. On les croirait en état d'hypnose !

Je suis Jenna et je l'entends dire :

— On s'ennuie comme un rat mort, ici. Ça vous dirait de me suivre pour voir ce que c'est qu'une *vraie* fête ?

Ma première réaction, c'est de me dire qu'on la voit venir de loin avec ses gros sabots… Puis je révise mon jugement. Ce sont des hommes, et elle sait ce qu'elle fait. Effectivement, les trois se lèvent aussitôt comme des muffins dans un four chaud !

Je laisse partir le mec chicos et le superchicos, puis je pose la main sur la poitrine du frangin et je le ramène à la case départ, à savoir l'endroit où il était attablé.

— Toi, tu restes là.

La lune de miel est finie.

Ou peut-être vient-elle seulement de commencer. Maya et Brad sont revenus de Maui, et moi je vis avec Merrick.

Le fait de m'être engagée a vraiment changé les choses. Je ne suis plus installée chez lui, *j'habite* ici. Nuance ! Je n'ai plus peur d'être un boulet ni de sombrer dans la déprime, j'ai beaucoup changé. L'ancienne Elle a fait place à la nouvelle. Je sais à présent que même si je replonge, je suis capable de régler moi-même le problème. Je peux assumer, *nous* pouvons assumer. En plus, tout n'est pas ma faute. Merrick a un côté perfectionniste qui confine à la maniaquerie, et, dans notre couple, je ne pense pas être la seule personne un peu déjantée !

En un mot : j'ai confiance en lui, et en moi. J'ai confiance en notre couple.

A propos de confiance… le Mauvais Garçon était

encore bien plus mauvais que je ne le pensais. Jamais je n'aurais dû lui faire confiance. Sur les photos où on le voit avec les deux acolytes, j'ai remarqué que l'un des deux portait un T-shirt avec le logo à peine visible de *Santa Barbara Grrrrls*. Et les feuilles de paie du frangin émanaient de… *Barbalicious*.

Ils m'ont surprise une première fois dans la cabine d'essayage, mais après la parution de mon papier dans *Permanent Press*, ils se sont aperçus qu'il y avait plein de visiteurs sur leur site, bien plus qu'ils n'en avaient jamais eu, à cause de la polémique suscitée par l'article. Alors ils ont fini par découvrir où j'habitais et ils ont proposé un boulot au frangin. Et devinez un peu quelle tâche ils lui ont confié en premier ? Planquer une caméra dans ma douche.

Mais la vengeance est un plat qui se mange froid.

Je pousse la porte du nouveau Shika, qui est en train de devenir sinon le bar tendance prisé des jeunes, du moins assez populaire parmi les fans de Sting.

Les habitués sont tous là. Il y a aussi les tailleurs gay et Ray Flood. Je savoure ce moment de retrouver « les habitués ». Puis j'allume mon ordi portable (qui m'appartient à cinquante pour cent) et je me connecte sur le site *Santa Barbara Grrrrls*.

Brad s'inquiète.

— Ne me dis pas qu'il y a une *nouvelle* vidéo !

Il s'est absenté de la ville et a raté quelques épisodes.

— Si ! Il y en a une.

Maya, qui est derrière le comptoir en train de servir des bières, compatit sur mon sort.

— N'ayez pas peur, ce n'est pas moi qui suis sur cette vidéo.

Et je clique.

L'éclairage est plutôt réussi. Je me retourne vers Ray, car c'est lui qui s'est justement chargé de l'éclairage et de la webcam. Qu'on ne me dise pas qu'e-Bay n'est pas un bon investissement !

— Mais… c'est ici, au Shika. Dehors, dans la cour.

Pendant un instant, on ne voit rien sur l'écran. Puis une jeune femme arrive, la démarche chaloupée. C'est Jenna, suivie des deux mecs chicos qui avancent en titubant, l'œil lubrique. Ils jettent quelques regards autour d'eux, un peu nerveux, pour être bien sûrs d'être seuls. Et ils commencent à se déshabiller. Il ne faut que deux minutes à Jenna — qui est à présent hors champ — pour les convaincre d'aboyer comme des chiens en tenue d'Adam. Au bout de cinq minutes, c'est plus fort que moi, j'éteins l'ordi. La vengeance est peut-être douce, mais ça ne l'empêche pas d'être écœurante. Mon estomac a du mal à supporter la vue de ces deux abrutis ridicules.

Un ange passe.

Brad accuse le coup. Merrick, lui, est tout fier.

— Quand on cherche Elle Medina, on la trouve !

Maya s'informe.

— Ces types… ils ont juste rencontré Dustin au bar, c'est ça ?

— Qui est Dustin ?

Elle soupire.

— Le frangin de Brad.

— J'avais oublié qu'il avait un vrai nom. Non, ils l'ont embauché, pour placer la caméra dans ma douche. Et ils…

La suite de mon explication se perd sous les jurons de Brad et les cris de colère de Maya.

Neil demande :

— Comment se fait-il qu'il n'apparaisse pas sur la vidéo ? C'est lui qui vous a trahie, comme Karl Rove en vendant…

— Je sais ce que vous pensez de Karl, Neil. Mais, pour revenir à… Dustin, je n'ai pas pu. Il fait partie de la famille.

Brad s'exclame :

— Je vais le tuer !

Et Maya :

— En rang ! On y va tous.

— Inutile. Maintenant, nous sommes quittes ! C'est lui qui a permis de lancer cette vidéo sur le site…

— Sous peine de mort !

— … et de toute façon, il est mieux où il est, maintenant. Il apprend à bien se débrouiller dans la vie, pour prendre un nouveau départ.

— Où est-il ? A Lompoc, j'espère !

Maya fait allusion à la prison.

— Non, mieux que ça. A Sedona.

— Ne me dis pas que…

— Si ! Il habite chez ma mère. Elle a fini par le trouver, son serveur pour le restau d'à côté ! Remarque, il n'avait pas tellement le choix, je l'ai menacé de sortir toutes les vidéos de lui dans ma salle de bains. Une fois, il a même…

Maya réagit.

— Stop ! C'est quand même mon beau-frère ! Trop c'est trop.

Merrick est d'accord.

— En fin de compte, c'est pour cette raison-là qu'elle a accepté de venir habiter avec moi.

Je ne lui ai toujours pas avoué que j'ai gardé mon appart'… mais je l'utiliserai exclusivement comme bureau, juste au-dessus du sien. Car il va de soi que je ne verrai jamais la couleur d'un studio télé ! Mais la productrice de Blake n'avait pas tort en disant que j'avais une tête à faire de la radio. Elle m'a mise en contact avec une grande station de Los Angeles. Ils refusent de me faire apparaître sur leurs panneaux d'affichage, mais ça ne me dérange pas… du moins pour l'instant. C'est un travail stable, gratifiant, et je me débrouille tellement bien que j'ai besoin d'un vrai bureau pour tout superviser.

J'allais oublier… Vous voulez savoir quel est le titre de mon émission ? *De vous à Elle : les vrais conseils d'une fausse voyante.*

Composé et édité par les
éditions Harlequin
Achevé d'imprimer en juillet 2007

par

LIBERDÚPLEX

Dépôt légal : août 2007
N° d'éditeur : 12966

Imprimé en Espagne